FÅGELBOVÄGEN 32

Anmäl dig till Pocketförlagets nyhetsbrev
nyhetsbrev@pocketforlaget.se
eller besök
www.pocketforlaget.se

Sara Kadefors

Fågelbovägen 32

Pocketförlaget

Pocketförlaget

www.pocketforlaget.se
info@pocketforlaget.se

ISBN 13: 978-91-85625-19-2
ISBN 10: 91-85625-19-1

© Sara Kadefors 2006
Originalutgåvan utgiven av Piratförlaget
Pocketförlaget ägs av Piratförlaget, Företagslitteratur och Läsförlaget
Omslagsform Lotta Kühlhorn
Författarfotografi Ulrica Zwenger
Tryckt i Danmark hos Nørhaven Paperback A/S, 2007

I

HON KOMMER PÅ sig själv med att sitta och vissla. I bilen, på väg ut till förorten. Med mörkret runt omkring och P1 i bakgrunden. Hon har alltid tänkt att människor som visslar har något att dölja, så det gör henne orolig. Men här finns ingen att lura och ingen att imponera på, och hon är inte typen som ägnar sig åt självbedrägeri. Kanske borde hon inte bekymra sig. Kanske var visslet ett spontant och alldeles normalt uttryck för glädje.

Hon parkerar bilen och skyndar över det öde förortstorget. Det är tomt på såväl folk som alla tänkbara attraktioner. Kiosken är igenbommad efter upprepade rånförsök, och biblioteket tvingades ändra öppettiderna när det förvandlades till en fritidsgård för vilsna tonåringar. Den grå dominansen i området är så påfallande att det blir komiskt. Det hon ser omkring sig är en klichébild av förorten, den som alla sett på teve men långt färre satt sin fot i, så obarmhärtigt sliten och ful. För ett och ett halvt år sedan hade hon heller aldrig varit i ett område som det här. Bara tanken är så pinsam att hon rodnar och hon undviker att tala högt om det inför folk. Numera besöker hon förorten varje vecka. Hon kan höra sig själv prata om det som om det alltid hade varit så. Hon kan se hur andra blir besvärade av att höra henne berätta. Ingen vill avslöja att de aldrig varit där.

Det sitter redan tio–tolv personer och väntar i lägenheten när hon kommer in, både kvinnor, män och barn. Vissa tittar upp och värderar henne oroligt, andra ler igenkännande. Innanför dörren till det provisoriska väntrummet arbetas det för fullt. Isabel står och rafsar i medicinskåpet bland alla förpackningar med medicin som skänkts av människor som vill stödja verksamheten. Kaj står i ett hörn och klämmer på en ung mans rygg medan mannen gnyr tyst.

Hon kränger på sig en ren rock och går ut och ropar in sin första patient. En gravid kvinna i trettioårsåldern reser sig, tätt följd av sina två barn och en äldre svensk kvinna som presenterar sig som hennes kontaktperson. Patienten, som heter Suzan och är från Jordanien, börjar genast gråta. Hon är van vid gråt. Hon är så van vid gråt att hon knappt märker den. Kvinnan har blivit med barn med en man som hon har träffat i Sverige och som också saknar uppehållstillstånd, "Hon säger att hon är i sjunde månaden".

Hon ber kvinnan lägga sig på britsen och dra upp tröjan, men Suzan ser sig bara skrämd omkring. Barnen verkar lika skräckslagna och klamrar sig desperat fast vid sin mammas ben, som om någon var på väg att göra henne illa. Med hjälp av kontaktpersonen får hon kvinnan att lägga sig. Hon försöker känna hur barnet ligger medan den andra kvinnan drar Suzans historia i korta ordalag: flykt från en tyrannisk man, mordhot från släkten och förskjutning av samhället. Efter utvisningsbeslutet i Sverige har kvinnan varit gömd i ett och ett halvt år och barnen har inte kunnat gå i skolan. Hon lyssnar men bara med ett halvt öra. Hon har hört många liknande historier förut och ingen blir hjälpt av att hon blir för emotionell.

Att få Suzan att förstå att de behöver ta ett ultraljud är inte lätt. När hon hör ordet sjukhus sätter hon sig upp som på en given signal och drar ner tröjan. Hennes blick blir stirrig igen och hon utbrister gällt: "No hospital! No paper!" Kvinnan vill inte lyssna på dem. De måste hålla fast henne. Men varken kvinnans förtvivlan, barnens skrämda blickar eller deras små händer som klappar, gör henne upprörd. Hon förklarar bara lugnt, om och om igen, att Suzan ingenting riskerar med ultraljudet och att de har vänner som arbetar på mödravårdscentralen, ingen kommer att ringa polisen.

Till slut drar hon den darrande kvinnans kropp till sig. Hon stryker henne över ryggen och upprepar sitt mantra, "Don't worry ... please trust me ... no police ...", tills hon känner spänningarna i den andras kropp släppa och andetagen bli lugnare. Snart kommer Suzans armar smygande och klistrar sig fast runt hennes kropp. Hon känner sig obekväm i den krävande omfamningen och gör sig varsamt fri. Suzans blick har hittat fokus. "No police? Sure?"

Hon nickar med all trovärdighet som går att uppbringa. Suzans ögon fylls av tacksamhet. "Thank you ... thank you ... please ..."

Det är då det sker. En kort sekund ser hon vad Suzan ser: en ängel. Det är fel, hon vet att det är fel, men känslan av tillfredsställelse är ingenting annat än oemotståndlig.

Patienterna är många och från alla världens hörn och med alla världens möjliga och omöjliga åkommor. Kvinnor med gynekologiska problem hänvisas direkt till henne men när sådana saknas tar hon hand om allt från halsinfektioner till hjärtbesvär. Flest är patienterna som lider av depressioner eller ångest. Hon skulle så gärna vilja utfärda vårdintyg för dem med psykotiska depressioner så att patienterna kunde läggas in på psykiatrisk klinik. Men det har hänt att personalen där, trots tystnadsplikten, sett sig tvingad att kontakta Invandrarverket för att få ersättning för kostnaderna, och snart har den psykiskt sjuka fått besök av deras personal.

Det är någonting märkligt med lägenheten hon befinner sig i. Att hon inte ser de avrivna tapeterna och buckliga plastmattorna, att hon inte känner lukten av mögel och fukt förrän någon öppnar fönstret och släpper in frisk luft. Det hon uträttar här känns förstås nödvändigt rent moraliskt, men det är också något med det hemliga och förbjudna som attraherar henne och den påtagliga känslan av på liv och död. Kanske har förortskliniken blivit ett substitut för Afrika. Förr räckte det att åka ner och arbeta några månader för att få behovet tillfredsställt, *behovet* som man inte talar högt om, särskilt inte inför engagerade kollegor. Att tragiska människoöden blir till något så ytligt som spänning i hennes svenska vardag låter inte bra.

De dricker te i köket efter att kliniken stängt för kvällen. Alla är trötta. Isabel sitter och utstrålar fnittrig övertrötthet. Den pågående diskussionen om en gammal teveserie liknar fylleprat på en efterfest. Varken hon själv eller Kaj deltar. En utomstående skulle kunna tro att de, i egenskap av läkare, inte vill sänka sig till den nivån. Kanske är det så för Kaj som tillhör en annan generation. Själv skulle hon definitivt kunna vara med.

Samtalet handlar om "Forsythesagan" som ingen verkar ha sett i särskilt koncentrerat tillstånd. Isabel försöker dra sig till minnes vad den unge arkitekten hette. Kollegorna runt bordet har helt olika minnesbilder av vad som verkligen hände efter att arkitekten skällt ut Soames på klubben för att ha våldtagit Irene. Framförallt kan de inte minnas hans namn.

"Phil", säger hon för att få ett slut på det. "Philip Bosinney. Det är ju rent elementär kunskap."

Isabel ser uppskattande på henne.

"Bravo Karin!"

Hon mjuknar inombords, skulle gärna fortsätta prata om programmet, skulle gärna fortsätta imponera på Isabel. Men det är nu det gäller, när hon fortfarande har kvar deras uppmärksamhet.

"Hör ni, det var en sak jag ville prata om ..."

De andra får genast något misstänksamt i blicken.

"Det gäller öppettiderna. Vi vet ju alla hur behovet ser ut, eller hur?" Hon väntar på respons. Den uteblir. "En eller ett par kvällar till i månaden bara? Det är väl ingenting?"

Tystnaden är kompakt. Inte ens Kaj hakar på. Han ser bara bekymrat på henne.

"Vi har pratat om det här, Karin. Det kostar både tid och resurser att utöka. Och personalfrågan ..."

Hon blir ivrig. "Jo, men det är inte svårt att få tag i mer folk. Det finns flera stycken på kliniken som har sagt att dom är intresserade."

Kaj ser verkligen trött ut. Inte konstigt. Pensionen närmar sig. Hela sitt liv har han alternerat mellan sitt ordinarie arbete på sjukhus i Sverige och det ideella engagemanget i olika katastrofområden i världen.

"*Jag* kan i alla fall ställa upp två kvällar till i månaden", säger hon, "det är inga problem."

Isabel och hennes yngre kollegor ser menande på varandra.

"Jag menar inte att alla måste ta på sig mer bara för det", tillägger hon. "Man bestämmer ju själv hur man vill göra."

Kaj ger henne en lätt klapp på axeln innan han reser sig.

"Det är bra, Karin, det är bra. Vi får fundera på det. Alla får gå hem och fundera så pratar vi om det igen. Okej?"

Hon nickar lydigt. De andra vänder sig demonstrativt bort. Inget återstår annat än att lämna bordet. Kanske är det bara inbillning, men det känns som om Isabel följer henne med blicken när hon går. Kanske kommer hon efter och gör henne sällskap till bilen. Hoppas.

2

DET KÄNNS FORTFARANDE inte riktigt naturligt att vända stan ryggen. Inte heller att bo i en villaförort, att ha kunskap om villaägares taxeringsvärden och villaägares sophämtningsavgifter och att få *Vi i villa* med posten. Hon brukar tänka att den största fördelen med att bo utanför stan är att man får köra mer bil. Det är inte det att hon älskar själva bilen, hon var lika mycket emot att köpa en i början som Jens. De hade demonstrerat för en bilfri innerstad en gång i tiden och det finns en gräns för hur mycket man kan svika sina ideal. Hon minns hur de hatade villakärringar som vägrade ta bussen och spärrade av en hel gata med sina cyklar en gång och hade banderoller och spelade sextiotalsmusik som om de var hippies. Då visste hon inte hur skönt det är att sitta ensam med sina tankar och göra det förbjudna, ratta över från P1 till någon kommersiell kanal, precis som vilken villakärring som helst. Hennes officiella uppfattning är likväl att det är ett nödvändigt ont med bil, eller rättare sagt, bilarna. För de är numera två till antalet. Med kupévärmare.

Karin stannar på uppfarten till Fågelbovägen 32 och öppnar garaget utanför den stora villan med fjärrkontrollen, helt utan ironi. Hon parkerar bilen, kliver upp för stentrappan och öppnar ytterdörren. Ingen kommer skyndande emot henne i hallen. Hon slipper ur sig ett hallå, men får inget svar. Det är sent. Barnen sover och det krävs inte mycket fantasi för att förstå var Jens befinner sig. Hon kliver över bandymål och snubblar över en hög med smutsiga träningskläder utanför badrummet. I köket står disken efter middagen kvar på diskbänken. En kastrull med matrester har lämnats på köksbordet i väntan på att någon, oklart vem, ska ta hand om den.

Hon ger ifrån sig en demonstrativ suck och rycker upp dörren till kylskåpet. Osten är nerhyvlad till ett plant intet och mjölken så gott som slut. Fan också. Fan och förbannad skit och helvete och jävla allting. Det slår henne att vreden kan bero på hungern, men hon hinner inte åtgärda saken, innan hon har tagit sig upp för trappan och står inne på hans kontor.

Jens sitter framåtlutad i en synnerligen oergonomisk arbetsställning med blicken fixerad vid skärmen. Han besvarar hennes hej utan att vända sig om.

"Det ser inte så jävla kul ut där nere."

Hans ögon rör sig över skärmen. Handen griper tag om musen och bläddrar neråt i dokumentet. Hon behöver inte leta efter den stränga rösten.

"Jens!"

Han tittar upp. Nyvaken. Nollställd.

"Va? Nej, det ser inte kul ut."

"Det var du som gjorde att det inte ser kul ut."

Han gnuggar sig i ögonen.

"Eller dom?"

"Det är ditt ansvar att *dom* gör nåt."

"Jag är värdelös och en idiot också."

"Du har inte handlat heller."

Han blickar oskyldigt upp på henne.

"Slå mej. Det kommer kännas mycket bättre sen, jag lovar."

Hon går fram och slår till honom på armen. Han uppmanar henne att slå hårdare vilket hon gör. Han klagar högljutt över att det gjorde ont. Hon kan inte låta bli att skratta och drar upp skjortärmen och blåser på det ömma. Sedan erkänner hon raskt att hon inte gjort tvätten vilket var hennes uppgift och erbjuder honom att slå tillbaka. Han lutar huvudet mot hennes bröst och säger att det är ute med kvinnomisshandel. Hon påpekar att det är tvärtom, och berättar om tjejen som kom in tidigt i morse efter att ha blivit misshandlad och våldtagen i flera timmar av sin före detta pojkvän. Han gäspar och säger att hon alltid vet bäst. Hon frågar vad han gör. Han svarar att det är jävla EU-ansökningar med deadline på måndag. Hon vill inte höra honom beklaga sig utan går mot dörren.

"Hur går det med Köpenhamn?"

Det är pausen som avslöjar honom. Och blicken. Som undviker.

"Du har väl tackat nej? Jens!"

Han döljer ansiktet i händerna. Hon tar ett bestämt tag om kontorsstolen och vrider honom mot sig. Sjunker ner på knä, tar hans händer och fixerar honom med blicken som om han vore ett barn som ska tillrättavisas.

"N, E, J. Säg efter mej, Jens. *Nej.*"

Trötta fåror runt ögon och mun. Bekymmer. Frustration. Stackars. "Ja, ja …".

"Inte 'ja, ja'. *Nej*. Man kan inte vara gästprofessor utomlands när man är gift med mej. *Nej!*"

Han suckar djupt. Som om han tvingades erkänna under tortyr inför en sadistisk förhörsledare. Munnen öppnas motvilligt. Den formar ett ord. Det hörs ingenting, men han sa det.

Hon reser sig, nöjd.

"Vi måste städa i helgen så boka inte upp dej på nåt."

"Inte du heller."

"Det får vi se."

Hon beger sig. Stannar på tröskeln och kastar en sista blick på honom. Hon hade kunnat njuta av bilden, om hon var lagd åt det hållet. Hans lilla leende i skrivbordslampans mjuka sken, hans ögon som är fyllda av något. Kärlek? Det är omöjligt att veta.

Hon ska vara duktig mamma. Oj, vad hon ska vara duktig mamma. Inte för att hon så ofta är dålig mamma, men ibland måste man bjuda till lite extra. Göra te. Rosta bröd. Tända ljus. Ställa värmeljusen i en rad på köksbordet. Det är trots allt inte så många morgnar de har tillsammans.

Albin gör entré först. Hon skiner upp, som hon hört att man ska när ett barn kommer in i ett rum. Han sätter sig och ser på henne för första gången sedan i förrgår morse: "Finns det inget annat pålägg?"

Hon skyller på Jens och slår sig ner mitt emot honom. Häller upp fil i tallriken. Nyhetsdelen av tidningen ligger på bordet och lyser med sällsam attraktionskraft, men hon tänker föregå med gott exempel. De ska prata. Måste i alla fall försöka. Han hugger tag i flingpaketet och öser ner flingor i tallriken, verkar inte se värmeljusen.

"Hur gick det på matchen?" säger hon.

"Vilken match?"

"Hade du inte match igår?"

Han drar sportbilagan till sig. Bläddrar och fördjupar sig i en av artiklarna. Den handlar om golf. Det är inte utan att hon blir orolig. Hon har visserligen bara väntat på att han ska börja påverkas av de andra ungarna i området, men någonstans trodde hon att faran var över.

"Hade du inte match igår?"

"Förrgår."

"Och?"

"Två–noll."

"Men ... vad bra!"

"Till dom."

"Jaha."

Han äter, med blicken i tidningen. Ögonen finns någonstans bakom luggen.

"Men ni vinner säkert nästa gång. Ni är ju jätteduktiga."

"Jag ska sluta på fotbollen."

Nu tittar han upp och ser på henne, i ögonen. Det känns ovant.

"Ska du?"

"Jag vill börja på hockey."

Hon reser sig som på en given signal. "Såg du Julia?"

"Du sa förra året att ..."

Hon lämnar köket, fullt medveten om vad hon sa förra året. *Nästa vinter*. Men hon har fortfarande ingen lust att skjutsa fram och tillbaka och lägga ner halva lönen på hockeyprylar. Dessutom verkar hockey vara en sport för de allt annat än smarta killarna. Hon vill inte ha en son som umgås med idioter. Hon vill inte ha en son som spelar hockey. Det räcker med två bilar med kupévärmare. Varför skulle han ta upp det just idag? Julia kommer nerspringande från trappan. Hon kastar sig entusiastiskt om hennes hals och kramar så hårt att det gör ont. "Mamma ..."

När de kommer in i köket låtsas hon ha glömt hockeyn. Julia pratar mer än hon äter och mest om en häst som Fanny kanske ska få. Det blir helt enkelt inget utrymme för hockey. Hon sneglar på Albin. Han skummar igenom alla artiklar i sportbilagan varpå han reser sig och sköljer av tallriken innan han ställer ner den i diskmaskinen. Inte ens det kan de ha en diskussion om.

Snart är han utanför. Inom några sekunder.

"Har du ... packat gympakläderna?"

Det var bara en chansning. Han stannar och vänder sig om med ett roat leende på läpparna.

"Vi har inte gympa idag."

"Okej."

Han dröjer sig kvar. Hans ansikte blir fundersamt medan han betraktar henne.

"Ni har ju pengar, så det är inte det det handlar om, eller hur?"

"Va?"

"Du vill inte ha ett barn som spelar hockey. Det passar inte in i din värld."

Hon blir besvärad. Känner sig som ett objekt som ska studeras.

"Sluta nu ... Jag måste prata med pappa om vad vi tycker, först och främst. Det är faktiskt väldigt dyrt." Hon drar tidningen till sig med en suck. "Jag orkar inte prata om det mer, Albin."

När hon lyfter blicken igen är det tomt i dörröppningen. Trettio sekunder senare hör hon ytterdörren slå igen. Hon försöker tänka att det är fullkomligt normalt att bli ifrågasatt när man har en trettonåring, så här är det för alla föräldrar i hela världen, det pågår hela tiden, hur många gånger om dagen som helst. Julia sitter vid bordet och sjunger med i en uttjatad poplåt på radion. Det flyger brödsmulor ur hennes ylande mun. Hon skruvar upp volymen och gapar ännu högre, hon upprepar samma korkade fras, om och om igen.

Karin ber sin dotter vara tyst. En gång, med sträng röst. En gång till. Och ytterligare en gång.

"Men tyst då, för fan!"

Hon slår av radion med en häftig rörelse. Julia stirrar. *Vämjelse* är ordet man tänker på. Hon försöker gottgöra genom att göra rösten liten och mjuk, hon ber om ursäkt och försöker förklara att hon inte hör sina egna tankar. Julia reser sig och spatserar iväg med högt huvud. Hon sitter ensam kvar. Ett av värmeljusen slocknade, som effekt av hennes utbrott. Hon tar försiktigt i det heta aluminiumet för att tända mot ett annat ljus, men bränner sig på fingertopparna. Hon släpper ljuset. Det skvätter stearin över bordet och handen. Hon reser sig och går och spolar med kallt vatten. Blir stående vid kranen. Kylan från vattnet värker mot det brända. Hon hör hur ytterdörren öppnas och stängs i hallen. Och så tystnad.

3

DET ÄR EN SÅDAN DAG då hon har glömt en basar. Det är en sådan dag då hon skulle ha samlat ihop saker hemma som man kan sälja. Det är en sådan dag då hon skulle ha skjutsat sakerna till skolan på morgonen och samtidigt haft med sig hembakt. Hon skulle ha haft med sig kanelbullar. Det var vad Julia hade lovat, att hennes mamma skulle baka kanelbullar. Men hennes mamma bakade aldrig kanelbullar. Hennes mamma var tvungen att gå på möte med representanter från Amnesty om en planerad utbildningsdag om våld mot kvinnor, och kom inte hem förrän vid tio. På morgonen stod Julia med tårar i ögonen vid hennes säng och undrade vad som hade hänt med bullarna. Och var var alla saker till basaren, och hennes rosa tröja med glitter.

Hon är arg på Jens. Han hade kunnat ta kanelbullegrejen, visst fan hade han kunnat göra det, och källargrejen också, men han hade gått till jobbet och fanns inte tillgänglig för en utskällning. Nu fick hon ringa till sjukhuset och ljuga om att Julia blivit dålig och att hon kommer senare, vilket verkligen tog emot. Sedan var det bara att bege sig ner i källaren för att leta efter gamla tallrikar och ljusstakar till basaren. Det tog tjugo minuter att hitta någonting alls, för det stod ett gigantiskt bord framför alla staplar med lådor, och över de aktuella lådorna stod ganska många andra lådor, i vilka det inte låg gamla ljusstakar, men det kunde hon ju inte veta förrän hon hade letat igenom dem. Sedan körde hon i ilfart iväg till bageriet och köpte nybakade kanelbullar, fyra påsar, för det är ungefär så många som mammor brukar ha med sig när de har bakat, enligt Julia. Det kostade två hundra kronor. På väg ut från bageriet ringde de från jobbet och undrade om hon skulle hinna till operationen halv elva, och lyckligtvis kunde hon svara ja.

Julia blev glad till slut, trots att Karin inte skulle kunna komma på basaren på kvällen. Julia vet inte att hon hatar basarer. Julia tror att Karin egentligen vill gå på basar, men att hon just denna kväll måste hjälpa sjuka barn på mottagningen för flyktingar. För det är vad hon har sagt, att hon *måste*. Julia tittade oroligt på henne.

"Är dom mycket sjuka, mamma?"

Det dåliga samvetet slog ner som en bomb i henne. Hon hade verkligen kunnat byta dag med någon av de andra läkarna.

Som vanligt är det fullt upp på den hemliga kliniken. Hon njuter av att slippa tänka på tvätten som blivit ett Himalaya av svettiga tonårssockor i badrummet och på hur de ska hinna skjutsa Albin till fotbollsmatchen imorgon. Om han nu fortfarande spelar fotboll.

Hon tar emot en man från Iran som hon har mött förut. Han har kvar samma hopplöst lågavlönade restaurangjobb som sist och säger sig fortfarande arbeta tolv timmar per dag, sex dagar i veckan för ungefär åttatusen kronor i månaden, något han tycker är okej eftersom han arbetade för hälften under sin första tid i Sverige. Han ser mycket trött ut där han sitter och väntar på resultatet från halsprovet.

"Om man har en kvarts rast så tittar chefen på en", berättar han. "Han verkar tänka att man ska jobba som en maskin. Jag brukar ha maten bredvid disken och äta då och då medan jag jobbar. Vet du, jag gör så även när jag inte jobbar, jag äter jättefort."

Han vill verkligen prata. Hon sätter sig på en stol framför

honom och tar sig tid att lyssna trots att många väntar utanför.

"Är det så för dom andra som jobbar där också?"

"Nej, han skulle aldrig skrika åt dej eller nån fast anställd. Men åt mej kan han göra det. Det är som att han skriker till ett djur."

"Så du säger aldrig emot?"

"Du vet, han kan slänga ut mej när som helst! Om han inte vill betala ut lönen, vad ska jag göra då?" Han rycker på axlarna. "Jag har ingenstans att klaga. Jag får tyngsta jobben för att jag är gömd. Och om det händer nåt det är jag som får skulden."

Mannen kan inte återvända till sitt hemland, eftersom det har blivit allt vanligare att avrätta folk där, men han får heller inte stanna i Sverige. Den ständiga oron gör att han inte längre kan tänka klart kring hur han ska kunna lösa situationen. Hon nickar förstående medan han berättar. Egentligen vill hon resa sig och hämta nästa patient. Hon kan inte göra någonting för att hjälpa mannen. Det enda hon kan göra är att ge honom penicillin och krama hans hand med innerlighet, vilket hon har gjort.

Nästa fall är en man med dålig höft som har levt som gömd i åtta år. Han berättar att han delar en tvåa med en bekant numera efter att ha bott med fem andra flyktingar i en etta i åratal. Han ser glad ut när han säger att han aldrig är hemma, att det enda han gör är att vakna, tvätta ansiktet, gå till jobbet och gå hem och sova. Mannen får något lekfullt i blicken och frågar hur gammal hon tror att han är. Hon vet att han är yngre än han ser ut och gissar på 40. Han är 28. Hon ger mannen värktabletter för det onda. De förstår bägge att han aldrig kommer att få någon operation i Sverige, ändå lovar hon att undersöka möjligheterna. De vet också att han kommer att fortsätta städa tills han har slitit ut sin kropp totalt. Ändå vinkar han glatt när han går. Leendet blir till en grimas.

Hon betar av sina patienter, en efter en. Hon träffar unga, arga pojkar och apatiska småbarn, stora, starka gråtande män och gamla, skröpliga tanter. Sista patienten för kvällen är en kvinna i munkjacka och jeans. Hon ser ut att vara i 25-årsåldern och har samma hårfärg som hon själv, något slags mellanting mellan mörkt och ljust. En bit av hennes långa lugg har lossnat från tofsen och faller ner som en gardin framför ena ögat. Hon lyckas vara slående vacker utan någon som helst ansträngning. Karin förmodar att kvinnan är från Ryssland eller någon av de baltiska staterna. Det är något med den här patienten som väcker hennes nyfikenhet, något som inte bara har med hennes utseende att göra. Kvinnan ser henne i ögonen när de hälsar, utan ett spår av rädsla i blicken. Hon heter Katerina. Hennes hand är varm. Katerina går förbi Karin in i mottagningsrummet som om det var hon som förde befäl. Hennes hållning är en dansares, samma raka rygg. Hostan som kommer ur henne är avgrundsdjup. Pannan är brännhet. Karin ställer de obligatoriska frågorna och får veta att Katerina hostar grönaktigt slem och att det gör ont på ena sidan när hon andas. När hon lyssnar med stetoskop hör hon att kvinnan har nedsatta andningsljud på ena lungan. Lunginflammation. Det är beundransvärt att hon kan gå upprätt, och med den hållningen. Patienten måste snabbt få i sig antibiotika. När Karin betonar vikten av vila ler Katerina överseende mot henne. Då låter hon sin röst bli sträng: "Lunginflammation måste man ta på allvar."

Kvinnan stryker luggen från ansiktet.

"Jag hade lunginflammation förut. I Moldavien."

Moldavien. Ett land med ett vackert namn med människor som lever mindre vackra liv. Hon har haft patienter därifrån förut.

"Du arbetar i Sverige?"

Kvinnan fäster blicken någonstans ovanför hennes huvud.

"Hos en familj. I ett stort hus, utanför stan. Jag tar hand om deras barn. Och städar. Och lagar deras mat, och putsar deras silver och …"

"Och där har du ingen möjlighet att vila?"

Det lilla skrattet som följer avslöjar allt om familjen.

"Du får väl förklara för dom att om du inte blir frisk så kan du inte jobba mer alls?"

Hon rycker på axlarna.

"Dom tar nån annan."

Kvinnan ser ner i knäet. Hennes fingrar avslöjar oro. De rör vid varandra, trasslar ihop sig och tar sig ur trasslet för att snart vara tillsammans igen. Så lyfter hon på huvudet.

"Vill du veta? Vill du det?"

Kvinnan mobiliserar den kraft hon har. Varje ord är en ansträngning, det syns.

"Jag får sova i källaren. Där är det satan kallt, vet du. Dom är snåla, dom betalar inte för att värma upp där. Och om jag vill komma upp på kvällen dom kan låsa dörren. Jag får inte vara där uppe. Jag får inte gå ut heller."

Berättelsen är befriad från all form av sentimentalitet. Kvinnan avslöjar inga känslor. Att rika svenskar utnyttjar billig arbetskraft från fattiga länder upprör henne överhuvudtaget, men att en barnfamilj låser in sin svaga hushållerska i källaren framstår som mer än cyniskt, nästan sjukt.

"Ibland jag får inte mina pengar", fortsätter kvinnan. Det är som om hon talar till sig själv nu. Blicken vilar på den grå betongen utanför fönstret. "Dom säger att jag har jobbat åtta timmar en dag, inte tretton. Dom är sjuka. Alla är sjuka i Sverige. Vet du vad flickan sa? Hon är elva år. Hon sa 'vi funderar på att avskeda dej'. 'Jaha', sa jag. 'Mamma sa att du borde duka frukosten klockan sex istället för sju.' Jag kan inte vara sjuk, fattar du? Jag blir av med jobb. Jag måste ..."

Kvinnans röst sviker henne och avslöjar därmed en spricka under den tuffa fasaden. Karin vet att skälen till att en ung, vacker och uppenbart intelligent kvinna reser till Sverige och låter sig utnyttjas så kapitalt måste vara starka.

Hon går till medicinskåpet och tar fram en karta antibiotika. Efteråt kan hon inte förklara varför. Varför just den här kvinnan bland alla hon möter. Men hon skriver ner sitt telefonnummer och sin adress på en lapp och ger den till kvinnan tillsammans med medicinen. Hon ber henne att åka hem och packa sina saker för att imorgon, när mamman och pappan i familjen gått till jobbet, ta en taxi till adressen på lappen. Hon öppnar plånboken och tar ut ett par hundralappar.

"Du får bli frisk hemma hos mig. Där ska du få vård och vila och medicin som räcker till hela behandlingen."

"Nej." Kvinnan sätter upp en hand som ett stopptecken framför Karins pengar. Hennes ögon glöder febrigt. "Varför ska du vara snäll mot mej?"

Hon förstår i samma stund att Katerina aldrig skulle gå med på välgörenhet. Sekunderna tickar fram. Hennes febriga men så stolta blick.

"Okej. När du är frisk kan du börja arbeta hemma hos oss. Vi behöver hjälp med städning och matlagning. Men du ska få schysta arbetstider och schyst lön. Och ett rum med en temperatur på minst tjugo grader. Okej?"

4

DET ÄR SYND att man alltid måste stå till svars efter att man har tagit ett tufft beslut. Först var det Isabel. De satt på *Pizzeria Shanghai*, restaurangen som serverar både friterade räkor och pizza, och koncentrerade sig på varsin stor stark för 29 kronor styck. Hon sa som det var, utan omsvep. Hon kände sig stolt. Hon tänkte att Isabel skulle applådera, minst. Men väninnan såg så skeptisk ut att hon omedelbart hamnade i försvarsposition. Isabel undrade vad som händer när Katerina har blivit frisk, kommer Karin kasta ut henne då. Hon hittade inga ord, så absurd var frågan. Isabels blick for iväg över den skabbiga inredningen, vandrade från den ena öldrickande mannen till den andra, tills den stannade på henne igen.

"Det kanske är mer komplicerat än du tror, Karin."

Det var då Karin lutade sig tillbaka mot den djupröda sammeten och höll ett litet tal om sin gedigna erfarenhet av utsatta människor. Hon lade märke till hur seriös hon lät, hur övertygande. Men Isabel bara såg på henne, med samma tvivel i blicken.

Sedan var det Jens. Han blev högröd. Och vispig med armarna. Hon fick förklara, om och om igen, att hon enbart vill erbjuda en förtryckt kvinna fristad under en period, ge henne möjlighet till återhämtning och eftertanke, vilket kanske kan komma att bli avgörande för hela hennes liv. Men Jens verkade knappt lyssna, han var helt inne i sig själv och hur det eventuellt skulle komma att påverka honom.

"Hur skulle det se ut om alla läkare tog hem sina sjuka patienter? Det skulle bli ganska trångt hemma hos dom, eller hur? Snälla Karin, du behöver inte oroa dej, du gör tusen gånger mer än alla andra. Du kommer redan till himlen. Förresten, tycker du inte att barnen borde vara med och bestämma?"

Så småningom bytte han strategi och började prata om hur det skulle *kännas* att ha en vilt främmande kvinna i huset: det skulle *kännas* konstigt. Hon avbröt honom och sa med auktoritet i rösten att han har visserligen rätt att *känna* men det *hon* känner är att hon har ansvar för den här patienten. End of discussion.

Det har varit en ganska hektisk förmiddag. Hon har varit på gynakuten och träffat oroliga gravida och blev kallad till en för tidig vattenavgång på förlossningen. Hon har satt in två spiraler och konstaterat ett fall av gonorré och gett en ung flicka recept på p-piller. Nu slår det henne plötsligt, mitt under ett samtal med en patient, att hon inte har en aning om hur hon kan få tag på den moldaviska kvinnan. Katerina lämnade varken telefonnummer eller avslöjade var den förtryckande överklassfamiljen höll hus. Karin gav henne visserligen sitt eget nummer, men tänk om hon inte ringer, eller om hon kommer mitt på dagen när ingen är hemma, tänk om hon står där just nu, hostande och febrig och obarmhärtigt ensam och utlämnad. Hon måste tro att Karin är precis lika opålitlig som alla andra svenskar hon mött.

Efter avslutat samtal skyndar hon ut och ringer Jens. Hon frågar om han kan komma hem tidigare, men han bara skrattar. Hon ringer Albin. Albin som ännu inget vet eftersom hon lämnade hemmet innan barnen hade hunnit vakna på morgonen. Märkligt nog svarar han i mobilen. De har rast. Han låter förvånad när han hör vem det är vilket är förståeligt eftersom hon inte ringer speciellt ofta, särskilt inte under skoltid. Hon börjar med några artiga frågor om skolan innan hon kommer fram till sitt egentliga ärende.

"Hon ska bo hos oss ett tag. Och jag tror att hon kanske är på väg hem nu, som sagt. Det vore i alla fall jättebra om det var nån hemma. Du har ingen möjlighet att gå hem tidigare?"

"Varför?"

Hon kan inte hålla tillbaka irritationen.

"Ja, du, Albin. Jag förklarade ju precis det. Hon kanske kommer hem till oss, och då måste det ju va nån hemma, eller hur?"

"Jag ska hem till Max. Hej."

Hon blir stående med luren i handen. Hon ser sina kollegor svepa förbi i korridoren i sina vita rockar, alla med samma pondus. Hon är en av dem. Hon är respekterad. Hon kan rädda människors liv om det skulle vara så. Hon har gjort det och hon tänker göra det igen. Skulle det hjälpa om han såg?

Hon hämtar Julia på fritis för att hon har lovat. I kapprummet hejar hon glatt på de andra föräldrarna, som om det verkligen var viktigt för henne att de såg att hon var där. Hon är också mer än nödvändigt trevlig mot fritispersonalen, allt för att kompensera tidigare frånvaro. En ur personalen frågar vems mamma hon är, vilket man visserligen skulle kunna ta som ett nederlag, men det kan lika gärna vara hans fel. Det är inte utan att han ser lite småkorkad ut.

Julia kastar sig om hennes hals och vill visa den nygjorda batiktröjan som hänger på tork i pysselrummet. Karin blir uppriktigt intresserad och tittar på batiken och på teckningar och några mycket märkliga lerfigurer och säger att det är fint och bra, för det är det. Julia blir överlycklig vilket gör att hon känner sig ännu bättre. Samtidigt måste de skynda sig. Hon ber Julia snabba på och märker att hennes röst blir sur när dottern inte gör som hon säger. Reaktionen uteblir inte: Julia vägrar ta på sig regnjackan – den är töntig och ful. Det ösregnar ute. Hon kommer bli våt och kall. Så får det bli.

På vägen hem förklarar Karin varför de måste skynda på. Hon berättar om kvinnan som ska bo hemma hos dem ett tag. Hon berättar om fattiga länder där människor inte får gå i skolan och inte har råd att äta sig mätta. Hon berättar att ibland måste människor komma till Sverige för att arbeta och tjäna pengar, och de behandlas inte alltid så bra. Julia lyssnar uppmärksamt.

"Jag ska ta hand om henne."

Dotterns ansikte är allvarligt. Det är något parodiskt över det.

"Det behöver du inte, älskling. Det gör jag."

Men Julia har bestämt sig.

"Du har inte tid med det. Jag kan gå hem tidigare från fritis. Jag kan ge henne medicin."

"Det ska du inte behöva göra."

"Men jag vill!"

Karin tar in hennes tioåriga allvar. Det är uppenbart att hon menar vad hon säger. Precis som med djuren: fiskarna, marsvinen, kaninen, katten, alla dem som hon ömmade så för. Ibland fick de uppmärksamhet i några veckor, men oftast gick det bara dagar tills hon hade tröttnat. Karin fick sätta in annonser och sälja djuren vidare eller någon gång, med skammens rodnad på kinderna, försöka övertyga tidigare ägare om att ta dem tillbaka.

Katerina har inte kommit. Albin finns att finna framför datorn på sitt rum. Hon slår irriterat upp dörren och frågar syrligt om han inte skulle till Max och får svaret att han redan har varit där. Sonens blick är intensiv på vad det än må vara som rör sig på skärmen. Kan han ha fått skuldkänslor och struntat i att gå till Max? Det kommer hon aldrig att få reda på.

Karin gör i ordning gästrummet, för säkerhets skull. Det är

inte ofta någon kommer och bor där. Hennes mamma föredrar källaren om hon någon gång kommer till Stockholm. Kanske känner hon sig hemma där nere i kylan. Kanske påminner det henne om hennes eget dåligt isolerade hus i Småland som hon köpte billigt för arvet från pappa.

Hon bäddar med fina satinlakan och duntäcke, hon lägger en liten duk på nattduksbordet och ställer in en blomma. På väggen hänger en gammal idolaffisch med Boney M som hon hittade i källarförrådet när de flyttade från stan och satte upp på skämt. De kvinnliga bandmedlemmarna krälar omkring på golvet endast iklädda kedjor, mannen står upp som en slavdrivare med en fet guldkedja i handen. Hon tar ner affischen och hänger upp en dålig akvarell med ett havslandskap, som hon fått i present av någon släkting. Isabel skulle fnissa om hon såg den präktiga akvarellen, men den är åtminstone inte stötande.

Sedan börjar hon städa. Hon röjer på det där sättet som man sällan gör hemma, både våt- och dammtorkar de flesta utrymmena i huset. Bara tanken på att det borde städas så här varje vecka gör henne obehaglig till mods. Hon åker och handlar. När hon står i kön till fiskdisken slår det henne att den tänkta skaldjurstallriken känns väl vräkig, så det slutar med att hon köper en bit lax.

När hon kommer tillbaka har fortfarande ingen hört av sig. Hon tittar på mobilen för säkert tjugonde gången, men den annonserar varken missat samtal eller nytt sms. Hon lagar middagen. Försöker slaviskt följa receptet för att till varje pris undvika att misslyckas. Medan fisken står i ugnen tar hon sig ett glas vin. Hon blir stående i fönstret med vinglaset i handen och betraktar den igenvuxna trädgården utanför. Det var den de förfördes mest av när de var här första gången, den de plockade fram som ett ess i rockärmen när de började tvivla på om hus verkligen var rätt grej. Den underbara trädgården. För barnens skull.

Ingen använder den förstås. Barnen vill helst av allt vara inne och måste köras till sina aktiviteter. Hon och Jens sitter oftast på balkongen sommartid där inte grannarna kan se dem. Hon hade en föreställning om att människan njuter av att se saker växa, men ingen i familjen verkar ha lust att sätta igång processen. Trädgården är alldeles igenväxt. De pratar inte om det. Ingen orkar ta ansvar för felbeslutet. Ingen orkar flytta.

Hennes blick fastnar på grannens monstruösa bil som står parkerad på andra sidan gatan. Plötsligt dyker mannen upp på garageinfarten, uppklädd och med håret fullt av vax. Han upptäcker henne där hon står. Han vinkar glatt. Hon vinkar stelt tillbaka. Grannens fru blir synlig. Hon har finkappan på och högklackat. Mannen gör henne uppmärksam på Karin i fönstret. Kvinnan lyser upp och vinkar ivrigt, som om de var bästa väninnor och inte hade setts på länge. Nu lägger mannen armen om sin fru och kysser henne ömt på kinden, som om det ingick i en föreställning inför publik.

Hon måste vända sig bort. Hon känner sig illamående. Det är inte för att de hämningslöst strör pengar omkring sig eller för att de förstör estetiken i området med sin fula carport, inte heller för deras ohämmade skryt om allt från sitt perfekta barn till nya erövringar på jobbet. Det är för deras oförställda, genuina glädje över att ha fått det så bra. För deras skamlösa lycka.

En halvtimme senare dyker Jens upp. Hon sitter vid köksbordet med sitt tredje glas vin framför sig. Han blir glad för att hon har gjort middag, och för att laxen bara är *lite* torr. De äter. Karin känner ingen smak. Hon tänker på den moldaviska kvinnan under hela måltiden. I fantasin ligger kvinnan inlåst och dödssjuk nere i källaren hos det ondskefulla paret. Kanske uppmärksammar barnen i huset hennes rop på hjälp. Kanske stjäl de nyckeln och låser upp för fången och hjälper henne att fly. Kanske kommer hon när som helst in genom dörren utan vare sig jacka eller skor, med andan i halsen och tacksamheten lysande ur blicken.

Men de hinner avsluta måltiden och äta efterrätt utan att någon har fått tacksamhet i blicken. Barnen tyckte att det var äckligt, och Jens pratar på om stressen på jobbet.

Han knäpper upp översta knappen i jeansen under skjortan och lutar sig tillbaka.

"Så hon kom inte då?"

"Hon kanske kommer senare. Det vet väl inte jag."

"Är du besviken?"

Hon kan inte låta bli att uppfatta det som ett angrepp.

"Som om det är nånting som jag gör för min egen skull, menar du, eller vadå?"

Jens tittar undrande på henne och knäpper upp ytterligare en knapp.

"Förlåt att jag frågar."

"Knäpp jeansen!"

"Under skjortan?"

"*Ja!*"

Hon reser sig och börjar duka av med stora rörelser. Så hejdar hon sig plötsligt och ställer ner tallrikarna på bordet. Avdukning och disk är Jens uppgift, eftersom det är hon som har lagat mat. Hon vänder sig villrådig mot barnen.

"Är det nån som vill spela kort?"

Hon sitter och tittar på en realitysåpa om två kvinnor som byter liv med varandra. Den tjocka kvinnan är en traditionell hemmafru, den snygga är en spontan livsnjutare. Karin märker att hon mot sin vilja identifierar sig med den tjocka. Klockan har hunnit bli elva. Hon har helt förlikat sig med tanken på att det inte blir något med den moldaviska kvinnan och intalat sig att det är lika bra det, när det ringer på dörren.

Hon ropar på Jens. Han hör inte. Det ringer igen. Hon ropar igen. Han skriker från övervåningen att hon ska gå och öppna. För helvete.

Hon reser sig motvilligt och går till hallen. Förstår inte varför hon känner obehag. Om det är den moldaviska kvinnan borde hon bli glad. Men hon närmar sig långsamt dörren och blir stående med handen på dörrhandtaget ända tills det ringer igen.

Kvinnan ser trött ut. Hon har samlat håret i en keps. Rocken är lång och av herrmodell men hon har dragit åt ett läderskärp för att markera midjan. Det står en stor resväska vid hennes fötter. Karin kastar en blick ner mot gatan. Där syns inte ett spår av någon taxi. Hon måste ha tagit bussen. Med lunginflammation.

Hon får ordning på sitt ansikte. Ett välkomnande leende.

"Men ... hej! Kom in."

Kvinnan kliver över tröskeln. Karin känner sig blyg, inte alls som på kliniken.

"Lilla vän ... vilken tur att du kom. Välkommen."

"Tack."

Karin tar hennes kappa.

"Jag undrade så hur det hade gått. Vi trodde att du skulle komma tidigare idag. Men vad bra att du är här i alla fall. Hur mår du? Och hur har det gått allting?"

Kvinnan står på golvet med uttryckslöst ansikte.

"Jens!" Hennes rop är en befallning. Måtte han förstå sitt eget bästa. "*Jens!*"

Han dyker upp i trappan med ett generöst leende på läpparna.

"Det måste vara du som är ..." Jens kommer närmare och ser frågande på Karin. Men hon har i detta ögonblick glömt namnet.

"Katerina", säger Katerina.

"Du ska bo i lilla gästrummet. Kom."

Karin vänder bort sitt rodnande ansikte. Vilken förnedring för kvinnan. Hon som redan vet att hon ingenting är värd.

Det finns så mycket hon vill fråga. Hon vill veta allt om hur kvinnan flydde, om det skedde i hemlighet, eller om det blev turbulent. När de går genom vardagsrummet blir hon medveten om det som måste betraktas som lyx i Katerinas ögon: plasmateve, DVD, stereo, soffgrupp. Bara det faktum att de har så många rum måste vara provocerande, allt detta utrymme. Men förmodligen har hon varit med om värre.

Karin kastar en blick bakom sig i trappan.

"Hur mår du, Katerina?"

Katerinas blick följer koncentrerat fötterna.

"Jag är trött."

"Det är klart. Du ska bara vila nu."

Hon öppnar dörren till gästrummet och gör en inbjudande gest med armen. Hon tänker på akvarellen och den lilla buketten, men Katerina ser sig inte ens omkring. Hon sjunker utmattad ner på sängen. Karin visar toaletten, som ligger alldeles utanför, och hälsar henne välkommen.

Jens kommer efter och ställer ner väskan. "Sådär, ja." Han ser på Katerina. Hans blick är vänlig. "Du ska inte skämmas för att fråga oss saker", säger han. "Och be om hjälp. Du måste be oss om hjälp om det är nånting, vad som helst. Lova det."

Katerina möter hans blick. Och nickar.

"Tack", säger hon igen.

Han lämnar dem. Det blir märkbart tyst. Hon vet inte vad hon hade väntat sig.

"Jag ska hämta en handduk också. Sen får vi prata mer om ... allting. När du blir frisk. Nu ska du bara slappna av och vila. Är det nåt du behöver? Vill du ha nånting att äta?"

Kvinnan ler ett litet trött leende.

"Nej tack."

När hon stängt dörren andas hon ut. Hon skyndar sig ner för trappan och upptäcker att teveprogrammet är slut. Hon fick aldrig vet hur det gick för den tjocka kvinnan, om det var det nya eller gamla livet som passade henne bäst.

5

KATERINA LIGGER MED hög feber hela första dagen. Men hon har full kontroll över sjukdomens förlopp och vet att patienten kommer att bli bättre ganska snabbt. Jens och barnen ser inte till Katerina alls. Själv går hon in med medicin då och då, och soppa som den andra inte dricker mycket av. Katerina är nästan inte kontaktbar. Det är svårt att veta om det bara beror på sjukdomen eller att hon inte vill prata.

Hon känner en märklig upprymdhet, en genuin glädje över att ha henne där, och hon kan inte låta bli att tänka att Katerina kan tacka sin lyckliga stjärna som stötte på just henne. Det enda som är tråkigt är att hon inte har någon att dela sin glädje med. Jens låtsas som om det inte alls ligger någon och hostar i huset och verkar överhuvudtaget inte vilja prata om det. Isabel undviker konsekvent samtalsämnet när de ses. Så hon ringer Elinor. De umgicks flitigt ett tag efter att de gick ut läkarlinjen. De senaste åren har det blivit mer sporadiskt.

"Jag kände bara att nånstans går ju en gräns för vad man står ut med att höra", säger hon. "Till slut måste man bara göra nåt."

Det blir tyst i luren.

"Det är fantastiskt fint av dej, Karin."

Elinor låter besviken. Hon har två barn och jobbar som läkare på en vårdcentral. En gång i tiden skämdes hon för sin högborgerliga bakgrund och drömde om att åka ut i världen och arbeta, men så blev det inte. Hon träffade Hans som redan då var välrenommerad advokat, och fick så småningom ta det jobb som gick att kombinera med att vara så gott som ensamstående med barn.

Hon sitter på sängkanten och studerar Katerinas sovande gestalt med en tallrik soppa i handen. Den moldaviska kvinnan har den sortens skönhet som kvinnor i allmänhet avundas, rena drag, vacker hy, tjockt hår. Bara några tunna streck kring ögonen vittnar om att hon har lämnat tonåren bakom sig. Hon stryker bort en hårslinga från Katerinas kind, som på ett barn. Gesten får henne att tänka på Albin och Julia, hur hon en gång i tiden satt vid deras sängar efter att de hade somnat.

Hon har tagit ut komp för att kunna vara hemma och sköta Katerina. Precis som hon förutspått går febern snart ner. Patienten börjar kunna dricka sin soppa och kan vara vaken längre stunder i taget även om hon fortfarande är mycket trött. Hon reagerar starkt på antibiotikan. Ibland måste hon rusa ut i badrummet och kräkas. En dag krockar hon med Julia när hon kommer springande. Karin hör bara Julias förvånade rop från övervåningen och toalettdörren som slår igen. När hon kommer upp för trappan står Julia och stirrar framför sig som om hon har sett ett spöke.

Det är också vad Jens kallar henne, "Spöket". För trots sin fysiska frånvaro är Katerina i allra högsta grad närvarande. Ibland kan de höra hennes steg ovanför sina huvuden, dörren som öppnas och stängs, spolningar från toaletten. Men mest av allt hostningar. De låter som små dova dunsar. Albin kommenterar inte brickan med halvt uppäten mat som Karin kommer ut med från gästrummet, han verkar inte bry sig det minsta. Julia, däremot, spanar nyfiket på deras inneboende när tillfälle ges.

En dag kommer Julia in i köket och parkerar sig på golvet med händerna i sidan.

"Jag har inte blivit presenterad!"
"Katerina orkar inte med folk just nu. Hon är sjuk, Julia."
"*Folk?* Jag är väl inte folk. Jag är familj."
Hon ler överseende mot sin dotter.
"Det kanske inte är riktigt sant."
"Skulle hon inte bo här?"
"Jo, men …"
"… men i så fall har jag väl rätt att …"
"Nej, Julia! Du får vänta!"

Dottern ger henne en föraktfull blick och spatserar iväg med hästsvansen käckt svajande, som hjältinnan i en gammal flickbok från fyrtiotalet.

Dagen därpå är Albin och Jens och tittar på en innebandymatch. Innebandy är den enda sport som Jens kan förlika sig med och han har spelat själv sedan han var åtta. Han tycker att innebandy passar hans "stil" vilket är en stil som är så mycket mer avspänd än de andra männens i området, tror han, nästan alternativ. Han vet också att man måste hitta intressen att dela med sina barn och har funnit minsta gemensamma nämnare. Innebandy. Vad han inte vet är att det är en av de få sporter som Albin är helt ointresserad av. Men Albin följer med, gång på gång. Han brukar se direkt plågad ut i hallen när de är på väg. Jens märker inget. Han pratar muntert på som han tror att man ska med sitt barn. Det låter ihåligt, i alla fall när man hör det från håll.

Karin har fastnat framför en serie på teven där ett antal ouppfostrade unga flickor från arbetarklassens England tävlar om att bäst kunna föra sig i de finare salongerna. Det är fascinerande att se hur flickorna anstränger sig för att göra allting rätt vid matbordet, använda rätt bestick och hitta rätt ämnen att konversera kring. Flera av dem misslyckas kapitalt och gråter när de får sin dom hos ledaren. Hon känner, märkligt nog, hur hennes ögon fylls av tårar, vilket gör henne förbannad – det finns verkligen ingen anledning. Då hör hon röster från övervåningen.

När hon kommer upp från trappan står Katerina och håller sig i dörrkarmen, iklädd herrpyjamas och tofflor. Julia står framför henne med ett ivrigt leende på läpparna.

"Vilket språk är ditt riktiga språk? Eller du kanske vill läsa på svenska? Hur har du lärt d…"

"Låt Katerina vara i fred, Julia."

Dottern ser förvånat på henne.

"Vi bara pratar."

Karin ger Katerina ett ursäktande leende.

"Förlåt, men hon är så nyfiken på dej."

"Vi får prata mer när jag har blivit bättre", säger Katerina till Julia.

"Okej", säger Julia enkelt. "Okej."

Hon skulle gärna följa med Katerina in på rummet och samtala lågt vid sängkanten. Hon skulle gärna stoppa om henne och hålla hennes hand. Stryka en hårslinga från hennes kind.

"Vill du ha nånting?" frågar hon.

"Nej tack."

Dörren stängs. Julia och hon står kvar och ser på varandra. Julias blick är ilsken och utmanande. Karin öppnar munnen, men hon hinner inget säga innan Julia har försvunnit iväg in på sitt rum.

En vecka senare har Katerina fortfarande inte visat sig på nedervåningen, vilket börjar kännas absurt. Själv har hon börjat jobba som vanligt igen, så innan hon går på morgonen ställer hon in en frukostbricka och när hon har jour ber hon Jens göra i ordning Katerinas frukost vilket han gnölande accepterar. Ofta lägger hon in en lätt lunch i kylskåpet som den andra kan ta ut och värma i mikron under dagen. Maten står oftast kvar i kylen när hon kommer hem, men inte alltid. Hon kan bara fantisera om hur det ser ut när Katerina skrider ner för trappan i sin pyjamas.

Julia har fått tag i en bok på moldaviska på biblioteket. Det händer att Katerina läser i den, men hon orkar inte länge i taget. Karin poängterar att det är viktigt att vila tills man är helt frisk.

En dag sitter Katerina påklädd på sängkanten när hon kommer in i rummet med middagsbrickan. Hon blickar upp på henne med trötta ögon.

"Jag är frisk nu."

"Nej, det är du inte."

"Jag vill börja jobba."

Karin ställer lugnt ner brickan på skrivbordet och vänder sig mot henne.

"Nej, Katerina. Du kanske har en hel vecka kvar i sängen, till och med två."

Den andra skakar bestämt på huvudet.

"Jag måste jobba. Det går inte att jag ligger här och gör ... ingenting."

"Jag är din läkare. Jag tillåter inte att du jobbar i ditt tillstånd."

Katerina börjar hosta. Hon hostar tills hon sjunker tillbaka i sängen av utmattning och hon måste få hjälp att puffa upp kuddarna bakom ryggen. Karin sätter sig på sängkanten intill sin patient, lycklig för att ha vunnit argumentationen.

"Du får inte känna dej som en parasit. Ingen tacksamhetsskuld. Okej?"

Hon tvekar men övervinner rädslan och tar Katerinas hand. Katerina drar den snabbt till sig och vänder ansiktet mot väggen, som ett trotsigt barn. Karin sitter kvar en stund innan hon reser sig. I dörröppningen vänder hon sig om. Patienten ligger blickstilla utan att ge ett ljud ifrån sig.

6

DET ÄR NÅGOT kvittrande över hennes röst. Hon kan höra det när hon går omkring i korridorerna på jobbet, att hennes röst alltid låter glad. Ibland kommer hon på sig själv med att tänka att det måste vara trevligt att ha en arbetskamrat som hon, någon som hejar på alla, och som frågar om nya sommarhuset eller den sjuka hunden, men det är som om de flesta tar det för givet.

Hon har börjat undra vad de tycker om henne. Så var det inte förr. De som tyckte illa om henne avfärdade hon snabbt. Men nu. Hon sitter i personalrummet i väntan på att morgonmötet ska börja och undrar hur de tänker. Det är samling kring bryggaren. Många har ännu inte slagit sig ner utan står och småpratar medan de väntar på att kaffet ska bli klart. Hon registrerar hur de som kommer in i rummet kastar en snabb blick på henne och hejar kort, innan de vänder sig till sina kollegor. Det känns i magen, även om hon vet att man som läkare automatiskt distanseras från de andra. Doktorerna arbetar lika mycket på mottagningen, akuten och förlossningen, så avdelningen är först och främst sköterskornas arbetsplats. Trösten är att hennes position är bättre än många andras. Personalen lyssnar på henne och följer hennes instruktioner, utan att ifrågasätta. Vissa läkare, med en mer auktoritär stil, möts av ständig skepsis vilket oavbrutet skapar konflikter.

Kaffet tar oändlig tid på sig att droppa färdigt. Det verkar vara lag på att man måste fika innan mötet och om man protesterade skulle man mobbas ut. De skrattande kvinnorna i rummet pladdrar på som om de hade all tid i världen. Som om inte arbetsdagen redan hade börjat. Som om de faktiskt hade valt det här jobbet för att kunna dricka kaffe obehindrat. Hon kan inte låta bli att irritera sig. De har så mycket att gå igenom, så många patienter att prata om eftersom avdelningen är full. Kaffet är äntligen färdigbryggt och folk börjar fylla på sina koppar. Men personalen slår sig ner med sitt kaffe och fortsätter prata, utan märkbart intresse för att avsluta sina samtal. Hon måste lägga band på sig. Måste lägga band på sig och genomlida fikandet. Isabel kommer in i rummet med det stora, okammade håret som en buske runt huvudet och rocken oknäppt. Hon önskar av hela sitt hjärta att Isabel ska komma och sätta sig hos henne. Kanske kan de också pladdra i några minuter. Men Isabel ler bara mot henne och slår sig ner hos några sköterskor. Hon får en klump i halsen och ser på klockan.

"Ska vi börja då? Vi har mycket att gå igenom."

Ett antal misstänksamma ögonpar vänds mot henne. Marina, avdelningsföreståndaren, reser sig.

"Det är ny månad så det är dags att betala till kaffekassan."

Flera nickar instämmande och börjar gräva i sina fickor efter pengar. Andra reser sig för att leta i väskor och ytterkläder. Ingen tar någon notis om henne. Bara Isabel som sitter i andra änden av rummet rycker på axlarna, som tröst. Hon försöker sig på ett skämtsamt "Här hade man inte mycket att komma med", men ingen verkar vilja lyssna. En expert i ledarskap skulle kunna konstatera att hennes auktoritet är fullkomligt undergrävd.

Marina kommer fram och trycker upp burken framför ansiktet på henne. Hon ser ut som en grovarbetare med sin stora, bastanta kropp, och sitt breda, asymmetriska ansikte.

"Hundra spänn."

Hon tittar äcklad på kvinnan och skjuter burken ifrån sig. Så reser hon sig och säger högt: "Det verkar ta tid det här. Så jag kommer tillbaka när ni är klara. Jag passar på att ringa några samtal under tiden."

De ser osäkert på varandra. Förstår inte om det är en markering eller inte.

Hon sveper förbi Isabel, som rör vid hennes hand. Utanför lutar hon sig mot väggen och andas. Hon är ovan vid att känna sådan vrede. Det är vänlighet som är hennes grej. Och överseende. Så måste det förbli.

7

DET HAR ONEKLIGEN inneburit en hel del extrajobb att öppna sitt hem för en behövande. Varje dag måste man, förutom frukost, middag och eventuell matsäck till barnens utflykter, tänka på vad Katerina ska äta under dagen. I början ansträngde hon sig och lagade mat eller tog upp rester från frysen, men eftersom den andra inget åt gick hon över till burksoppa. Nu ser hon på sin höjd till att det finns bröd att göra smörgåsar av.

Hon kommer för sent när hon ska hämta Julia från ridningen. Julia står ensam utanför ridhuset och är sur. Inte bara för att Karin är sen, visar det sig, utan också för att en häst som egentligen är snäll var dum. Karin låtsas vara förstående. Egentligen tycker hon att det är idiotiskt att vara arg på ett djur och försöker påtala med så mild röst hon kan att en häst inte förmår känna skuld.

"Du vet ingenting om hästar!"

"Jag vet att ett djur inte kan göras skyldigt för sina handlingar. Man kan inte säga 'dum' om ett djur, Julia."

"Han gillar inte mej. Han gillar bara Fanny. Jag hatar honom!"

"Lägg av nu."

Hon kan inte dölja sitt förakt. Julia håller på att brisera av uppdämd ilska, mest för att hon vet att Karin har rätt.

"Alla andra föräldrar är där och tittar men du kommer aldrig!"

"Det gör jag väl. Jag var där ... i lördags."

"*Förra* lördagen. På tävlingen, inte på träningen."

Julias försök till skuldbeläggning gör henne rasande.

"Men herre gud, på träningen ska man väl inte behöva stå där. Det är dom andra föräldrarna som är konstiga. Har dom inga jobb, eller?"

Det blir tyst. Tystnaden håller i sig. Julia stirrar ut genom fönstret. Sur. Sårad. Stolt. Hon skulle kunna bita av sig tungan, men vill samtidigt inte krypa för dottern, det vore att erkänna sig besegrad.

"Förresten, jag tänkte ..." Hennes röst har blivit föredömligt mjuk och resonlig. "Jag behöver lite hjälp, förstår du. Kan inte du börja hjälpa till att sköta om Katerina nu när hon är lite bättre? Vet du, jag hinner faktiskt inte."

Hon ser Julia i ögonvrån, hennes förvandling.

"Ja!" säger hon andäktigt, som om hon inte trodde det var sant.

Julias starka reaktion ger henne skuld. Dottern önskar inget högre i livet än att hjälpa, bara tanken gör henne lycklig. Kanske borde hon inte uppmuntra den sidan.

Hon sitter kvar med Kaj, Isabel och de andra efter ett arbetspass på den hemliga kliniken. De pratar öppenhjärtigt med varandra om vad som har hänt under kvällen. Alla har ett stort behov att få ur sig saker. En ung sköterska berättar med sprucken röst om sitt möte med en mamma tidigare under kvällen, vars tonårsdotter våldtagits i Kosovo framför hennes ögon. Hon börjar gråta. Karin tröstar. Den yngre kollegan tar tacksamt emot hennes stöd, och det känns som i en familj där Kaj och hon är föräldrar och resten av personalen deras barn.

När de har avhandlat allt är det dags att bryta upp. Hon känner en sådan närhet till de andra att hon inte tvekar ett ögonblick att säga det hon tänker: "Hur blir det med öppettiderna då?"

De andra blir avvaktande och den familjära stämningen är som bortblåst.

"Ja ...", säger Kaj, "jag tror inte att jag klarar av att driva verksamheten om den ska svälla ytterligare. Tyvärr, Karin."

"Men jag kan göra det."

Hon säger det för att det är sant. Det vore en ära att ta över ansvaret för något som Kaj startat upp. "Jag vill verkligen."

Hon nämner namnen på några personer som anmält seriöst intresse för att finnas med på deras rullande schema. Hon frågar om de andra kring bordet har pratat med sina arbetskamrater. De har inte hunnit, vilket gör henne irriterad.

"Men visst kan ni tänka er att jobba nån kväll till i månaden? *En* kväll?"

Hon spänner blicken i deras yngsta läkare, Linda, som stirrar nästan skräckslaget på henne.

"Det är bara det att ... handbollen", säger hon.

"Förlåt?"

"Jag skulle verkligen vilja, men jag tränar två kvällar i veckan och så är det matcher på helgerna."

Karin ser ner på sina händer för att hämta styrka. Det gäller att inte anklaga. Det gäller att vara förstående. Hon nickar tålmodigt mot Linda och riktar blicken mot Kent, den ende manlige sjuksköstaren. Han svarar med att resa sig och gå.

Det visar sig att ingen kring bordet är villig att arbeta mer än idag. Hon kan inte rå för sin besvikelse. I ren desperation håller hon ett tal, som vore det inför en tevepublik, om det skriande behovet i och kring storstäderna av en verksamhet som den här, tänk på alla dessa människor som behöver hjälp: fattiga, papperslösa invandrare som kommit hit för att arbeta, människor som flytt undan förföljelse men som har fått avslag på sina ansökningar om uppehållstillstånd och måste gömma sig, "dom behöver oss". Som om de andra inte visste. Hon avslutar med att rikta sig mot den unga, handbollsspelande läkaren.

"Hur kan handboll vara viktigare än människoliv?"

Hon vet i samma ögonblick som orden uttalas att hon passerar en gräns. Men skadan är redan skedd. Hon försöker ta tillbaka, men de andra ser bara besvärat på varandra. Linda stirrar ner i bordet några sekunder innan hon reser sig och går mot dörren.

Isabel ser förebrående på Karin.

"Du får alla andra att känna sig värdelösa, fattar du inte det? Jag har inga barn eller nånting men jag vill ändå inte jobba mer. Jag ska inte behöva känna att jag måste försvara mej bara för det."

Hon känner hur handen darrar när hon häller upp mer te i koppen.

"Det är upp till var och en, det har jag sagt förut."

"Ändå måste du hålla på och pusha oss. Fattar du inte hur det känns för Linda?"

Hon kastar en blick på Linda, som står och tar på sig ytterkläderna en bit bort. Hon vet att den yngre kvinnan, som gör sin AT-tjänst, ser upp till henne och att hon aldrig skulle våga säga emot. Hon reser sig och skyndar efter och ber om ursäkt igen. Linda nickar, alltjämt besvärad.

Bara Karin, Isabel och Kaj blir kvar efter att de andra försvunnit. Hon vågar inte se på de andra två.

"Karin ... Borde inte du vara hemma lite mer med dina barn?"

Det kommer så plötsligt. Hon stirrar på Kaj. Han betraktar henne bekymrat. Hon tänker på hans tre barn som måste ha längtat ihjäl sig efter sin far under större delen av sin barndom, men finner inga ord, inte ett enda.

"Skulle du säga så till en man som ville satsa?"

Kaj ser förvånat på Isabel, ovan att bli ifrågasatt av unga sköterskor. "Jag menar bara ..."

"Du menar att hon som kvinna är förkastlig om hon inte prioriterar att umgås med sina barn framför att ta hand om djupt behövande människor?"

"Jag visste inte att det var känsligt ..."

"Har du tänkt på att dom har en pappa också?"

Kaj ser verkligen förundrad ut, som om han aldrig hade tänkt på saken. "Jag menade verkligen inte så, jag menade bara ... Man är väl olika helt enkelt."

Karin samlar sig.

"Jag älskar mina barn, Kaj. Dom är det absolut viktigaste i mitt liv. Du behöver inte oroa dej ett dugg för att jag har nåt fel, eller vad du nu tänker."

Isabel skrattar till.

"Men du kanske har ett handikapp, Karin, tänk om det är så? Det är många vuxna som går omkring med diagnoser som inte fanns förr, det vet du väl?"

Hon vill gråta av lättnad. Över Isabel. Att hon lättar upp stämningen. Att hon är rak och orädd och allt annat än långsint.

Och snart är det ofarliga samtalet igång. De vassa replikerna flyger över bordet mellan henne och Isabel, som om de aldrig har haft någon konflikt. Hon ser en kort sekund på Kaj. Hans blick vilar tungt på henne. Som om det fortfarande fanns ett problem. Om hon bara kunde tvätta bort den där retliga oron från hans ansikte.

8

DEN NYA UPPGIFTEN får Julia att leva upp. Hon skyndar hem tidigare från fritis för att försöka få i Katerina smörgåsar och hålla henne sällskap. När Karin kommer hem på kvällen avlägger hon rapport om hur mycket den andra har ätit.

"Vad pratar ni om?" kan Karin fråga.

"Ingenting särskilt."

Ibland skryter Julia om att Katerina inte klarar sig utan henne. Hon kan inte låta bli att reta sig på självgodheten i dotterns röst. Men samtidigt vill hon att Julia ska vara glad.

"Du är duktig, du", säger hon, men blir i nästa sekund osäker. Det är säkert inte lämpligt att bekräfta den där duktigheten.

Ibland tittar hon på Albin. Han är i sin egen värld. Hon får lust att slå honom. Inte en sekund har han visat Katerina något intresse. Inte en enda gång har han frågat vem hon är, vad hon har upplevt eller gett uttryck för något som liknar empati. Jens är precis lika ointresserad, han bryr sig bara om ozonskiktet.

När hon ligger i sängen på kvällen kan hon känna Katerinas närvaro på andra sidan väggen. Hon tycker sig höra hur den andra rör sig, men det är framförallt hennes hosta som letar sig in till dem. Den är inte lika frekvent längre och inte lika djup. Men Jens har börjat tröttna och gnölar om att inte kunna sova på nätterna. Hon anklagar honom för att vara sjukligt lättväckt. En morgon har han blivit väckt vid fem och är sur och irriterad efter att ha legat vaken ett par timmar.

"Jag står inte ut!" är det första hon hör efter att väckarklockan ringt. "Hon får sova nån annanstans."

"Vad pratar du om? Var då 'nån annanstans'?"

Hon försöker fokusera sin trötta blick medan han klär sig med ryckiga rörelser.

"I källaren."

"Men snälla, Jens …" Hon reser sig till sittande. "Det var i en källare hon drog på sej den där lunginflammationen."

Han öppnar garderoben och river bland kläderna.

"Man kan väl sätta på värmen."

"Källaren funkar på sommaren, men det är skitdåligt isolerat, det vet du väl."

"Jag får väl bli utbränd då."

Hon tittar misstroget på honom medan han drar på sig byxorna.

"Utbränd?"

"Dom där jävla doktoranderna, dom bara ringer och kräver hela tiden. Och så har jag en artikel som måste skrivas färdigt. Vore lite kul att kunna sova."

Hon skrattar till, torrt.

"Du har tid att spela innebandy två gånger i veckan, du kan inte bli utbränd."

Han väljer att ignorera. Rycker kavajen från galgen.

"Din morsa sov ju i källaren när hon var här sist."

"I september, ja. Det var inte lika kallt. Tycker du verkligen, helt ärligt, att vi kan placera Katerina i en iskall källare? Har du samvete till det?"

"Det är du som är jourhavande medmänniska, inte jag."

I samma sekund hörs ett dämpat hostande från andra sidan väggen. Karin stelnar till. *"Hon hör vad vi säger!"*

Jens går närmare väggen.

"Hon skulle inte ta illa upp, jag lovar", deklarerar han, högt och tydligt. "Hon skulle förstå, om man bara förklarade varför. Hon kanske inte vet att *hennes hosta gör att man inte kan sova!*"

Karin kastar en toffel på honom. Den träffar inte. Synd. Mycket synd.

När hon kommer hem på eftermiddagen märker hon genast förändringen. Antalet skor som i vanliga fall är sjutton till antalet på och kring hallmattan har reducerats till noll. Samtliga skopar står snyggt uppställda i prydliga rader på skohyllan. Dörrmattan är dammsugen. Golvet i hallen skiner som om det var nypolerat och det luktar starkt av rengöringsmedel. Hon tar av sig och kliver in i huset. Köket är liksom hallen skinande rent, disken är diskad, bordet avtorkat. Absolut ingenting ligger och dräller någonstans.

Paniken kommer över henne. Det var inte så här det skulle bli. Det var aldrig tänkt att Katerina skulle städa hos dem. Men nu har det hänt. En utländsk, fattig kvinna har städat deras hus, som om de vore vilken överklassfamilj som helst som utnyttjar billig, svart arbetskraft. Det känns långt ifrån bra, det känns fruktansvärt och oåterkalleligt.

Hon tar trappan i stora kliv och rycker upp dörren till gästrummet. Det ser ut som innan Katerina anlände, lika opersonligt som ett hotellrum, med lika omsorgsfullt bäddad säng. Hon ropar på henne och letar i Julias rum, i teverummet, i arbetsrummet, i köket, till och med i Albins rum, men Katerina finns ingenstans.

Hon har aldrig gillat källaren. Där är fuktigt och kallt och Albin sa att han såg en mus i pingisrummet förra året. Det kan ha sagts med avsikt att skrämma henne och behöver inte vara sant, icke desto mindre är det med obehag som hon kliver ner för trappan till underjorden, i dunklet och kylan.

Dörren till gästrummet står halvöppen. Det första hon ser är Katerina som ligger i sängen under en filt och sover. Resväskan står bredvid henne på golvet. Karin blir stående blickstilla studerande den sovande kvinnan. Den andra slår upp ögonen, blinkar några gånger innan hennes blick fäster sig på Karin. På några sekunder är hon uppe ur sängen.

"Vad gör du här, Katerina? Du får inte sova här nere, det är inte bra för dej. Och du är inte frisk nog för att börja storstäda. Herregud, hur tänker du när du gör så här?"

Någon motreplik kommer inte.

"Du får verkligen inte ligga här! Fattar du inte? Du behöver värme!"

Hon går fram till Katerina och lyfter bestämt upp hennes väska från golvet. I nästa sekund griper den andra tag i handtaget.

"Släpp väskan, Katerina. Släpp väskan, sa jag!"

De sliter i väskan, från var sitt håll. Det enda hon kan tänka är att hon måste vinna. Bara det. Ingenting annat. Men Katerina har också bestämt sig, det syns i hennes blick.

"Okej. Om du vägrar gå med på det jag säger så får du väl flytta då. Du får försöka hitta ett annat jobb helt enkelt."

Hon ångrar sig genast, allt annat vore absurt.

"Förlåt ... jag menade inte ..."

Men Katerina släpper långsamt väskan.

"Du måste förstå, Katerina, att jag är läkare och du är inte frisk än. Det är bara det. Jag har ett ansvar för dej."

Hon vänder tvärt och lämnar rummet med Katerinas väska i handen. Hon går uppför två trappor och placerar väskan på golvet i lilla gästrummet. Hon lyssnar efter steg bakom sig men hör inga. Andningen lugnar sig. Hettan på kinderna svalnar.

Senare, när hon ligger och ska somna, går hon igenom det som hände i huvudet. Hon minns med äckel känslan av triumf när hon uttalade hotet. Hon förstår inte. Hon som alltid har varit så sansad. Stackars Katerina. Hon måste fortsättningsvis vara god mot henne. Till varje pris god.

9

KATERINA ÄR LYDIG. Hon vilar på sängen i lilla sovrummet och låter sig passas upp av Julia på eftermiddagarna. För det mesta äter hon på rummet, det är så hon vill ha det. Det känns märkligt att en person äter samma mat som de, samtidigt, men någon annanstans i huset. Deras gäst vet ännu inte att hon är arbetslös. När hon får reda på det kommer hon att lämna dem omedelbart. Karin måste ha en plan. Hon måste få henne att acceptera att hon är gäst och ingenting annat.

Hon lyckas övertala Katerina att komma ner och äta med dem. Det syns att hon inte tycker att det lämpar sig. Men hon kommer nertassande efter att alla satt sig och smyger fram till den stol som är ledig. Karin har köpt grillad kyckling, gjort klyftpotatis i ugnen och rört ihop tzatziki. Det ser gott ut, även om klyftorna kommer från en påse i frysdisken på Ica.

Men de sitter i alla fall där. Katerina tar en liten kycklingvinge och fyra bitar potatis. Hon tittar ner i tallriken utan att säga något, liksom Albin. Julia tar inte blicken från Katerina. Vid ett par tillfällen ler gästen mot hennes dotter, varpå Julia ser triumferande på Karin.

Jens verkar obekymrad, som vanligt. Han äter med god aptit och verkar inte känna av några spänningar. Efter att ha kommit halvvägs med maten på tallriken lägger han ner kniv och gaffel och vänder sig mot Katerina.

"Jaha. Och hur trivs du i Sverige då?"

Hon vill sjunka genom jorden. Vad tror han?

"Men snälla Jens, hon är ju sjuk, hon är ju ... vad är det för en fråga?"

Märkligt nog ser Katerina honom i ögonen utan märkbar irritation.

"Sverige är ganska kass. Jag menar, för mej, jag bara jobbar, inget annat, jag vet ju inte."

"Förlåt", säger Jens och skakar på huvudet åt sig själv. "Ibland säger jag saker utan att ... ja..." Han pekar på henne med kniven. "Men även om jag är privilegierad och allt det där ... vet du vad? Om jag hade fått välja hade jag inte bott i Sverige."

Hon kan inte dölja sin irritation. Hur kan han sitta och prata på det sättet? Är han fullkomligt omedveten om att Katerina faktiskt inte har några val, att hon faktiskt inte har kommit till Sverige som turist utan varit tvungen för sin överlevnads skull?

"Nähä, var hade du bott då, Jens?" säger hon syrligt.

Han spricker upp i ett leende.

"Jo, förstår du, *Karin*, jag hade bott i Italien.

Hon fnyser föraktfullt.

"Italien? När har du varit i Italien?"

"Många gånger."

"En dag här och där på konferenser."

"Med dej också."

Hon himlar med ögonen, för att ursäkta sin man för Katerina.

"När då? När var vi i Italien? Okej, vi har varit i Rom en helg. Det räknas väl inte."

"Vi var i Toscana."

"Du är bara pinsam nu."

Hon reser sig för att fylla på tillbringaren med vatten.

"Och tågluffade. Kommer du inte ihåg det?"

Hon skrattar till. Hånfullt.

Så minns hon. Jens och hon var nyförälskade och köpte ett tågluffarkort för att kunna ta sig ner genom Europa. De bodde på små pensionat och åt av den goda, italienska maten. Lillgamla.

"Det är mer än tjugo år sen!"

"Det vet jag väl!" Hela han lyser av triumf. "Men visst var det fint?"

Hon hinner inte svara.

"Jag känner många som jobbar där", säger Katerina. "I Italien. Det är fint land om man har pengar, annars ..."

Hon avbryter sig, och skakar på huvudet. Spetsar en bit klyftpotatis på gaffeln och lägger varsamt in den i munnen.

Jens nickar förnumstigt.

"Det är nåt som alla länder har gemensamt, tror du inte det? För dom fattiga är det samma överallt. Samma skit."

Katerina nickar. Hon ser med plötslig förtrolighet på Jens.

"Mina vänner blir utnyttjade. Du vet, vissa blev sålda och ... Därför jag kom till Sverige. Jag hade hört att det var bättre här. Det var ett bra land, sa folk."

"Sålda? Vadå sålda?"

Julia stirrar bestört på Katerina. Albin reser sig besvärad och lämnar köket. Hon skulle också vilja fly, det här börjar kännas olustigt.

Katerina ser allvarligt på Julia.

"Det kan vara så i mitt land att folk vill tjäna pengar på andra, förstår du. Och så lurar dom unga tjejer att dom ska få jättebra jobb, men istället ..."

"Dom utnyttjar folk här också", avbryter Karin.

"Människor behandlas som hundar på vissa håll", medger Jens. "Det får man inte glömma."

Julia går fram och kastar sig om Katerinas hals. Katerina blir överrumplad, men hon kramar tillbaka.

"Stackars dej!"

"Det är ingen fara ..."

"Ta det lugnt med Katerina nu." Karin försöker få Julia att släppa genom att varsamt ta i hennes arm. "Det räcker nu, Julia."

Julia vänder sitt ansikte mot henne. Det är rött av ilska och upphetsning.

"Fattar du inte vad hon och hennes kompisar får vara med om! Är det jag som är konstig, eller?"

"Det är bara att ... Katerina kanske vill äta."

"Katerina kanske vill ha en kram. Tänk om det är så!"

De låter Julia vara i Katerinas knä. Den andra kvinnan stryker henne över ryggen.

Karin börjar duka av. Jens hjälper henne. De ser på varandra vid diskbänken. Han lutar sig fram och ger henne en puss på kinden. Hon sluter ögonen för en sekund.

10

DAGARNA GÅR OCH det oundvikliga närmar sig. Avgörandets ögonblick. Sanningen måste någon gång fram. Karin förstår att den andra skäms över att ha förvandlats till ett välgörenhetsprojekt, att hon längtar efter att göra rätt för sig, att hon är sprängfylld av frågor som har med framtiden att göra. Hon borde kunna ge henne svar. Omedelbart. Men det är svårt. Beslutet att "rädda" Katerina känns plötsligt ogenomtänkt och naivt. Hon har inga papper så det går inte att ordna ett vitt arbete. Att skaffa ett svart dito bär förstås emot. Karin är av princip emot svartjobb, särskilt efter att ha sett konsekvenserna av det på kliniken. Människor ska inte arbeta utan att ha sjukpenning, reglerade arbetstider och försäkringar, det är hennes rena och sanna övertygelse. Alla som arbetar i landet ska betala skatt och kunna tillgodogöra sig alla förmåner.

Jens frågar ständigt om hur det ska bli.

"Vad ska hända med henne? Har du fixat nåt åt henne än? Vad har du tänkt egentligen?"

"Hon kan väl få bli frisk först!"

Det enda hon egentligen kan göra är att säga sanningen. Problemet är att den andra kvinnan i så fall kommer att lämna dem och skaffa sig ett nytt slavarbete hos några rika människor som njuter av att utnyttja andra. Och om hon blir utsatt för något i den nya familjen har hon själv en del av skulden.

Pinsamt nog är det Katerina som först tar initiativet till ett samtal. En kväll åker hon iväg till en "vän" för första gången. Ingen vet vem det är eller var vännen bor. Men efter några timmar är hon tillbaka med lite mer liv i blicken. Karin sitter i soffan, när hon kommer hem, och försöker plöja igenom de senaste dagarnas tidningar till ljudet av teven som står på. Plötsligt står den andra bara där med sin uppfordrande blick.

"Jag måste veta. När ska jag börja jobba?"

Karin stänger av teven.

"Jag står inte ut att inte veta", fortsätter Katerina. "Jag måste ha pengar. Jag har människor som behöver mina pengar hemma i mitt land, jag måste … Jag är inte sjuk nu. Jag hostar inte. Jag vill börja städa nu. Jag kan putsa fönster. Jag kan fixa mat och …"

"Sätt dej."

Karin gör en gest med handen mot fåtöljen. Katerina lyder motvilligt. De blir sittande tysta en stund.

"Du förstår, Katerina …"

Hon berättar utan omsvep hur det kändes den där kvällen på kliniken. Att hon blev upprörd över hur Katerina hade det och att hon som läkare kände sitt ansvar. När hon ska berätta om lögnen vänder hon bort blicken. Men hon säger som det är, att hon var tvungen i det läget att lova henne arbete, för att få möjlighet att hjälpa.

"Du kanske vill åka tillbaka till Moldavien? Jag kan betala biljetten, om du vill? Jag skulle kunna …"

Katerina vänder sig ifrån henne. Det är en markering.

De sitter kvar, tysta. Orörliga. Jens jobbar sent, barnen har lagt sig. Ingen kan komma och befria henne.

Katerinas ansikte är uttryckslöst. Karin sträcker ut en hand. När den når Katerinas kropp vet hon inte vad hon ska göra med den. Hon låter handen snudda vid Katerinas ben för att i nästa ögonblick dra den tillbaka.

"Man får inte behandla människor så som du blev behandlad. Det är faktiskt förbjudet att betala så lite pengar, att ha så långa arbetsdagar. Och att låsa in människor, jag tycker …"

Katerina reser sig och går. Karin ser efter henne. Hon sitter kvar i någon minut, sedan följer hon efter. När hon kommer upp har Katerina redan hunnit börja packa. Hon sliter bestämt upp kläderna ur byrålådan och slänger ner dem i resväskan. Karin skymtar hennes ansikte bakom hårgardinen. Ögonen är blanka och munnen hopknipen. Den andras desperation fyller hela rummet.

"Snälla Katerina, jag vill bara hjälpa dej att hitta nya lösningar i livet …"

Hon hör hur det låter. Vulgärt. Katerina stannar upp och riktar sina mörka ögon mot henne.

"Vill du hjälpa mej?"

"Ja."

"Ge mej ett jobb."

"Jag kan inte."

"Det kan du. Jag behövs. Du behöver mej."

"*Du* behöver *mej*. Du behöver min hjälp. Om vi bara pratar om det kanske vi kan hitta …"

Katerina gör en häftig gest med armen mot Karin.

"Jag vill bara jobba, inte ha nån jävla *hjälp*!" skriker hon. "Fattar du inte?"

Tystnaden efter Katerinas rop är öronbedövande. Hennes ansikte är rött av upphetsning, andningen häftig. Hon vänder sig bort. Karin stirrar på hennes skälvande rygg. Så fortsätter hon med packningen. Hon packar som en maskin. Fokuserad. Sammanbiten.

Känslan av misslyckande är outhärdlig. Vart ska Katerina ta vägen? Hon vågar inte tänka på det. *En ensam kvinna. En ensam kvinna i ett främmande land. En ensam, ung kvinna, utan pengar i ett främmande land. En ensam ...*

"Okej."

Katerina stannar upp och tittar på henne.

"Du får jobba här tills vidare. Jag menar det. Vi behöver hjälp med städning och matlagning. Och med barnen. Du kan börja idag."

Hon hör hans steg i trappan och släcker genast sänglampan. Han tassar in och klär av sig och lägger kläderna försiktigt på stolen, han kryper ner utan att sängen blir till ett stormigt hav. Hela tiden ligger hon där och andas sina långa, djupa andetag utan att veta hur det brukar låta när hon sover.

Katerina ska gå upp tidigt och göra frukost imorgon. Det gjorde hon hos den andra familjen. Karin har förhört sig om hur det brukar gå till. Jens kommer att stå som ett frågetecken i köket. Men han kan inte skälla ut henne inför Katerina och barnen. Det bästa vore förstås att berätta nu. Att öppna munnen i mörkret och bara säga som det är, att hon var tvungen.

Hon kryper närmare honom. Han blir glad över att hon är vaken och lägger en arm över hennes kropp. Hon viskar att det har hänt något och han verkar uppriktigt intresserad. Är förmodligen glad över att träffa någon som inte är en krävande doktorand. Hon tar ett djupt andetag och berättar som det var, att Katerina började packa när hon fick reda på att hon inte skulle få jobba i huset, och att Karin blev tvungen att erbjuda henne arbete.

Det blir tyst.

"Vadå för jobb?"

"Hushållstjänster. Lättare hushållstjänster."

"Lättare hushållstjänster?"

"Ja. Det blev så."

Armen avlägsnas. Sekunden efter tänds sänglampan. Han sätter sig halvt upp.

"Vad sa du nu igen?"

Hon sätter handen framför ögonen. "Släck!"

"Har vi svart hemhjälp plötsligt? Herregud!"

Jens tänker på deras bekanta, på människor på jobbet, akademikersläkten, folk i allmänhet, vad de ska tro.

"Det är bara tills hon hittar en annan plats som är okej", suckar Karin. "*Jag* kan väl inte hjälpa att hon inte accepterar att bli omhändertagen. Och det fattar du väl hur det känns för henne. Hon vill göra rätt för sig."

Han ser tvivlande på henne.

"Bara tills hon fixat en annan plats?"

"Det är klart. Tror du att *jag* vill det här?"

Jens är någorlunda lugnad. Han inser att han kanske inget behöver berätta för någon. Det är bara ett kort tag. Ingen kommer att hinna märka. De ligger alldeles stilla på var sitt håll. Precis när hon tror att han har somnat kommer det.

"Shit!"

"Vadå?"

"Kan hon ta Julia till ridningen imorgon, tror du? Jag har ett möte."

11

HON HAR ALDRIG FÖRSTÅTT varför man ska ha barn om man ska betala någon annan för att passa dem. Och när det gäller städningen ska man kunna ta hand om sin egen skit. På det sättet är hon uppfostrad: man klarar sig själv. Därför har hon aldrig köpt det som kallas *hushållsnära tjänster*. Jens och hon har haft ständiga diskussioner om vem som ska hämta och lämna och komma ihåg gymnastikpåsar, och det var inte enkelt att avbryta specialisttjänstgöringen för att vara hemma med barn. Hon hade börjat känna sig säkrare på att operera och hade ingen lust att bli ringrostig och behöva börja om från början när hon kom tillbaka. Så det blev bara ett halvår hemma med Albin. Jens och hon delade upp föräldraledigheten på ett föredömligt sätt, rakt av. Väninnorna från läkarlinjen, som alla tog rejäla pauser från karriären när de födde, anklagade henne för att vara karriärist, samtidigt som de avundades henne som hade en så jämställd man. Hon vågade inte berätta om deras sjukliga strävan hemma efter millimeterrättvisa. De hade scheman på kylskåpsdörren där man såg vem som hade varit hemma med sjukt barn flest gånger. Utekvällar med vänner var också uppskrivna liksom alla sportaktiviteter. Eftersom Jens hade innebandy blev hon tvungen att börja på Friskis & Svettis, allt för jämnviktens och jämlikhetens skull.

Hon har verkligen talat illa om folk som använder sig av städhjälp och barnflickor. Grannen har berättat att det finns de i området som använder sig av flickor från Ryssland och Polen, men hon har inte velat tro på det. Inte här. Inte i det här området. De utpekade familjerna verkar helt normala, och deras barn har betett sig som vanliga barn när de har varit hemma och lekt med Julia. Karin har tittat bort när hon sett främmande unga kvinnor av utländsk härkomst i området. Som om det vore deras fel att de arbetade för slavlöner åt den privilegierade, övre medelklassen.

Men nu. Hon sitter på jobbet och njuter av att veta att maten är lagad och serverad hemma och att det är snyggt och rent i huset. Det finns ingen smuts eller disk att förtränga. Tvättmaskinen är igång innan det är dags att börja med frukosten och det gamla ärvda silvret som stod och dammade i ett skåp var putsat redan dag tre. Karin kan verkligen förstå varför man köper hushållsnära tjänster. Samtidigt måste hon påminna sig om att lösningen bara är temporär. Inom en månad *ska* de ha ordnat en ny plåts åt Katerina.

Senaste veckan har hon kunnat jobba över utan problem. Hon har suttit och dikterat journalanteckningar i lugn och ro och stannat kvar hos patienter som blivit dåliga. Det är viktigt just nu att visa att hon är kompetent och kapabel. Överläkartjänsten, som hon har väntat på i alla år, är äntligen utlyst och hon vet att hon är en av deras bästa kandidater.

Julia befinner sig i förälskelsestadiet hemma. Precis som med hamstrarna skyndar hon sig hem från skolan på eftermiddagarna för att umgås med Katerina. Förmodligen överöser hon henne med information om vad som hänt under dagen, vad den ena sagt eller gjort och vad fröken gett dem för korkade uppgifter. Att Albin mest är på rummet är inte bara en gissning. Han som var så sportig nyss är nästan aldrig någon annanstans. Hon har försökt prata med honom men han svarar bara enstavigt, hon kan nästan sakna cynismerna.

Häromdagen gick hon till biblioteket efter jobbet. Det är sådana saker man får tid till när man inte behöver ta hand om hem och barn. Man skulle kunna slinka in på en föreläsning om man hade lust, spontan-slinka-in, något liknande har inte hänt på tretton år. Men den här gången var hon ute efter något speciellt. Hon travade fram till bibliotekarien och sa som det var, att hon ville låna en bok om tonåringar. Kvinnan såg ut att kunna se rakt igenom henne och började ställa närgångna frågor och Karin tvingades säga rakt ut att det var råd till föräldrar hon var ute efter och inte vad som händer med kroppen i puberteten. Bibliotekarien letade fram fem böcker. Hon har bara hunnit börja i en av dem men kontentan verkar vara att man ska visa att man bryr sig, vilket inte kan betraktas som något revolutionerande i ämnet. Hon ger Albin beröm hela tiden. Men vad hon än gör blir det fel.

"Du som är så bra på schack", kan hon säga.

Då stirrar han på henne som om hon var en idiot.

"Är du inte det? Du vann ju ett mästerskap."

Han bara skakar på huvudet. "I femman, ja."

Det är två år sedan. På honom låter det som om det var tio.

Innan hon går från jobbet skriver hon några intyg och okynnesstädar skrivbordet. Bilresan hem är njutbar. Hon lyssnar på musik från den tiden då hon hängde med lite grann. Och blir mild till sinnes när hon tänker på vad Katerina kan ha lagat för något gott idag. Hennes forna patient gör numera de flesta inköp och har hittills promenerat till affären med Karins gamla shoppingvagn. Men Katerina verkar veta allt om de olika billighetspalats som är uppbyggda runt staden och har föreslagit att de ska börja storhandla på helgerna.

Hon kliver in genom dörren och känner doften av rent istället för unket. Av harmoni istället för kaos. Friskt istället för sjukt. Här kan man bo, kanske till och med åldras. Hon snubblar inte över en hög med skor, och sockan fastnar inte på en kladdig fläck. Leende klär hon av sig och hänger upp ytterkläderna på en galge som hänger och dinglar tillsammans med sina lediga galgkompisar på stången. Katerina måste ha rensat bort kläder och hängt någonstans. Hur hon har kunnat frigöra något utrymme någonstans till ytterkläder är ett mysterium och ett initiativ som måste premieras. Hon ser sig nöjt omkring. Hela deras hem är ett under av trivsel. Hennes små försök till heminredning framstår plötsligt som riktigt lyckade när det är undanplockat och dammfritt. Hon kommer på sig själv att önska att Elinor vore här och såg fulländningen.

Doften av mat som dröjt sig kvar i huset retar hennes hunger. När hon kommer in i köket skiner diskbänken blank som i en reklamfilm. Inte en pryl står kvar med smulor under intill kaklet. Alla de ting hon vanligtvis inte vet var hon ska ställa har fått sin givna plats. Det är en helt ny ordning i skåp och lådor. Men hon skulle aldrig drömma om att sura över att hon inte hittar. Hon är ingen överklassfitta som anmärker på det ena eller det andra. Hon är bara tacksam. Djupt och innerligt.

I det avtorkade, på gamla matrester utrensade kylskåpet, står en plastlåda med en gulaschliknande gryta i. Hon blir tårögd av omtänksamheten. Hon häller grytan i en kastrull och sätter på plattan. Det börjar dofta ljuvligt i köket. Katerinas mat är alltid god. Karin skedar upp det kalla, kokta riset på tallriken och ställer in i mikron. Hon tänder stearinljuset på bordet, tar maten från spisen och häller upp på tallriken. På väg tillbaka till diskbänken öppnar hon diskmaskinen. Inte ett glas står kvar där inne. Det är inte bara häpnadsväckande. Det är konst. Stor konst.

Hon äter under tystnad. Det är mycket gott. Bara vinden hörs utanför fönstret och små knäpp i golvplankorna. Hon kommer på sig själv att känna ro. Hon som nyligen varit så irriterad. Hon längtar inte ens efter att anklaga Jens för något. Hur mycket hon än tänker på det kan hon inte komma på något att anklaga honom för.

Hon sköljer av tallriken och ställer ner den i diskmaskinen. Hon väter och kramar ur den fräscha, väldoftande disktrasan och drar den över bordsytan. Sköljer ur den med först varmt och sedan kallt vatten för att ta död på bakterierna. Inte konstigt att hon känner sig duktig. Hon är på väg att gå upp för trappan för att tacka Katerina när hon slås av att hon inte ens har kollat om barnen är vakna.

Hon vänder och styr stegen mot Albins rum. Hon knackar. Han svarar ja. Men hans röst är avvisande. Det slår henne att han kanske ligger och onanerar. Hon har inte kommit till det kapitlet i boken än, om det nu finns något sådant.

"Hur är det?" säger hon utanför den stängda dörren.

"Bra."

"Kan jag komma in?"

"Måste du?"

"Jag ville bara ... säga godnatt."

"Godnatt."

"Godnatt."

Hon känner fortfarande glädje, men något olustigt har kommit över henne och neutraliserat känslan. Telefonen ringer. Hon ska precis lyfta luren när hon förstår att någon redan måste ha svarat på övervåningen. Hon smyger närmare trappan och hör Katerinas röst. Hon lystrar men samtalet förs på ett annat språk, som påminner om ryska. Kanske är det sin mor hon talar med, eller en vän. Hon kliver upp ett par steg i trappan och ser den andra kvinnan bakifrån där hon står med luren tryckt mot örat. Hon väntar tills samtalet är klart. Sedan tar hon trappan i några stora kliv. Katerina vänder sig förvånat om. Hon har tårar i ögonen. Karin känner sig överrumplad.

"Tack så mycket för maten. Den var fantastisk."

"Bra."

"Jag måste säga hur tacksam jag är för vad du har gjort här i huset. Jag kunde inte drömma om …", hon slår ut med armarna, "… att du var så här duktig."

Katerina nickar och tittar mot dörren in till sitt rum.

"Jag menar bara … Tack för vad du har gjort."

"Mitt jobb? Okej."

Hon försvinner in på rummet. Karin står kvar. Det märkliga är hur snabbt genuin glädje kan förvandlas till olust.

12

HON TAR EMOT en hel familj från Pakistan. Den äldsta flickan är nästan helt apatisk sedan en månad tillbaka och behöver uppenbart hjälp. Mamman har haft en ögonsjukdom och ser bara på ena ögat. Pappan har konstant huvudvärk och tror att han har hjärntumör. Det är inte lätt att kommunicera, eftersom familjen är djupt religiös och saknar förtroende för både läkare och psykologer, men hon lyckas övertyga dem om att åtminstone flickan måste ha vård, ingen gud i världen kan hjälpa någon som varken vill äta eller dricka. Hon ringer ett antal samtal och lyckas ordna den akuta hjälp som familjen behöver. Pappans huvudvärk kan hon dock inte göra något åt. De flesta som kommer med magont och huvudvärk tror att hon ska kunna ge dem mirakelmediciner, när det enda som hjälper är att bli kvitt oron. Men det kan vara svårt att säga till någon som är livrädd för att skickas tillbaka till döden, att sluta oroa sig.

När kliniken stängt för kvällen sitter de som vanligt kvar en stund. Hon vet att barnen snart somnar och att Jens sitter uppe och förbereder sig inför en konferens. Hon föreslår Isabel att de ska ta en promenad. Isabel ser undrande på henne och föreslår krogen.

De kör in till stan. Det känns som om de var utomlands eller i en annan tid. Isabel berättar att de ska till en bar där hennes kompis "spelar" ikväll. Karin utgår från att kompisen spelar i ett band. Isabel skrattar och säger att hon ska spela skivor.

De hittar ingen bra parkering. Isabel övertalar henne att parkera på handikapplats vilket tar emot mer än hon vågar erkänna. Men hon vill inte verka tråkig. Hon vill verka spontan. Och ung. Framförallt det. Unga människor oroar sig inte för parkeringsböter. De rycker på axlarna och tänker "What happens happens".

Isabel glider självsäkert in i lokalen. Själv känner hon sig som töntiga kompisen som kommer tassande efter. Hon konstaterar omedelbart att hon är minst tio år äldre än alla andra, men det var å andra sidan länge sedan som det var annorlunda. Baren är som barerna var sist när hon var ute. Vilket inte var särskilt länge sedan. Det säger hon i alla fall till Isabel. Hon berättar att hon, Elinor och Gunilla, de gamla vännerna från läkarlinjen, brukar ses varje månad för att hitta på något kul. Vad hon inte nämner är att det blir högst varannan månad och att det nästan alltid är någon som har tagit bilen och inte kan dricka.

Isabel kastar sig om halsen på en tjej bakom baren. Hon har hörlurar på sig och står framför något slags musikanläggning och Karin förstår att det är kompisen som skulle spela skivor. Hon blir presenterad, men hör inte kompisens namn och bryr sig inte heller. Volymen i rummet känns på gränsen till outhärdligt hög, men hon hejdar impulsen att be dem sänka eftersom ingen annan verkar bli störd.

Isabel beställer två öl och ställer ner den ena framför henne på bardisken. Hon säger, som den 41-åring hon är, att hon har bilen och inte kan dricka. Isabel stönar och himlar med ögonen, som en tonåring åt sin hopplösa mamma.

"Jag hämtar bilen åt dej imorgon och så delar vi på böterna, om det blir några. Okej?"

Hon skakar på huvudet som svar.

"Men ... Du ska på kurs imorgon, tror du inte jag vet det?"

"Jo, men det kommer ta en timme att ta sig till jobbet och ..."

"Man får inte bli så tråkig."

"När du är i min ålder kommer du fatta. Du är säkert inte ens bakis."

Den andra ler retsamt.

"Du vill inte släppa kontrollen, eller hur? Duktiga doktorn vågar inte bli full."

Det är så barnsligt. Hon behöver verkligen inte bevisa något. Ändå sveper hon ölen. Hon har aldrig svept en öl i hela sitt liv och är lika förvånad som Isabel. När hon ställer ner glaset på bordet får hon till råga på allt till ett leende. Isabel blir så imponerad att hon dricker upp sin öl nästan lika snabbt. Snart har spykänslorna förvunnit och hon har köpt två nya öl, och två nya till, och de är inbegripna i en diskussion om vad som är viktigast i livet, att vara en bra mamma eller bra medmänniska.

"Bra mamma", hör hon sig själv säga.

"Det säger du bara för att du måste."

"Jag tycker det i alla fall."

"Alla har ansvar för alla världens barn", säger Isabel. "Alla har ett moraliskt ansvar för orättvisor och fattigdom."

"Jo, men om man måste välja mellan hela världen och familjen, då väljer jag familjen."

"Det låter jättebra, Karin, men om vi skiter i dej en stund, det här är nämligen en filosofisk diskussion, tänk om det faktiskt är mer moraliskt försvarbart att rädda fattiga, förtryckta människor från fångenskap och svält än att ta hand om några barn som klarar sig utmärkt med en förälder?"

"Dom kan bli skadade för livet om deras mamma prioriterar bort dom."

"Andra barn svälter ihjäl eller dör av farliga sjukdomar. Är inte det värre än lite ångest? Den kan man ju bota med terapi."

"Vilket svin du är!"

Isabel gapskrattar.

"Jag bara blajar. Fattar du inte det? Det finns inga såna val."

De hänger vid bardisken med sina huvuden tätt ihop. Musiken är så hög att de måste skrika. Men man vänjer sig. Mitt i alltihop slås hon av att Isabel inte har frågat om Katerina, inte en enda gång. Själv har hon förstås inte berättat om deras nya hushållerska.

Isabel går på toaletten för tredje gången och hon blir stående ensam med sin öl vid bardisken. Det som nyss kändes främmande har förvandlats till något hemtrevligt. Hon studerar de unga männen i lokalen. Hon undrar vad folk tänker när de ser hennes blickar, att där står en desperat tant, hungrig på lammkött? Blicken fastnar på en man i 25–30-årsåldern som står en bit bort inbegripen i ett samtal med en annan man. Han är lång och smal och har en stor näsa Det är ingenting häpnadsväckande över honom, ändå är det där blicken fastnar.

Isabel kommer tillbaka. Karin gör en gest med huvudet mot mannen och frågar om han är snygg. Isabel skrattar och tar tag i Karin och drar med sig henne fram till honom för hon känner hans kompis.

"Ni måste roa oss!" ylar Isabel. "Vi är så himla seriösa och pratar allvar hela tiden. Visst är ni såna där vanliga, glada partykillar?"

Isabels bekant, som heter Martin, håller glatt med.

"Absolut. Vi har inget djup alls."

Mannen med den stora näsan har ett distanserat leende på läpparna och lätt förvirrad blick. Förmodligen är han lika berusad som hon. Isabel tjatar intensivt på med Martin, förmodligen helt avsiktligt.

"Du då?" frågar hon mannen som står bredvid.

"Jag?"

"Du."

"Vadå?"

Han ser förvånat på henne. Hon tänker inte bry sig om att hon är femton år äldre och inte i närheten av lika cool.

"Är du lika ytlig som din kompis?"

"Vad du vill", säger han.

"Du har ingen egen vilja?"

"Jag är en sån som vänder kappan efter vinden."

"Är det nåt du vill prata om?"

De pratar om ingenting i något som känns som en halvtimme till dess att hon slutligen frågar vad han heter. Han heter Tobias och är 28 år och gör lite olika saker, inget av någon särskild vikt.

"Jag har inte pratat med nån kille så här länge på flera år", säger hon, utan att tänka på Jens. "Nån som inte är arbetskamrat."

Han ser roat på henne. Sedan lämnar hon honom för att gå på toaletten. Medan hon väntar i toalettkön ser hon på sig själv i spegeln där hon står omgiven av unga, trendiga tjejer. Det är en deprimerande syn, den högröda ansiktsfärgen till de små, kisande ögonen. Hon tröstar sig med att hon aldrig har varit särskilt snygg, inte ens från början, men att hon kan se bra ut när man lärt känna henne. Sådant vet man när man är 41 år.

Hon skyndar sig tillbaka efter toalettbesöket. Han står kvar vid bardisken och väntar på henne.

"Fyrtioett!" skriker hon i hans öra. "Visst är det gammalt?"

Han instämmer.

"Man är liksom helt ... formlös! Och får en massa hår på nya ställen och ..."

Så berättar hon om sin villa. Hon berättar om ångestträdgården, ångestgrannarna och ångestområdet. Hon säger att hon är världens präktigaste och duktigaste och att hennes liv är så äckligt jävla småborgerligt. Hon vet inte om hon menar hälften. Hon vet bara att hon inte hade sagt någonting av det om hon inte hade druckit fyra eller fem stora öl och två shots, eller tre.

Men han går inte. Han verkar tycka att hon är rolig. Bättre det än ingenting. Mitt i alltihop sträcker han fram handen och smeker henne över kinden. Hon blir stum. Men hans blick avslöjar ingenting. Kanske tycker han bara synd om henne.

13

ALLA HAR LÄMNAT huset. Det är knäpptyst. Klockan är halv nio. Vetskapen om att hon får vara ensam har en lugnande effekt. Nu kan hon känna efter utan att bli störd. Hon känner efter det sträva i munnen, hon känner efter huvudvärken. Minnen från igår dyker upp i huvudet, det ena efter det andra.

Hon kliver ur sängen och lämnar sovrummet utan ett tråd på kroppen. Hon ska precis trycka ner handtaget på badrumsdörren när dörren öppnas inifrån. Hon kväver ett skrik och försöker desperat skyla sina kroppsdelar med händerna. Katerina mumlar ett förlåt och skyndar till sitt rum. Hennes arm snuddar vid Karins nakna.

Hur kunde hon glömma? Katerina gör inte bara deras sysslor, hon finns också i allra högsta grad på riktigt. Hon kan ockupera badrummet och vara i vägen i köket, hon kan lukta illa eller skratta för högt. Plötsligt känns tanken obehaglig. Det bor en kvinna hos dem som ingen egentligen vet någonting om.

Hon ringer en kollega och säger att bilen är trasig och att hon inte kan vara med på kursen förrän efter lunch. Oturligt nog är han också försenad och lovar att hämta upp henne om trekvart. Hon äter frukost i det skinande rena köket. Inte en smula ligger kvar på köksbordet efter barnens frukost. Några högar med papper ligger snyggt sorterade intill mikron.

När hon ätit anstränger hon sig för att lämna köket i samma

skick som när hon kom. Hon torkar med trasan och skjuter stolen intill bordet. Hon gör allt man kan göra. Ändå ser det inte lika perfekt ut som innan.

Utanför Katerinas rum övar hon på leendet. Hon försöker tänka att de är två vanliga kvinnor, två kvinnor som egentligen inte är så olika. Två kvinnor som slumpmässigt råkar vara födda på olika platser i världen men som egentligen kunde vara grannar, systrar eller väninnor. *Grannar, systrar, väninnor.* Hon knackar försiktigt. Dörren öppnas, men inte helt. Katerina visar sig. Hon bär röd t-shirt och jeanskjol. Håret är hopsamlat i en lös tofs och fötterna nerstoppade i mjuka tofflor. Karin känner sig fortfarande generad efter vad som hände utanför badrummet.

"Jag tänkte bara fråga ... Hur är allting?"

Den andra ser oförstående på henne.

"Bra."

"Det är inte så att du kanske ... att du jobbar för hårt?"

"Det finns mycket att göra."

"Jo, men man kan ju lägga det på en nivå som är hanterbar."

Hon försöker le. Den andra ler inte tillbaka.

"Hur länge har du varit i Sverige, Katerina?"

"Tre år."

Hon trodde det var längre. Katerinas svenska är utmärkt. Det finns så mycket hon vill fråga, varför hon kom hit, vad som hände när hon lämnade den förra familjen. Framförallt måste de prata om framtiden. Hon föreslår att de ska prata i köket. Katerina frågar inte varför, hon följer bara efter ner.

Karin ber henne sitta ner vid bordet. Själv slår hon sig ner mittemot.

"Jag vet inte hur man gör sånt här. Vi har aldrig haft nån ... ja, hjälp hemma förut."

Hon känner huvudvärken smyga sig på. Katerinas blick vilar uttryckslöst på henne.

"Det känns konstigt bara", fortsätter hon. "Jag menar med hur man ska vara, hur man ska prata med varann."

Det finns ett grönt blänk i den andras grå ögon. Hyn är blek på ett sätt som inte är glåmigt. Ögonfransarna är långa och svarta, ögonbrynen perfekt formade. Hennes utseende skulle kunna vara provocerande.

"Som jag har sagt förut, jag vill ju egentligen bara hjälpa dej."

Katerina skrattar till.

"Du gör detta för att hjälpa? Inte för att bli hjälpt?"

Hon blir överraskad, nästan chockad över reaktionen, och tappar bort sig helt. Katerina lutar sig fram lite och ser Karin djupt in i ögonen.

"Jag hjälper er med huset och barnen, eller hur? Du ger mej betalt. Det är inte komplicerat."

"Jag menar bara att jag hjälpte dej att komma bort från den där familjen, och nu ... Jag hoppas förstås att vi kan hjälpa dej att komma hem igen, när du vill det."

"Nej, jag fortsätter gärna *hjälpa dej* med allt."

Katerinas blick är trotsig. Vreden som blossar upp inom Karin går inte att hejda.

"Vilken tur att vi träffades i alla fall, så att du kom bort från dom där hemska människorna, eller hur?"

"Vill du inte ha mej så jag kan hitta annan familj."

Karin reser sig. Hon vill inte vara med längre. Hon vill att det ska ringa på dörren, hon vill skynda iväg och ha bråttom till jobbet. Men Katerina fixerar henne med blicken. Hon har ytterligare något på hjärtat.

"Men jag har arbetat femton dagar nu, jag har räknat timmar. Jag har städat, lagat mat, tvättat ... Jag har varit med Julia i stan och gjort grejor. När får jag pengar egentligen?"

Hon känner blodet rusa till ansiktet.

"Har inte Jens ...?" flämtar hon.

Hon flyr till hallen och handväskan. Andas ett flertal andetag. Får upp plånboken och blir stående med den i handen. Hon inser vilket helvete den andra haft som har gått omkring och inte vågat fråga om pengar, men det går ändå inte att gå tillbaka till köket och betala. Hon kan inte minnas att Jens och hon har diskuterat Katerinas lön. Hon kan inte heller erinra sig något samtal med Katerina om vad hon ska ha. Och huvudet som värker.

Hon återvänder till köket. Hon säger att hon skäms men att hon tyvärr inte hade några kontanter och att Katerina måste vänta tills ikväll. Den andra blir besvärad men släpper henne inte med blicken.

"Ingen har sagt min lön."

Hon vet inte vart hon ska titta. Huvudet spränger.

"Är det sant? Jag ber verkligen om ursäkt. Vad vill du ha?"

"Vad jag vill ha? Vad vill du betala?"

"Vad jag ...?" Det kommer ett nervöst skratt ur henne. "Jag vet ingenting om vad det kostar, jag menar, jag vet ju vad vissa patienter får och det är ju nästan ingenting, och du ska förstås få mer än det."

"Mer än ingenting?" Den andra ler lite.

"Men ... det är väl självklart."

"Okej. Vad är jag värd?"

Det blir dödstyst. Huvudvärken är inte längre en värk utan en intensiv, ilande smärta.

"Jag menar mitt arbete, vad är det värt? Värt?"

"Ursäkta ..."

Hon går mot toaletten. Kliver in, låser om sig och slår upp toalettlocket. Det kommer inget kräk. Hon tar fram huvudvärkstabletter ur badrumsskåpet, stoppar i sig tre och sköljer ner med vatten direkt ur kranen. Hon ser på sig själv i spegeln. Rödsprängda ögon. Vattnet som rinner ner för hakan. Om några minuter kommer hennes skjuts. Måste klara några minuter.

Hon ringer några samtal under lunchen. Ingen av hennes gamla vänner har haft städhjälp, men barnvakt har de flesta haft och om de är någorlunda vuxna får de åtminstone sjuttio kronor i timmen. Men det är mest kvällstid. Hon vet vad svart, utländsk arbetskraft kostar, men det är ren utnyttjan.

På rasten får hon tag på Jens. Han låter glad över att hon ringer.

"Jag märkte inte när du kom i natt. Vad hände?"

"Ingenting."

"*Ingenting?* Det är klart det gjorde. Kom igen nu."

Hon hör hans arbetskamrater prata i bakgrunden. Han har säkert fullt upp. Men det faktum att hon har varit ute sent är tillräckligt spännande för att han ska släppa allt annat några minuter.

"Det var jag och Isabel. Hon lurade mej att dricka en massa öl."

"Var då nånstans?"

"Du vet väl inga ställen." Men hon kan inte låta bli att röras av hans intresse. "Nån bar, jag kommer inte ihåg vad den hette. Jag parkerade bilen i stan, helt idiotiskt. Det kommer bli asdyrt."

"Jag kan hämta den, det är närmare för mej. Och jag har kvar extranycklarna."

"Men ..."

"Jag kan lämna min på jobbet, det är ingen fara. Jag kan komma ifrån vid fem, tror jag. Jag hämtar den, oroa dej inte."

"Men det tar ju trekvart extra, minst."

"Vad gör man inte för att ens fru ska bli glad?"

Hon måste återgälda det här. Hon måste hämta hans bil någonstans eller be honom åka bort en helg med en kompis. Hon hör hur någon kallar på honom i bakgrunden och han säger att han måste sluta. Hon frågar, i förbifarten, om han kan prata med Katerina senare om hennes lön. Han protesterar förstås. Då tar hon fram en röst som hon mycket sällan använder.

"Jag känner bara ... jag har så himla mycket nu och ... snälla, kan inte du göra det?"

Det blir tyst. Sedan: "Vad ska hon ha då?"

Hon föreslår sex timmar per dag, två lediga dagar i veckan och 1500 kronor per vecka. Hon säger att det är mer än vad folk brukar betala när man erbjuder mat och husrum.

"Eller är det ett annat pris om flickan kommer från Moldavien?" frågar Jens.

Hon avslutar snabbt samtalet. Att han bara tror att hon skulle tänka så.

14

FLERA GÅNGER OM DAGEN tänker hon på den 28-årige mannen utan ansikte. Men det är svårt att fokusera på någon som man inte riktigt minns. Så hon tänker på sin kropp, hur den uppförde sig när den var i hans närhet. Så har den inte känts på många år, sådär varm och mjuk. Tankarna är störande. Hon vill inte gå med på att en man som hon träffat i berusat tillstånd, som hon inte sa ett vettigt ord till och som är tretton år yngre än hon själv, är viktigare än den tortyrskadade mannen från Tunisien som hon behandlade i torsdags, honom som hon inte har tänkt ett dugg på. Kan man regrediera till en femtonåring på en vecka?

Det är familjemiddag. Katerina har lagat mat. Hon gör det inte dagligen, men ett par, tre gånger i veckan har det blivit på sistone. Det är kyckling. Katerina har gått ut, ingen vet vart. När hon inte arbetar har hon ett liv som de vet mycket lite om. Albin äter gömd bakom kepsen. Plötsligt har han yttrat ordet "gott". Julia kommer med sitt bidrag till konversationen, "supergott". Jens håller med om att Katerinas mat är helt fantastisk, "som vanligt". Hon hör sig själv säga att hon inte känner någon särskild smak. Julia säger att hon använder andra kryddor än Karin brukar göra. De andra två håller med. Hon blir förnärmad mot sin vilja. Med tanke på hur lite hon har varit hemma på sistone vill hon minst av allt låta sur. Men Jens kan bara inte släppa samtalsämnet.

"Nu vet jag. Det är paprika i, paprikapulver. Det brukar väl inte du använda så ofta?"

Hon ser aggressivt på honom.

"Inte du heller." Hon lägger ner besticken. "Varför är det min mat som jämförs med Katerinas och inte din?"

Han väljer att bli road. "Jag visste inte att du kände nån prestige när det gällde matlagningen."

"Verkar jag sur? Det är ju för jävligt i så fall. Det är ju fruktansvärt orättvist, eller hur?"

Albin drar upp kepsen i pannan.

"Det låter som att du är avundsjuk på Katerina eller nåt", säger han.

Det märks att han väntar på hennes reaktion. Här gäller det att hålla tungan rätt i mun.

"Inte särskilt, vännen min. Jag tror inte att jag skulle vilja växa upp i Moldavien och tvingas lämna allt för att åka till Sverige och jobba. Kan jag be att få potatisen?"

"Jag tänkte mer att du är avundsjuk på att vi gillar hennes mat."

"Jag är inte avundsjuk på någon alls, kära Albin. Däremot så låter du jävligt lillgammal. Det ser jag som ett något större problem."

Hon reser sig. Vet inte vart hon ska, men stannar vid kylen. Öppnar den. Tar ut ketchupflaskan. Hon försöker få ordning på sina tankar, sin vrede.

"Ska du inte ha ketchup, älskling?"

Julia tittar frågande på henne.

"Jag? På det här?"

"Jag vet inte. Jag tänkte bara …"

Hon ställer tillbaka flaskan. Återvänder till bordet. Fortsätter äta. Kastar in kycklingen i munnen, den gudomliga. Maten växer i munnen. Albin har tagit en ny portion och lassar in den ena gaffeln efter den andra.

Hon försöker trycka ner ilskan i magen, sansa sig, och agera som den vuxen hon faktiskt är. Så hon ber Albin om förlåtelse, med innerlighet. Hon säger att hon har haft det stressigt på jobbet. Men han är tusentals mil ifrån henne där han sitter med blicken ner i tallriken. Att han skulle ta hennes hand, bara tanken, den finns inte. En gång i tiden grät han när hon lämnade honom på dagis. Han sträckte sina armar mot henne bakom fönsterrutan. Fingrarna som gjorde kladdiga avtryck.

Hon ler, utan att han ser.

"Du ... jag har tänkt på det där med hockeyn. Du hade rätt som du sa, Albin. Att jag hade ... ja, förutfattade meningar och så. Det är fel. Man ska inte tycka en massa om saker man inte vet nånting om. Du får börja på hockey om du vill, Albin, det är klart att du får."

Jens stirrar på henne. Munnen öppnas och stängs.

"Men ... alltså ... Vad är det du sitter ... Vet du vad hockey kostar? Och vem fan ska hämta och lämna och skjutsa till matcher på helgerna? Ska du det, eller? Som om det inte var tillräckligt med ... hästar och andra alla jävla grejor!"

"Kallar du hästar för *grejor*?" tjuter Julia. "Djur är faktiskt indi ...vider!"

Hon njuter av att se hur han får sin beskärda del av anklagelserna. Han förstörde för henne när hon försökte nå sin son. Det var inte schyst.

"Kan du inte tänka på vad Albin vill, för en gångs skull?" säger hon och önskar innerligt att Albin ska instämma, men han lyfter blicken från bordet och ser undrande på henne.

"Jag har ingen lust med hockey längre."

"Men snälla lilla gubben, du sa ju ..."

"Sport är tråkigt."

Jens börjar skratta. Han skrattar och skakar på huvudet. Han skrattar och skakar på huvudet och säger: "Oj, oj, oj, nu får du ta och ge dej, Albin. Sen när då? Sen när är sport tråkigt?"

Albin ser på sin far.

"Det är bara idioter som håller på med sånt."

"Med innebandy? Det kan du inte mena?"

"Jo."

"Är inte innebandy heller kul, menar du?"

Det uppstår en paus. Ett stråk av oro far över Jens ansikte.

"Jag har aldrig gillat innebandy. Har du inte fattat det?"

Albin går. Hon kan inte låta bli att känna skadeglädje. Jens ser på henne med ett desperat uttryck i ansiktet. Men hon tänker inte ställa upp med någon förståelse.

Hon ser på en amerikansk realityserie på teve som hon inte kan minnas att hon sett förut. Icke desto mindre märker hon att hon kan deltagarnas namn. Efter ett tag inser hon att det är en repris på ett program som gick för något år sedan, som handlar om en man som låtsas vara rik men som egentligen kör grävmaskin. Nu söker han efter en fru och det gäller att välja en kvinna som kommer att älska honom när hon får reda på att han är fattig. Det hela är förstås löjligt men hon kan inte låta bli att engagera sig. Trots att hon borde ringa några samtal. Trots att hon borde umgås med sina barn. Och eventuellt bli vän med Jens.

Klockan blir halv tio innan hon går in och säger godnatt till Julia. För att kompensera tevetittandet sitter hon längre än vanligt på sängkanten. Julia pratar på om en ny tjej i stallet som hon ska få komma hem till. Tjejen har pool hemma, det är faktiskt sant. Hon kan inte låta bli att fnysa. Julia blir störd och undrar om det är något fel på pool. Karin säger att det är onödig lyx. Julia frågar om man inte kan vara en bra person men ändå gilla lyx. Hon säger att det kan man säkert. Julia säger igen att hon vill ha pool. Karin ser henne i ögonen och kramar hennes hand. Det är någonting som kommer över henne.

"Tycker du inte att vi har det bra här?" frågar hon.

Julia ser fundersam ut.

"Jo ..."

"Är det nåt som inte är bra med vår familj?"

Julia skakar på huvudet, men ser inte helt övertygad ut.

"Men säg! Vad är det som inte är bra? Finns det nånting? Jag menar, det kan ju vara vad som helst, nåt litet eller nåt stort?"

Julia betraktar henne bekymrat. Karin ler och stryker sin dotter över håret. Hon säger att hon älskar henne. Då kommer armarna och klämmer åt runt hennes hals, rösten som säger samma ord tillbaka. "Jag älskar dej också." Hela hon blir varm och hon bryr sig inte om att det gör lite ont.

15

KAJ RINGER OCH SÄGER att han har funderat. Det kommer visserligen att bli svårt att få tag på medicin så det räcker och de måste få in fler frivilliga men hon hade rätt: de måste utöka klinikens öppettider för att möta behovet från alla som vistas i och kring staden illegalt. Faktum är att för varje vecka kommer fler till kliniken, ibland hinner de bara ta hand om de sjukaste. Det står i tidningarna att den papperslösa invandringen såväl som avvisningarna ökar. I takt med att flyktingpolitiken hårdnar ser fler människor det omöjliga i att återvända.

"Nån måste väl ta ansvar för dom här människorna när inte samhället gör det?" mässar Kaj, som om det var första gången.

"Är du säker? Nu blir du vår nya ansvariga, Karin."

Han behöver inte vänta på svaret. Hon vill fylla sitt liv med meningsfullt arbete. Fylla intensivt.

"Det här är det viktigaste för mej, det vet du väl? Ganska långt efter kommer mina barn."

Hon hör hans lilla skratt på andra sidan.

"Hur går det förresten med ... den där kvinnan du tog hand om?"

Hon blir genast på sin vakt.

"Katerina? Bra."

"Hur mår hon?"

"Ganska dåligt. Hon vilar fortfarande."

"Har ni fått fin kontakt?"

"Absolut. Det är helt ovärderligt."

"Du är otrolig, vet du det? Jag menar det verkligen, Karin. Det är inte många som skulle orka som du när man har barn och familj. Jag vet inte varför jag sa så den där gången. Det du gör är fantastiskt."

Hans ord dröjer sig kvar inom henne. Hon tänker på *fantastiskt*. För Kaj skulle hon aldrig kunna berätta sanningen om vad Katerina gör hos dem.

Hon meddelar Jens på kvällen. Det blir bara någon eller ett par kvällar till i månaden, säger hon, det kommer knappt att märkas någon skillnad. Han knorrar lite om att hon har jour minst fem nätter i månaden. Hon säger att äntligen är barnen så pass stora att man kan vara borta utan att få dåligt samvete. De har ju nästan sina egna liv.

"Det finns kanske andra barn som behöver mej mer just nu."

De är i sovrummet. Hon sitter på sängen. Han ser på henne med skepsis.

"Hur är det?" säger han.

"Bra."

"Du ser inte glad ut. Du säger att du är glad men du ser inte glad ut."

"Gör jag inte?"

Hon börjar långsamt klä av sig, hon kastar plagg efter plagg från sängen till stolen. Hon missar med en strumpa som faller ner på golvet. Han öppnar garderoben och tar fram kläder som han ska ha på sig imorgon. Om han hade vetat när de träffades att han en dag skulle lägga fram kläder på en stol kvällen innan hade han skrattat högt. Men hon orkar inte påminna honom om den unge idealisten.

Han sjunker ner bredvid henne och lägger en arm över hennes axlar.

"Du behöver ju inte om du inte vill. Jobba där mer, menar jag."

"Men jag vill."

Hon får en plötslig lust att anförtro sig. Det är bara det att hon inte riktigt vet vad hon ska anförtro. Han väntar med sina snälla ögon. Hon drar sig ifrån honom och kryper ner under täcket. De snälla ögonen följer med henne.

"Ibland känner jag mej verkligen kass", kommer det.

"Hur då?"

Det ligger en pocketbok på nattduksbordet. Hon tar upp den och låtsas läsa på baksidan.

"Med barnen. Med ... Katerina. Jag vet inte hur jag ska prata med henne."

Sekunder passerar. Hon kastar en snabb blick på honom. Han har sjunkit in i sig själv.

"Jag vet ... Inte kan han väl ha ljugit om innebandyn? Han *måste* ha tyckt att det var kul."

Han sitter hopsjunken. Han ser trött ut, och gammal. Hon har inte tänkt så mycket på det förut. Att han också. Det är ömhet hon känner. På samma gång dyker mannen utan ansikte upp framför henne, hans unga, slanka kropp. Men hon är faktiskt ingen tant som reser till tredje världen och letar lammkött. Hon mår illa av tanken på att rika västerlänningar utnyttjar fattiga afrikaner.

Hon skjuter Tobias ifrån sig och lutar sig fram mot Jens.

"Men vi hjälps ju åt", viskar hon i hans öra. "Eller hur?"

"Eller hur."

Han sluter henne i sin famn. Hon drar in hans välbekanta lukt. Den är behaglig. Liksom hela situationen. Att de är mjuka mot varandra.

Hon vaknar av att hon är kissnödig. Det är mörkt i rummet och hon slår emot nattuksbordet med foten när hon ska treva sig iväg mot toaletten. Hon kastar på sig morgonrocken. Utanför dörren hör hon ett ljud. Det är ytterdörren som öppnas och stängs där nere. Kanske skulle hon inte komma på tanken i ett mer medvetet tillstånd. Men nu tassar hon ner för trappan.

Katerina står och tar av sig stövlarna i hallen.

"Hej."

Katerina tittar skrämd på henne.

"Hej?"

"Var det trevligt?"

Den andra nickar kort. Hon har fått av sig stövlarna och hänger upp den långa, svarta rocken.

"Du, jag tänkte ju att du skulle ... ja, att du skulle få pengarna för senaste veckan. Vad bra att du kunde vara hemma med Julia i onsdags också förresten."

Katerina viker omsorgsfullt ihop halsduken och lägger den på hatthyllan.

"Vi behöver inte ta det nu."

"Men vi ses ju så sällan. Jag var ju vaken. Det är lika bra."

Karin går förbi Katerina i hallen för att komma åt sin väska. De bara nästan snuddar.

"Du vet den där kliniken jag jobbar på ... Du vet där du och jag träffades. Jag ska börja jobba där ännu mer. Så du kanske får lite mer att göra här. Om det är okej med dej?"

Katerina skiner upp.

"Det är bra för mej. Att tjäna mer."

Det är en sådan kommentar hon helst skulle vilja slippa höra. Alla föräldrar vill lura sig själva att tro att barnvakten passar barnen för att det är roligt. Hon börjar bläddra bland kvitton och sedlar i plånboken. Katerina studerar sig själv i hallspegeln, rättar till håret med en nästan omärklig rörelse.

"Jag hoppas att du tycker om barnen."

Hon förstår inte varför hon säger så. Deras blickar möts i spegeln.

"Ja, det gör jag."

"Bra."

Den andra vänder sig mot henne.

"Är du missnöjd med mej? Är dom missnöjda?"

"Absolut inte."

"Du får fråga dom hur jag är, om du vill veta. Om jag är dålig jag slutar."

Så går hon mot trappan.

"Du ...", säger Karin.

Katerina stannar på nedersta trappsteget. Karin sträcker fram sedlarna mot henne. Hon fick stå i kö till bankomaten i flera minuter när hon hade bråttom. Hon får en plötslig lust att berätta det. Avståndet mellan dem är några få meter. Men ingen vill gå den andra till mötes. Det går tio, femton sekunder. Så tar Katerina ett par ilskna steg mot henne och rycker pengarna ur hennes hand. Sedan springer hon uppför trappan. Karin står kvar. Hjärtat dunkar innanför morgonrocken. Hon måste fråga barnen imorgon. Hon måste veta om Katerina är svår mot alla eller bara mot henne. På sjukhuset är hon älskad av patienterna, och på den hemliga kliniken. Hon är bra. Hon vet att hon är bra.

När hon kommer tillbaka till sin säng ligger Jens och sover med öppen mun och det kommer ett gutturalt läte ur hans strupe. Hon knuffar på honom och han vänder sig automatiskt på sidan. Efter en stund är snarkandet igång igen. Hon knuffar igen. Och igen. Klockan blir ett och två. Jens snarkar med relativt jämna intervaller. Hon försöker koncentrera sig på sina egna andetag, utan resultat. Plötsligt hör hon. Och samtidigt går det som en rysning genom henne. Hon tycker sig höra hur Katerina ligger och vänder blad i en bok. Hon ligger blickstilla och skärper hörseln. Hon kan bara tänka på Katerina på andra sidan väggen. Varför ligger hon vaken? Vad läser hon? En billig kioskdeckare? En banal kärleksroman? Ett historiskt epos på moldaviska?

Hon reser sig ur sängen och går och sätter på datorn. Hon söker på *Moldavien*. "Europas fattigaste land", "halva befolkningen lever i svår fattigdom", "ett land där en stor del av befolkningen flyttar till andra delar av världen i hopp om ett bättre liv", "ett av de länder som drabbats hårdast av trafficking". Hon läser en lång artikel om Svetlana som nappade på en annons om att bli barnflicka i Italien men som spärrades in som sexslav i Makedonien.

Hon träffar så många människor med tragiska livsöden, och vet så mycket om hur det ser ut i världen. Ändå kan hon inte hålla tårarna tillbaka. Hon sitter i mörkret och gråter över sin barnflicka. Hon gråter över den som tar hand om deras skit. Stackars Katerina. Stackars Karin.

16

HON ROPAR SITT HALLÅ i hallen. Barnen är på sina rum, visar det sig, Julia med en kompis. Katerina står i köket och har precis börjat med maten. Det är ett perfekt tillfälle.

Den andra ser förvånat på henne.

"Ska du komma hem?"

"Jag tänkte att jag skulle hjälpa dej med maten."

Hon skulle kunna bita av sig tungan. Det är ju mat till henne som Katerina står och lagar. Om hon "hjälper" någon är det sig själv och Jens, ingen annan.

Katerina är snabb och målmedveten i köket. Hon arbetar koncentrerat, under tystnad, och visar inte med en min att hon är villig att lämna ifrån sig några arbetsuppgifter. Karin känner sig tafatt och överflödig, men tänker inte låta sig avspisas. Att laga mat tillsammans med barn kan vara bra för relationen, sägs det. Säkert gäller samma sak här.

Det ska bli lasagne. När Karin frågar om det är en vanlig rätt i Moldavien svarar Katerina nej. Men när hon föreslår att hon ska göra ostsåsen nickar den andra, vilket känns som en framgång. Ostsåsen är det tråkigaste på hela lasagnen. Hon har nästan aldrig lyckats få den slät och den bränner alltid fast i botten. Men det låtsas hon inte om. Hon försöker utstråla frimodighet. Det är svårt. Hon mäter upp mjölk i litermåttet med avspända, frimodiga rörelser. Det råkar hamna lite mjölk på diskbänken, som hon torkar upp innan den andra hinner se.

"Hur trivs du här, Katerina?"

"Bra. Bättre än på andra stället."

Hon skrattar till.

"Det hoppas jag."

Katerina vänder sig mot henne med ett spöklikt allvar.

"Sånt vet man aldrig innan. Dom kan verka snälla först. Sen nånting händer, dom börjar kräva konstiga saker och prata på ett sätt som att man inte var människa."

Hon känner hur ansiktsfärgen stiger. "Är det så?"

"Hur går det med såsen?"

"Vad är det dom kräver?"

Frågan hänger kvar i luften, obesvarad. Hon måste fortsätta med såsen. Frimodigt. Men mjölet vill inte lösa sig i mjölken hur mycket hon än vispar.

"Men du har vänner i Sverige, eller? Jag menar bara ... med tanke på att du har varit här länge. Och ibland är du ju borta på kvällar och helger. Jag tänkte bara att du träffar dina vänner."

"Jag jobbar."

Karin slutar vispa. *"Jobbar?"*

Katerina kommer fram och kikar ner i kastrullen där mjölkklumparna simmar i det vita. Hon tar vispen ifrån Karin och börjar vispa, effektivt.

"Mjölet måste lösa sig i smöret."

"Var jobbar du nånstans, om jag får fråga?"

Katerina lägger ner vispen på diskbänken och tar beslutsamt kastrullen.

"Det går inte."

"På en restaurang?"

"Vill du ha klumpig bechamel?"

Katerina tittar uppfordrande på henne. Överlägset. Karin måste försöka stå ut med den motbjudande känslan av att vara i underläge. Låt Katerina fira sina triumfer i köket. Hon om någon borde få lov att känna sig bättre någon gång.

"Det är klart att vi inte kan ha klumpig bechamel", svarar hon.

Katerina häller raskt ut såsen i vasken. Hon mäter upp nytt smör som hon smälter, och så på med mjöl. På ett par minuter har hon gjort en slät smet som blandar sig fint med mjölken.

"Jag kan smöra formen."

"Vad bra."

Karin smörar och känner sig som barnet som får lov att hjälpa till. Sedan finns det inte mycket kvar att göra. Hon dukar, utan att visa någon frimodighet alls. Hon har tvärtom tappat energin helt. Katerina däremot verkar vara i toppform. Hon arbetar på frenetiskt, till synes omedveten om Karins närvaro.

"Hur gammal är du, Katerina?" frågar hon av ren artighet.

"Jag fyllde 27. För tre dar sen."

"Men ... Fyllde du år utan att säga nåt till oss?"

"Ni är min arbetsgivare, inte familj."

Karin ser på medan hon häller bechamelen i formen och lägger på lasagneplattorna i en prydlig rad. I nästa sekund hör hon hur ytterdörren öppnas. Det känns som en befrielse. Ett ögonblick senare står han där med sin glada, positiva uppsyn. Hon kramar om honom, som om hon ville visa upp något för någon. Jens hejar på Katerina. Katerina hejar tillbaka.

Karin tittar från den ena till den andre. Jens börjar prata om dagen som varit, allt jobb som bara växer, doktorander som aldrig blir klara, artiklar som måste skrivas, forskningsmedel som ska sökas. Karin hör inte. Det enda hon kan tänka på är leendet som Katerina bevärdigade Jens.

Nu knyter den andra upp förklädet i ryggen och hänger upp det på kroken intill dörren. Hon är på väg ut från köket när Jens avbryter sig och vänder sig mot den unga kvinnan.

"Snälla Katerina. Du måste äta med oss idag. Det måste du faktiskt."

Han låter onekligen som en husbonde som delar ut order till tjänstefolket, men Katerina kastar en blick på väggklockan, utan att verka ett dugg störd, och konstaterar:

"Okej. Idag jag kan äta med er."

Och så ler hon igen. Mot Jens. Ett öppet, vänligt leende.

Maten är återigen så god att ingen kan undvika att kommentera saken. Det är "mm" och "aah" och "smaskens" utan ände.

"Du lagar världens godaste mat, vet du det?" säger Julia med överdriven entusiasm.

Katerina ber henne generat att sluta, men Julia fortsätter med sitt reflexmässiga malande: "Om folk är bra på nånting så ska man säga det. Alla behöver höra att dom är bra på saker. Då tror dom bättre om sej själva."

"Du är klok, du", säger Katerina.

"Katerina jobbar på ett annat ställe också, visste ni det?" säger Karin högt.

Jens tuggar ur och vänder sig intresserat mot Katerina.

"Jaha. Vad jobbar du med?"

"Jag städar på kontor ibland och jag ... vad det heter ... gör smycken."

"Vadå smycken?" säger Julia.

"Jag jobbar för designer. Jag sätter på pärlor. Och såna saker."

Jens ställer följdfrågor och får svar. Hans samtal med Katerina löper på, som om det var den naturligaste sak i världen att få respons när man ställer en fråga. Julia verkar tycka att Katerinas jobb är det intressantaste hon har hört talas om och tjatar om att Katerina ska göra ett halsband till henne. Katerina ler bara och säger "vi får se". Karin betraktar dem. Hennes dotter och Katerina har en alldeles avspänd och naturlig kontakt. Det är som om de alltid känt varandra. Den exceptionellt goda maten växer i munnen.

När alla har ätit klart reser sig Katerina och säger att hon måste gå. En stund senare hör hon dörren slå igen i hallen. Först då vänder hon sig mot Julia.

"Brukar Katerina berätta saker för dej?"

Dottern tar tid på sig att tugga ur.

"Jag frågade en sak. Jag frågade om Katerina brukar berätta saker för dej."

Julia ser oförstående på henne.

"Varför låter du så arg?"

"Jag är inte arg. Jag undrar bara."

"Vadå för saker?"

"Om sej själv, om vad hon gjorde förut ... ja, innan hon kom till Sverige."

Karin kastar en blick på Albin. Han sitter och studerar henne med konfunderad min.

"Varför undrar du det?" säger han.

"Jag vet inte. Vi släpper det."

Hon önskar innerligt att han ska resa sig från bordet och återvända till sin älskade dator.

"Du får väl fråga henne?" fortsätter han. "Om hon vill berätta för dej så gör hon väl det." Han torkar sig noggrant med servetten. "Jag tänker i alla fall inte vara nån skvallerkärring."

"Inte jag heller", säger Julia.

De lämnar köket samtidigt. Jens och hon ser på varandra. Han rycker på axlarna som för att säga "där försvann dom" eller "det kanske ligger någonting i det han sa", oklart vilket. Han tar hennes hand över bordet. Det irriterar henne. Hon vill inte ha någon tröst. Dessutom påminner det om hur pappa ofta gjorde, tog mammas hand över köksbordet när han ätit, som ett tack för maten. Sedan reste han sig och lämnade henne med disken.

Hon drar till sig handen. "Ska vi plocka undan här då?"

De plockar undan tillsammans. Hon tänker att hon borde sätta på musik, för att fylla ut tystnaden, men vet inte vad det skulle vara. Det var säkert fem år sedan hon köpte en skiva.

"Jag tycker att hon verkar intelligent. Katerina."

Hennes tallrik, som är på väg in i diskmaskinen, stannar på vägen ner.

"Jag menar, att lära sig ett språk så perfekt, det är ju helt otroligt egentligen. Jag har träffat folk som varit här i tio år som bara kan prata hälften så bra."

"Det finns alla sorter."

"Hon är smart. Man ser det på henne. Att hon är bright som fan. Vilket slöseri egentligen. Att hon ska gå omkring här och städa."

Karin stoppar ner tallriken. Hon lyfter blicken och ser på honom.

"Jag vill åka in till stan. Jag vill gå ut och ta en öl. Är det okej?"

Han ser förvånat på henne, och på klockan. "Gå ut och ta en öl?"

"Ja."

"Nu?"

"Precis nu."

17

FÖRSTA GÅNGEN hon blev medveten om Isabel var under en fikarast. En ung, manlig läkare ställde ifrån sig sin smutsiga kaffekopp på diskbänken för att sedan göra en ansats att gå. Isabel ropade från sin plats i soffan: "Vem tror du ska ta hand om den där?" Isabel är en sådan som fäller syrliga kommentarer när unga läkare tillrättavisar sköterskor med 30 års arbetslivserfarenhet. Och när sköterskorna kräver att kvinnliga läkare ska torka upp blodet efter sig i undersökningsrummet, vilket de aldrig skulle göra till en man, påtalar hon att det är orättvist.

För att få möjlighet att träffa Isabel mer slutade hon äta med de andra läkarna i matsalen. Hon trotsade konventionen och tog med sig mat till avdelningen och satte sig i personalrummet med sköterskorna på lunchen. Det blev alldeles tyst när hon kom in och känslan av utanförskap var obehaglig. Men hon fick sin belöning när Isabel började fråga henne saker om patienter och diagnoser. Så småningom pratade de helt obehindrat med varandra under luncherna, om allt möjligt.

Så när den hemliga kliniken behövde en ny sköterska var Isabel den första hon frågade. Isabel hade hört talas om kliniken och verkade genast intresserad. Av någon anledning ville hon imponera på den yngre kvinnan:

"Jag skäms för Sveriges politik", lät det högtidligt ur hennes mun. "Genom passivitet ger man den politiken ett okej, och det är helt uteslutet för mej." Isabel höll med: "Har du tänkt på det", sa hon, "att så som man behandlar dom marginaliserade människorna i ett samhälle, det är liksom ett sätt att värdera samhället på. När vi inte kan ta hand om dom så kan vi på djupet ifrågasätta det här samhällets etik och moral. Det finns fan ingen moral här."

Veckan därpå var Isabel med på kliniken. Alla gillade henne direkt. Hon är en sådan person. Frågan är bara varför en sådan person gillar henne. Hon tänker på det när hon kliver in på baren där Isabel sitter och väntar med sin öl, och när hon skiner upp. Det enda hon vill är att berätta allt för Isabel. Hon vill bekänna att Katerina får henne att känna osäkerhet, ångest och skuld. Hon vill luta sig mot Isabels axel och viska: "Vad gör jag för fel?" Hon vill att väninnan ska lägga armen om henne och säga "Du gör inget fel. Du är skitbra som du är, Karin. Du kan inte göra nånting åt att hon sluter sig, det är hennes problem." Men Isabel vet inte om att Karin betalar Katerina för barnpassning och hushållsnära tjänster och frågan är om hon kommer att få veta. I Isabels värld är människor som gör så överklassfittor utan moral.

Isabel avbryter sig abrupt mitt i en mening.

"Hur är det med Katerina?"

Hon blir överrumplad.

"Bra."

"Bor hon kvar?"

Karin nickar.

"Men det är svårt."

"Vad är svårt?"

Isabel studerar henne. Människorna bakom henne ser ut som statister i en film.

"Allting."

Hon biter sig i läppen och stirrar ner i ölglaset. Isabel släpper henne inte med blicken.

"Jag känner inte igen dej. Du verkar ... Är du osäker, Karin?"
"Tror du inte att jag nånsin är osäker?"
"Förlåt ..."
"Nej, det kanske jag inte är."

Hon frågar en kille i baren om han har två cigaretter. Han vill bjuda och hon låter honom göra det. Utanför tänder hon och drar ner röken i lungorna så djupt det går. Isabel ser allvarligt på henne, som om hon undrade vad som är fel men inte vågar fråga. När de rökt upp går de tillbaka in och börjar prata om jobbet. Isabel spyr galla över en patient med extremt dålig andedräkt och Karin klagar på en barnmorska som tror sig veta bäst när det gäller precis allting. De pratar skit om nästan alla läkare och hälften av sköterskorna, och konstaterar att det är rättvist. Lite småberusad ställer hon frågan om vad Isabels arbetskamrater på avdelningen tycker om henne. Isabel skruvar på sig och är svävande på målet, tills hennes blick fastnar någonstans bortanför Karin. I nästa sekund har mannen utan ansikte fått tillbaka sina anletsdrag.

Snart står de intill varandra igen. Tobias blick rör sig rastlöst runt i lokalen medan Isabel pladdrar på med Martin. Han verkar helt ha glömt att de har stått nära och pratat. Han verkar ha glömt att hans hand smekte hennes kind.

"Går du ofta hit?" frågar hon.
"Ja, det gör jag."
"Dom har god öl."
"Och bra musik."
"Verkligen."
"Trevliga människor."
"Och atmosfären. Trevlig atmosfär."
"Fina lokaler också.
"Jo, precis."

Isabel kastar skrattande sitt huvud bakåt, gång på gång, och gör inte en ansats till att försöka få med dem i det roliga. Karin dricker ur sin öl. Hon känner sig trött. Det är dags att gå hem. Till de underbara barnen. Till underbara Jens som väntar med sina nyfikna frågor. Hon ställer ner det tomma glaset på bardisken.

"Ska du gå?"

Hon ser upp på honom. Hans blick är orolig. Tänk att någon som är så mycket yngre kan vara så mycket längre.

"Kan du inte stanna?"

Han håller kvar blicken på henne. Den är allvarlig. Kanske säger den att det är på liv och död. Bara tanken gör henne svag.

18

HON FÖRESTÄLLER SIG att hon ryckt ut på natten för att förlösa en kvinna i hemmet. Det blev en akutsituation. Kvinnans anhöriga hade kallat på henne. Barnet var på väg att stryka med, eller så var kvinnan på väg att förblöda. Men både barnet och mamman överlevde på grund av hennes rådiga ingripande. Hon är en sådan som räddar liv. Hon är professionell. En mor och hennes nyfödda barn är mycket tacksamma just nu. Kanske kommer det blommor på posten imorgon.

Det är inte utan att hon blir lite rörd där hon sitter. Men så kastar hon en blick på taxichauffören i backspegeln. Han har sitt fokus på vägen och har inte sagt ett ord sedan hon satte sig i bilen. Men hon kan höra vad han tänker. Att hon borde veta bättre i den åldern, att hon är en slampa och ett patetiskt fyllo. Det värsta han vet är fulla kvinnor. Han får kväljningar bara av att ha henne i bilen, men han måste stå ut i några minuter till. Som det proffs han är visar han ingenting. Han sitter bara där med sina lugna favoriter och låter sina fördomar om henne blomstra inombords.

Hon sträcker på sig och stirrar ut genom fönstret som den statusperson hon faktiskt är. Försöker intensivt glömma att hon sitter i en taxi klockan fyra på morgonen efter att ha haft sex med en man hon knappt känner. Taxichauffören kan inte ta hennes värdighet ifrån henne.

Han stannar på Fågelbovägen 32. Hon betalar på öret vad det

kostar och lämnar bilen utan ett hejdå. Hon hör att han står kvar på tomgång. Som om han ville psyka henne. Hon försöker koncentrera sig och gå rakt, men det är omöjligt. Om hon har otur vaknar grannarna av motorljudet och undrar vad som står på. De hasar kollektivt fram till sina fönster och spärrar upp ögonen av förtjusning. Den där läkaren som man trodde var så rekorderlig kommer hem klockan fyra på morgonen med ett antal öl innanför västen, jaha, de kanske är på väg att skiljas på 32:an, vem vet vad som händer innanför väggarna på den där den fina villan, ja, det kan man sannerligen undra.

Hon lyckas låsa upp dörren utan att fippla alltför länge med nycklarna. Försiktigt trycker hon ner dörrhandtaget och sätter en vingelfot innanför tröskeln. Sekunden efter hör hon hur taxin kör iväg. Kanske ville han bara se till att hon kom säkert hem.

Det är tur att det inte finns några skor att snubbla på. Jens sover alltid djupt. Om hon har tur kommer han inte ens att märka att hon är sen. Hon tar försiktigt av sig ytterkläderna och tassar ljudlöst upp för trappan. Hon går på toa utan att spola och borstar tänderna slarvigt.

Så kommer hon på att hon är törstig och går ner igen för att hämta en tillbringare med vatten för att ha bredvid sig vid sängen. Hon tänder ljuset i köket. Skräckslagen stirrar hon framför sig. Katerina har nattlinne på sig. Hon sitter vid köksbordet med händerna knäppta framför sig, som en liten flicka. Ingenting vittnar om vad hon gör i köket mitt i natten i mörkret. Hon tycker sig se spår av tårar i kvinnans ansikte, men kanske är det bara trötthet. Klockan är fyra på morgonen. Det är uppenbart att den andra måste ha hört när hon kom.

Katerina reser sig, oberörd, och skjuter in stolen mot bordet.

"Ursäkta."

Hon sveper förbi Karin, som en vålnad i sitt vita. Hennes steg hörs inte i trappan. Efteråt är det som om hon aldrig varit där. Som om de inte sett på varandra vid en märklig tidpunkt på dygnet.

Hon ringer till sjukhuset och sjukskriver sig. Hon säger att det är halsfluss och smittsamt. Till Jens säger hon att hon har fått så ont i halsen att hon knappt kan prata och gör det inte heller mer än nödvändigt. Han säger att hon kanske inte ska dricka så mycket om hon är på väg att bli sjuk och låter syrlig på rösten. Han frågar när hon kom hem. Hon drar av tre timmar. Ändå blir han inte lugn. "Är det fyrtioårskris på gång?"

Hon spänner ögonen i honom.

"Jag tänker inte försvara mej för att jag har varit ute *två* gånger."

Men inuti värker det. Vad fan har hon gjort? Kanske är hon som kvinnorna hon träffar i arbetet. De har pratat, kollegorna emellan, om att det verkar vara mer sex i människors liv än förr. Kvinnorna lever fritt och har sex med vilka de vill, precis som männen, vilket förstås är positivt ur jämlikhetssynpunkt. Baksidan är att många knullar utan att ha lust och att de drar på sig könssjukdomar. Hon kan mycket väl ha dragit på sig minst en.

Julia kommer in med sitt medlidande. Karin håller andan när hon kommer nära.

"Stackars mamma. Jag ska ta hand om dej efter skolan."

När alla har gått försöker hon somna om. Någonting hindrar henne. Katerina är i huset. Säkert går hon omkring och tänker saker. Om henne. Tänker att hon är ansvarslös och desperat. Hon försöker slå det ifrån sig. Förmodligen har Katerina nog med sina egna problem.

Hon reser sig ur sängen och drar på sig morgonrocken. Slinker in i badrummet. Hon tvättar bort Tobias i duschen, de osynliga märkena efter hans beröring. Hon ler ofrivilligt vid minnet av händer på hennes kropp. Tio minuter senare är hon påklädd. Ljudet från dammsugaren hörs tydligt från nedervåningen. Hon kämpar emot impulsen att gå in på sitt rum. Det här är hennes hus, inte Katerinas.

Karin äter sin frukost. Ljudet från dammsugaren hindrar henne från att höra vad som sägs på radion. Hon förbannar den öppna planlösningen i huset och sina ekonomiska föräldrar som lärde henne att det är onödigt att köpa nytt när det gamla fortfarande fungerar. Jens har velat köpa en tystare dammsugare länge.

Tröttheten smyger sig på liksom en lätt huvudvärk. Hon rostar en brödskiva och tuggar utan entusiasm. Dammsugarljudet kommer närmare. Hennes första impuls är att smita, men detta är hennes kök. Brödbollen växer i munnen.

Så blir Katerina synlig. Hennes hår är rufsigt på ett sexigt sätt, kinderna upphetsat röda. Deras blickar möts. Karin ser ner i tidningen. Katerina riktar blicken mot golvet. Hon för munstycket fram och tillbaka, och hon närmar sig långsamt. Det mest naturliga vore att hon lämnade sin plats och lät Katerina komma åt ordentligt, men hon förmår inte röra sig. Nu drar Katerina ut de andra stolarna. Hon suger upp Julias smulor, Albins och Jens. Det är bara ett ställe kvar att dammsuga på. De ser på varandra igen. Hon drar upp benen under sig. Katerina dammsuger under hennes stol. Hennes kropp luktar lite svett. Illamåendet kommer plötsligt.

Hon kommer tillbaka till köket med ett leende på läpparna. Hon har sköljt ansiktet med kallt vatten och borstat tänderna för att inget ska märkas. Katerina står och virar sladden runt dammsugaren.

"Ska vi ta en kaffe?"

Katerina ser frågande på henne. Kanske tycker hon att härskare och tjänstefolk av princip inte ska umgås. Kanske har hon något emot just henne.

"Jo, det är klart att vi måste ha kaffe", fortsätter hon.

De dricker kaffe som två hemmafruar. Bordet skiner stort och rent mellan dem. Katerina verkar inte särskilt besvärad, snarare ointresserad.

"Vad konstigt, va?" säger Karin. "Att du bor här helt plötsligt. Vi vet ju ingenting om dej, egentligen."

Katerina ser undrande på henne.

"Vad vill du veta?"

"Jag vet inte. Varför kom du till Sverige? Vad har du för familj?"

Katerina väjer inte med blicken.

"Min mamma, min pappa, min bror, min syster ..."

Karin nickar ivrigt. Väntar på en fortsättning. Men den kommer inte.

"Men du är så ... ung och ... Hur länge ska du vara i Sverige, har du tänkt? Vad har du för planer? Jag menar, du kanske vill bilda familj nån gång?"

Katerina dricker ur och ler artigt.

"Du behöver inte oroa dej för mej." Hon reser sig och tar sin kopp med sig till diskbänken. "Förlåt, men jag måste skriva lista för att handla. Tack för kaffet."

Resten av dagen tillbringar Karin inne i arbetsrummet där hon försöker sitta och planera och ringa samtal. Information måste spridas om den hemliga klinikens nya öppettider, mediciner måste införskaffas, ytterligare personal ska rekryteras. Hon ringer till jobbet och berättar att det var falskt alarm angående halsflussen.

Hon går in till sig och lägger sig på sängen och försöker läsa, men det är svårt att koncentrera sig. Hon försöker intala sig att hon är en ganska okej människa, trots allt, men det är som att tala för döva öron.

Hon vaknar av att någon kommer hem. Vilken befrielse att höra Julias glada hallå där nere. Några sekunder senare står hon i dörren med skolväskan över axeln. Hon tar upp en bit choklad ur väskan och bryter små bitar som hon matar henne med. Karin frågar hur det var i skolan. I vanliga fall blir Julia överlycklig när hon blir frågad saker. Men idag gör hon sig fri från hennes omfamning, och säger att hon inte har tid att prata. Hon ska göra en sak. När Karin frågar vad förklarar hon att det är något hon brukar göra när hon kommer hem från skolan. Med Katerina.
"Det är bara för oss två."
Det hugger till någonstans i magtrakten. Hon anstränger sig intensivt för att det inte ska märkas. Hon ler, och säger att de kan prata senare. Julia lämnar rummet. Karin ligger kvar och stirrar upp i taket. Hon reser sig och smyger ut och fram till den plats vid trappan där man har utsikt ner mot vardagsrummet. Hon ser dem, deras huvuden tätt ihop där nere. Hon hör deras låga, viskande röster, hon hör deras fniss. Och det går inte att andas.

Hon återvänder till rummet. Kryper ner under täcket. Ligger och vrider sig i en halvtimme. Hon känner sig bortglömd. Hon känner sig bortglömd, sviken och bortvald. Men så öppnas dörren och Julia står där. Hon kommer och lägger sig i sängen och berättar om alla som har löss och om den dumma träslöjdsmagistern och om brandlarmet som plötsligt gick på gympan. Karin ställer en miljon frågor som alla får långa, redogörande svar. Efter en stund börjar det kännas bättre. Lukten av mat letar sig in i rummet. Katerina ska laga gulasch idag, berättar Julia. Det är handlat och städat. Hennes underbara dotter ligger intill henne. Det känns inte bara bättre. Det känns bra. Mycket bra.

Ljudet av röster når henne någonstans ifrån i huset.

"Albin har kommit hem", säger Julia.

Hon sätter sig upp i sängen.

"Albin?"

Hon ber Julia vänta och lämnar rummet. Hon smyger ner för trapporna. Det är mest Albin som hörs. Hon gömmer sig bakom pianot där de inte kan se henne från köket. Det är svårt att höra vad de säger. Albins skratt är lågt. Katerinas ljust och klingande. Det är första gången hon hör henne skratta. Vad skrattar hon åt? Vad fan kan det finnas att skratta åt?

Hon blinkar bort tårarna och går med beslutsamma steg in i köket. Albin sitter vid köksbordet och skär sallad. Hon försöker att inte stirra. Varje gång hon bett honom om hjälp i köket de senaste två åren har hon bara fått en grymtning till svar. Katerina står vid spisen. Bägge tystnar tvärt när hon kommer in.

"Hej Albin."

"Hej."

"Hur var det i skolan idag?"

"Bra."

"Vad har ni gjort?"

"Matte, svenska, SO."

Katerinas blick möter hennes. Den säger sanningen, att hon är den som kan få Albin att skratta. Albin har skurit färdigt salladen och lägger den i skålen. Han reser sig och går. Det ligger tomat och gurka kvar på bordet. Karin sätter sig och tar vid där Albin slutade. Under tystnad. Hon skär och skär, i mindre och mindre bitar.

"Det här låter säkert jättekonstigt, Katerina, men jag satt just i telefon med mitt arbete. Dom säger att det är okej att jag går ner i tid på jobbet. Ja, jag har ju velat det länge. För barnens skull."

Först nu ser Katerina på henne.

"Jag ska börja jobba mindre", fortsätter hon. "Jag är ledsen om jag har fått dej att tro att du skulle kunna stanna här."

Hon slutar skära och ser medkännande på den andra kvinnan.

"Jag känner mej jättedum. Du får självklart vara kvar tills du hittat ett nytt arbete, men ... jag behöver dej faktiskt inte längre."

Katerina går. Karin står kvar med kniven. Hon lägger försiktigt ner den på skärbrädan och går fram och rör i gulaschen.

19

KATERINA KOM NER från övervåningen med glasartad blick. Karin frågade vart hon skulle ta vägen, men hon svarade inte. Ställde bara väskan på golvet och drog sin kappa från galgen. Karin skyndade sig att ta fram plånboken. Hon slet upp sedlarna ur kuvertet. "Hur mycket är det du ska ha? Tusen? Två tusen?" Hon hade kunnat betala vad som helst. En sedel singlade ner mot golvet och lade sig över en sko.

Julia kom ner för trappan och flämtade till när hon såg Katerinas resväska. "Jag måste sluta här, Julia. Jag måste säga hejdå." Dramatiskt. Julia slängde sig i hennes famn och klamrade sig fast. Karin var tvungen att titta bort. Hon plågas ännu av bilden, Julia som grät förtvivlat. "Men mamma, varför?" Hennes vädjande blick.

"Det finns andra som behöver Katerina bättre än vi."

Katerina strök Julia över håret. Så gjorde hon sig fri och gick in till Albin. Julia såg på Karin med förakt. Karin gick till köket. Hon rörde i grytan. Minuterna inne hos Albin kändes som timmar.

Hon vet att Julia alltid överdriver. Ändå var det svårt med hennes tårar efteråt, hennes hatiska blickar, hennes "Jävla mamma!". Att Albin undvek henne kändes mer naturligt. Ingen av dem ville komma till bordet och äta. Till slut hotade hon att sälja Albins dator på Blocket om han inte kom. Albin måste ha insett att det bara var ett hot, men kanske förstod han att hon inte skulle ge sig.

Och nu. Det är så tyst. Barnen petar i maten och ger henne fientliga blickar. Karin är en som ska frysas ut. Ändå har hon förklarat. Hon ska försöka gå ner i tid på jobbet. Hon ska försöka vara hemma mer. De behöver ingen hemhjälp, det hör till en förgången tid. Det måste väl Albin förstå, han som förstår så mycket. Eller hur, Albin? Men det hjälper inte med smicker. Albin stirrar ner i tallriken och ser märkbart berörd ut. En våg av ömhet sköljer över henne.

"Lilla gubben ... Hur är det egentligen?" Men hon får inget svar.

"Du vet det där med alla djur som jag har fått och sånt?"

Det är en oskyldig fråga. Ändå känner hon obehaget komma krypande.

"Du har alltid sagt att man inte kan köpa en massa djur och sen bara strunta i dom när man tröttnar", fortsätter Julia. "Du har alltid sagt att så kan man inte göra med levande varelser, bara skita i dom efter ett tag."

"Ja?"

Albins blick som ett plåster på henne. Nu öppnar han munnen för att säga något.

"Fattar du inte vad hon menar? Man kan väl inte lova att ta hand om nån och sen bara kasta ut den personen när man tröttnat?"

Hennes ben skakar under bordet.

"Vi tog hand om Katerina när hon var sjuk. Sen jobbade hon här ett tag." Hon ser med koncentrerat lugn från den ena till den andra. "Katerina hör inte till vår familj. Hon kan inte bo här för evigt."

"Var ska hon bo då?" skriker Julia. "Hon har inget hem ju! Hon har ingenstans att ta vägen!"

"Jag sa ju att hon fick bo kvar ett tag, Julia. Men hon ville inte det."

"Hon kanske kände sej jättesviken, tänk om det var så!"

"Katerina har säkert vänner som vi inte känner. Det är klart att hon har nånstans att ta vägen."

Albin reser sig. Julia gör samma sak. De skrapar av sina tallrikar och ställer ner dem i diskmaskinen och lämnar köket. Som om de var ett team. Men henne kan de inte lura. Detta är bara skenbar gemenskap.

"Läxan, Julia!" ropar hon. "Albin, har du gjort läxan?"

Hon sitter ensam kvar med gulaschen och känner hur varje andetag är en kraftansträngning. Hon tar tag i grytan. Hon reser sig och slänger hela innehållet i soppåsen. Gulaschen ser ut som en jättehög med bajs mot den vita plasten. Hon får kväljningar. Stänger skåpsdörren med en smäll.

Kvart i åtta öppnas ytterdörren. Julia är framme hos honom innan han har hunnit komma innanför tröskeln. Själv ligger hon i soffan och låtsas vara sjuk. Julia berättar förtvivlat att Katerina har slutat. Jens röst är dova hummanden. Några sekunder senare står han framför henne på golvet med ytterkläderna på.

"Vad är det jag hör?"

Hon öppnar långsamt ögonen, försöker se sömndrucken och lidande ut.

"Va?"

"Vad är det Julia säger? Har du fått ... jag vet inte vad!"

"Nej, det har jag inte."

Hennes lugn retar honom.

"Först är du ute och festar hela natten som nån slags hysterisk klimakterietant ... förlåt, jag menar, hormonstinn tonåring, och sen ..."

"Och sen?"

"Och sen går du hem och slänger ut den som är hela förutsättningen för att du ska kunna vara så ego som du faktiskt verkar vara för tillfället!"

Hon kan bara stirra på honom. Har alldeles glömt att vara sjuk.

"Jag råkar komma hem sent från krogen ett par gånger efter *åratal* av vuxet, jävla ansvarsfullt beteende, och du kommer och anklagar mej för att vara *ego*? Jag vet inte, men jag tycker inte att jag förtjänar det."

Hon ser att Jens tar in. Att han ångrar sig. Hon ser att han tänker på "klimakteriekärring", att det var under hans värdighet.

"Jag menar bara ..."

Han sjunker ner i en fåtölj och stirrar framför sig. Julia, som stått och lyssnat med stora ögon, kryper upp i hans knä och lägger huvudet mot hans axel.

"Jag trodde bara att du tyckte att allting var underbart", säger han dystert. "Du sa ju det, att plötsligt fanns det lite frihet."

"Vi hade faktiskt sagt att det skulle vara under en period, och nu är den perioden över."

Han skakar bekymrat på huvudet.

"Jag tänker på Katerina ... Hon hade nåt slags jobb här. Men hon har ingen a-kassa, eller hur? Och vad hände med uppsägningstiden? Du, om nån, kan väl inte bete dej som det här sjuka samhället."

Hon reser sig ur soffan. "Nu är det som det är i alla fall."

"Jag tackade ja idag."

"Förlåt?"

Hon vänder sig långsamt mot honom. Han undviker hennes blick.

"Till gästprofessuren i Köpenhamn. Jag sa aldrig nej. Man har väl gått omkring och hoppats på att det skulle gå på nåt sätt, och nu kände jag ..."

"Idiot."

Julia stirrar anklagande på henne. Men hon bryr sig inte om att man inte ska bråka inför sina barn. Inte när han försöker få det att låta som om det är Katerina han värnar om när det egentligen är sitt eget skinn han vill rädda.

"Du har tackat ja till ett jobb i Köpenhamn utan att fråga mej?"

Jens gör sig fri från Julia och börjar gå av och an i rummet.

"Vad fan kastade du ut henne för? Det funkade ju hur bra som helst här hemma. Ni skulle inte ens märka att jag var borta. Jag kan åka måndag morgon och komma hem torsdag kväll."

Han ser trotsigt på henne. "Du vet ju hur mycket jag vill!"

"Nu är det för sent i alla fall", konstaterar hon.

Julia sitter på soffans armstöd. Hennes ansikte är nästan skräckslaget. Hon ser från den ena till den andre. Som om det var något fruktansvärt hon bevittnade. "Lilla förskonade barn, det här är ingenting", skulle hon vilja säga. "Om du bara visste vad andra barn får vara med om."

Hon går in i köket och tar en banan. Hon drar av skalet med snabba rörelser. Han kommer efter. Han studerar henne medan hon äter. Hon ser ut genom fönstret, på grannens bil.

"Jag ska vara hemma mer. Jag har bestämt mej."

Han ler ett ironiskt leende. "Du?"

"Vadå?"

"Ingenting."

Hon vänder sig mot honom.

"Har jag varit hemma för lite med barnen?"

Han ser menande på Julia som står en bit ifrån och stirrar med sitt lilla, upprörda ansikte. Men Karin tänker inte låta sig stoppas.

"Vi har varit hemma preeis lika mycket", säger hon syrligt. "Så ge fan i dina små ironiska kommentarer."

"Snälla Julia, kan inte du gå upp på ditt rum?"

Konstigt nog gör hon som han säger. De blir ensamma kvar. Karin sprättar upp ett bankkuvert med pekfingret och ögnar igenom siffrorna. Jens ser på henne hela tiden.

"Även om du är hemma mer så räcker det inte. Inte om jag ska jobba i Köpenhamn."

Hon lyfter blicken från siffrorna.

"Ska du det då?"

"Ja."

20

BARA TANKEN PÅ att någon gång behöva lämna bilen framkallar rädsla och olust. Hon försöker njuta av värmen och musiken, av ensamheten och den fantastiska gemenskapen mellan henne och vägen. Hon försöker tänka att hon är *on the road*, och att det är resan som är målet. Lappen med adressen ligger och retas på sätet bredvid. Albin var förstås motsträvig, vägrade till en början avslöja Katerinas adress. Men när han hörde vad det gällde gav han med sig.

Förorten, eller snarare *orten*, dit hon är på väg, ligger ganska långt ifrån stan. Det är ett välkänt ställe som man ofta läser om i tidningen, där det verkar hända en hel del i genren små och stora brott. Hon kör tills skylten med ortsnamnet på dyker upp längs med vägkanten. Det är med besvikelse hon svänger av från motorvägen. Hon önskar innerligt att hon inte ska hitta adressen, att hon ska tvingas åka tillbaka hem och dra en djup suck inför familjen: "Tyvärr. Huset fanns ingenstans." Men det är ingen idé att hoppas. Duktiga Jens har skickat med en aktuell karta som ligger tillsammans med adresslappen och retas intill henne. Du kan inte fly, säger kartan.

Hon kör in i samhället. Efter ett tag måste hon stanna och granska kartan. Hon identifierar området där lägenheten ska ligga och kör vidare i några minuter utan att en enda människa syns längs med vägen. Så får hon syn på några låga, smutsbruna hyreshus på höger sida om vägen.

Hon förblir sittande efter att ha stängt av motorn. På radion pratar de om porr. En kvinna är arg för att porr överhuvudtaget tillåts. En man säger att det inte hjälper med förbud. Det gör kvinnan ännu argare och de börjar prata i munnen på varandra. Hon drar ett djupt andetag och öppnar bildörren. Benen landar på asfalten. Det blåser kallt på dem. Hon låser och stoppar nyckeln långt ner i handväskan, hon ser sig oroligt omkring som folk gör när de har parkerat sin fina bil på en obskyr plats.

Hon går mot huset. Utanför har man grävt upp marken och det har bildats ett mindre fält av lera. Trots den svaga belysningen kan man se att där har legat en lekplats tidigare, gungställningen står fortfarande kvar.

"Vem letar du efter?"

Hon drar efter andan. En stor, kolsvart man står framför henne. De stirrar på varandra. Det får inte synas hur skräckslagen hon är. Hon försöker tänka att man inte behöver vara kriminell för att man är stor och svart och smyger omkring just här.

"Nummer sjutton."

Han pekar på ett hus lite längre bort. Hon ler snabbt och skyndar iväg. Kastar en blick bakåt. Han kommer inte klampande med våldtäktssteg efter henne. Tack gode gud.

Huset saknar portkod, det är bara att öppna dörren och kliva in. Namnet som står på Albins lapp saknas på tavlan nere i porten. Belysningen är trasig på de flesta våningar, hon får gå nära och granska varenda dörr. På översta våningen hittar hon en handskriven skylt på en av dörrarna med ett namn som överensstämmer med det som står på lappen. I samma sekund blir det kolsvart runt omkring henne. Hon trevar längs med väggen efter ljusknappen, utan resultat. Hon bultar på dörren. Bultar hårdare.

Kvinnan som öppnar dörren är i fyrtioårsåldern och av afrikanskt ursprung. Hon har en morgonrock i frotté på sig. Hennes blick är fientlig. Karin frågar efter Katerina. Kvinnan vänder sig bort och ropar. Det drar nere vid benen under kappans linning.

Katerina dyker upp framför henne en bit bort i hallen. Hennes ansikte uttrycker ingenting. Den afrikanska kvinnan avlägsnar sig. Katerina står kvar där borta.

"Kan jag komma in?"

Inget svar. Hon kliver försiktigt in och stänger dörren bakom sig. Katerina kommer lite närmare. "Och?"

Röster hörs från längre in i lägenheten. Det luktar gott av mat. Hallen är målad i en djupt röd färg. På väggen hänger en enkel kolteckning vars smakfullhet förvånar henne.

"Ja, jag fick adressen av Albin …"

Katerina står med armarna i kors och väntar på ytterligare information.

"Jag … vi kände att det gick så fort." Hon tar nervöst i sitt hår. "Kan jag komma in och prata, tror du?"

Hon får en kort nick till svar. Tar av sig och ställer skorna på golvet intill ett tiotal andra skopar. Katerina går före in i lägenheten, stannar i öppningen in till vardagsrummet. Ett antal kvinnor i olika åldrar sitter i rummet. Teven står på, men de tittar inte på den. Någon håller på med handarbete, en annan läser i en bok. Ett par stycken ligger halvsovande på madrasser.

"Det här är Karin."

Det är första gången hon hör Katerina uttala hennes namn. Några ser bara slött på henne, andra nickar artigt. Ingen spricker upp i ett välkomnande leende.

I köket står ytterligare ett par kvinnor och gör iordning mat. Hon försöker få ögonkontakt med dem, men de tittar skyggt ner i sina kastruller.

"Vad ville du?"

Katerina ser uppfordrande på henne.

"Jag ... jag ville be om ursäkt först och främst. Jag menar, det måste ha kommit så plötsligt för dej." Hon hör sig själv skratta till. "Jag måste ha verkat helt galen. Jag blir bara sån ibland. Du vet hur det är när man ska ha mens?"

Katerina ger de andra två en blick som berättar om hur galen Karin är. Själv ångrar hon bittert sitt desperata försök att skapa igenkänning. Hon måste byta strategi.

"Katerina, jag fattar verkligen hur du känner ..."

"Förstår du hur jag känner?"

Den andras röst är ironisk.

"Ja, jag ... Jag är i alla fall här för att be om ursäkt. Och för att be dej att komma tillbaka till oss. Alla vill det. Julia, Albin, Jens och ... jag. Kan du tänka dej..."

"Nej."

De andra två protesterar omedelbart, de som hon trodde inget förstod. De pratar upprört med Katerina på ett främmande språk, men hon skakar bara på huvudet.

"Hejdå, Karin."

Hon förstår att det är lönlöst att fortsätta. Ändå gör hon det: "Snälla ...". Katerina skakar på huvudet igen. De andra två kvinnorna stönar högt.

"Om jag ger dej påökt med, vad ska vi säga, 25 procent? Om jag höjer med 35 procent då? 45?"

Kvinnorna puffar på Katerina och väser saker. Men Katerina är ståndaktig. "Du måste hälsa Julia och Albin", säger hon.

De ser på varandra. Tysta. Karin vänder på klacken. Utanför krockar hon med tre kvinnor som har stått och tjuvlyssnat. Hela gruppen följer efter henne till hallen. De betraktar henne medan hon knyter skorna. Deras blickar är fördömande. Om de bara visste vad hon gjorde på dagarna.

Hon skyndar förbi lervällingen. Ser att bilen står kvar på

parkeringen, gudskelov. Hon gräver i väskan efter nycklarna. Gråten i halsen, gråten som vill ut. Men hon vill vänta tills i bilen, kanske ända tills på motorvägen. Hon hittar inte nycklarna. Fan också. Fan och helvete och förbannad skit. Så känner hennes fingertoppar något hårt och metalliskt och hon rycker hastigt upp dem ur väskan. Ett läppstift flyger ut med nycklarna. Hon låter det rulla iväg över asfalten och låser upp bilen med darrande händer, hon kliver in och ska precis stänga dörren. Ska precis stänga dörren när hon hör sitt namn ropas i vinden. Hela hennes kropp säger nej. Hon är på väg att slå igen och låsa och vrida om nyckeln, rivstarta och köra iväg.

Katerina har ingen jacka på sig, ingenting, förutom joggingbyxor och skjorta. Hennes hår lever sitt eget liv i blåsten. Hon drar den tunna blusen närmare kroppen.

"Jag var dum där uppe. Jag vet inte varför jag sa nej. Jag vill visst komma tillbaka och jobba. Är det okej?"

Karin ser till att vända bort blicken. Hon blir stående. Katerina måste hata henne just nu. Måste hata henne innerligt.

Sekunderna går.

"Snälla?" kommer det.

Karin står kvar och biter sig fundersamt i läppen.

"Jag vet inte om det skulle fungera, Katerina."

"Jag tycker verkligen om barnen! Och jag hade det bra hos er."

Hennes läppar har blivit vita av kylan.

"Jag har väl sagt förlåt för där inne?" frågar Katerina, som ett sista försök.

"Nej."

Det kommer med eftertryck. Aldrig att hon skulle säga att det inte behövs.

21

HON SER IN i kvinnans ögon. Hon hör vad hon säger. Hon hör precis allt. Ändå är hon inte där. Hon ser kvinnans oro och sig själv utifrån, hon ser hur hon ser ut, som en läkare, en läkare som verkligen lyssnar och känner in. Det är stora beslut som ska tas idag, kanske livsavgörande sådana, men ändå är hon inte närvarande. Det retar henne. Hon borde. Hon borde sannerligen. Patienten som heter Kerstin ska opereras imorgon, av henne. Patienten sitter och vrider sina händer. Hon är överviktig och halvt sjukskriven för fibromyalgi, en sjukdom som man fortfarande inte vet särskilt mycket om och som av vissa avfärdas som en psykisk åkomma. Kerstin har haft oavbrutna blödningar länge, under mens riktiga störtblödningar. Hon har tidigare bränt slemhinnorna i livmodern men fått tillbaka blödningarna. När man tittade sist hittade man sammanväxningar och blodklumpar. Nu ska hon göra sig av med livmodern. De ska tillsammans bestämma på vilket sätt hon ska opereras, antingen ska de gå in via slidan eller så blir det snitt. Hon lyssnar på kvinnans oro, hon svarar på hennes frågor. Svarar och får samma fråga igen. Svarar samma sak, upprepar fördelar och nackdelar med det ena och andra tillvägagångssättet. Hon märker att hon blir irriterad. Känner inte igen känslan, hon brukar aldrig bli irriterad på patienter. Hon kämpar emot och blir överdrivet tålmodig, betar av alla tänkbara infallsvinklar på ämnet utan att tänka på hur lång tid det tar, och innan hon vet ordet av har hon sagt att upplevelsen av sex kan bli annorlunda efter att man har tagit bort livmodertappen. Det skulle hon inte ha sagt. Först och främst är det inte vetenskapligt bevisat, sedan är Kerstin fel patient att säga en sådan sak till. Nu fick hon något mer att fråga om, vem som sagt vad, och "på vilket sätt annorlunda", och plötsligt dyker tanken upp i huvudet att Kerstin knappast kan behöva bekymra sig om sexet, för vem fan skulle vilja göra det med henne. Men hennes tankar syns inte, som tur är. Hon nickar och ler, ler och nickar. Till slut ber hon med överdriven vänlighet kvinnan att lägga sig i gynstolen för att undersöka om myomen är för stora eller inte för att gå in via slidan.

Kerstin skriker aj innan hon ens har hunnit börja och i vanliga fall skulle hon förstå kvinnans reaktion, att hon är orolig och nervös och därför överkänslig. Men idag släpper hon ifrån sig en suck som inte kan undgå patienten. För att kompensera sucken ber hon kvinnan ta tid på sig i stolen eftersom hon verkar spänd. Kerstin blir sittande med sina långa, djupa andetag i fyra långa minuter medan Karin småpratar med henne. Samtidigt tänker hon, att det är typiskt att fibromyalgi drabbar den här sortens kvinna och att det är självklart att besvären är psykosomatiska.

Äntligen får hon påbörja undersökningen. Livmodern motsvarar 10–12 veckors graviditet i storlek och myomen, som är tre till antalet och fyra centimeter stora, förklarar hennes blödningar. Hon visar dem för patienten på ultraljudsskärmen och säger att hon inte skulle göra vaginal operation på den, men att man kan försöka, vilket förstås blir något nytt att tala om. Under tiden växer irritationen och till slut känner hon sig nästan hatisk gentemot kvinnan.

Kerstin trycker Karins hand när hon ska gå och tackar för hennes tålamod. Hon kan inte se kvinnan i ögonen. Efteråt blir hon sittande i stolen alldeles utpumpad. En kollega kommer in och undrar om rummet är ledigt men hon säger att hon måste diktera och att det går fort. Det gör det inte.

Deras sexliv har blivit mer inrutat än någonsin. Det som inte heller förut kändes särskilt spontant känns nu nästan plågsamt i sin förutsägbarhet. Men någon av de tre kvällar Jens tillbringar hemma i veckan måste det ske. Själv skulle hon definitivt kunna tänka sig hoppa över någon vecka, men hon vet inte med Jens. Hon vågar inte riskera att såra honom med att föreslå att de ska avstå.

Hon kan inte låta bli att skylla på Katerina, både inför sig själv och Jens. Varje litet ljud från andra sidan väggen får henne att stelna till. "Jag kan inte slappna av! Det är helt ovärdigt att leva så här! Hon hör allting!" Jens försöker skyla över och avdramatisera. Aldrig att han skulle klaga på någon hosta. Han har varit nästan löjligt positiv till allt som har med Katerina att göra efter att ha tagit jobbet i Köpenhamn.

Hon kan, förvånande nog, komma på sig själv att längta efter sin man. Det märkliga är vad som sker när han kommer hem. Han är så uppfylld av saker och pratar på maniskt och förlorar i ett slag all attraktionskraft. Hon skulle så gärna kasta skuld på honom för att han är borta så mycket. Men det går inte. Han vet att Katerina sköter de flesta sysslorna i hemmet och att Karin inte har det särskilt ansträngt.

Barnen verkar inte sörja sin pappa. De frågar inte efter honom, och vill aldrig ringa. När hon undrar om de saknar honom tittar Albin oförstående på henne. Julia säger pliktskyldigast ja. Men när han kliver in efter att ha varit borta kommer hon inte springande. Det är svårt att förstå att han kan ta så lätt på det.

"Det är kompisar som är viktigast i deras ålder, jag kommer

ihåg hur det var."

Kanske är inte skillnaden för barnen särskilt stor från förut. Jens har alltid varit borta mycket, liksom hon själv, och när han väl varit hemma har han suttit och jobbat. Tanken återkommer gång på gång till henne, att barnen skulle sakna henne lika lite om det var hon som var i Köpenhamn. Hon kan vakna på natten och tänka på det, att de bara skulle ringa om någon tvingade dem. Ofta ligger hon och vrider sig i sängen och kan inte somna om. Hon oroar sig för Albin. Han är så tyst och oåtkomlig. När hon kikar in på rummet sitter han alltid vid datorn. När hon frågar vad han gör svarar han "inget". När hon frågar var hans kompisar håller hus nuförtiden säger han "hemma". De gånger han tilltalar henne utan att hon har tagit initiativ till det kan hon inte fly från känslan av att han gör det för hennes skull.

En dag fångar hon honom i flykten, när han är på väg ut från köket.

"Du, Albin. Jag tänkte på en sak. Vi kanske skulle åka till London, du och jag?"

Han ser förvånat på henne.

"Du och jag?"

"Ja, jag tänkte att det kunde vara kul? Några dar bara. Vad tycker du?"

Hon känner svetten tränga fram under armarna.

"Det låter bra, men ... kan jag tänka på det?"

"Ja, det är klart."

Han fortsätter mot sitt rum. Hon minns när hon var i hans ålder. Inte för att hon skulle ha velat vara ensam med mamma och pappa. Men London, hon hade svimmat.

Julia är mer upptagen än någonsin. Det är alltmer sällan som hon kastar sig om halsen och klämmer åt. Men de kan fortfarande ligga och prata i sängen på kvällarna. Karin har lovat köpa akvarium. Och nya jeans som heter någonting märkligt. Alla har sådana.

Det är svårt att veta exakt hur mycket samröre barnen har med Katerina. När Karin kommer hem är den andra ofta på sitt rum eller har precis lämnat huset. På morgonen har hon alltid ätit frukost innan någon annan vaknat. Det är en märklig känsla att de är två vuxna i huset som knappt ses. Det var betydligt lättare när Jens kunde lätta upp stämningen. Nu ligger hon på helspänn på kvällarna och försöker registrera var den andra befinner sig i huset. Hon vaknar ofta när Katerina kommer hem på natten, hur tyst hon än är. Katerina hörs nästan aldrig. Det är som om hon vill smälta in i möblemanget.

De har inte haft några konflikter sedan den där kvällen. När de väl möts pratar de om praktiska ting, om vad som måste göras eller handlas, eller så gäller det pengar. Hon försöker stålsätta sig men det känns alltid lika svårt att agera oberörd när pengarna ska lämnas över. Idén om att lägga dem i ett kuvert och skjuta in dem under Katerinas dörr har dykt upp i huvudet, eller att bara ställa kuvertet på köksbordet på kvällen, men det skulle verka alltför uppenbart att hon bara vill slippa se på den andra.

Hon har fortfarande inte berättat för någon. De som alls känner till Katerina tror att de hyser en sjuk person som behöver hjälp. Isabel tror att lunginflammationen aldrig blir riktigt bra. När Jens föreslår att de ska ha gäster pratar hon bort det. Hon skyller på arbete, trötthet eller på att de aldrig är ensamma bara de två. Han tittar skeptiskt på henne, men försöker inte övertala – hon vet att han inte heller brukar berätta för folk att de har hemhjälp från Moldavien.

En kväll sitter hon vid köksbordet med en kopp te medan Julia sitter bredvid och gör läxan. Hon beundrar i tysthet dotterns hår som är arrangerat i ett tiotal små knutar på huvudet. Det verkar vara en komplicerad håruppsättning och hon inser plötsligt vem som måste ha gjort den och får en klump i halsen.

"Älskling? Jag tänkte på ... det här med Katerina."

Julia lyfter blicken från pappret.

"Jag tänkte ... att man kanske inte ska prata om det så mycket."

"Vilket då?"

"Om henne."

"Varför?"

"Man kan säga att hon hjälper oss ibland bara, om man måste säga nåt."

Julia ser verkligen frågande ut.

"Katerina kommer ju från ett annat land och ... ja, dom som är från andra länder måste ha ... dom måste ha speciella papper som säger att man får jobba och sånt och jag vet inte om Katerina har såna papper och då är det nog bäst om ..."

"Men hon jobbar ju här?"

"Jo, men ..."

"Hur kan hon jobba här om hon inte har såna papper?"

"För att Katerina var sjuk och jag tog hand om henne. Och sen ville hon arbeta och jag tänkte att det kan hon få göra även om hon inte har såna papper. Men om polisen får veta ..."

Julia spärrar upp ögonen.

"Polisen?"

Hon ser allvarligt på sin dotter.

"Dom kan kasta ut henne ur Sverige, Julia."

Julias blick rör sig oroligt fram och tillbaka.

"Men varför har du inte sagt nåt? Jag har ju redan berättat för folk!"

"Vilka då? Vilka har du berättat för?"

"Fanny. Erica. Dom har varit här och träffat henne också."

Det är klart, det är till och med självklart. Hon tänker på Fannys och Ericas föräldrar. Vad de skulle tänka eller redan tänker. Om de skulle sprida eller redan sprider. De ser snobbiga ut, och har säkert inga moraliska betänkligheter. Hoppas.

"Men du kanske ska säga till Fanny och Erica att döm inte ska prata med folk om henne? För säkerhets skull?"

Julia nickar lydigt.

"Vi vill ju inte att Katerina ska råka illa ut, eller hur?"

Plötsligt känner hon hans närvaro bakom sig. När hon vänder sig om står han där och ser på henne. Som om han såg rakt igenom. Som om han såg hennes smutsiga inre.

Hon blir röd om kinderna.

"Men hej, Albin. Vill du ha te?"

Han ler. Det är inte säkert, men det finns en möjlighet att leendet är föraktullt.

22

DET ENDA HON KAN GÖRA är att agera överklasskvinna med hemhjälp. Det verkar vara så Katerina vill ha det. Hon leker "frun i huset" och Katerina spelar "tjänare". Det vanliga må vara att överklassfruar inte visar hemhjälpen något intresse, knappt håller reda på hennes namn, men där skiljer de sig åt. Hon blir mer och mer intresserad av Katerina under fasaden av ointresse. Det gäller att vara smart. Att aldrig fråga saker rätt ut, bara iaktta i smyg.

Katerina tar ofta med sig telefonen in på rummet på kvällarna. Då smyger Karin ut från sovrummet och lägger örat mot dörren. Hon kan höra hur den andra otvunget pratar på ett språk som måste vara moldaviska, hur hon stundtals fnissar till och enstaka gånger skrattar. Ibland har rösten en helt annan karaktär. Då är den lågmäld och bekymrad och hon tycker sig kunna utröna rädsla och förtvivlan. Kanske inbillar hon sig. Det är svårt när man inte förstår språket.

Karin skulle vilja veta vad samtalen handlar om, vem Katerina pratar med, hur hennes familj i Moldavien ser ut. Ibland får den andra brev som blandar sig med deras vanliga post, vita kuvert med handskriven adress på och okända frimärken från det land som ter sig mer spännande än något annat i världen just nu. Det händer att hon håller upp brevet mot en lampa. Men även om något hade synts igenom vore det meningslöst eftersom hon inte skulle förstå ett ord.

Det är en kväll när Katerina är ute. Klockan är halv elva och barnen har somnat. Hon står i fönstret och stirrar ut på den fridfulla villagatan med en odefinierbar oro i kroppen. Grannens bil ter sig mer monstruös är vanligt. Hon får en obehaglig föraning om att om bilens ägare skulle dyka upp i fönstret innebar det hennes död. Hon lämnar fönstret och sjunker ner i soffan. Hon zappar runt mellan kanalerna så som Jens säger är skadligt för hjärnan, men det finns inget som fångar hennes intresse. Utan att veta varför reser hon sig. Som en programmerad robot styr hon sina steg mot övervåningen. Utan att tveka passerar hon sitt sovrum och stannar utanför Katerinas dörr.

Hon har inte varit i rummet sedan Katerina blev frisk. Sängen är snyggt bäddad, men överkastet är utbytt mot ett indiskt tyg. Den dåliga akvarellen är borttagen och ersatt med en kolteckning som visar en gammal kvinnas ansikte. Hennes blick fastnar på den. Kvinnan har en intensitet i blicken som är fint fångad. På en annan vägg hänger en oljemålning med ett abstrakt motiv i dova färger. Hon blir stående en stund framför målningen. Hon flyttar blicken och den fastnar på nattduksbordet. Där står familjens kasserade bergsprängare som Jens bar in till henne de första dagarna. Intill den ligger en hög med skivor. Hon bläddrar bland dem. Det är skivor av grupper och artister som hon känner igen, mest nya artister, men också en samling med Nick Drake. Hon kan inte låta bli att förvånas. Hon trodde inte att moldaviska kvinnor kände till Nick Drake.

Hon öppnar försiktigt garderobsdörren. För en sekund tänker hon att hon är med i en thriller där husägaren hittar en blodig kniv i garderoben hos sin inneboende. Men de blodiga knivarna lyser med sin frånvaro i Katerinas garderob. Hon fingrar på några enkla blusar, hon luktar på dem, men de är helt utan doft. Längst in hänger två klänningar, enkla i stilen men urringade och figurnära. Själv skulle hon se ut som en idiot i dem, hennes kropp har fel form. Men hon kan se Katerina framför sig i en sådan klänning. Ingen skulle kunna ta blicken ifrån henne.

Hon går över till byrån och botaniserar hämningslöst bland Katerinas underkläder. I lådan samsas tunna nylonstrumpor och spetsbehåar med rediga bomullssockor och tanttrosor. Hon slås av att hennes egen låda med underkläder har ungefär samma blandning, även om hon har oändligt mycket mer att välja på. Hon drar ut den ena lådan efter den andra i byrån, utan att veta vad hon letar efter. Den understa byrålådan innehåller inte kläder. Där ligger några böcker, en hög med brev, lite brevpapper och några foton. Hon tar upp det översta fotot. Det är en familjebild. En mamma, en pappa och deras tre små barn, två flickor och en pojke. Familjen står utanför ett enkelt hus. Föräldrarna, som är vardagligt klädda, försöker le för kameran liksom barnen. Bara en i familjen vägrar göra sig till. Den äldsta flickan. Hon blickar trotsigt in i kameran som vore det ett tvång att stå där.

Hon sitter som uppslukad med bilden i handen tills ett ljud letar sig in till henne. Det är Julia som ropar. Hon har vaknat och undrar förstås var Karin är. Plötsligt kommer det över henne, vad hon gör. Snokar hos sin inneboende, rotar i det mest privata. Det är ofattbart. Det är ofattbart, fult och skamligt och får aldrig någonsin uppdagas.

Hon lägger snabbt ner fotot i lådan och skjuter igen den. Hon kommer på fötter och öppnar försiktigt dörren men hör i samma ögonblick Julias röst och hennes steg som närmar sig. Hon stänger och ser sig desperat omkring. Sängen är för låg för att gömma sig under. Hon slinker in bakom dörren sekunden innan den öppnas.

"Mamma?" Julia låter gråtfärdig, på gränsen till panikslagen. "Mamma?"

Det är smärtsamt att stå och lyssna på dotterns tilltagande förtvivlan. Så hon kliver fram från sitt gömställe. Julia kväver ett skrik.

"Mamma! Vad gör du här?"

"Jag skulle bara ... "

"Jag vaknade och hade drömt jätteäckligt! Var var du nånstans?"

"Men lilla gumman ... Jag hörde inte bara. Förlåt." Hon går fram och försöker omfamna dottern.

"Vad gör du i Katerinas rum?"

Julia är inte dum. Och hon skulle inte gilla att Karin gick och snokade bland Katerinas personliga tillhörigheter.

"Jag skulle kolla om jag hade glömt en grej i garderoben."

"Vadå för nåt?"

"En gammal jacka. Men den hängde inte kvar." Hon lägger en hand på Julias rygg och försöker föra ut henne från rummet. "Kom nu."

"Hur lång tid kan det ta? Jag ropade jättelänge."

"Sluta nu. Du kan inte bara ligga och ropa. Du får väl komma upp och säga till."

"Jag gjorde ju det!"

Hon följer Julia tillbaka till sängen och sätter sig på sängkanten. Julia ser forskande på henne.

"Varför stod du bakom dörren?"

Ilskan flammar upp inom henne.

"Ja, men sluta nu ... Det gjorde jag inte!"

Hon kysser Julia på pannan. "God natt på dej, gumman."

Hon får säga det igen, vid dörren. Ett svagt mummel hörs från sängen som svar. Julia har inte släppt sina misstankar, det kan man vara säker på.

På kvällen ligger hon vaken och tänker på fotografiet. En allvarstyngd Katerina omgiven av sin familj. Hon skulle verkligen vilja veta mer.

23

DET KÄNNS OVANT att gå omkring på stan och strosa. Bara ordet *strosa* känns främmande. Men hon tänker att det måste vara nyttigt att komma bort från de sjukas och svagas värld. Att bara vara, utan prestationskrav. Det här är en övning. Hon övar på att fördriva tid. När hon tänker på saken kan hon minnas företeelsen "fika på stan", men bara svagt. Det var så länge sedan. Ingen har tid att fika längre. De gamla vännerna skulle skratta om hon ringde och frågade, och hon har dragit sig undan från Isabel på sistone. De ses bara på avdelningen ibland, och på kliniken i förorten. Hon hittar ständigt på nya anledningar till varför hon måste skynda sig hem. Jens skulle bara veta hur mycket hon skyller på honom, att han alltid är borta och att hon måste ta hela ansvaret hemma. Isabel är förstående, men det finns något i hennes blick, ett uns av tvivel.

Hon slinker in på ett kafé. Just så, *slinker*. Ingen kan veta att hon har funderat på det i en halvtimme, och att hon har spanat in en avsevärd mängd ställen. Vissa är alldeles för intima med bara några få bord. Hon var på jakt efter något stort och anonymt, som det här.

Borden är fulla av unga, urbana människor. Hon känner sig uttittad, och alltför medveten om att hon är den enda över 25. Hon kväver impulsen att lämna stället och kliver fram till disken och beställer en latte. Sedan tar hon sig upp på en barstol i fönstret och dricker den medan hon studerar människorna som går förbi utanför. Hon funderar på att tänka något filosofiskt om människorna och tiden och tempot, men det känns inte helt naturligt. Hon är precis på väg att ge upp hela fikagrejen när hon upptäcker honom. Han har mössan långt nerdragen i pannan och promenerar lugnt förbi på trottoaren i ett helt annat tempo än de andra. Hon knackar ivrigt på rutan, så glad över att se någon hon känner.

Hon skyndar ut från kaféet med jackan under armen. Kryssar förbi människorna på gatan med fokus på hans bakhuvud som syns högt ovanför de andras. Hon tar tag i hans arm.

"Hej!"

Han ser förvånat på henne.

"Hej?"

Han ser sig omkring på gatan, som om han ville försäkra sig om att ingen ser.

"Tycker du det är en jobbig situation?" frågar hon.

Han spricker upp i ett leende.

"Lite."

"Ska vi ta en kaffe nånstans?"

Det är han som föreslår lägenheten. Hon säger inte emot. Den ligger några kvarter bort. De pratar inte på vägen, ändå känns det inte pinsamt.

Tobias etta är inte snuskig som det sägs att ungkarlslyor brukar vara. Han har en förmåga att göra det trevligt omkring sig, med enkla second hand-möbler och skön belysning. Hon vet inte mycket om honom, mer än att han är arbetslös och har jobbat med utvecklingsstörda. Han är inte typen som måste hävda sig.

Hon låter honom göra kaffe fast hon inte är sugen. Hon följer hans rörelser sittande vid köksbordet. Det finns en laddning i rummet, men det går inte att veta om han känner någonting. Han dukar fram koppar, han tänder ljus. Han står intill henne och häller upp kaffe, säger inte "mjölk?" ens. Hon kan inte låta bli, hon sträcker fram en hand och tar på honom. Han ställer ner kannan på en tidning på bordet, varsamt för att inte spilla. Han sjunker ner på huk. De kysser varandra. Hon börjar dra i hans kläder. Hon känner hans kropp under sina fingrar. De hamnar på golvet. Det skulle aldrig gå att förklara för någon som aldrig har upplevt det vad ordet "innerligt" innebär.

Efteråt ligger de kvar. Hon smeker hans nakna bröst. Han har inte mycket hår. Jens har inte heller mycket hår.

"Ska vi dricka sprit?"

Hon säger ja. Han reser sig. Hon betraktar honom medan han drar på sig byxorna. Hon vill att han ska falla tillbaka ner på golvet igen, men han går fram till skåpet och tar fram en flaska vodka. De dricker vid köksbordet i små glas, som om det inte var Sverige, som om hon inte var läkare och hade villa och ansvar. Han säger inte mycket. Hon pratar på om jobbet, om patienterna, om kliniken i förorten, på rutin nästan. Hon vet inte om han alls är intresserad. Men han ser på henne hela tiden.

"Det är lättare när man är full", säger hon.

Han nickar som om han förstod precis vad hon menar och tar en cigarett till. Hon gör samma sak. Hon försöker njuta av ansvarslösheten och av det absurda i situationen, mitt i veckan och allt, och med en människa hon inte känner. Men han gör henne plötsligt förvirrad med sin tystnad, så hon fimpar och säger att hon måste gå.

Han följer henne till dörren. Hon tar på sig ytterkläderna medan han ser på. Det känns inte bekvämt. Sedan blir hon stående i hallen med handen på dörrhandtaget. Försöker sig på ett leende.

24

HON FÖRSÖKER VERKLIGEN lyssna på vad han säger. Medan hon undersöker honom berättar han om den regimkritiska demonstrationen i Teheran som urartade i kravaller och upplopp, om hur polisen fotograferade honom och hur han blev efterlyst på teve. Men hon kan bara tänka på Tobias, på det som hände mellan dem på golvet i hans kök, på hur hans händer fick henne att upplösas. Ja, hon försöker verkligen lyssna på den iranska mannen som berättar att vännerna dömdes till mellan tre och tretton års fängelse för politisk aktivitet medan han själv gick under jorden. Mannen, som kom hit med sin familj med hjälp av flyktingsmugglare för två år sedan, borde inse att hon inte kan hjälpa honom att stanna i Sverige, men man ser i hans blick att han gör sina hoppfulla, tröstlösa försök att övertyga alla han möter. Mannen har fått tre avslag och gömmer sig sedan ett år tillbaka, och det är klart att hon skulle vilja göra allt, som med alla. Bebisen, som är född i Sverige, ligger i vagnen och sover intill britsen, och mamman och de två döttrarna i lågstadieåldern sitter och stirrar framför sig. Karin kan höra sig själv ställa intresserade frågor medan Tobias, som är ohyggligt vacker i minnet, pockar på i bakhuvudet. Det kom ett sms efteråt. "Tänker på dej", stod det. Nu gäller det bara att inte bli fixerad vid honom. I detta ögonblick gäller det att koncentrera sig på patienten som hon har framför sig. Det senaste året har han haft olika svartjobb där han fått mellan 30 och 35 kronor i timmen, det senaste på en mindre byggfirma. Anledningen till att han har kommit till kliniken är att han har ramlat ner från en byggnadsställning och skadat ryggen. Hon försöker förklara för honom att han skulle behöva komma till ett riktigt sjukhus. Mannen reagerar med "No hospital!". Som ett mantra förklarar Karin hur deras nätverk fungerar, om och om igen, men medan hon pratar är det bara Tobias hon tänker på. Tänk om hon är utnyttjad. För sex.

När hon slutligen tar den iranska mannen i hand för att säga farväl har han tårar i ögonen. "Hur låtsas man vara glad för sina barn? Vi vill inte gräla, men ... jag är så rädd. Hela tiden."

Mannens grepp om hennes hand hårdnar.

"Jag vet inte om du har familj och ... men om man älskar någon ... man vill att den ska vara trygg. Det är det viktiga. Jag kan aldrig gå tillbaka till Iran."

"Jag vet", säger hon och tänker på Tobias och henne själv tillsammans på golvet i köket, som i en scen ur en fransk film.

Den iranske mannen ser henne djupt in i ögonen. Som om han sökte något där som inte gick att finna.

När alla patienterna är avklarade känns det som en lättnad. Tanken på att stanna kvar och ta en kaffe med de andra är henne främmande. Det var länge sedan de satt och pratade, hon har kommit med undanflykter varje gång. Idag föreslår den nya läkaren att de ska samlas och planera framåt. Han heter Anders, är 28 år och nyutexaminerad. Hon skyller på barnen och lovar ringa de samtal som måste ringas hemma.

Isabel hinner upp henne i trapphuset där hon står och väntar på hissen.

"Vad är det med dej egentligen?"

"Vadå?"

"Har jag gjort nåt? Eller har det hänt nåt? Säg!"

Karin hör ljudet av en dörr som öppnas på vem-vet-vilken våning. Hon hör röster och ett barn som gråter.

"Det är Jens."

"Ska ni skiljas?"

"Jag vet inte." Hon lyckas nästan suggerera fram en tår. "Han är aldrig hemma. Vi pratar knappt med varann. Jag vet inte, men det känns som ... jag vet inte om jag kan ha det så här."

Hissen passerar dem med en hel familj i. Ett av barnen sover i sin pappas famn. Ett annat står sömndrucket och håller i sin mamma. Det hugger till i magen som om det var på riktigt. Plötsligt är lögnen en sanning, att hon och Jens ska skiljas, att deras familj är i upplösning.

Isabel tar henne i sin famn och smeker henne över ryggen. Beröringen får henne att slappna av. Det var så länge sedan hon anförtrodde sig. Så kommer den tomma hissen ner till dem. De kliver in och Isabel säger en massa bra saker om Jens som hon aldrig har träffat. Hon säger att han är fan så mycket bättre än alla andra idioter folk är gifta med. Han är schyst och jämlik och har bra värderingar och det kommer säkert att lösa sig när han jobbat klart i Köpenhamn.

"Vi måste träffas och prata", säger Isabel.

"Om du orkar med mej."

"Nej, det gör jag inte. Jag vill bara ha glada vänner som mår bra."

De ler mot varandra, ett leende som lovar evig vänskap.

"Vi kan gå ut nån kväll på nåt av dina coola ställen?" säger Karin.

"Jag kan väl komma hem till dej?"

Hon möter Isabels blick genom den spruckna spegeln i hissen. Inte det. Bara inte det. Hon säger att hon kan fixa barnvakt, att hon behöver komma ut. Men Isabel vill se hur Karin bor. Hon vill träffa barnen. Det syns att hon menar det.

Utanför huset kommer den iskalla vinden emot dem.

"Du kommer hata det", skriker hon i blåsten. "Det är så jävla borgerligt och äckligt där ute. Precis som du tror."

Isabel trycker ner mössan över öronen.

"Vad är det du är rädd för? Har du ingen familj, eller? Bor du i skogen i nån jävla pappkartong?"

Så blev det bestämt. Karin föreslår måndag kväll. På måndagar jobbar Katerina hos smyckedesignern. På vägen hem kommer det över henne, att hon faktiskt har dolt någonting för Isabel under en lång tid. Och det är dubbel skam. Att skämmas för det hon döljer och för att inte ha sagt sanningen.

25

KARIN HAR GETT BARNEN mat och hyrt en film till Julia fast det inte är helg. Albin gick in på rummet efter maten, så honom behöver hon inte oroa sig för. Hon har förvissat sig om att Katerina inte kommer att komma hem förrän vid halv tolv. Det var svårt, men hon sa som det var, att hon gärna vill vara ensam hemma med en vän. Katerina accepterade utan att ställa frågor, precis som man ska i hennes position. Hon stod i hallen med ytterkläderna på. Karin stod en bit ifrån och studerade henne i smyg när hon målade läpparna framför spegeln. Kanske var smyckedesignern en lögn, tänkte hon, kanske går Katerina ut och prostituerar sig på måndagkvällar. Bara tanken gjorde henne illamående, liksom sitt eget kalla konstaterande. Hon har knappt vågat se på Katerina sedan besöket på hennes rum. Det känns som om den andra vet, fast det är en omöjlighet, och att hon tänker saker om henne.

Hon lagar en vegetarisk gratäng som fanns i en av de femtiotre kokböcker hon fått i julklapp av Jens. "Vegetarisk mat" hette den och receptet innehöll tomat och aubergine. Det såg gott ut på bilden, men det var betydligt mer komplicerat än hon trodde. Man var tvungen att steka auberginen i olja innan man lade den i formen och det blev så osigt i huset att Albin kom och undrade vad fan hon höll på med.

Hon står i fönstret och tittar ut på villagatan och trädgården med ett glas rödvin i handen. Hon kan se grannarna med den stora, fina bilen röra sig i köket innanför fönstret. Mannen lägger ömt en hand på kvinnans rygg. Kvinnan vänder sig mot honom med ett uppskattande leende. Dottern kommer in i köket. Hon visar något i en bok. Föräldrarna tittar intresserat ner i boken. De diskuterar något ivrigt medan de bläddrar fram och tillbaka. Mannens slips är mönstrad. Kvinnans hår har en märklig färg och en udda form. De har ett alldeles nytt kök som de var och handlade förra helgen. De är den typen av människor som Karin inte vill se när hon tittar ut genom sitt fönster.

Isabel ser sig storögt omkring medan hon trär av sig den långa halsduken. Karin tar vant hennes kläder och hänger upp dem på en galge, vilket gör Isabel generad. De går en tur i huset. Hon har sällan känt sig så vit och medelålders och övre medelklass. Och det har sällan känts så borgerligt med öppen spis och spröjsade fönster. Den andras uppsyn har inslag av både avundsjuka och äckel. "Fy fan, vad fint!"

I köket sätter sig Isabel vid bordet och stryker handen över den blanka bordsytan. Karin häller upp vin, tar ut gratängen ur ugnen och ställer fram salladen. Isabel frågar var barnen är och Karin säger att de redan har ätit och är på sina rum, men att de kanske dyker upp senare.

De dricker vin. Karin börjar kunna slappna av. De pratar om jobbet och skvallrar som vanligt om arbetskamrater. Karin drar med sig Isabel till fönstret och pekar ut grannarna och klagar på deras skryt och självgodhet.

"Skit i dom."

"Jag försöker."

"Varför blir du så provocerad av att dom är lyckliga? För att du inte är lycklig?"

"Jag är visst lycklig."

"Men du kanske ska skiljas?"

Hon hade glömt samtalet i trapphuset, men finner sig snabbt.

"Det känns bättre nu. Det går upp och ner hela tiden."

Isabel ser inte helt övertygad ut. Hon tar ytterligare en klunk rödvin innan hon fortsätter ufrågningen. "Hur är det med din moldaviska inneboende då? Katerina?"

Hon visste att det skulle komma, förr eller senare.

"Bra. Hon verkar ha fått ett nytt jobb."

"Men hon bor kvar?"

"Ja, men jag ser henne inte mycket."

Isabel tar upp ett cigarettpaket ur väskan. Karin hämtar ett askfat och Isabel blir lycklig över att man får röka inne. Hon tänder cigaretten och tar ett snabbt, otåligt bloss.

"Är det inte skönt att ha nån här när Jens är borta? I det här stora huset?"

Karin nickar. Det är omöjligt att veta om Isabel spelar oskyldig eller om hon har någon dold avsikt. Kanske var det därför hon ville komma hit. För att kolla om allt Karin sagt var sant. För att avslöja hemligheten.

Hon tar en cigarett ur Isabels paket.

"Dejtar du nån då?"

"Vi pratar om dej nu."

"Sluta. Det händer ingenting i mitt liv."

"Gör det inte?"

Karin sätter ciggen i mungipan, och börjar duka ut. Hon känner Isabels blick på sig. Kanske är det lika bra att hon säger som det är. Kanske är det inte så farligt som hon tror att ha en fattig kvinna boende hemma hos sig som städar och stryker och tvättar och lagar mat och hjälper barnen med läxorna och tar dem till olika aktiviteter för ganska låg lön. Kanske har hon bara förstorat upp alltihop.

"Tror du inte att jag fattar?"

Hon vänder sig förvånat om. Isabels röst är varken hård eller anklagande.

"Du behöver inte ljuga för mej, Karin. Du behöver inte skämmas."

Isabel ler mjukt. Isabel har förstått. Det känns som en befrielse.

"Förlåt", kommer det ur henne.

Isabel kommer fram och kramar om. "Vilken idiot du är."

"Jag vet."

"Är jag så jävla moralisk?" säger hon med skratt i rösten.

"Är du inte det?"

Hon häller upp mer vin utan att kunna ta blicken från Isabel. Hennes bästa vän. Hennes unga, vackra, bästa vän. De dricker tillsammans. De tänder nya cigaretter.

"Det var när du berättade om dej och Jens som jag fattade, jag menar, varför du har undvikit mej."

"Jag visste inte vad du skulle tycka", erkänner hon.

"Samtidigt var jag inte säker. Så jag ringde Martin och frågade. Och Tobias hade berättat förstås." Isabel tar hennes hand över bordet. "Men snälla, du kan inte gå omkring och känna skuld hur länge som helst. Alla är väl otrogna nån gång när man har varit ihop så länge som ni?"

Hon blir stum. Det går runt i huvudet på henne.

Julia kommer in i köket. Hon stannar på golvet en bit ifrån dem. Isabel spricker upp i ett leende.

"Nä, men hej!"

"Vem är du?"

Hon måste ta sig samman. Fokusera. Det gäller att få iväg Julia innan hon har avslöjat någonting om Katerina.

"Det här är Isabel, min arbetskamrat. Skulle inte du se på film?"

"Vad gör du här?"

"Men Julia ..."

"Det gör ingenting", säger Isabel vänligt. "Jag kom hit för att hålla din mamma sällskap när pappa är borta."

"*Vi* kan hålla henne sällskap."

"Vad hände med filmen, Julia?"

Julia kommer fram till bordet och stirrar på skålen med jordnötter.

"Får ni jordnötter?"

Julia som brukar vara så social framstår plötsligt som en bortskämd överklassunge.

"Nu får du lämna oss ifred", säger hon strängt. "Hur ofta har jag en kompis här? Vi vill prata."

"Ni pratar väl på jobbet?"

Karin känner hur vreden växer i henne.

"Nu går du in på ditt rum", säger hon sammanbitet.

"Gör jag?"

Hon känner Isabels närvaro på andra sidan bordet, hon vet vad hon tänker. Att Julia är hemsk. Att Karin har misslyckats med sin barnuppfostran. Att sådana blir barn som man skämmer bort eller behandlar illa.

"Du kanske vill ha din mamma för dej själv?"

Frågan är rakt och enkelt ställd och inte i närheten av inställsam. Julia ser ner i jordnötsskålen.

"Jag ska snart gå", fortsätter Isabel.

"Du ska inte låta henne bestämma om jag får ha en kompis här eller inte! Och förresten ska du gå och lägga dej nu, Julia. Du är fruktansvärt trött."

"Konstigt att du känner att jag är trött när inte jag gör det."

Hon skakar på huvudet mot Isabel, som för att säga att ungen är hopplös. Egentligen vill hon bara slå. Hon vill slå snabbt. Hårt.

Julia ser på henne med svart blick.

"Jag hatar dej."

Och så springer hon. Efter några sekunder hör hon dörren slå igen på övervåningen.

"Är det inte bäst att du går upp? Hon verkar behöva dej."

Isabel ser ut som en proffsnanny i ett teveprogram som berättar sanningen för den dysfunktionella mamman.

"Du har inte barn själv, va?"

Isabel rör sig inte.

"Okej. För i så fall kanske jag kan avgöra själv vad min dotter behöver."

Tystnaden som följer är oväntad. Isabel brukar inte lämna någon oemotsagd. Nu reser hon sig och tar sin tröja från stolsryggen. Hon går ut i hallen. Själv står hon kvar i köket och lyssnar till ljudet av Isabel som klär på sig. Hon drar det djupa andetaget och går efter. Isabel håller på att dra på sig stövlarna.

"Måste du gå?"

"Ja."

Då öppnas dörren. Isabels blick vänds ditåt. Det får inte vara sant.

"Förlåt att jag kommer redan", säger Katerina i dörröppningen. "Jag vet ni vill vara ensamma."

"Det gör inget. Isabel ska precis gå."

Katerina kommer in och tar av sig intill Isabel. Hon går mot trappan. Är snart utom synhåll. Men så vänder hon sig om för att säga något. Rörelsen sker i slowmotion. Nu öppnar deras hembiträde munnen och frågar:

"Vilken tid vill ni ha frukost imorgon?"

"Klockan sju, tack."

Hennes röst är tonlös. Den andra nickar bara och försvinner iväg upp. Hon står som fastfrusen. Det krävs en enorm ansträngning för att flytta blicken till Isabel.

26

DE SER INTE på varandra. Inte under hela rapporteringen. Inte under ronden. Det är förmiddag och de står tillsammans vid en ung kvinnas sjuksäng. Hon har gjort en tvåstegsabort och har föräldrar och systrar med sig i rummet. Hennes sexton veckor gamla foster ligger i kylen och ska begravas enligt muslimsk sed. Isabel har rapporterat, med blicken fixerad vid sina anteckningar, att kvinnan har pratat med en kurator. Allting är ordnat. Nu är det dags för henne att skrivas ut. Men den unga kvinnan är besvärlig, hon har trassel med maken hemma och vägrar lämna sjukhuset.

Karin lyfter upp täcket och knäpper upp skärpet, hon säger att magen känns mjuk och fin. Hon skulle vilja skrika till Isabel att allting inte är så enkelt, och att om några år kommer hon också att förstå hur det är när man har fler än sig själv att ta hänsyn till. Men Isabel behåller sin fulla koncentration på kvinnan i sängen. Karin berättar lugnt för patienten att hon kommer att blöda mellan tre och fem dagar och att hon inte får bada eller ha tampong eller samlag under tiden. Kvinnan frågar om hon kan skriva ut recept på p-piller och hon berättar om hur p-piller fungerar. Men hela tiden tänker hon på Isabel och på vad hon tänker när hon hör Karin samtala med patienten. Hon anstränger sig för att låta empatisk. För Isabels skull. Hon lyssnar på gråt och klappar på arm. För Isabels skull. Hon önskar av hela sitt hjärta att Isabel ska omvärdera henne, att hon ska förstå att det är äkta engagemang som hon känner för svaga individer och att det som sker hemma var oundvikligt. Utan att någon gång behöva låta sträng får hon till sist kvinnan att resa sig ur sängen och börja klä på sig frivilligt. Isabel ger henne ingen bekräftelse. Efteråt försvinner hon iväg till sköterskeexpeditionen.

Hon dröjer sig ofta kvar på jobbet, även när hon inte behöver. Hon ringer onödiga samtal om labbsvar och tittar till patienter som det inte är någon fara med, allt för att slippa stöta på Katerina hemma. Men ibland går det ändå inte att undvika att kliva mitt in i något. Det händer att hon får syn på Julia och Katerina tillsammans kring läxan, hon kan höra deras småprat och avspända skratt som får henne att stelna till redan i hallen. Då vill hon springa bort och iväg och aldrig återvända hem. Och det värker av längtan inom henne efter Julias krampaktiga kramar.

När hon vaknar på nätterna går hon ofta upp. Hon planerar sitt arbete, förbereder undervisning eller står bara i fönstret och stirrar in till grannen. Hela deras hus lyser av lampor nattetid, även träden och buskarna i trädgården har klätts med ljusslingor. Det ser hemtrevligt ut. Hon förstår inte hur man gör, varifrån strömmen kommer. Om de har installerat något elaggregat någonstans eller om de har dragit sladdar inifrån. Sådana saker tänker hon på nattetid.

Det värsta är mardrömmarna. Hon har en som återkommer i vilken Katerina kidnappar hennes barn, men hon insåg redan efter första natten att hon snott storyn från "När handen gungar vaggan". Men faktum kvarstår. Hon skulle vilja bli av med Katerina. Igen. Så fort som möjligt. Frågan är bara vart kvinnan skulle ta vägen, och hur hon själv skulle klara sig utan henne. Jens är borta mer än någonsin. Ibland blir han till och med kvar i Köpenhamn över helgen. När hon har helgjour och nattjoursvecka får

Katerina ta barnen. De kan förstås klara sig själva några timmar men inte hela dagar. Om Katerina slutade blev Karin tvungen att lägga ner engagemanget i förortskliniken. Tanken känns plötsligt inte lika omöjlig som förr. Varför?

Albin är bara synlig vid måltiderna. På morgnarna betraktar hon honom i smyg. Han går omkring som i en annan värld och ser tonårsaktigt avvisande ut. Ibland får hon ett infall och försöker ta reda på saker. Men han svarar bara att allting är bra, på samma sätt som hon själv när någon frågar om hur det är. Hon lyssnar på hur hon låter när hon pratar till Albin. Det är möjligt att hennes röst låter hurtig och att det kan vara irriterande. Men frågan är om det skulle hjälpa att ändra tonläge. Hon testar lite olika röster, utan framgång, och sedan lite olika sätt att ställa frågor på, hon testar till och med att vara helt tyst och inte tilltala honom alls under några middagar, men han verkar inte bry sig det minsta. Det blir bara en ödslig stämning mellan dem.

En dag kan hon inte hålla sig längre utan ringer till Albins klassföreståndare. Läraren blir inte ett dugg besvärad. Han säger bara glatt att det går utmärkt för Albin i skolan, att han är begåvad och lätt att ha att göra med.

"Så det är inga problem alls med honom?" frågar hon.

"Absolut inte. Det finns andra som är rätt stökiga men Albin har blivit oerhört lugn det senaste halvåret, okej, lite mer tystlåten än förut, men jag kan inte se det som något annat än positivt. Han har mognat, skulle man kunna säga."

Det är besvikelse hon känner. Hon vill inte duktig och trevlig. Hon vill inte mogen. Hon vill dåligt sällskap, alkohol eller droger. Något som går att förstå. Något som det finns en bok om.

Utanför den stängda dörren. Det hörs musik inifrån rummet. Hon vet inte vilken genre, den är henne i alla fall främmande. Hon som lyssnat på rock och pop i hela sin ungdom och till och med köpt en skiva med Latin Kings en gång, inte ska hon behöva känna så här. Men hans musik är annorlunda från allt hon hört förut, tyngre än hårdrock, mer monoton, och orden som skriks ut går inte att uppfatta. Om det ändå hade varit punk.

Hon tänker på vad det står i en av böckerna hon lånade på biblioteket, att man måste respektera sin tonårings integritet men samtidigt inte vara överdrivet respektfull.

Så hon knackar på. Så hon får inget svar. Så hon öppnar ändå. Så han sitter vid datorn. Så han inte ens vänder sig mot henne. Så hon säger "Det är bara jag". Så hon tar några steg in i rummet och försöker se vad som står på skärmen innan han har hunnit stänga ner och stänga av musiken och stirra avvisande på henne.

"Chattar du?"

Han ser ut som om det var något man gjorde för fem år sedan och skakar på huvudet.

"Vad gör du då?"

"Ingenting."

Hon ser sig omkring i rummet. Det är märkbart välstädat. Som om han verkligen har mognat.

"Vad fint du har det."

Han vänder sig bort, mot skärmen.

"Jag tänkte ...", börjar hon lite trevande, "... har du tänkt på London?"

"Nej, jag vill inte."

"Nej", konstaterar hon snabbt.

Egentligen vill hon gråta. Skrika. Kasta sig i famnen på någon.

"Varför vill du inte?"

"Jag känner inte för det. Kanske en annan gång."

"Vad känner du för då?"

För en gångs skull verkar han inte ha något svar. Han ser förvirrat på henne.

"Jag vet inte."

Hon sväljer. Vill gå fram och lägga en hand på honom, men är rädd för att han ska rygga tillbaka. Hon gör det ändå. Han ryggar bara lite.

"Vi har prov imorgon."

Hoppfullt: "Ska jag förhöra dej?"

"Det har Katerina redan gjort."

Och handen får svårt att ligga kvar.

Hon ringer till Tobias. Hon säger att efter jobbet imorgon och hela natten. Han säger okej. Till Katerina säger hon kurs med övernattning. Det är en dag med operationer. Hon gör inkontinensoperationer och lapraskopier. Hon vill bara att dagen ska ta slut. Försöker tänka på sin unge älskare, försöker längta och fantisera.

När hon kommer dit klamrar hon sig fast vid honom som Julia brukade göra vid henne. Han frågar om kaffe eller mat. Men hon vill inte. Hon vill bara bli utnyttjad, gång på gång på gång. Mitt i alltihop vill han prata, men hon säger att han ska vara tyst. Han lyder. Hela kvällen lyder han och nästan hela natten. Till slut säger han att han inte orkar mer. Men han går med på att hon får ligga i hans famn. Hans armar är starka och hans kropp luktar fortfarande gott.

"Hur är det?" viskar han i mörkret.

"Helvete."

"Tänkte väl det."

Nästa morgon vaknar de samtidigt. Eller om han redan var vaken. Fönstret är täckt av en vit gardin, det är nästan helt ljust i rummet. Det finns inga rynkor kring hans ögon. Hon kryper närmare. De kysser varandra. Hon kastar en blick på klockan intill nattduksbordet och gör sig fri.

"Jag börjar om en halvtimme."

Han studerar henne medan hon klär sig. Hon är inte van vid att man tittar. Färdigklädd sätter hon sig på sängkanten.

"Jag skulle vilja vara kvar hela dan."

"Var det då."

"Jag kan inte."

"Är karriären viktigare än jag?"

Han ser allvarligt på henne. Hon reser sig upp, vad inbillar han sig? Så kommer leendet. Det var ett skämt. Förstås. Hon känner sig som en idiot som trodde att han kanske var svartsjuk. Det här är en lek för honom, hon kan se det i hans ögon.

Hon kör som en galning hem. Måste baka bullar. Måste baka bullar till barnen.

27

KATERINA HÅLLER PÅ att byta lakan i Julias rum. De smutsiga lakanen ligger i en hög på golvet. Karin står i dörröppningen och betraktar den andra som jobbar. Julia har loftsäng. När hon ser Katerinas ansträngningar minns hon hur knöligt det var att komma åt där uppe, man måste klättra upp för stegen och hukande krypa bort till hörnet för att kunna vika in kanten.

Hon förstår inte varför hon är arg på henne. Det måste vara jästen. Det är Katerina som ska se till att det finns jäst hemma. Det är hon som sköter inköpen. Jens kör henne till olika stormarknader på helgerna och när hon är klar möter han upp i kassan med kortet.

"Det finns ingen jäst."

Den andra kikar förvånat ner från sängen.

"Det finns ingen jäst i kylen", upprepar hon.

"Jag bakade förra veckan. Det finns bröd i frysen."

"Men idag ville jag faktiskt baka bullar!"

Hon hör hur hon låter, som ett trotsigt barn.

"Ska du?"

Karin tar ett steg in i rummet.

"Förlåt?"

Katerina släpper henne med blicken. Hon klättrar ner för stegen, tar det rena påslakanet från stolen och vecklar ut det medan Karin iakttar henne. Hon vet att det är irriterande att bli iakttagen. Men hon står kvar. Och iakttar.

"Det måste väl alltid finnas jäst hemma, om man skulle få lust att baka. Nu får inte barnen några bullar."

Katerina kan inte dölja minen, den som säger att Karin är galen. Nu drar hon vant in täcket i påslakanet och försöker skaka det rätt. Karin hade kunnat hjälpa till. Men istället: "Kan inte du ta en promenad och gå och handla lite jäst?"

Hon måste ringa Jens. Han låter stressad och undrar vad hon vill. Hon säger att hon längtar efter honom. Det blir tyst i andra änden.

"Är det nånting som har hänt?"
"Absolut inte. Jag ska baka bullar."
"Oj."
"Det är en ny grej."
"Ja, det var värst."
"Du låter förvånad."
"Gör jag?"
"Är det nåt konstigt med att jag ska baka bullar?"
"Varför säger du så?"
"För att det är det."
Han skrattar till.
"Okej. Då är det väl det då."
"Måste du skratta bort allting? Du kan inte ta nånting på allvar."
"Hur mår du, Karin?"
Hans röst låter plötsligt orolig.
"Jag måste sluta nu."
Kort tystnad.
"Hoppas bullarna blir goda då."

Fyrtio minuter senare står hon och smular jäst i bunken, smälter smör och spär med mjölk. Det är inte som om hon aldrig bakat bullar förut. Men i receptet står det att degen måste jäsa två gånger, en gång i bunken och en gång på plåten, det hade hon glömt. Hon hör hur dörren öppnas i hallen vid fem och förstår att det är Julia som har varit hos Fanny. Bullarna är långt ifrån färdiga. Hon kan inte låta bli att irritera sig över att allting blev fördröjt på grund av jästen. Det skulle ju lukta nybakt när de kom hem.

Det första Julia gör är att ropa på Katerina. I nästa sekund kommer hon in i köket.

"Mamma?"

Hennes blick vandrar till stöket på diskbänken.

"Vad gör du?"

"Bullar."

Ett leende: "Men mamma ..." Hon kommer fram och lyfter på duken. Degen, som borde ha svällt upp en bra bit vid det här laget, ligger som en kompakt, kladdig hög i botten av bunken.

"Har du ingen jäst i?"

"Det är klart jag har."

Hon drar Julia till sig.

"Nybakta bullar om en stund då?"

Hon får pussa på kinden och stryka över håret.

"Hur är det nuförtiden?"

Då kliver Katerina in i köket.

"Jag måste börja med maten."

"Nu?" frågar Karin.

"Den är fem. Vi äter klockan sex."

"Ja, det gör vi alltid", instämmer Julia, som om hon och Katerina var en egen familj som berättar för gästen om sina rutiner.

"Men ...", utbrister hon förtvivlat. "Vi ska ju ha bullar!"

Katerina och Julia ser på varandra. Det är outhärdligt att beskåda.

"Vi får äta senare, det är väl inte hela världen. Du visste ju att jag skulle baka, då kan du väl fatta att jag inte vill att vi äter redan!"

Katerina vänder bort blicken. Julias blick på Karin är bekymrad.

"Jag är faktiskt ganska hungrig, mamma. På mat."

Karin går uppför trapporna och in i sovrummet och slänger igen dörren med en hård smäll. Hon kastar sig ner på sängen. Några sekunder senare kommer Julia in och lägger sig bredvid. Karin vänder huvudet mot väggen så att hon inte ska se tårarna. Julia smeker hennes hår.

"Vad är det, mamma? Tycker du inte om Katerina?"

28

HON VET ATT de är sju stycken som har sökt överläkartjänsten. Hon vet att flera av de andra sökande har disputerat vilket är en värdefull merit. Att hon är ganska ung i sammanhanget kan också vara till hennes nackdel. Det råder en kultur på sjukhuset där unga överläkare kan få svårt att bli accepterade, folk lyssnar inte alltid på dem. Hon har sett det ske på nära håll även om det var några år sedan. Arbetsgivarna har blivit mer medvetna om problemet, de har uppfunnit begreppet "värderingsförskjutning" och haft temadagar om etik och moral på arbetsplatsen.

Hennes lycka är att man nu, mer än förr, tittar på personlig lämplighet. Hon borde ha en god chans. Hon har rykte om sig att vara en duktig kirurg och har såväl undervisnings- som administrativa meriter, liksom chefsmeriter från året i Uddevalla. Den första intervjun med arbetsgivarnas och fackets representanter gick bra. Hon fick berätta om sig själv och sina yrkesmässiga ambitioner, hon kände sig lugn och avspänd, och precis som hon trodde gick hon vidare i urvalet. Eftersom tjänsten innebär personalansvar måste hon göra en djupintervju hos en konsult.

Hon borde känna sig mer motiverad att arbeta än vanligt, med tanke på jobbet som hägrar, men hon känner sig trött. Kanske är det de sömnlösa timmarna nere i köket på natten som gör sig gällande. Ett par kollegor kommer fram en dag och frågar hur det gick med den där utbildningsdagen om våld mot kvinnor.

Hon känner sig tagen på sängen, men låtsas ha allting under kontroll. Hon säger sig ha skrivit en inbjudan som är på väg ut till all hälso- och sjukvårdspersonal i länet och meddelar att nästan alla föredragshållare är uppbokade, allt från rättsläkare till åklagare från familjevåldsenheten. Hennes röst låter så övertygande att ingen någonsin skulle kunna misstänka att det hon säger är oriktigt. Namnen finns visserligen på en lista hemma men ännu är ingen kontaktad. Först måste hon söka pengar till projektet. Måste.

Hon har en kvinna i trettioårsåldern framför sig. Kvinnan söker för en brännande smärta i underlivet vid samlag. Kvinnan berättar om sitt liv. Om sina män. Om den där våldtäkten när hon var tretton som hon inte tidigare har pratat med någon om. Hon har aldrig njutit av sex, avslöjar hon.

Kvinnan ser på Karin med sina oskyldiga blå ögon.

"Hur får man lust?"

Ett ögonblick blir hon perplex. Frågan är så direkt ställd.

"Jag tror att det är bra att prata igenom den där våldtäkten med någon. En kurator kanske. Jag kan hjälpa dej med kontakten, om du vill."

Hoppet i kvinnans ögon släcks omedelbart.

"Och så ska jag ta och undersöka dej ordentligt. Det du har kan vara något som man brukar kalla för 'vulva'."

Men kvinnan vill bara prata. Hon berättar om pojkvännen som är sur och irriterad över att hon alltid måste avbryta för att det gör ont. Han har slagit henne tre gånger men det är länge sedan nu, försäkrar hon. För det mesta är han otroligt gullig, passar upp på henne när hon är sjuk och kommer med presenter. Så följer en lång, detaljerad berättelse om en semesterresa till Bali. Det sitter fler patienter och väntar i väntrummet. Karin försöker föra tillbaka samtalsämnet till samlagssmärtorna, men det är lönlöst. Pojkvännen blev rasande när det gick upp för honom att, trots att han hade betalt 30 000 för resan så kunde hon ändå inte knulla. Han drack kopiöst på kvällarna och en dag sparkade han ut henne på gatan så hon fick vandra omkring hela natten och bli antastad av fulla män i väntan på att det skulle bli morgon och han skulle öppna dörren.

Hon känner förstås en uppdämd ilska mot pojkvännen som förtrycker hennes patient, samtidigt kan hon inte låta bli att irritera sig på kvinnan. Varför utsätter hon sig för en sådan behandling? Och hur kan man sitta och ta upp en läkares tid med sina relationsproblem när den enda som verkligen kan förändra situationen är hon själv?

Hon betraktar kvinnan. Hon bär tajta jeans och t-shirt med glittrigt tryck. Hennes ansikte är täckt med ett tjockt lager brunaktig kräm. Mascaran ligger i tjocka klumpar på ögonfransarna och det blonderade håret står som en sprayad gloria runt huvudet på henne. Plötsligt vet hon vad det är hon känner inför personen i stolen. Avsmak.

Under eftermiddagen får hon leta så länge efter någonstans att sitta och diktera att hon blir irriterad och snäser åt en sköterska som inte rengjort ett undersökningsrum ordentligt. Hon lämnar sjukhuset klockan fem med en känsla av befrielse i kroppen. I bilen på väg hem till Fågelbovägen 32 slår hon av radion för att få tid att tänka. Det är oförlåtligt att sitta och irritera sig på en orolig patient och hon måste i allra högsta grad ha förståelse för kvinnans behov av att prata. Men där satt hon tveklöst och bedömde hennes smaklösa makeup och tänkte att någonstans får hon väl ändå skylla sig själv som inte lämnar mannen. Hon reagerade som en manlig domare kan göra i ett våldtäktsmål, där offret är en ung, lättklädd kvinna.

När hon ska öppna garageporten med fjärrkontrollen fungerar inte maskineriet. Hon trycker och trycker, och tvingas gå ur bilen och öppna dörren manuellt. Hon kör in och parkerar. I garaget blir hon sittande i mörkret. Hon sluter sina ögon och försöker framkalla sömn. Det går inte.

Hon äter Katerinas goda middag tillsammans med barnen. Det gäller att ta vara på stunderna som de har tillsammans. Försöka skapa en positiv stämning. Den här kvällen ska bli trevlig. Hon ska inte göra någon besviken. Men till skillnad från för några dagar sedan är Julia på ett uruselt humör. Det är som om hon har regredierat och pratar om discot nästa vecka med gnällig röst och frågar vad hon ska ha på sig eftersom det inte finns ett enda plagg i garderoben som passar och dessutom är alla hennes kläder fula. Albin ber henne att hålla käft. Hon skulle så gärna vilja instämma, men det vore allt annat än trevligt. Karin föreslår det ena plagget efter det andra med sin mjuka mammaröst. Julia stirrar på henne som om hon var en idiot.

"Den svarta kjolen är faktiskt smutsig."

"Men lilla vän, jag kan tvätta den."

"*Du?*" säger hon föraktfullt. "Du tvättar väl inte."

Hon blir het om kinderna. "Jag kan tvätta den, gumman."

"Jag ska fråga Katerina", svarar dottern trumpet.

Paniken växer inom henne.

"Nej, det behöver du inte!"

"Jo, du har ändå ingen tid att hjälpa mig, även om du säger det nu."

"Jag har visst tid! Jag har massor av tid."

"Har du tid att tvätta och stryka och fixa mitt hår? På onsdag?"

Hon stirrar med avsmak på sin dotter. Hela hon är en parodi på en bortskämd överklassunge.

"Javisst", säger hon glatt. "Det är klart jag kan."

Julia ser klentroget på henne.

"På onsdag kväll?"

"Javisst."

Julia reser sig hastigt och stegar bestämt fram till almanackan som hänger på väggen. Hon sätter demonstrativt fingret på en ruta.

"Vad är det här då?"

Karin kommer efter. Hon studerar sina slarviga anteckningar. Mycket riktigt. Hon ska vara på kliniken i förorten den kvällen. Julia står bredvid och ser triumferande på henne. Anblicken av dottern gör henne illamående och hon känner vreden blossa upp inombords.

"Men herregud, vad är problemet?" fräser hon. "Vill du ha en mamma som bara är hemma jämt och bara bryr sig om huset och bilen och er och inte har nåt eget liv och inte gör nåt vettigt överhuvudtaget, eller vad fan är det frågan om?"

Julia förvandlas, och innan Karin har hunnit ta tillbaka börjar dotterns underläpp att darra.

"Är det inte vettigt att vara med sina egna barn?" flämtar hon ödesmättat.

Karin sträcker ut handen och lägger den på Julias.

"Det är klart att jag tycker att det är vettigt att vara med er, det var inte så jag menade."

Julia släpper henne inte med blicken. Hon skjuter upp hakpartiet något och uttalar det som kommer att bli de sista orden.

"Katerina är i alla fall mycket bättre än du på att sätta upp mitt hår."

Efter att Julia har lämnat köket fortsätter hon där hon var. Med maten. Som en robot. In i munnen. Tugga. Svälja.

"Doktor Jekyll och Mister Hyde", säger Albin. "Hon alltså."

Karin tittar upp. Han gör en gest med huvudet åt Julias håll. Hans ena mungipa ler. Hennes ler tillbaka. Det är kontakt hon känner. Hon och hennes son har kontakt, just nu, i detta ögonblick. Han reser sig och sköljer av tallriken under kranen och ställer ner den i diskmaskinen. Hon känner en intensiv längtan efter honom. Reser sig innan han har hunnit ut. Hon hinner ikapp och lägger en hand på hans axel. Han vänder sig mot henne. Det är nu. Hon borde dra honom till sig. Han ser inte rädd ut, inte avvisande alls. En sekund tycker hon sig se att han längtar lika mycket.

Telefonen ringer. De ser fortfarande på varandra när andra signalen ljuder. Så viker han undan med blicken. Ögonblicket är förbi. Han går mot dörren och försvinner iväg. Fan och jävlar.

Klockan halv nio har hon och Julia fortfarande inte blivit vänner. Hon har suttit vid datorn och arbetat. Hon har tittat på teve. Under tiden har Julia inte gett ett ljud ifrån sig. Hon sväljer stoltheten och går upp för trappan till dotterns rum. Det är tomt. Motvilligt registrerar hon musik och röster från ett annat håll. Hon går närmare och lägger örat mot Katerinas dörr. Hon skulle egentligen vilja gå ner för trappan och sätta på teven och sjunka in i en berättelse om andra människors familjerelationer. Men hon blir kvar vid dörren. Tvingar sig att knacka. Tvingar sig att öppna.

Julia ligger på golvet. Katerina sitter över henne och kittlar henne i magen. De ser upp på Karin när hon kommer in. Bägges leenden stelnar. Katerina reser sig.

"Läggdags", säger Karin.

Julia ser fientligt på henne.

"Men ... jag vill inte!"

"Säg inte emot din mamma."

Den andra kvinnans röst är bestämd. Det är chockerande hur hon vågar ta sig sådana friheter.

Men Julia lyder. Hon tar Karins hand och låter sig dras upp från golvet. Ger Katerina en innerlig kram, viskar godnatt i hennes öra medan hon själv står där med en klump i halsen.

När Julia försvunnit ut ur rummet vänder hon sig mot Katerina.

"Jag vill inte att du är med barnen när jag är hemma."

Den andra kvinnan nickar långsamt utan att släppa henne med blicken. Blicken som ser igenom.

29

DET ÄR SÅ TYST. Bara ljudet från teven. Och kranen som droppar i köket. Det har blivit mer påtagligt sedan Jens försvann hur sällan det ringer. När det väl händer är det oftast till Julia. Hon kan inte låta bli att notera att Katerina får långt fler samtal än hon själv. Det är oftast samme man som frågar efter henne. När hon lägger örat mot dörren tycker hon sig höra att den andra är skärrad. Men hon vet ju inte.

Katerina ringer själv också. Hon tar med sig telefonen in på rummet, men pratar aldrig särskilt länge. Karin vet eftersom den andra alltid är noggrann med att skriva ner antalet minuter. Samtalskostnaden dras av på lönen.

Det är ett program på teve om hur man får olydiga barn att lyda. När hon lärt sig hur man gör blir hon återigen rastlös. Hon undrar hur mycket det ringer hos grannarna vid den här tiden. Hon föreställer sig att villagatans alla kvinnor sitter uppkrupna i sina soffor och pratar i telefon med sina väninnor på kvällarna. Hon har inte haft tid med väninnor sedan hon fick Albin. Hon har haft sitt krävande arbete att tänka på, liksom hemmet och barnen. Hon har aldrig pratat i telefon särskilt mycket. Hon har inte varit bästistypen, inte haft det behovet och inte heller sett det som ett problem.

Hon får en impuls att ringa Jens. Ingenting torde vara konstigt med att en kvinna ringer till sin make på kvällen och vill prata. Vad ska man annars ha en make till, om man inte kan ringa honom? Men Jens sitter förmodligen framför datorn och vill minst av allt bli störd, och hon är inte upplagd för att höra hans frånvarande röst formulera pliktskyldiga frågor om hur dagen har varit.

Hon tar upp mobilen för att skriva ett sms, men kan inte komma på vad hon ska skriva och till vem. Till slut skriver hon "Tänker på dej" och skickar iväg till Tobias. Efter en kvart har hon gett upp. Ibland kan det dröja timmar innan hon får svar. Det är uppenbart att hon inte är centrum kring vilket allt kretsar i den yngre mannens liv.

Då ringer telefonen. Full av förväntan lyfter hon luren. Det är mamma, för ovanlighetens skull. Det är nästan så att hon blir lite nyfiken på vad hon vill. Mamma vill bara berätta att hon ska åka till Italien på kulturresa med några vänner och kommer att vara borta ett par veckor. Om det skulle vara något. Karin undrar vad modern tänker att det skulle kunna vara, så sällan som de hörs av, men önskar henne trevlig resa och lägger på. Som svar på hennes böner ringer det igen. Den här gången är det Kaj. Efter att ha utbytt artighetsfraser kommer han fram till sitt egentliga ärende.

"Du, jag har tänkt på en sak ... Du har sett ganska trött ut på sistone."

"Tycker du?"

"Hur är det med allting?"

"Det är alldeles utmärkt."

"Det finns dom som säger att du verkar omotiverad, men det sa jag att det tror jag inte en sekund på."

Hon blir på sin vakt. Hennes kollegor har alltså talat med Kaj bakom hennes rygg.

"Är det nåt som har hänt?" fortsätter han.

"Absolut inte. Jag har bara varit lite kass. Förkylningar och allt sånt där som folk går och bär på, det drabbar ju mej med. Du vet hur det är?"

Tänk om Isabel har sagt något till Kaj. Tänk om hon rentav har skvallrat om Katerina.

"Du behöver inte oroa dej för mej", säger hon och hör att hon låter trovärdig.

"Så du behöver inte en paus då?"

Hennes svar kommer snabbt. "Nej, Kaj. Du vet var mitt engagemang finns."

När hon lagt på sitter hon kvar orörlig. Känslan av misslyckande genomsyrar allt. Hon måste prata med någon. Ett vardagligt samtal bara, som lugnar och avdramatiserar.

Hon tar fram sin gamla telefonbok och hittar namn på personer som en gång i tiden fanns för henne. De heter saker som Charlotte, Gunilla och Elinor. Hon greppar luren och övar på ett leende fast det inte behövs. Då ringer telefonen för tredje gången denna kväll. Det är den välbekante mansrösten som frågar efter Katerina. Hon går upp för trappan med den trådlösa telefonen och knackar på den andras dörr. När hon öppnar ligger Katerina på sängen med en bok. Karin sträcker luren mot henne.

"Det får gå snabbt. Jag ska ringa."

Hon sitter på nedervåningen och väntar på att Katerina ska bli klar, men det går fem och tio minuter utan att den andra har kommit ner med luren. Hon som skulle ringa väninnor. Hon som skulle sitta uppkrupen i soffan och berätta saker.

Hon går med demonstrativt tunga steg uppför trappan med avsikt att dundra in på rummet och befalla den andra att avsluta samtalet. Hon ska precis trycka ner dörrhandtaget när hon hör Katerinas röst inifrån rummet. Hon förstår inte ett ord av vad kvinnan säger men rösten är tveklöst uppjagad. Det blir tyst. Sedan kommer det. Katerinas förvivlade skrik får henne att frysa fast i golvet.

Ilskan har runnit av henne och ersatts med skuld. Vem är hon egentligen som behandlar en ung kvinna som är i beroendeställning till henne så illa? Rösten innanför den stängda dörren vittnar om en människa i panik. Vem vet vad hon har varit med om. Själv har hon allt, bostad, familj, jobb och pengar, hennes omotiverade svartsjuka är ofattbar och oförsvarlig.

Hon går ner i köket och sätter sig vid köksbordet. Tio minuter senare kommer Katerina med telefonen. Hennes ansikte bär inte ett spår av känsloutbrottet inne på rummet.

"Ska jag laga lamm imorgon?"

Karin nickar och prövar att le. Men den andra har redan vänt henne ryggen.

30

DET ÄR INTE LÄTT att omvandla irritation till empati. Och det är inte lätt att bygga upp en relation till någon som man har betett sig illa mot. Man får ta det stegvis. Hon skriver en lista. En av punkterna är kläder. Efter att ha tittat igenom Katerinas garderob vet hon att deras inneboende skulle behöva en hel del nytt. Karin går igenom sina egna kläder och rensar ut en tredjedel av plaggen. Dessa lägger hon i två sopsäckar som hon ställer på golvet i hallen. Hon låter Katerina själv upptäcka säckarna. Det går två dagar innan hon säger något om saken.

Karin sitter i arbetsrummet framför datorn när hon hör Katerinas steg bakom sig.

"Förlåt, jag stör, men vad är det för säckar?"

"Va?"

"Säckar. Där nere i hallen. Dom bara står där, jag vet inte om ..."

"Gamla kläder bara", säger hon och försöker låta likgiltig. "Som jag rensade ut ur min garderob. Dom ska slängas."

"Ska jag slänga åt dej?"

Hon suckar inombords.

"Nej, jag gör det. Jag tar dom i bilen och släpper dom på tippen när jag åker med en massa annan skit. Men tack ändå."

Katerina dröjer sig kvar. Hon ser verkligen bekymrad ut.

"Är det inte dumt med soptipp?"

"Varför?"

Katerina drar fingrarna genom sin långa hårman.

"Jag tycker bara att ... Det finns så mycket människor i världen som behöver dina kläder, varför ska du slänga?"

Hon håller förstås med. Och i vanliga fall lämnar hon det avlagda till frivilligorganisationerna, det är en fullkomlig självklarhet. Nu får Katerina henne att känna sig som en egocentrisk västeuropé utan tankar på de globala orättvisorna. Men Katerina kan å andra sidan inte veta att hon hotar med soptippen för att få henne att vilja ta emot kläderna.

"Det är slöseri", säger Katerina som om det gjorde saken bättre.

"Det vet jag väl."

"Du kan skänka till dom ...", Katerina blir med ens ivrig, "...vad heter dom, det är en kyrka, dom gör saker för såna som är hemlösa."

"Tror du inte att jag vet det? Jag menar, jag vet."

Katerina står kvar. Så pass viktig tycker hon att saken är. Själv vänder hon sig mot datorn.

"Du kan väl gå igenom säckarna och kolla om det är nåt du vill ha först?"

"Jag behöver ingenting."

Det går inte att hejda impulsen: "Snälla Katerina, varför måste allting vara så komplicerat för?"

"För att det *är* komplicerat. Du förstår inte det?"

"Jo."

Kanske är det första gången som de är överens om något. Karin reser sig och ber Katerina komma med. Nere i hallen tar hon säckarna och häller ut innanmätet på golvet. Hon gräver bland plaggen och väljer ut några saker som hon tror ska passa Katerina. Hon sträcker fram dem till henne. Katerina vägrar ta emot dem. Karin lägger huvudet på sned och ber, "Snälla?". Den andra håller kvar blicken på henne. Vem vet vad som rör sig inom henne. Förvånande nog sträcker hon fram handen och tar plaggen. Hon går bakom hörnet och byter om. Någon minut senare är hon tillbaka iklädd en tajt tröja och ett par jeans som Karin blivit för tjock för. Hon ser förstås bättre ut i plaggen än hon själv någonsin lyckats med. Karin säger att hon är skitsnygg och att hon får kläderna. Katerina säger att hon inte kan ta emot dem.

Hon lämnar Katerina och går in i köket. Försöker kontrollera sin besvikelse.

"Tack då."

Katerina står i dörröppningen med plaggen i handen.

"Jag tar dom här. Så ger vi resten till det där stället.

Katerina har bara accepterat att ta emot en gåva, inget annat. Men ändå. Hon känner sig uppfylld av glädje för första gången på länge. Hon vill ringa Jens och berätta, men hon vet att han är på en middag, så hon ringer Tobias och lämnar meddelande på hans mobilsvar. Han hör inte av sig på hela kvällen. Hon blir surare och surare och ligger vaken och tänker att hon är en idiot som tror att Tobias bryr sig om henne.

Nästa dag ringer hon honom från jobbet och skäller ut honom för att han inte ringde tillbaka. Han föreslår att hon ska komma hem till honom samma eftermiddag.

"Vill du det då?"

"Vill du?"

"Om du inte vill så skiter vi i det", säger hon. "Det är bara att säga i så fall."

Han svarar inte genast. Det är uppenbart att det kvittar. Hon har bara Jens nu. De kanske kunde ta en weekendresa någonstans till helgen, hela familjen.

"När kommer du?"

31

JENS BLIR FÖRVÅNAD när hon föreslår utflykt. Han undrar vart man åker så här års. Hon blir ställd. Icke desto mindre har hon tagit ut komp, så det måste bli av.

"Katerina ska med också", säger hon. Som om det vore det mest naturliga i världen.

Det är kväll. Katerina är ute någonstans. Jens har precis kommit hem från Köpenhamn. Han står i köket framför kylskåpet och letar efter något att äta med trött, hungrig blick.

"Har du frågat henne?" säger han och tar ut smör och ost.

"Nej, men jag ska."

"Hon kanske inte har lust."

"Varför skulle hon inte ha det?"

"Hon kanske har andra planer. Ett annat liv, andra intressen. Än oss." Han vänder sig mot henne med smörkniven i handen. "Vi är hennes arbetsgivare, inte hennes vänner, eller har jag missat nåt?"

Det är något med hela uppsynen som irriterar henne.

"Varför är du så negativ? Jag försöker hitta på saker!"

Han drar ut en kökslåda, till synes opåverkad av hennes angrepp. Han rafsar i den och finner osthyveln.

"Jag visste inte att du var så förtjust i Katerina."

"Vad menar du?"

"Jag vet inte. Eller precis det jag sa."

Han sätter sig vid bordet och börjar omsorgsfullt bre sin smörgås.

"Det är bättre nu", säger hon. "Mellan oss."

"Okej", säger Jens.

Inget mer. Inte ens en följdfråga.

Tobias har redan fått höra historien om Katerina och kläderna. Han lyssnade koncentrerat. Han lyssnade utan att behöva ringa ett samtal eller skicka iväg ett mejl. Hon skulle ha sagt det till honom, att han är en bra lyssnare.

Hon slår sig ner mitt emot sin man. De har inte träffats på fem dagar. Han borde vara fylld av frågor till henne. Men han ägnar sig åt smörgåsen. Han skär omsorgsfullt upp tomat och gurka. Han hyvlar nästintill perfekta ostskivor. Han monterar. Äter med blicken på väggen. De måste skilja sig inom en snar framtid. Hon får inte glömma det.

Så finner hans tomma blick fokus.

"Annars då? Hur har veckan varit?"

Hon himlar med ögonen för att markera hur förutsägbar hon tycker att frågan är.

"Vadå? Får man inte fråga?"

"Inget särskilt var den."

Han lägger en hand på hennes.

"Har du saknat mej då?"

Hon drar handen till sig.

"Nej."

Han tar smörgåsen i några få bett. Dricker ett stort glas mjölk. Hon måste titta bort, så äcklad blir hon av att se en vuxen man dricka mjölk.

"Utflykt imorgon då? Vart ska vi åka? Legoland?"

Hon kan inte låta bli att le.

"Varför inte Skara Sommarland?"

"Eller Ikea?"

"Men då måste vi åka mitt på dan så vi får umgås med alla trevliga människor."

"Har du verkligen inte saknat mej?"

Svaret känns i hela kroppen. Det förvånar henne. Från äckel till tillgivenhet på några sekunder.

Inget av det fårade syns längre. Hans ansikte ser likadant ut som det gjorde den där kvällen på puben när hennes kursare kom fram och presenterade dem för varandra. Något hos honom väckte omedelbart hennes intresse. Vem var kursaren? Hon har glömt. De kysser varandra. Det konstiga är att hon inte känner någon skuld. Det är som om det ena inte har med det andra att göra.

Följande morgon har hon ställt klockan för att göra frukost till familjen. Hon kokar te och ägg och mannagrynsgröt och skivar upp grönsaker och placerar dem snyggt på ett fat, hon arrangerar gurkskivorna, lägger dem i en cirkel längs med ytterkanten och bygger på hela vägen in mot mitten, och tänder slutligen stearinljus. Hon knackar på barnens dörrar vid halv tio. "Frukost?" Julia kommer på fötter ganska snabbt, Albin ligger kvar när hon kikar in en tredje gång. Till slut låter hon honom sova. Katerinas dörr vågar hon inte röra. Hon är trots allt ledig.

Karin och Jens och Julia har en nästintill idealisk frukost tillsammans. Allting blir nästan som hon har planerat. Ingen är bakfull, trött eller sur. Julia är rolig när hon härmar en uppenbart märklig gymnastiklärare. Alla skrattar högt vilket får Karin att önska att någon ville titta in genom fönstret. Julia tystnar mitt i en mening.

"Å, mamma", säger hon och sträcker armarna mot henne. Det är oklart vad hon menar men det känns behagligt att kramas.

Efter fyrtio minuter, när alla har ätit klart, kommer Albin in. Karin reser sig och frågar om de andra tror att Katerina vill ha frukost.

"Hon ligger väl och väntar på att ni ska försvinna från köket", säger Albin.

"Varför säger du så?"

Han rycker på axlarna. Förmodligen har han uppfattat stämningar. Förmodligen tänker han att Katerina hatar henne. Tänk om hon faktiskt sagt det till Albin. Tänk om de två har pratat om henne. Hon känner sig plötsligt ledsen, nästintill förtvivlad. Jens berättar för barnen att de ska åka på utflykt idag. Albin slår genast fast att han inte tänker åka med. Julia ser allmänt äcklad ut och frågar vart med anklagande röst. Jens svarar "skogen" med osäkerhet i rösten. Albin och Julia ser på varandra som om de var ett team.

"Vi tar med oss matsäck och ...", försöker Jens, "vi kan promenera lite och ...", hans blick söker Karins.

"Vi kan gå runt sjön", säger hon.

Hon har hört andra säga det. De "gick runt sjön".

Julia försvinner iväg på sitt rum. Karin ropar att de åker om en timme. Jens "ska bara" ringa ett samtal. Albin sitter kvar med sin smörgås.

"Det känns lite krystat på nåt sätt", säger han ut i luften.

Hon reagerar snabbt.

"Hur då 'krystat'? Vad är det som är krystat?"

"Det är fyra plusgrader ute."

Hon slår igen diskmaskinen med en smäll.

"Nu är det så i alla fall."

"Om du mår bättre av det så."

"Ja, det gör jag faktiskt. Jag mår så jävla mycket bättre av att åka på utflykt!"

Tio minuter senare, när hon bäddar sin säng, hör hon Katerinas dörr öppnas. Hon väntar några minuter innan hon går efter ner för trappan. Katerina sitter vid bordet och äter sin frukostfil. Hon tittar upp när Karin säger att det finns lite mannagrynsgröt kvar i kastrullen, men Katerina skakar på huvudet.

"Vad äter man till frukost i Moldavien?"

"Gröt."

"Och till middag?"

Katerina himlar med ögonen som om det var gröt till middag också, men det är inte helt glasklart vad hon menar.

"Jag tänkte göra varm choklad. Vi ska åka på utflykt idag. Jag ..." Hon öppnar kylen för att ta ut mjölken med bultande hjärta. "Jag tänkte om du ville följa med?"

Den andras ansikte vänds långsamt mot henne. Katerina ser förundrad ut.

"Jag skulle verkligen tycka att det var kul", fortsätter hon. "Och barnen också."

Katerina tittar ner. Hon vill inte. Det kanske är lika bra det. Att vara vän med någon som står i beroendeställning till en är måhända en omöjlighet. Hon ser redan sitt tafatta försök som ett misslyckande. Sjunker ner på en stol. Uppgivet.

"Dom verkar tro att jag har nånting emot dej. Barnen alltså."

Har du inte det då, säger Katerinas blick. Men hon sitter kvar, tyst och tunn som en fågel med håret hängande som en gardin på var sin sida om det bleka ansiktet.

"Men det har väl inte med dej att göra att jag ... Jag har bara varit ... jag vet inte, känt mej pressad på sistone. Fast jag egentligen inte behöver. Jag vet inte. Det är jobbet, det är ..." Hon skrattar till. "Nån slags fyrtioårskris kanske."

Den bara kom. Bekännelsen. Katerina har slutat äta. Hon sitter orörlig med skeden i handen och ser på Karin över bordet.

Det går bra med sjön som ligger närmast. Det är i alla fall vad hon säger. Egentligen har hon ingen aning. På somrarna cyklar de dit och badar, men hon vet inte hur stor den är och om det går att gå runt. Till de andra säger hon att Rigmor på jobbet har promenerat där och att det är fantastiskt. Det förvånar henne att hon sa just Rigmor eftersom hon sällan pratar med henne.

Bara att få barnen att komma ut till bilen visar sig vara ett projekt. När de kommer ser Albin ut som om han är på väg till sin egen begravning. Själv har hon laddat upp med varm choklad och smörgåsar i ryggsäcken, och hon lovar att de ska åka förbi affären och köpa bullar.

Jens sätter sig vid ratten, men Karin är bestämd. "Jag kör!" Julia ylar att hon vill ha riktiga kanelbullar, "inga såna där äckliga som dom bakar i affären", Karin svarar så vänligt det går att bageriet är stängt och att de får vara nöjda med de bullar som står till buds. Hon backar snabbt ut från uppfarten och gör en alltför tvär bakåtsväng för att den ska kännas trivsam.

Katerina sitter tyst. Jens sitter tyst. Albin sitter tyst. Julia mal på hela vägen till affären om allt som är fel. Monologen är svåruthärdlig. Karin parkerar utanför affären och kastar sig ut ur bilen med en iver som inte borde undgå någon. "Sitt kvar så kommer jag strax." Hon går över parkeringen med en känsla av befrielse i kroppen. Inne på Konsum prisar hon dem som bestämt att de bara ska ha en kassa öppen. Det tar tio underbara minuter i kö innan hon får betala bullarna.

När hon kommer till bilen står radion på. Julia och Katerina sjunger med i en sång. Karins första impuls är svartsjuka, men så möter hon Katerinas blick som söker hennes medgivande. Hon anstränger sig till det yttersta och kör mot sjön sjungande med de andra. Jens bidrar med några falska toner. Bara Albin tittar tyst ut genom fönstret. Men ändå. Nu skulle grannarna på Fågelbovägen se dem.

De parkerar nära badplatsen och går ner till stranden och blir stående i snålblåsten och vet inte vart de ska ta vägen. Sjön rör oroligt på sig och när hon tittar upp mot himlen föds en misstanke om att regnet kan vara på väg. Till de andra säger hon bara att vinden är frisk och att det känns hälsosamt att vara ute i naturen. Albin muttrar att det kommer bli regn. "Nej då", säger hon och ger sig in i skogen där hon tycker sig se en öppning. "Kom nu!"

Promenadvägen eller stigen, som borde finnas kring alla sjöar, lyser med sin frånvaro. När de tror sig ha hittat en stig mynnar den strax ut i ett ingenting bestående av snåriga kvistar. Terrängen är minst sagt våt och bara Julia och Jens har gummistövlar på sig. Karin försöker med muntra tillrop – "Å, vad fint det var här!" – i takt med att vätan tilltar inne i skon, men får inget gehör för sin konstruerade glädje. Julia får en vass gren i ansiktet och det börjar blöda. Några minuter senare trampar Albin snett, så att han skriker högt av smärta. Han måste sätta sig ner på en sten och svära. Karin vrider på foten och känner längs med benet och konstaterar att det bara är en stukning. Jens kan inte hålla sig för skratt, allting är så miserabelt. Katerina, som hittills varit tyst, spricker upp i ett leende.

De sätter sig på några våta stenar och tar fram matsäcken. Alla äter under tystnad och en mycket liten stund känns det mysigt. Men så börjar det falla tunga droppar över dem, vattenytan blir alldeles prickig och deras smörgåsar blir våta av regnet. Julia säger att hon vill dö, med en blodig pappersservett tryckt mot kinden.

Karin lägger armen om och drar henne till sig.

"Det här var kanske en dålig idé."

"Ja", säger Julia och Albin med en mun.

Karin kastar en blick på Katerina som huttrande sitter och trycker i sig sin bulle.

"Fryser du?"

"Det värsta är att frysa inomhus."

"Är det kallt i ditt rum?" undrar Julia.

Katerina skakar på huvudet. "Men i mitt land. Där är det alltid kallt inne."

"Varför då?"

Den andra ser vänligt på henne. Karin spetsar öronen.

"Dom stängde av elen i husen. Folk kunde inte betala. Och dom stänger av vattnet. Man kanske har rinnande vatten två timmar i veckan ibland. Hyrorna är dyra, allting är dyrt som här. Det kanske kostar 250 kronor i månaden för värme men om man jobbar man får bara 150 kronor på en månad. Det räcker inte ens till gasen." Något uppgivet letar sig in i hennes blick. "När jag bodde i ett jättehögt hus på tionde våningen dom stängde av hissen för att en familj inte betalt."

Julia har hundraprocentigt fokus på Katerina. "Var du jättefattig?"

"Nästan alla är jättefattiga."

"Men varför kan man inte jobba då?"

Katerinas blick är riktad mot bergen på andra sidan sjön. Hennes ansikte bär inte spår av vare sig ilska eller sorg, inte ens vemod. "Det finns inte jobb. Och om man jobbar man får inte sin lön."

Karin ser på Albin som sitter alldeles stilla och betraktar Katerina.

"Men hur får man mat då? Om man inte har några pengar?" fortsätter Julia upprört.

Karin skäms över att ha ett så naivt barn, skäms över att de sitter här på stenen tillsammans, att fyra av dem har ett överflöd och en ingenting.

"Tänk inte på det", säger Katerina enkelt. Men Julia vägrar släppa ämnet.

"Varför har du inte sagt nåt?"

"Varför tror du jag jobbar hos er, Julia?"

De går tillbaka till bilen på ett led. Julia verkar tagen. Kanske hade hon inte ens tänkt på att det är arbete som Katerina utför i deras hem. Snart står de vid stranden. Alla är stelfrusna och längtar hem till huset. Albin och Julia rusar mot parkeringen, de vuxna kommer efter. Karin sluter upp intill Katerina.

"Hur mår din familj i Moldavien?"

Ett kort ögonblick ser Katerina på henne. "Du vill inte veta."

På natten ringer telefonen. Jens ligger orörlig bredvid henne i sängen. Hon drar åt sig morgonrocken och tar sig genom rummet i mörkret. Alldeles utanför dörren krockar hon med Katerina. "Det kan vara till mej", viskar den andra och tar luren.

Hennes ansikte blir besvärat när hon lyssnar på vad som sägs i andra änden, och hon nickar till Karin för att bekräfta att det är ett samtal till henne.

Hon ligger vaken och lyssnar på Katerinas mummel och kan inte somna förrän långt efter att den andra har lagt på. Någon gång måste hon få veta vad som oroar den andra kvinnan, vad eller vem som besvärar henne.

32

HON ÅKER VILSE på vägen dit, vilket inte är märkligt. Företaget ligger i ett industriområde som ingen, som inte arbetar där, torde ha någon anledning att besöka. Eftersom hon aldrig hade hört namnet på gatan förut studerade hon kartan noggrant innan hon åkte hemifrån. Hon tycker illa om att vara sen, så illa att bara tanken ger henne obehagskänslor. De få gånger hon har varit sen i sitt liv har hon känt sig fullkomligt misslyckad. Det är ett otvivelaktigt faktum att en människa som kommer för sent brister i respekt för andra, och det minsta hon vill en dag som denna är att utstråla nonchalans.

Hon kör omkring i det stora, ödsliga området med identiska huskroppar. Runt, runt, och fram och tillbaka. Hon hör sin egen andning bli snabb och flämtande, känner svetten tränga fram i ansiktet och kring halsen, och hon måste kasta av sig halsduken och knäppa upp jackan. Hon slås plötsligt, mitt i paniken, av att alltihop kanske är test på hur bra man hanterar stress och kniviga situationer, gatan kanske har upphört att existera. Men efter att ha snurrat omkring ytterligare några minuter hittar hon till slut den lilla gatstumpen som är förlängningen på en större gata med ett helt annat namn.

Hon parkerar. Det finns ingen parkeringsautomat i sikte. Lika bra det. Hon skyndar med klapprande steg mot entrén. Christina Falck på rekryterings- och urvalsföretaget Falck Rekrytering låter lika trevlig i porttelefonen som när de bestämde tid i veckan.

Efter att ha släppts in i porten blir hon sittande i foajén. Hon försöker hålla in magen för att den inte ska välla ut över linningen. Hon stryker spontant med handen över kjolen på ett sätt som hon vet att medelålders kvinnor med finare bakgrund gör. Det är inte utan att hon känner sig som en annan typ idag, utklädd som hon är i kjol och strumpbyxor.

Dörren slås upp och Christina gör entré med handen utsträckt. Den korrekta kontorsklädseln, det obligatoriska pärlhalsbandet och den stela frisyren till trots ger hon ett sympatiskt intryck.

Karin lägger sin fuktiga hand i hennes torra och ser till att trycka lagom hårt.

"Förlåt att jag är sen. Jag vet inte vad det var som hände, men jag hittade inte gatan nånstans. Jag irrade omkring i säkert en kvart."

Christina ler.

"Det är ingen fara."

"Jag brukar inte vara sen. Jag är inte typen, så när sånt här händer blir jag helt stressad …"

"Då får du ta och pusta ut nu. För vi har gott om tid. Välkommen och stig på."

Karin känner sig som en skolflicka där hon går efter den äldre kvinnan genom den opersonliga, vitmålade korridoren. De landar i ett lika färglöst kontor. Christina Falck ber henne sitta och de hamnar som väntat öga mot öga. Det sympatiska leendet sitter kvar på kvinnans läppar. Frågan är om det har varit borta under promenaden.

"Så då var det dags då", börjar Christina med förväntan i rösten. Som om hon inte alls var med om liknande situationer hela tiden. "Känns det bra?"

"Absolut."

Christina Falck berättar om sin bakgrund som psykolog, om sina tidigare arbetsuppgifter och nuvarande verksamhet som konsult åt en rad stora uppdragsgivare, och om vad som kommer att ske under förmiddagen, något som de redan gått igenom per telefon.

"Den skriftliga delen innehåller både icke tidsbundna övningar och ett par tidsbundna. Dom tidsbundna mäter din verbala förmåga. Den icke tidsbundna delen består av självskattningsövningar där du värderar vad som är viktigt för dej, vilket speglar dina yrkesmässiga värderingar. Dom kommer att ge mej ett underlag, eller ska vi säga hypoteser, som kan hjälpa mig att kartlägga ditt arbetssätt, din yrkesmässiga ambition, din yrkesmässiga motivation, din samverkansförmåga och din ledarstil."

Hennes röst är så vänlig och pedagogisk. Det är som om alltihop rör sig om något helt annat, som om kvinnan var plastikkirurg och är i färd att berätta om dagens ingrepp. Men faktum är att Karins hela person ska bedömas idag, i något slags test som den andra väljer att kalla för "övning".

"Okej Karin, ska vi sätta igång med den skriftliga delen då?"

En halv minut senare lämnas hon ensam i ett litet rum med ett glas vatten. Dörren stängs. Hon får en flashback från högstadiet, hur man kom tillbaka till skolan efter att ha missat ett prov och var tvungen att sitta instängd i ett förråd och skriva.

Hon knäpper upp i midjan. Försöker sätta sig bekvämt. Skummar snabbt igenom enkäten. "Övningen" består av ett stort antal påståenden som man ska värdera hur viktiga de är på en skala mellan ett och sex. Hon stirrar på det första påståendet: "Ha en beslutsfattande ställning". Hon skriver en trea, men ångrar sig genast, då hon trots allt söker en överläkartjänst. En bra chef måste onekligen vilja vara med och bestämma. Så hon ändrar till en fyra.

"Känna att andra uppskattar mig" värderar hon till en trea.

"Veta att andra tycker om mig" får samma gradering. Hon skyndar vidare men frågorna ligger kvar i bakhuvudet och gnager. Kanske är vad andra tycker viktigare för henne än hon vill erkänna. I så fall borde hon vara ärlig och skatta dessa påståenden högre. Vad är det för poäng med "övningen" om hon skriver det hon tror att konsulten och arbetsgivaren vill höra och inte hur det verkligen är? Men samtidigt är det svårt att veta vad som är sant.

Hon fortsätter. På "Ställa upp för andra i en besvärlig situation" skriver hon en sexa. Den var enkel. Ingen skulle heller kunna ifrågasätta om hon lever upp till sin ambition. "Vara hjälpsam mot andra" får också en sexa, liksom "Förstå hur andra tänker och reagerar". När hon kommer till "Kunna förstå andra människors känslomässiga stämningar" stannar hon upp, och läser påståendet igen. Vad betyder det? Vad innebär det att "förstå andra människors känslomässiga stämningar"? Att kunna tolka vad andra känner och tänker? Kan hon det? Tänk om svårigheterna mellan henne och Katerina bottnar i att hon inte förstår den andras "känslomässiga stämningar".

Efter en och en halv timme är hon klar med både självskattningsövningarna och den tidsbundna verbala övningen. Christina tar leende emot hennes papper. Nu ska hon göra en "profil" på Karin. Hon får en halvtimmes rast och går ut på gatan och promenerar fram och tillbaka på trottoaren. Hon sneglar längtansfullt mot bilen. Helst av allt skulle hon vilja åka hem. Men det svåraste är kvar. Djupintervjun med Christina Falck. Vem är denna okända kvinna att bedöma vad hon är lämplig för? Formellt är det förstås klinikchefen som bestämmer vem som ska få jobbet, men hon vet att de brukar gå på konsultens rekommendationer. Hon måste göra bra intryck på Christina. Måste.

Det första hon ser är formuläret som ligger och lyser på skrivbordet framför Christina, genomgånget, granskat, analyserat. Det är svårt att se något hos psykologen som kan vara en indikation på vad hon har kommit fram till. Hon ler bara sitt lugna, professionella leende. Karin vill inte vara sämre och ler tillbaka. Vem skulle kunna misstänka att det hon känner är obehag och nervositet? Hon försöker intala sig att det inte finns något att frukta, och tänker på vad kollegor alltid sagt, att hon kommer att bli den yngsta överläkare de känner.

"Hur tycker du att det kändes?"

Karin ser till att fästa sin egen blick stadigt på Christina Falck.

"Det var lite svårt på vissa ställen, men jag försökte svara spontant på frågorna och inte tänka efter för mycket."

Christina nickar.

"Jag tänkte att vi skulle prata lite grann om det du har gjort idag. Jag har gått igenom svaren och ... ja, du har beskrivit dej själv som en utåtriktad person med empati och inlevelseförmåga och stor tillit till andra människor. Stämmer det?"

"Ja."

"Vad är det att ha tillit? För dej? Kan du ge ett exempel?"

"Jag litar på folk. Jag är bra på att delegera."

"Hur då? Om du har en intressant uppgift som du inte hinner göra, lämnar du över uppgiften till nån annan, eller hoppar du över lunchen för att göra den själv?"

"Det beror på."

"På vad?"

"På vem det är."

"Du litar inte på dina kollegor?"

"Inte urskillningslöst. Jag vill att jobbet görs bra, och om det betyder att jag måste hoppa över lunchen så får det bli så."

"Hur ofta hoppar du över lunchen?"

"Inte särskilt ofta."

Det blir tyst. Christina ser allvarligt på henne några sekunder.

"Du har också beskrivit dej själv som en god kommunikatör? Vad betyder det?"

"Att man kan lyssna på andra. Ge och ta."

"I vilka sammanhang är du en god kommunikatör?"

"Med patienterna. Jag tar mej tid att lyssna på dom. Jag stressar inte iväg. Jag tar det dom säger på allvar."

"Med dina kollegor?"

"Jag lyssnar på dom också."

"Tar du det dom säger på lika stort allvar?"

"Ja. Eller … jag tycker väl att det är viktigare att lyssna på patienterna kanske, om man nu måste välja vilka. Jag menar, det är två helt skilda saker. Jag fungerar bra åt alla håll. Och det skulle säkert mina kollegor hålla med om."

"Går det att vara bra på att delegera om man misstror folk?"

"Man måste kunna lita på folk för att kunna delegera till dom. Det går inte att lita på alla på ett stort sjukhus. Alla kan inte leva upp till vad som krävs."

"Vem bestämmer vad som krävs?"

"Det är olika. I vissa fall överläkaren. Jag i andra fall."

Det uppstår en paus. Det är som om Christina låter Karins ord sjunka in. "Alla kan inte leva upp till vad som krävs", kanske inte lät riktigt bra. Kanske lät det till och med elitistiskt.

"Har du empati för dom som du inte vill delegera till?"

Hon skakar ifrån sig obehaget.

"Jag vet inte. Jag vet inte om det är viktigt att känna empati för dom."

"Vad är empati?"

"Att förstå andra människors känslor. Jag har inga problem med det, tvärtom. Men det kanske inte är bra att känna för mycket. Känslorna kan ta överhanden när man har ett jobb att sköta. Och jobbet, läs patienterna, måste alltid vara viktigare än personalens 'känslor'."

Hon tyckte själv att det lät bra. Frågan är vad Christina kan tänkas tänka. Kanske tänker hon ingenting alls, konsulten "värderar" ju inte utan "skapar sig en bild", men vilken bild sitter hon just nu och skapar?

"Vad betyder 'ödmjuk'?"

Hon var oförberedd på frågan. Christinas huvud ligger lite på sned. Hon fingrar betänksamt på sitt trista pärlhalsband.

"Att man ... ja ..."

Det är som att någon har tryckt på "paus". Den andra sätter ett finger på pappret.

"Du har beskrivit dej själv som 'ödmjuk' här."

"Jaha, du menar vad det betyder för *mej*?"

Hon försöker vinna tid, samla ihop sig, hitta tillbaka.

Den andra nickar. "Och du får gärna ge exempel."

"Att jag ... involverar andra i mitt arbete, att jag skapar delaktighet ... att jag inte har nån prestige."

Hon hör själv hur det låter, som något man läst.

"Vad är 'prestige'?"

"Jag måste inte bestämma till varje pris, det är inte viktigt i sig med en hög position, det är andra faktorer ..."

"Är det dåligt att tycka att det är viktigt med en hög position?" Christina kastar en blick ner i pappret igen. "För du har ju inte värderat 'att ha en ledande ställning' som särskilt betydelsefullt?"

"Jag tror inte att dom bästa cheferna är dom som till varje pris vill bli det."

"Tror du att det är viktigare att vara ödmjuk än att vilja vara beslutsfattande?"

"Kanske."

"Vill du verkligen vara chef, Karin?"

"Mycket."

"Varför?"

"Det är viktigt för mej att utvecklas på ett personligt plan men framförallt att kunna driva dom frågor jag är intresserad av. Jag vill vara med och utveckla verksamheten på kliniken. Jag tror dessutom att jag skulle passa utmärkt för det här jobbet, om man nu får säga så. Jag är en tydlig och handlingskraftig person."

"Men om du misslyckas?"

"Ja?"

Psykologen ser intresserat på henne. Som om hon var ett objekt i en studie.

"Du har höga krav på dej själv. Det har jag förstått. Men hur tycker du att du hanterar misslyckanden?"

Hon försöker att inte släppa in den andras genomborrande blick. Måste undvika att genomborras. Christinas fingrar rullar en pärla i halsbandet, fram och tillbaka.

"Så ser livet ut. Ibland misslyckas man. Man måste acceptera det."

"Har du misslyckats nån gång?"

"Ja."

"Berätta om det."

Hon kan inte se på psykologen. Hon väljer att titta på sina händer. Det krävs oändligt med koncentration för att klara av att tänka alls. Vad vill Christina höra? Ett svagt trafikljud letar sig in genom fönstret. Men utanför finns bara träd utan någonting på.

"När jag var liten kanske. I skolan ... Vänner som jag ville ha som jag inte fick ..."

Hon kan inte komma på något mer. Inget mer än Katerina. Men kanske är de på väg någonstans. Kanske är hon på väg att vända ett misslyckande till en framgång.

"Jag är privilegierad, jag vet."

Den andra ler varmt mot henne. "Det behöver du inte skämmas för. Apropå vänner ... Du säger att du är utåtriktad. Du är en gruppmänniska, samtidigt som du gärna arbetar självständigt? Kan du förklara?"

Hon känner att hon börjar bli irriterad. Hon vill lämna rummet, försvinna iväg, långt härifrån, vart som helst, bara hon slipper ha den där vänliga, intresserade blicken på sig. Hon får lust att luta sig fram och rycka tag i det propra pärlhalsbandet så att det krossas och alla pärlor ramlar ut över golvet, hon skulle vilja se Christinas min. Hur skulle hon reagera? Med chock? Säkert inte. Hon skulle le. Vänligt. Luta sig ner och börja plocka: *"Nej, sitt du. Jag gör det."*

"Det är bara så", svarar hon på frågan.

"Du trivs i alla sammanhang?"

"Olika delar av mej har väl olika behov. Det kan väl inte vara så ovanligt? Eller?"

Hon hör att hennes tonfall är syrligt. Men Christina höjer inte ens ett ögonbryn.

"Det har jag inte sagt. Jag ville bara höra dej berätta."

"Jag älskar att arbeta med andra, men har inga problem med att vara ensam."

"Är du aktiv på fritiden? Har du många vänner?"

Hon sansar sig. Måste uthärda. Inte sväva på målet. Verka övertygande. Men hon känner svetten tränga fram i pannan, hon känner darrningar i benen, ökentorka i munnen. I huvudet går det runt som om hon vore drogad. Kanske har Christina Falck drogat henne, kanske var vattnet spetsat med något hallucinogent. Hon stirrar på Christina. Det är som om hennes ansikte antar nya former, och plötsligt ser hon inte alls så vänlig ut längre. Tvärtom. Christina Falck är ett monster.

"Jag har ett rikt socialt liv. Det är väldigt viktigt för mej. Och mina vänner uppskattar mej mycket och ... Liksom mina arbetskamrater, du kan ringa dom och fråga. Det är ingen som tycker att jag är konstig, tvärtom, jag har aldrig hört det ... jag har faktiskt aldrig hört ... Alla tycker att jag är en lyhörd och empatisk person, som sagt, och jag ... det är klart att man inte är perfekt, men ... som du kanske förstått ... jag är mer ambitiös än dom flesta jag känner och ... och... alltså ... utan att låta skrytsam ... handlingskraftig ... och ... trygg. Ja, jag är trygg i mej själv ... mm ... och det tror jag är det viktigaste av allt egentligen ... trygghet ..."

33

HON TAR MED SIG Julia för att handla en mobiltelefon. Julia är exalterad, hon vill inget hellre än att ge Katerina en present. De köper en liten, modern variant med alla finesser. Karin låter sig dras med av Julias entusiasm, men efteråt ångrar hon sig. Katerina kommer aldrig att acceptera en så dyr present.

När de kommer hem står Katerina i köket och stryker. Den andra kvinnan för omsorgsfullt strykjärnet över kragens snibbar, hon vänder på skjortan och stryker på andra sidan. Plötsligt ser Karin att det är hennes egen skjorta som Katerina håller på med. Där står en ung kvinna och stryker hennes skjorta. Där står en ung kvinna utan någon som helst koppling till henne själv och stryker hennes skjorta. Kvinnan är varken hennes släkting eller vän, men kvinnan stryker hennes skjorta. Varför? Det är denna kvinnas arbete att sköta Karins kläder och Karins hushållsbestyr och Karins barn. Det känns absurt. Karin står som fastgjuten i golvet. Hon vet att hon har vant sig vid att kläderna ligger i lådorna, välstrukna och snyggt hopvikta. Hon vet att hon älskar det samtidigt som hon hatar det. Just nu hatar hon det innerligt. Hon vill rusa fram och ta strykjärnet ifrån Katerina, och säga "skit i det där, du behöver inte", men den andra skulle krampaktigt hålla fast i järnet som om det gällde livet.

Hon har tänkt mycket på hur Katerina ska kunna slippa sitt arbete. Den unga kvinnan har utan tvekan potential. Hon skulle kunna läsa medicin. Karin skulle kunna hjälpa henne. De skulle kunna plugga på kvällarna tillsammans, men först måste Katerina säkert komplettera några ämnen på komvux. De borde dricka te någon kväll, de borde prata. Det kunde berika bägges liv att ha varandra som vän. Men mobiltelefonen ligger och värker i handväskan som en påminnelse om avståndet mellan dem, denna allmosa från en rik till en fattig.

Julia kommer från toaletten och tittar förväntansfullt på henne. Karin går och tar ett glas från skåpet. Hon fyller glaset med vatten, hon dricker. Hon hör Julias och Katerinas småprat vid strykbrädet. Katerina frågar hur det gick på redovisningen i skolan. Karin hajar till. Hon hade glömt. Julia har forskat om något land och skulle redovisa muntligt idag. Julia berättar att hon inte alls var nervös, att allting rann av henne när hon började prata. Katerina säger att hon är duktig och kastar samtidigt en blick på Karin, som om hon bad om tillåtelse att ge hennes dotter beröm. Karin stålsätter sig. Hon ler mot Katerina, generöst. Hon instämmer i det som Katerina nyss sa, "Ja, det är du verkligen, du är så duktig, min vän". Egentligen vill hon dö av skam. Att glömma bort sina barns prövningar i livet är oförlåtligt.

Det konstiga är att Julia inte verkar bry sig det minsta om att hon inte har frågat om redovisningen. Just nu är hon i full gång med att berätta för Katerina om landet. "Det är bara fyra av tio barn som föds friska, resten har typ sjukdomar och skador för att mamman och pappan har det så svårt. Dom flesta kan inte betala mat och sånt för sina barn så dom får ofta bara ett barn, bara typ tjugo procent får mer än ett."

Hon ser plötsligt en bild framför sig. En mamma med förkläde vid spisen stekande pannkakor uppmärksamt lyssnande på barnet som står bredvid och berättar om skoldagen som varit. Hon kan känna doften av pannkakor som om det var ett reellt minne. Konstigt. Hos henne var det aldrig så, hennes egen mamma var ingen hemmafru även om hon gjorde det som skulle göras, hon hade alltid tankarna på annat håll. Karin inser att det är en hemmafru hennes dotter vill ha som mamma. Julia skiter fullständigt i om hon är en framgångsrik yrkeskvinna eller en god kvinnlig förebild. Hon får lust att skrika att det är inget svårt alls att vara hemma och sköta ett hushåll, det klarar vem som helst, men när du blir lite äldre, så kommer du förstå att det hade inte varit bra för dej om din mamma gick omkring oförlöst och frustrerad hemma.

Hon tappar upp ytterligare ett glas, och dricker. Julias pladder når hennes medvetande igen.

"Förr hörde det till Rumänien och så efter andra världskriget tog, vad heter han, Stalin landet så det fick vara med Sovjet, och för tio år sen befriades dom från dom och det var då det blev fattigt, tror jag."

"Efter några år, i slutet av nittiotalet."

"Ja, i början sålde dom väl grejor till Ryssland?"

Katerina nickar.

"Precis, men sen, vad det heter, kraschade ekonomin där, så det blev svårt att sälja grejor till andra länder."

"Innan gjorde dom mycket vin. Visst?"

Det är som om det barn som står framför henne är ett annat barn än det som gnäller om sina fula kläder, ett barn som aldrig tjatar om att "alla andra" har gigantiska studsmattor. Hela hon lyser av det slags genuina vetgirighet som bara en motiverad mellanstadieelev kan uppbringa.

"Och så röstade man tillbaka kommunisterna."

"Just det! 2001."

Katerina gör stora ögon med strykjärnet på Karins skjorta.

"Vad du kan!"

Först nu går det upp för henne. Julia har forskat om Moldavien. Hon har tagit reda på allt som finns att veta om det lilla landet i öst. Karin måste göra något. Nu. Innan hon faller ihop på golvet i en liten hög. Innan hon springer ut och tar bilen in till stan och super ner sig på ett sjabbigt hak. Så hon harklar sig på klassiskt vis. Julia möter hennes blick mitt i en mening. Hon ler, i samförstånd.

Karin tar några steg mot strykbrädet och Katerina.

"Katerina, jag tänkte att eftersom du jobbar hos oss nu ... så är det viktigt att vi kan nå dej ..."

Hon tar snabbt upp kartongen ur väskan och sträcker fram den till Katerina.

"Jag vill att du har den här. Så att vi alltid kan nå dej."

Katerina tar emot lådan. Själv vänder hon sig mot diskbänken igen. Hon skulle kunna börja med maten, men hon vet inte vad som ska lagas.

"Du får den!" ropar Julia glädjestrålande.

"För att vi alltid ska kunna nå varann", tillägger Karin med ryggen mot.

Det är alldeles tyst bakom henne. Hon vänder sig om. Katerina står med lådan i handen, förbryllad.

"Du får stå för kontantkorten själv. Okej?"

Julias lyckliga ansikte när hon ser på Katerina. Karin passerar en full korg med stryktvätt på golvet när hon går ut.

"Den är skitcool!" hör hon bakom sig. "Emma i min klass har en sån!"

Hon borde ringa sju, åtta samtal. Och vännerna hon skulle ta kontakt med. Allting får vänta. Det värker inuti. Det måste få värka under täcket.

34

ANDERS, DEN NYE LÄKAREN på förortskliniken, brinner. Hon kan se i hans ögon hur mycket eld där finns. Anders är en sådan som tar tag i saker, som organiserar och effektiviserar. Han lyckas få in mer mediciner till kliniken under en månad än vad de andra har lyckats med under ett halvår. Anders bildar nätverk och initierar samarbeten, han kopplar frivilliga psykologer och barnskötare till kliniken, hans mål är att verksamheten ska växa och bli till en enda stor hjälporganisation för papperslösa invandrare och gömda flyktingar. Hon kan inte annat än beundra honom. Alla beundrar honom. Det räcker att se på Isabel för att förstå hur mycket hon ser upp till Anders. En gång såg hon på Karin sådär.

Hon kan höra sig själv vara negativ när Anders kommer med förslag och idéer. Hon säger saker som hon aldrig drömt om att säga, som "det är ingen idé" och suckar trött efter att han har uttalat sig om något. Anders väntar inte länge med att konfrontera henne. Han säger rätt ut att hon verkar vara rädd för att tänka nytt och frågar varför. Hon svarar att hon har gjort vissa erfarenheter de senaste femton åren som gett henne anledning att vara skeptisk till alltför drastiska förändringar. Innan hon vet ordet av har repliken "En gång i tiden när jag också var ung och naiv ..." sluppit ur henne. Olyckligtvis är de inte ensamma. Resten av personalen stirrar chockade på henne. Hon blir blodröd i ansiktet och går och låtsasringer på mobilen. Isabels blickar i nacken.

Det gäller bara att skaka dem av sig.

I hemlighet börjar hon studera Anders när han arbetar. Men det är svårt att hitta fel på honom. Anders är, trots sin ungdom, en skicklig läkare, han är dessutom stresstålig, empatisk och social, och har helt enkelt alla de egenskaper som krävs för att vara en bra arbetsledare, han är mycket bra på att delegera. Hon försöker prata skit med en av sköterskorna om Anders, hon säger att han är en typisk duktig pojke som aldrig skaffat sig nödvändig livserfarenhet.

"Hur ska han på ett trovärdigt sätt kunna möta svårt krigsskadade, traumatiserade människor? Berätta det för mej."

Sköterskan tycker att Anders har en sällsynt mognad för sin ålder och att patienterna omedelbart får förtroende för honom. Karin tar tillbaka. Men när ryktet om Anders förträfflighet sprider sig till Kaj och även han börjar ösa lovord över kollegan börjar det kännas obehagligt.

"Det måste vara skönt för dej, Karin", säger han. "Nu får du äntligen den backup du behöver!"

"Ja, det känns bra."

"Du behöver inte känna att du måste satsa hundra procent hela tiden. Anders har ingen familj, Karin. Tänk på att lämpa över ansvar på honom."

"Absolut."

Det gäller att inte drabbas av panik. Att behålla perspektivet och inse att alla jobbar för samma mål. De kan tillsammans påverka och göra gott, det här är inte en plats för interna konflikter. Men när hon känner sig som mest ensam, när Jens är borta och barnen sover, är det svårt att övertyga sig själv.

I huvudet gör hon plus- och minuslistor där hon jämför sig själv med Anders. Allt pekar på att han är den bättre av de två. Hon inser att hon måste lägga in en högre växel och börjar spela rollen av sig själv. Hon imiterar sin egen effektivitet, i alla fall när Anders är i rummet. Hon kommer före de andra och går efter. Hon droppar idén om en telefonjour som ska hållas öppen vissa dagar då kliniken är stängd.

En dag tar han henne åt sidan. Blicken är bekymrad.

"Jag vet inte om du minns en man, från Eritrea. Han var här förra veckan ... Han hade magsmärtor ...? Det var du som hade hand om honom."

Hon nickar.

"Jag tittade efter i journalen och jag såg att du hade skrivit 'magkatarr'."

"Och?"

"Det stod att han kände sig svag och att han hade sura uppstötningar ..."

Anders ser forskande på henne. Hon förstår ingenting.

"Vart vill du komma?"

"Hans fru ringde. Han har haft en hjärtinfarkt." Hon stirrar på den yngre mannen. "Han fördes med ambulans till sjukhus i lördags."

Alla kan ställa fel diagnos. Och hon hade säkert inte kunnat förutspå det som komma skulle. Men ändå. Anders som ser allvarligt på henne.

"Ska jag skämmas?" säger hon. "Är det det du vill?"

En rynka framträder mellan ögonbrynen.

"Förlåt?"

"Det är bara det där sättet du har att säga saker på."

Han ser verkligen oskyldig ut. Som om det var någon annan som hade kommit med insinuationer.

"Tack då. För informationen."

Så går hon iväg. Hör hans steg bakom sig. Spänstiga.

"Jag tänkte bara att du ville veta vad som hänt."

Hon ser på honom med avsmak.

"Tack, men nu vet jag det."

Han skakar på huvudet åt henne, som om hon vore barnslig. Han söker de andras blickar i rummet. Det gör henne rasande. Men hon tänker inte gå i fällan och brusa upp.

"Hur gick det med honom sen?" frågar hon.

"Bra. Men han behöver tid för rehabilitering. Jag har tagit kontakt med en sjukgymnast som kanske kan hjälpa till."

"Fint."

"Och jag tänkte föreslå en tydligare uppdelning. Att du koncentrerar dej på patienterna med gynekologiska besvär."

Hon stirrar på honom.

"Jag gör redan det, som du vet. Men om det saknas såna patienter måste jag avlasta dej och dom andra läkarna och ta det som finns, eller hur?"

Han hinner inte svara förrän hon har vänt på klacken. Plötsligt är han intill henne igen.

"Förlåt, men det var en annan sak också ... Jag tänkte på städningen av den här lokalen."

"Ja?"

"Alla måste hjälpas åt att städa, oavsett befattning. Är det inte så det är sagt?"

Hon måste anstränga sig för att minnas när hon städade sist. Kanske har hon omedvetet och av vana räknat med att någon annan sköter jobbet.

"Sköterskorna arbetar lika hårt som du och jag, eller hur?"

Hans blick är så oskyldig. En ulv i fårakläder.

"Självklart."

Hon vet att hon ser fullständigt oförstående ut. Aldrig att hon skulle ge honom rätt.

Hon väntar någon vecka. Sedan inhandlar hon städattiraljer. Hon tänker inte bara ta det värsta, nej, här ska storstädas. Alla ser vad som är på gång när hon kommer in med ny mopp och plastpåsar från järnaffären med handskar, trasor och rengöringsmedel i. Men hon går bara förbi dem, utan ett ord. Det gäller att inte göra för stor grej av det.

Efter att alla lämnat kliniken på kvällen blir hon kvar. Isabel drar sig tillbaka på kontoret för att göra pappersarbete. Själv byter hon om till städkläder och sätter på musik. Hon börjar med de två toaletterna, gnuggar med svampen på de mest perifera ställen, gnider med borsten, sprutar med rengöringsmedel, gör rent kakel, golv, toastol och spegel, och fortsätter sedan med köket. Med samma energi torkar hon ur skåpen och gör rent spisen, hon använder all muskelkraft hon har till ugnen som inte verkar ha blivit sanerad på årtionden. Hon gnuggar så hon blir alldeles svettig, i ansiktet och på ryggen och under armarna, men det är en skön svett. Arbetet är skönt. Det är härligt och lustfyllt att städa. Det är roligt, till och med en befrielse. Det är obegripligt hur hon har kunnat lämna städningen ifrån sig hemma. Det är ju en fantastisk känsla att vara igång, att arbeta hårt för ett omedelbart resultat. Så enkelt och tacksamt. En avkopplande, nästan meditativ syssla. Det var länge sedan hon kände sig så lugn och obekymrad, fri och avstressad. Fri.

"Vad gör du?"

Isabel står i dörröppningen.

Hon sänker volymen på den lilla bergsprängaren.

"Det var skitigt."

Hon känner att hon ler. Isabel ler tillbaka.

"Det har det varit jämt."

Hon sprutar fönsterputs över hela fönstret och gnuggar med tidningspapper.

"Ska jag hjälpa till?"

"Om du vill."

De delar på fönstren. Sedan går de vidare och putsar resterande fönster, i de andra rummen. De dammar, dammsuger och svabbar golv. När de är färdiga tar Isabel upp ett cigarettpaket ur fickan och de röker med öppet fönster och jackor på sittande på fönsterbläcket. Höghusområdet är nästan vackert i mörkret. Allting är nästan vackert. Muskelvärken är vacker.

"Hur är det?" säger Isabel.

"Bra."

"Med Jens?"

Jens kommer hem vid veckosluten och är upptagen av tankar som inte intresserar henne, han känns inte viktig just nu. Snart flyttar han hem, de kan åka på semester och börja skratta igen. Så har det varit förr.

"Det är bättre."

Efteråt går de och tar en öl på "värsta sunkstället". Innan hon har hunnit tänka efter har hon druckit tre stora och är på väg att beställa in en fjärde. De är glada. De skrattar tillsammans. Isabel berättar om en idiot som hon dejtar. Karin känner sig mjuk och varm inombords, bräddfylld av kärlek till den andra kvinnan som är vacker och klok och rolig. Hon sträcker sig över bordet och tar Isabels hand. Säger något som i vanliga fall är svårt för henne att säga: "Du är fin."

Isabel visar inte med en min att hon blir förvånad.

"Du med."

Och hon vet att de är vänner igen.

35

HON HAR ALDRIG tänkt på att handla annat än som ett nödvändigt ont. Nu känns det plötsligt riktigt roligt. Hon tar god tid på sig när hon botaniserar bland toapappren och noggrant jämför olika marmeladers innehållsförteckning med varandra. Men när hon efter en stund tittar ner i vagnen inser hon att hon har samlat på sig saker som verkar svåra att kombinera till en middag. Glädjen förvandlas till frustration i samma takt som affären fylls på med människor.

En person lösgör sig från mängden och styr sina steg emot henne med ett brett leende på läpparna. Karin ryggar instinktivt tillbaka. Det är Majas mamma. Hon är den mest dominanta föräldern i Julias klass med särskilda önskemål gällande dotterns skötsel. Förutom den stora, fina villan, har hon och maken lantställe vid havet, tre bilar och två båtar varav den ena kostade en miljon, i alla fall enligt Julia.

Deras kundvagnar slår emot varandra. Kvinnan, som måste vara jämngammal med Karin, bär kappa av fint märke och väska i blankt läder. Hon ser mycket glad ut över att se henne.

"Jag har inte varit i affären på ett halvår och det första som händer är att man stöter på nån man känner", skrockar Majas mamma.

"Hur är det?"

Hon vet inte hur det någonsin har varit med kvinnan. Men samtalet måste pågå några minuter, det är ofrånkomligt.

Majas mamma suckar tungt.

"Vi åker till Fiji om några veckor. Det är bara att stå ut till dess."

"Vad kul."

"Annars är det som vanligt."

"Precis."

Pannan rynkas på den andra.

"Tycker inte du att dom har för lite läxor? Två läxor i veckan, jag tycker det är för slappt. Man trodde ju att när man valde en friskola ... nej, jag vet inte ...

Karin känner en intensiv längtan till *Pizzeria Shanghai*.

"Jag måste faktiskt ..."

"Du, vad kul att ni också har skaffat en 'sån där'."

Hon stelnar till. Majas mamma armbågar henne i sidan och ler spjuveraktigt.

"Tänk vad bra man kan ha det för bara några tusenlappar i månaden, eller hur?"

Kvinnans ansikte kommer nära. De små guldörhängena blänker till.

"Hon som vi har klagar aldrig! Det finns väl i deras kultur kanske, servicekänslan sitter i ryggmärgen."

Karin ser sig omkring. Allt har inte stannat upp, folk går omkring som vanligt med sina vagnar.

"Men nu är hon hemma i Polen några dagar, så det är därför jag handlar själv. Hon hade inte varit där på ett år, så jag tyckte det var okej. Var kommer din ifrån?"

De nyfikna, ljusblå ögonen under en diskret sminkning.

"Jag ..." Karin står som paralyserad. "Jag har inte ... vi har inte ... det är inte så."

Majas mamma ser frågande på henne.

"Säg inte att du skäms? Sluta med det i så fall. Dom måste

jobba, det vet du väl. Hur skulle de annars klara sig?"

Hon måste säga som det är. Så att inte fel information sprids. Så att inte.

"Vi har en tjej som bor tillfälligt hos oss. Jag träffade henne på jobbet. Hon blev sjuk och så tog jag hand om henne, och nu ..."

"... jobbar hon hos er. Julia har berättat."

Det blir tyst. Majas mamma ser konfunderad ut. "Nä, nu måste jag ..." Och så i förbifarten, nära Karins öra: "Jag kan rekommendera polacker. Förut hade jag nån ryss eller vad det var, men hon gick bara omkring och var sur."

Katerina har fri eftermiddag. Karin lagar köttfärssås vilket var den enda maträtt hon kunde komma på i affären. Det enda som lindrar ångesten är att tänka att hon och Katerina har en annan relation än Majas mamma och hennes städerska. Hon och Katerina är inte totala främlingar, de åker till sjön tillsammans, de äter vid samma bord.

På kvällen ringer hon till Isabel. Hon berättar att hon ska ha middag nästa vecka, dammiddag. Isabel vill komma. Karin berättar vilka mer som kommer. Hon väntar med det känsliga till sist. Till slut släpper hon bomben.

"Och så ska jag fråga Katerina, tänkte jag."

Det blir tyst i luren.

"Har ni en *sån* relation? Jag menar, som kompisar?"

"Hon är inte bara nån slags hushållerska, om det är det du tror."

"Nä, nä. Det är klart."

Hon slår numren till de gamla vännerna. Två av fyra, Gunilla och Elinor, blir inte bara glada och smickrade över att bli bjudna, de kan också komma. Gunilla frågar ingenting om Katerina, men Elinor blir genast intresserad, och börjar ställa tusen frågor.

"Förlåt, Karin, men jag blir helt chockad. Du ... alltså, du är inte typen som har en sån där ..."

"Det vet jag väl", fräser hon irriterat tillbaka. "Men nu blev det så här. Och det är Jens fel."

"Jag tror inte att jag skulle klara det. Ska du verkligen bjuda henne? Är det inte bättre att ta det för vad det är? Ni kan inte bli jämställda hur mycket du än försöker. Man kan inte bli vän med sin hushållerska, Karin."

Hennes uppfostrande ton är minst sagt irriterande. Det är som om Elinor njuter av att påskina att något hon gör är förkastligt. Kanske är det verkligen så. När hon tänker tillbaka kan hon minnas en viss konkurrens mellan dem på läkarlinjen. De ville samma saker, göra skillnad. Men Elinor har blivit ett bihang till sin rike, framgångsrike man och lever ett lika högborgerligt liv som vilken överklasskvinna som helst. Till slut säger Karin att Elinor inte behöver komma, om hon har sådana betänkligheter. Då vänder väninnan, på en hundradels sekund, och försäkrar henne om att hon vill inget hellre.

Utanför Katerinas rum. Hon känner sig lätt illamående. Men det går inte att ångra sig. Inte nu.

Katerina sitter på sängen och syr. Hennes fingrar för effektivt nålen upp och ner i tyget som ligger i knäet. Katerina ser vänligt på henne och berättar att hon syr en kjol. Karin blir ivrig och erbjuder henne att låna symaskinen som står i ett skåp i källaren. Hon säger att hon kan ta vilka tyger hon vill och berättar om alla gånger hon trott att hon ska sy något till Julia, men hur dottern alltid har växt ur storleken innan hon ens har hunnit börja. Katerina tackar för erbjudandet. Hennes fingrar har slutat att arbeta. De har vilat i knäet under Karins monolog. Nu är det tyst. Katerina väntar på hennes ärende.

Svetten tränger fram.

"Jo, jag tänkte ... Jag ska ha en middag på fredag. Inget särskilt. Det är några väninnor som kommer hit bara."

"Jag kan gå till kompisar!"

"Nej! Jag tänkte att du kanske ... att du kunde vara med på middagen."

Hon tycker sig se motvilja hos den andra, men måste bortse ifrån det.

"Jag tänkte att det kanske kunde vara roligt för dej att träffa mina vänner."

Musiken från den lilla bergsprängaren fyller ut tystnaden mellan dem. Katerina försöker förstå. Kanske har hon aldrig träffat någon svensk som inte haft baktankar med sin vänlighet förut.

"Jag brukar inte ..."

"Skit i vad du brukar. Jag brukar inte heller."

Katerina ser överraskad ut. Så ler hon plötsligt. Det är ett vackert leende som gör att illamåendet och det oroliga i magen försvinner. Hon ler tillbaka. Hela rummet blir till ett enda stort leende och hon skulle kunna dansa ut genom dörren och ta hela världen i famn, som i vilken klämkäck fyrtiotalsfilm som helst.

36

HON BÖRJAR BLI NERVÖS redan på onsdagen. Om det är tanken på Elinors och Gunillas oklanderliga matlagning eller Katerinas närvaro vid middagen som stressar henne är svårt att veta. På kvällen bläddrar hon i alla fall i kokböcker och det är då hon kommer på lammstek. Hon går och lägger sig, nöjd med att vara en bit på väg.

På torsdagskvällen är hon på den hemliga mottagningen och kan omöjligt ge mannen framför sig sin odelade uppmärksamhet, middagen spökar under hela samtalet. Han berättar om en demonstration i Iran 1999 medan hon undersöker hans dotter som har feber och ont i öronen. Hon försöker intensivt förtränga tankarna på middagen för att istället finnas hos dottern och mannen. Han berättar att det blev upplopp. Han berättar att människor omkring honom dödades, varav en var hans bäste vän. Hon nickar och tänker på efterrätten, hon tänker på hallonpaj eller mandeltårta. Efteråt fick han reda på att polisen hade fotograferat demonstranterna och alla varnade honom för att gå hem. Så han gick hem till en kompis. På kvällen såg han ett teveprogram där de visade ett foto på honom och det visade sig att han var efterlyst. Det var då han insåg att han måste gömma sig. Hon borde göra creme brulée. Men hon har hört att det är svårt och man måste ha särskilda efterrättsskålar som förmodligen saknas bland hennes porslin. Flera av hans vänner fick tio års fängelse. När han berättar drar han en djup suck. Det gör hon också, inombords, när hon tänker på det urmodiga, gamla porslinet. Det skulle inte förvåna henne om Elinor och Gunilla skulle tänka saker om henne, att Karin inte har köpt nytt porslin sedan de var hembjudna till henne sist, för flera år sedan. Hon skulle önska att mannens redogörelse var färdig, men den har knappt börjat. Nu följer historien om flykten, om människosmugglaren som hjälpte honom och hans familj att komma till Sverige, om ansökningarna om uppehållstillstånd, om avslagen och hur familjen gick under jorden. Hon får veta att de har levt i två och ett halvt år i olika små lägenheter som de hyr svart av vänner, att de alltid måste vara tysta och aldrig går ut med barnen. Hela tiden tänker hon på middagen. Hur hon och Katerina ska ta en drink tillsammans innan gästerna kommer.

Efter att mannen lämnat mottagningen med dottern i handen och penicillin i fickan går hon på toaletten. Hon stirrar på sig själv i spegeln. Hur kan hon sitta och tänka på en middag när desperata människor är i behov av stöd och hjälp? Hon slår sig själv på kinderna. Hårt. Hårdare. Hårdast.

På fredagen går hon in på jobbets dator och besöker olika receptsajter. Hon bestämmer sig för limemarinerade kräftstjärtar till förrätt, lammstek med rostad vitlökssås och potatisgratäng, samt mandeltårta. Hon handlar maten efter jobbet och skyndar hem och sätter igång med alla förberedelser. Hon försöker ha sju bollar i luften samtidigt och det blir påtagligt att hon inte klarar det. När hon inser att hon glömt att köpa mandel blir hon omotiverat ledsen, och känner sig samtidigt som en idiot för att hon känner så. Men det är inte lika högt i tak längre. När hon var på Elinors midsommarfest på deras förtjusande lantställe i skärgården, bjöds det på skaldjursbuffé med ostron som pricken över i:et. Inte undra på att man får prestationsångest.

Kvart i sju är allting klart. Snittarna ligger snyggt upplagda på faten, oliverna är på plats i sina skålar liksom jordnötterna och majschipsen med tillhörande salsa. Karin står och blandar välkomstdrinkar när Katerina kommer ner från trappan. Hon försöker att inte stirra men det är svårt. Katerina har en av de avslöjande klänningarna från garderoben på sig. Hennes kropp är nästan löjligt perfekt. Det fluffiga håret vilar på reklamfilmsvis över axlarna, makeupen får ögonen att verka större än vanligt och det djupröda läppstiftet gör den fylliga munnen sensuell och sexig. Hon försöker intensivt förtränga spegelbilden av sig själv.

Katerina får en gin och tonic. De skålar. Hon tänker på hur de ser ut tillsammans, en kort, alldaglig kvinna i den begynnande medelåldern bredvid en tjugosjuårig, långbent pudding. Karin ångrar inköpet av de lite för ungdomliga kläderna. Den svindyra klänningen skulle passa bättre på Katerina. Allt hon äger skulle passa bättre på Katerina.

"Var är barnen?" säger Katerina.

"Julia sover hos en kompis och Albin skulle också hem till nån."

En skugga drar över den andras ansikte.

"Albin ..."

Då ringer det på dörren. Hon skakar av sig obehaget och skyndar dit. Det är Elinor och Gunilla. De har blommor med sig och Elinor har förstås sytt ett fantastiskt förkläde, med tillhörande grytlappar, vem vet vad hon försöker bevisa.

"Jobbiga människa!", muttrar Gunilla. "Två barn och heltidsjobb och ha tid över till att sy. Fy fan!"

"Äsch", säger Elinor. "Du vet hur jag är. Jag kan aldrig slappna av. Det är säkert nåt fel."

Så får hon något förväntansfullt i blicken, och kommer tätt intill Karin. "Var är hon nånstans?"

Karin gör en gest med huvudet mot vardagsrummet. Elinor går in på höga klackar och en doft av dyr parfym omkring sig. Karin hör henne presentera sig för Katerina medan hon hänger upp ytterkläderna i hallen. När hon kommer in har Gunilla också hunnit dit och är i samspråk med hennes hushållerska.

"Så du är här och jobbar?"

"Ja, jag är i Sverige för att jobba. Ni vet i Moldavien ... Vet ni var det är?" De andra ser osäkra ut. "Det ligger mellan Rumänien och Ukraina."

"Jaha", utbrister de i en mun. "Just det."

"Det finns inga jobb där", fortsätter hon. "Ingen har jobb där nästan. Sjuttio procent arbetslöshet."

Elinor och Gunilla ser beklämda ut.

"Det är konstigt att man inte hör talas om Moldavien så mycket", säger Gunilla.

Katerina rycker på axlarna. "Alla skiter i Moldavien. Vi är ingenting. Vi har ingenting."

Någonting tungt lägger sig över rummet.

"Fy fan", säger Gunilla.

"Ja", säger Katerina.

"Om folk har jobb, vad jobbar dom med?" frågar Elinor.

"Man kanske står vid vägen och säljer grönsaker om man odlar. Eller så säljer man ett ... vad heter det?" Hon ser på Karin för att söka hjälp. Som om det faktiskt var de två som höll ihop.

"Man säljer sånt från inne i kroppen. Min pappa gjorde det. Han sålde sin, du vet den som man har två av?"

"Njure", säger Karin.

"Just det. Han fick pengar så han kunde göra huset finare, men han kan inte jobba längre. Han kan inte bära tunga saker. Ibland han kan inte gå upp ur sängen."

Alla tre stirrar på den vackra kvinnan med de röda läpparna.

Men Katerina läppjar på drinken och ser fullkomligt oberörd ut. Plötsligt får Karin för sig att den andra njuter av situationen, att hon provocerar kvinnorna i rummet med sin eländeshistoria för att få dem att känna sig som bortskämda, egocentriska västeuropéer.

Ingen kan säga något annat än att hon lyckas.

"Det är ju fruktansvärt ...", flämtar Elinor.

Karin hugger tag i brickan och skjuter fram den mot sina gäster. "Bruschetta?"

Ingen hinner svara innan det ringer på dörren. Det är Isabel, svartklädd och med lika röda läppar som Katerina. Hon hivar fram en flaska rödvin ur innerfickan med ett "simsalabim".

Isabel kliver in i rummet med självklar auktoritet och tar Elinor och Gunilla i hand. När hon kommer till Katerina visar hon inte med en min att den unga kvinnan är annorlunda än de andra kvinnorna.

"Katerina är från Moldavien", förklarar Elinor.

"Jag vet", säger Isabel. "Längtar du hem?"

"Ja."

Katerinas ögon blir blanka. Ingen i rummet kan undvika att se, undvika att beröras.

Isabel lägger spontant en hand på Katerinas arm.

"Förlåt."

Katerina drar inte till sig armen. "Nej! Det är bara ..." Hon sväljer. "Det är drinken. När jag dricker, jag blir ... vad heter det ..."

"Sentimental", säger Isabel.

Katerina spricker upp i ett leende. "Just det. Sentimental."

37

KRÄFTSTJÄRTARNA ÄR INTE direkt äckliga. Elinor och Gunilla säger att de var spännande. Isabel är den enda som vågar säga sanningen, "Dom smakar faktiskt rätt konstigt, Karin". Sedan skrattar hon. Karin släpper för ett ögonblick all prestige och skrattar hon också: Men sekunden efter känns det i magen igen att hon är misslyckad, och att det aldrig, hur mycket hon än anstränger sig, kan bli som hos Elinor.

Katerina skrattar också, då och då. Men för det mesta sitter hon tyst. Det är inte lätt att bryta in i ett samtal mellan Gunilla och Elinor som pratar fort och om saker som Katerina omöjligt kan veta något om, personalpolitiken på deras respektive arbetsplatser, och jobbiga chefer. När samtalsämnena stannar för länge där känner Karin stressen, och hon förvandlas till en moderator som snyggt fördelar frågorna mellan deltagarna i ett rundabordssamtal.

Precis som hon hade misstänkt blir det en smula laddat mellan Isabel och de två läkarna. Isabel har inga problem att prata sjukvård och patienter, men när hon uttalar sig alltför tvärsäkert om saker och ting ryggar hennes gamla vänner tillbaka. Det är som om de tycker att Isabel som sjuksköterska ska inta en mer passiv hållning, vilket de förstås aldrig skulle erkänna.

Snart är de inne på feminism och definitionen av det.

"Men det är ju ingen idé att säga att man är feminist om man inte motarbetar alla tendenser till förtryck av kvinnor, hela tiden", säger Isabel med sitt allra mest provocerande tonfall. "Att vara feminist är en aktiv handling, inte ett ord man bara svänger sig med. Hela samhällsstrukturen har ett patriarkalt mönster och bygger på patriarkala grundprinciper, precis allt går att ifrågasätta."

"Så du går omkring på jobbet och gör revolt varenda dag?"

Gunilla skulle lika gärna ha kunnat lägga till "lilla gumman", men Isabel bara ler.

"Det är klart. Det är det enda sättet att nå förändring."

Gunilla himlar med ögonen och stånkar. Elinor ser frågande på Karin.

"Nu ska det bli lamm", blir hennes svar.

Lammsteken blev torr. Potatisgratängen för salt. Den rostade vitlökssåsen smakar bränt. Ingen säger något, utom Karin själv.

"Herregud, det går inte att äta!"

"Jodå", försäkrar de andra. "Det var jättegott."

Men det enda hon kan se är hur de anstränger sig för att det inte ska synas att de hatar hennes mat. De låtsas vara engagerade i samtalet, allt för att dra uppmärksamheten från det äckliga. För att lindra lidandet koncentrerar hon sig på att dricka. Hon öppnar flaska efter flaska av hundrakronorsvinet och kanske att de andra låter sig inspireras av henne för det blir alltmer intensiva samtal kring bordet.

Gunilla klagar högljutt på livet som småbarnsmamma.

"Det var ingen som hade sagt att det var så jävla jobbigt. Varför hade ni inte sagt det? Ni har hållit inne med all skit för att ni ska framstå som så jävla förträffliga, eller hur?"

Elinor lägger huvudet på sned och ler milt.

"Hållit inne med vadå? Det är väl inte jobbigt att ha barn?"

Gunilla ger ifrån sig ett tjut, "Ta bort den jävla människan!", och vänder sig till Karin. "Och dina barn är lika förtjusande som vanligt förstås?"

Hon är precis på väg att svara något skämtsamt, när hon möter Katerinas blick på andra sidan bordet.

"Nå?" upprepar Gunilla. "Hur är det med dom små liven?"

"Bra."

"Bra? Albin måste vara tretton nånting nu, är han inte ens *lite* tonårsmonster?"

Hon ser på Katerina igen. Det är som om hon inväntar hennes svar, som om hon verkligen vill veta vad Karin har att säga om Albin.

"Jag vet inte ... han är väl som dom är i den där åldern", säger hon osäkert.

Elinor lägger huvudet på sned.

"Berättar han nåt hemma? Jag kommer ihåg att man slutade säga saker, man höll tyst om precis allt."

"Jo, det man kan säga. Att han sluter sig. Ibland."

"Är han som när han var liten? Jag menar, har han samma personlighet?"

I detta ögonblick kan hon inte minnas hur han var. Det är som att det stumma och stängda hos Albin har tagit över och raderat bort det förflutna. Eller var hon helt enkelt inte hemma tillräckligt för att kunna avgöra hur han egentligen var?

"Han var ju så himla, vad ska jag säga ... speciell", fortsätter Elinor. "Han tänkte så mycket, redan som fyraåring."

"Det är konstigt, men jag kommer inte ihåg det där."

Gunilla lägger sig i.

"Men Karin, minns du inte hur han filosoferade om livet? Han frågade och frågade om saker tills du fick säga till honom att vara tyst, det kommer jag ihåg att du berättade."

Hon måste resa sig. Hon måste duka bort tallrikarna. Hon

måste vända de andra ryggen och börjar skölja av under kranen.

"Nej, jag vet faktiskt inte om han är sån längre", säger hon till kaklet ovanför diskbänken.

Kanske tittar de på varandra. Kanske tänker de att det är sorgligt att Karin inte verkar ha så bra kontakt med sin son. Kanske tänker de att så kan det bli när man arbetar så mycket, tänk, hon var ju inte ens hemma ett halvår med Albin, skulle nödvändigtvis tillbaka till sjukhuset för att inte missa något, och det är ju klart att den skadan kan vara omöjlig att reparera senare.

"Han är underbar. Albin är helt underbar."

Det är Katerinas röst. Karin vänder sig om.

"Han är en otroligt speciell kille", fortsätter Katerina. "Han är smart. Han är ... vad heter det ... mjuk också. Han har ...", Katerina sätter upp händerna framför ansiktet för att illustrera vad hon menar, "som ett skydd. Det tar tid att komma förbi. Men när man gör det, så känns det som det var tur att man försökte."

Elinor, Gunilla och Isabel är onekligen rörda av kärleksförklaringen till Karins son. Själv känner hon blodet rusa till ansiktet. Hon är genomskådad och avslöjad. I detta nu måste alla förstå att det är Katerina som Albin vänder sig till för att prata.

"Vilken tur du har, Karin", säger Elinor. "Jag hoppas Love blir likadan i den åldern. Men jag tror att han är en annan typ, inte lika ... intelligent eller ..."

Gunilla ser strängt på Elinor. "Det är klart han är."

"Jag vet inte. Jag tycker han är ..." Elinor tar det halvfulla vinglaset och dricker ur det. Alla väntar på att hon ska fortsätta. Men hon blickar sorgset ner i bordet och har svårt att finna orden. "Jag tror han är ... det är ... jag vet inte, men jag tror att det är nånting som inte stämmer."

Hennes röst är en viskning. "Jag är så jävla dum. Hans har sagt att vi ska gå till barn- och ungdomspsyk och be om en utredning, men jag har inte velat. Jag har sagt att det inte är nåt. Jag är så jävla rädd att det är nåt fel. Jag vill inte! Jag vill inte veta! Men samtidigt ... Man måste ju, för hans skull, eller hur? Han måste ju få hjälp!"

Hennes ögon fylls av tårar. Utan att tänka reser hon sig och går fram till Elinor. Utan att tänka tar hon hennes huvud och håller det mot sin kropp. Hon stryker Elinor över håret, som på ett barn.

"Det är klart att du måste gå och kolla upp det. Det kanske inte alls är nåt, eller hur, och då är det ju lika bra att få reda på det?"

"Varför är man så jävla dum?" kvider Elinor mot hennes mage. "Man är bara så jävla rädd hela tiden! Så jävla lat också. Man vill att livet ska vara enkelt och när det inte är det så ..." Hon tittar upp på Karin. "Nä, nu jävlar vill jag bli full!"

Gunilla spricker upp i ett leende.

"Du *är* full."

I samma ögonblick öppnas ytterdörren. Allas blickar vänds förväntansfullt mot dörröppningen. Så står han där. Karin fylls mot sin vilja av ångest och skräck. Skräck inför vad han skulle kunna göra. Men han förvånar henne genom att se dem i ögonen och säga hej. "Hej älskling", säger hon, som om det vore deras naturliga sätt att prata till varandra. Han släpper ifrån sig ett "godnatt" innan han försvinner iväg mot sitt rum.

Gunilla och Elinor ser på varandra, imponerade. Vilken underbar kille.

De struntar i efterrätten. Vinflaskorna avverkas i snabb takt. Samtalstonen blir allt högre och diskussionerna mellan Isabel och Karins två gamla väninnor alltmer intensiva. Isabel pratar om sex på ett sätt som Gunilla och Elinor inte är vana vid. Om att kräva att bli tillfredsställd:

"Det är min rättighet!" Om kluvenheten med att vara feminist men ändå gilla att bli dominerad av en man:

"Jag vill att han ska slita mej i håret och kasta ner mej på sängen, och bara knulla mej helt rått, visst är det sjukt?"

Gunilla och Elinor ser besvärat på varandra, som att "Okej, vi är fulla just nu, men det här är verkligen på gränsen".

Katerina är med i samtalet ibland. Hon pratar en stund om hon får en fråga, men bollar snart över till någon annan. Karin lägger märke till hur hon alltmer vänder sig mot Isabel, hur hon lyssnar uppmärksamt och ler åt hennes utspel och ironier. De där små blickarna. Isabel är också den som tar mest ansvar för att prata med Katerina, de andra har med akoholen för länge sedan glömt bort att vara artiga.

Själv känner hon sig inte i form för att sitta och avslöja personliga saker om sig själv.

"Vad tyst du är!" klagar Isabel.

"Jag är värdinna. Jag måste bibehålla min värdighet, till skillnad från er."

Samtalet har glidit in på "de värsta dumpningarna". Gunilla har aldrig gjort slut med en kille, hävdar hon, alla har gjort slut med henne.

"Det är inte sant", protesterar Elinor. "Jerker Widgren! Honom gjorde du slut med."

"När jag hittade alla hans porrtidningar, ja. Det räknas inte."

"Är det sant?", tjuter Elinor. "Varför sa du aldrig det?"

"Till dej? Du som bara hade så snygga och schysta killar hela tiden. Jag ville inte bjuda på det."

Elinor skakar på huvudet.

"Gud! Varför har jag aldrig fattat hur mycket ni retar er på mej."

"Vi retar oss inte på dej!" säger Karin och Gunilla i en mun.

"Bara lite", tillägger Karin.

Då berättar Elinor om när hon upptäckte Janne 1982 när han höll på att bli avsugen av hennes bästa väninna. "Det var i gymnasiet, det gills inte", menar Gunilla, och Karin instämmer.

"Varför ska man berätta om när man blev förnedrad? Det är väl mer intressant om man själv har förnedrat någon", säger Isabel.

Gunilla ställer bestämt ner vinglaset på bordet.

"Är det? Men inte lika utlämnande, eller hur? Det här handlar om att våga berätta om sin egen förnedring. Vågar du det? Eller du kanske bara har gått omkring och sparkat killar i skrevet hela livet och varit fullkomligt oberörd av alla. Du kanske inte ens har vågat ha nån relation?"

Isabel ser allvarligt på Gunilla. Sedan berättar hon rakt upp och ner historian om en man som hon älskade för några år sedan. När de hade varit ihop i ett år försvann han bara. Det sista hon hörde ifrån honom var ett meddelande på sin mobil att han älskade henne och längtade efter hennes skratt. Två veckor innan hade han frågat om hon ville gifta sig. Hon ringde hans vänner och hans föräldrar, men ingen visste var han var. Isabel trodde att han var död. Hon skulle precis rapportera honom till polisen som försvunnen när hon pratade med en kompis till honom. Kompisen blev besvärad av att höra att hon tänkte ringa polisen och avslöjade till slut att han inte var död. Han var i Örebro hos nån tjej som han hade träffat.

Isabel stirrar sammanbitet ner i bordet. Gunilla frågar om hon inte ringde och skällde ut killen, men Isabel bara skakar på huvudet. När de frågar varför inte säger hon att hon inte vet. Sedan blir det tyst. Ingen verkar kunna överträffa Isabel i ämnet förnedrande dumpningar.

"För mej, det var ...", allas blickar vänds mot Katerina, "jag var bara sjutton år. Han var ... han kom från stan, han var kanske tjugotvå. Min mamma var sjuk och min pappa försökte göra, ni vet, jordbruk, men det var svårt, han hade inte mycket ... maskiner ... redskap, så jag och mina syskon fick inte mycket mat. Och så kom han Oleg till byn och han hade kostym på sig, och han hade pengar." Karin märker att Katerina bara ser på Isabel medan hon berättar. Bara på Isabel, ingen annan. "Vi blev ihop då ... och han köpte saker till mej och han gav mej pengar, som jag gav till pappa, och ... han var snygg. Han sa att han skulle ta med mej till Italien där jag kan få jobb, sa han. Det fanns massor av jobb ... med barn och ... på restaurang och jag tänkte nytt liv. Men så ..." Hon gör en kort paus. Alla runt bordet sitter koncentrerade och väntar på fortsättningen "Men sen så ... han ordnade visum och vi skulle åka, men då ... jag förstod att jag var gravid. Och när jag sa det till honom han slog mej i en halvtimme med ... vad heter det?" Hon formar ett långt avlångt föremål med händerna. Ingen hjälper henne att hitta ordet, innebörden av vad hon berättar paralyserar dem. "Och sen, han försvann." Alla stirrar på henne med fasa. Hon skakar på huvudet, lite bekymrad vid minnet. "Jag var på sjukhuset länge. Jag tror två veckor. Det var mycket brutet. Fy fan, sån skit."

Nu lutar sig Katerina tillbaka. Historien, med alla dess skrämmande luckor, är färdigberättad. Så skrattar hon till, torrt.

"Tänk om man fått barn med en sån idiot. Det var tur att han gjorde så barnet försvann."

Isabel stirrar på Katerina. Hon skäms så uppenbart. Skäms över hur hon bredde ut sig nyss. Skäms över sin berättelse, den som hon trodde var fasansfull. Isabel tar Katerinas hand. Katerina ser förvånat på henne, hon behöver ingen tröst. Ändå drar hon inte handen till sig.

Deras händer tillsammans. Deras ögon i varandras. Karin måste titta bort. All den sympati och medkänsla hon nyss kände för Katerina överskuggas av en mycket starkare känsla.

När Katerina har sagt godnatt och lämnat dem för att gå och sova kommer utvärderingen. De andra runt bordet kallar Katerina vacker, charmerande och intelligent. Det finns ingen ände på superlativen. Gunilla säger att hon måste ha koll på Jens, men Karin bara ler och säger att hon skulle nästan bli glad om han lade märke till Katerina, det skulle tyda på att han var mänsklig.

"Det är för jävligt att en sån smart tjej ska behöva jobba med att städa upp andra människors skit."

Hon stirrar på Isabel. Väninnan ser fullkomligt omedveten ut om sprängstoffet i yttrandet. Karin säger att hon är trött. De andra knorrar lite om det men börjar så smått resa sig för att gå. När hon vinkat hej då från köksfönstret och sett de andra kliva in i taxin lägger hon pannan mot den kalla fönsterrutan. Först efter en stund lyckas hon mobilisera kraft att lyfta på huvudet. Hon stirrar över till grannarna på andra sidan gatan. En liten lampa är tänd i fönstret på övervåningen. Det måste vara grannparets sovrum. Det känns som att hon kan se rakt in. De ligger och nojsar i sängen och kallar varandra vackra saker, hon vet att det är så.

38

ALLTING ÅTERGÅR till det normala. Katerina är ute eller på sitt rum när Karin är hemma och hon verkar lika ointresserad som förut av att bli hennes väninna. Det är som om middagen aldrig ägt rum. Den nya mobiltelefonen ringer ofta. Karin brukar kika genom nyckelhålet. Då kan hon se den andra sitta på sängkanten med luren mot örat. Ibland är hennes ansikte uppjagat, ibland ler hon in i luren.

Det nya är att hon börjar känna oro på jobbet framåt klockan två. Det är vid den tiden som Julia rusar hem för att vara med Katerina istället för på fritidsklubben. Senare på eftermiddagen ska Julia iväg till sina aktiviteter. Ofta tar hon sig dit själv eller åker med en kompis, men ibland följer Katerina med henne på basketträningen som är i en idrottshall inte långt ifrån där de bor.

"Hon är så duktig på basket", säger Katerina en dag.

"Ja, visst är hon."

Karin har aldrig sett Julia spela. Hon ber till gud att Julia inte nämnt saken för Katerina.

"Hon borde fortsätta med det, istället för att börja med balett. Julia är ingen balettjej, hon kommer inte tycka det är kul."

Den andra kvinnans blick söker hennes bekräftelse. Men hon står och är alldeles mållös. Det är förstås hon och Jens som ska diskutera barnens aktiviteter, inte hon och Katerina.

"Hon vill göra balett för att Frida ska sluta med basket. För att

Frida ska göra balett." Katerina suckar irriterat. "Hon måste bli mer ... vad heter det ... självständig. Visst?"

Karin försöker hämta sig efter chocken.

"Julia ska göra det hon vill göra. Vill hon sluta med basket så ska hon göra det. Vi kan inte tvinga henne till något."

"Inte tvinga förstås! Aldrig tvinga till något. Men man måste diskutera, eller hur?"

Karin ursäktar sig och försvinner iväg på toaletten. Hon sätter sig på toalocket och försöker lugna sig. Det är turbulens inombords.

När hon kommer ut igen står den andra där med sitt vackra, bekymrade ansikte.

"Förlåt. Det är du och Jens som måste bestämma. Men du vet ...", hon lägger händerna på bröstet, "man känner här inne ibland för barnen, man kan inte låta bli att engagera sig."

Ett par dagar senare hör hon röster när hon kommer in genom dörren hemma. Klockan halv tio brukar barnen vara på väg att somna så det första hon tänker på är att Katerina har tagit hem en vän. Hon stänger försiktigt, klär av sig ljudlöst och tassar nyfiket in. Rösterna verkar komma från vardagsrummet.

Det är Katerina och Albin som sitter och småpratar. Karin stannar några meter ifrån dem, skymd bakom en dörr. Hon föreställer sig hur de sitter uppkrupna i soffan med varsin kopp te.

"Man måste lyssna på sitt hjärta", säger Katerina, "inte på vad nån annan säger om det ena eller andra. Känner du fel då är det fel."

"Men det är inte så lätt att ..."

"Nej, det är klart att det inte är lätt. Det är inte lätt att vara människa, eller hur? Fråga mej om det är lätt att vara människa, Albin. Det är helvete! Men man måste fixa det! Du måste tänka hur du kan lösa det här. Och du måste vara ärlig, förstår du? Du måste vara ärlig mot dej själv."

Hon kan inte tro att det är sant, alla dessa floskler, all denna förtrolighet. Allt detta att hon talar och han lyssnar. Det är outhärdligt.

"Fy fan, vad jag ångrar mej."

Det är Albin, hennes son som talar. Hon vill rusa in och ta honom i famn. Hon vill fråga vad som hänt och hon vill att han ska svara. Hon vill att gråten ska komma mot hennes bröst och att hon ska få trösta och framförallt att Katerina ska försvinna iväg och aldrig mer visa sig hos dem igen.

Hon bearbetar sig själv mentalt i tre dagar. Den kväll det ska ske dricker hon ett glas vin vid fönstret medan hon stirrar på grannarna som äter middag på andra sidan gatan, grannfrun som skrattar och dottern som slår mamman med en hoprullad tidning. Hon tar en cigarett under fläkten, och en till. Sedan går hon och knackar på dörren. Hon väntar inte på svar utan öppnar och kliver rätt in och fram till honom där han sitter vid datorn. Hon är så rädd att hon skakar men kanske syns det inte utanpå.

"Jag vill bara prata."

Han lutar sig tillbaka i stolen och ser på henne, avvaktande. Hon hade tänkt att det skulle krävas övertalning. Nu får hon hoppa över några steg.

Hon sjunker ner på hans säng. Kan plötsligt inte komma på vad hon skulle säga. Att inte kunna tala med sitt eget barn, det är så sorgligt att hon vill gråta.

"Jag vet inte vad jag ska säga."

"Vad bra."

Hon ser förvånat på honom.

"Att du inte vet", fortsätter han. "Du brukar ju veta."

"Är det så?"

"Ja, du brukar veta."

"Ja, kanske att jag brukar veta. Men inte nu."

Han nickar. Hon suckar.

"Jag känner mej så kass ibland, Albin. Jag tycker att du och jag ... jag fattar inte vad det är ... det är som att du inte vill veta av mej. Är det så?"

Han ser ner i knäet. Berörd? Kanske.

"Det vill jag väl."

Hon jublar inombords. De är redan på väg till London, hand i hand på planet, fnissande åt en gubbe med skojig mustasch. Hon skulle kunna skratta högt av lycka, men vill inte förstöra stämningen, vill inte bli självmedveten eller ta ut glädjen i förskott.

Så hon nickar allvarligt och eftertänksamt.

"Är det nåntig som har hänt? För om det är det så måste du berätta."

Sekunderna går. Tystnaden är tortyr. Fan också. Han fäster blicken i golvet igen, som om hon inte hade ställt en fråga och väntade på svar. Det irriterar henne. Irriterar. Och så kommer det:

"Jag gillar inte att du sitter så mycket vid datorn, Albin. Pappa och jag har pratat om att det är inte bra. Jag vet inte, men du borde komma ut och röra på dej."

Han lyfter blicken från golvet. Den värderar henne.

"Jag gillar inte att du har slutat med fotbollen och all annan sport. Du sitter bara här och ... Vart tog Max vägen, och Kalle?"

Sammanbitna käkar. Trotsig blick. "Du kan ju ringa dom och fråga!"

"Jag blir tokig!" Hon reser sig hastigt och en hand far ut mot honom i en häftig rörelse. "Fan! Kan du inte bara prata med mej nån gång! Normalt! Som andra barn! Det är väl ingenting konstigt att prata med sin mamma. Herregud, fattar du inte hur det känns att du hela tiden är så jävla ... som du är!"

Albins blick är föraktfull.

"Jag har lite att göra."

"Förlåt?"

"Jag har en del att göra!"

"Vi måste väl ..."

"*Du* måste. Du måste sluta. Jag är ingen jävla ... pryl som måste funka!"

39

NÄR JENS KLIVER IN genom dörren på fredagskvällen rusar hon fram och kastar sig om halsen på honom som om hon var nyförälskad. Han verkar glad över uppmärksamheten och kramar tillbaka med känsla. Hon ropar på barnen och Julia kommer springande precis som det ska vara när en förälder har varit borta hemifrån länge. Albin dyker också upp och ser ut som schablonbilden av en tonårsson: sur. Men han besvarar åtminstone Jens kram.

Hon har gjort fondue. Det är hans älsklingsrätt. Men det har blivit en trög ostmassa, som bränt fast i botten. Julia skriker av äckel medan Albin reser sig utan ett ord för att ta en macka. Jens säger att smaken är som den ska vara och det spelar väl ingen roll med konsistensen egentligen. Men hon kan inte rycka på axlarna.

Karin märker hur hennes skratt låter onaturligt. Det här är hennes familj. Den är henne inte främmande. Verkligen inte. Ändå låter hennes skratt onaturligt. Hon lyssnar uppmärksamt på vad hennes älskade make har att säga. Hon släpper honom inte med blicken en sekund. Så mycket uppmärksamhet kan han inte ha fått från henne sedan någon gång på nittonhundratalet. Inte undra på att han njuter medan han lägger ut orden om hur det går till i forskningsvärlden i Danmark. Deras nordiska grannland låter lika exotiskt i Jens mun som Fjärran Östern i sagorna. Hon hoppas verkligen att han uppskattar att hon lyssnar. För det är sällsynt ointressant det han har att komma med. Efter en halvtimme står hon bara inte ut längre utan måste säga att "Du behöver inte vara så detaljerad". Då ler Julia mot henne, i samförstånd.

Albin smiter från bordet, trots Jens protester. Julia hittar ett hål i Jens monolog och börjar prata om baletten som hon vill börja på. Karin lägger ner besticken och frågar om hon verkligen ska sluta på basketen. Hon säger att hon vet att Julia är duktig på basket och att man inte ska härma någon annan utan ta reda på vad det är man vill själv. Julia frågar hur Karin kan veta att Julia är duktig eftersom hon aldrig har varit där och sett henne spela. Hon känner sig som en förlorare inför Jens men tvingas erkänna att Katerina har berättat om Julias talanger.

Julia försvinner iväg till teven. Jens häller upp mer vin i glasen. Nu ska de samtala på vuxnas vis. Han frågar vad som har hänt hemma under veckan och hon svarar inte utan drar upp Albin och dataspelandet och hans passivitet, att hon försökt prata med honom men inte fått någon kontakt. "Det spelar ingen roll vad jag säger."

Jens betraktar henne sorgset.

"Jag vet."

"Den enda han verkar lyssna på är Katerina."

"Men det är väl bra?"

"Är det? Om Katerina försvinner ur hans liv, är det bra?"

"Ska hon försvinna?"

"Hon kan ju inte bo hos oss för evigt, eller hur? Hon har varit här väldigt länge nu, och så var det ju inte tänkt."

Jens ser roat på henne.

"Är du svartsjuk?"

Hon känner kinderna börja hetta. "Varför skulle jag vara det?"

"För att Albin föredrar henne."

"Nej, det tror jag inte."

"Det vore väl inte så konstigt i så fall. Om ens eget barn föredrar en annan kvinna."

Som ett slag i ansiktet. Som en hård, rak höger.

"Så illa är det nog inte, när det kommer till kritan."

Jens fyller på sitt glas.

"Det är Katerina som träffar barnen mest just nu", konstaterar han. "Är det inte bra att dom kan anförtro sig åt henne om det är nåt?"

Någonting inom henne brister.

"Men hon ska inte vara nån jävla morsa för dom! Jag finns ju här också!"

Hon hör ekot efter sin egen röst.

Jens ser allvarligt på henne medan han drar med fingret runt glasets kant.

"Jag tycker att vi måste hitta nåt annat åt henne", viskar hon. "Nu."

"Nu? Det funkar väl inte. Inte nu."

"Låt mej avgöra vad som funkar här hemma. Jag vill att hon ska sluta."

"Men vad ska hända med henne?" Han verkar bli uppriktigt engagerad. "Hon behöver våra pengar. Hon måste försörja hela sin familj där hemma. Hon vill att hennes lillasyster ska kunna studera på universitetet till skillnad från henne själv. Hon har det jävligt tufft, fattar du inte det?"

Hans blick säger att Karin är allt fult: bortskämd, utsugare och kapitalist och gud vet vad.

"När har ni pratat?" är det enda hon får fram.

Han ser alldeles oskyldig ut med en förvirrad liten rynka mellan ögonen.

"Hur så? I bilen kanske, till och från affären. Vad spelar det för roll?"

40

OM HON ÄNDÅ hade kommit på tidigare hur roligt det är att titta på basket. Hon sitter på läktaren med de andra föräldrarna i laget. Deras förvånade ansikten när hon presenterade sig. "Julias mamma? Jaha ..." Kanske har de pratat om flickan i laget vars föräldrar aldrig är där och hejar och tänkt saker om flickans hemförhållanden. Det känns smärtsamt och märkvärdigt att tänka på hur Julia har skilt sig från de andra, utan att ha klagat över det hemma. Å andra sidan har hon varit tydlig inför Julia med att det räcker med ridningen och skjutsandet dit på helgerna. Basketen skulle hon sköta själv.

Hennes dotter är duktig, precis som Katerina sa. Hon dribblar elegant genom hopen av försvarsspelare och gör mål, gång på gång. Karin reser sig spontant upp och ropar "Bravo!" rakt ut, som om hon var den typen av förälder. Julia kastar en besvärad blick på henne.

Efteråt öser hon beröm över sin dotter. Julia torkar bort svetten från pannan med tröjan.

"Trodde du jag var dålig, eller?"

De går ner på stan. De äter pasta på en italiensk restaurang. Hon försöker intensivt att befinna sig i nuet och njuta av situationen att vara tillsammans med Julia. Ibland, när tankarna far iväg för långt från Julias kompisar och deras hundar och hästar, kommer hon på sig själv, och fokuserar på dottern igen.

Det lyser verkligen om henne. Det är svårt att veta om dotterns glädje beror på att de vann matchen eller på att hennes mamma finns hos henne, både fysiskt och mentalt, att hon inte är på väg någonstans, är trött, måste betala räkningar eller ringa telefonsamtal.

"Lugn", säger Karin när Julia pratar för mycket. "Vi har hela dan på oss."

Julia ser tvivlande på henne.

"Hela dan?"

Julia blir mer och mer avslappnad. Karin borde njuta av att se dottern komma ner i varv. Men det gör henne snarare medveten om hur hennes eget tempo måste påverka barnen.

De står i hallen när hon kommer in. Deras småprat avbryts på direkten. Jens har tagit på sig ytterkläderna och har bilnycklarna i handen. De utbyter några artiga fraser om matchen och Karin berättar att Julia gick direkt till Fanny. Katerina ler. Hon tänker förstås att det är hennes förtjänst att Karin har tillbringat flera timmar tillsammans med sin avkomma. Det kan hon stolt berätta för sina immigrantkompisar sedan, att hon lärde frun i huset ett och annat om vad som är viktigt här i livet.

Jens pussar henne på kinden och säger att de kommer att vara borta ett par timmar. Sedan lämnar han huset tillsammans med en långbent 27-åring. De ska sitta i bilen tillsammans, de ska gå omkring i affären, åka hela vägen hem igen. Tillsammans. Vem vet vad de har gjort i huset hela dagen.

Hon travar in med skorna och ställer sig i köksfönstret och ser bilen backa ut från uppfarten. Innan den har hunnit iväg helt går hon mot dörren. Några sekunder senare är hon inne i sin egen bil och har startat motorn.

Det gäller att hålla sig på någorlunda avstånd. Hon strävar efter att ha en, kanske två bilar mellan sig och dem. Han kör inte särskilt fort, 90 istället för 110 på motorvägen. Försöker han dra ut på bilresan?

Det är bara en bil mellan dem nu. Plötsligt ser hon hur den blinkar och svänger ut i vänsterfilen. Hon bromsar in. Hjärtat slår hårt i bröstet. Situationen är riskabel. Hon ligger alldeles bakom Jens bil, alldeles för tätt inpå. Hon kan se deras huvuden, hur Katerina vänder sig mot Jens.

Det är klart att hon ser upp till honom. Han är välutbildad, smart och humoristisk, och med ett yttre som brukar tilltala de flesta, om än inte slå dem med häpnad. Det är klart att hon vill ha intressanta, stimulerande samtal med honom, det är klart att hon vill vara nära hans pengar. Det finns ingenting som inte är klart med att Jens och Katerina sitter i en bil tillsammans, och att de inte kommer vara tillbaka förrän om ett par timmar.

Jens bil svänger in på parkeringen utanför det stora köpcentret. Karin parkerar ett femtiotal meter ifrån dem. Hon sitter kvar och väntar. Den officiella versionen, som hon aldrig tidigare har ifrågasatt, är att Katerina går in och plockar ihop varorna medan Jens passar på att uträtta andra ärenden. En timme senare möter han upp vid kassan och betalar med kortet. Nu är det upp till bevis. Dörren på passagerarsidan öppnas. Katerinas långa ben kommer ut, och sedan resten. Hjärtat dunkar. Hon önskar och ber till gud – konstigt nog – att det stämmer som Jens har sagt.

Men gud är inte med henne idag heller. Eller så vill gud att hon ska prövas. För bildörren på förarsidan öppnas och Jens kliver ut, som om det vore det mest naturliga i världen. Han ser sig inte ens oroligt omkring. Han ler bara mot Katerina. Karin stirrar. Hennes man med en annan kvinna. Hennes alldeles underbara intelligenta, roliga man med en ung, fotomodellsnygg tjej på väg mot stormarknadens entré.

Hon kliver ur bilen och går raskt mot entrén. Hon får syn på dem en bit framför sig innanför dörrarna. Hon följer efter dem, på avstånd.

Jens och Katerina hjälps åt. Han plockar äpplen medan hon tar bananer. Karin står bakom en hylla med konserver och följer vad som sker. Katerina håller upp en klase: vad tycker han, är den lagom? Jens nickar och säger något som gör den andra på gott humör. Hon småler, lägger bananklasen i vagnen och styr vidare mot potatisen.

Det kommer fram en tjock kvinna som letar efter fiskbullar. Kvinnan tittar undrande på henne. Inte konstigt. Hon står onekligen gömd bakom ett hörn och spionerar som en privatdetektiv.

"Vet du var man hittar vagnarna?" hör hon sig själv säga.

"Där ute", bräker kvinnan på skånska och pekar mot utgången. "Man måste ha en tia osså."

Hon får lust att skrika på kvinnan att i den här delen av landet säger man inte *osså*. Hon borde lära kvinnan att prata normalt, bete sig som folk och inte se så jävla dum ut. Hon kastar en blick ner i kvinnans vagn. Där ligger fullt av vidrigheter som harmonierar med kvinnans fula yttre, chokladfrukostflingor och färdiga köttfärsjärpar. Jävla människa, tänker hon. Jävla, fula, medelålders människa.

Hon fortsätter sin spaning efter Jens och Katerina och håller ett säkerhetsavstånd på minst tjugo meter. Hon stannar utanför den enorma kylavdelningen där hon skymtar dem genom de tunga plastdraperierna: hon vid filen, han vid smöret, hon vid juicen, han vid crème fraichen. Katerina rör sig obehindrat i Jens sällskap. Det är som att de aldrig gjort annat än handlat tillsammans, så synkade och samspelta är de.

Vid frysdisken stannar de upp och stirrar ner i det kalla landskapet. Deras kroppar snuddar vid varandra. Plötsligt ser han på henne från sidan och säger något. Hon svarar honom. Han tar upp något från djupet. Hon tar paketet ifrån honom, vänder och vrider på det. Hon försöker läsa på baksidan medan han kommenterar vid sidan om. Så kommer det, skrattet. Det är första gången hon ser Katerina skratta riktigt hjärtligt, idag, i denna supermarket av amerikansk modell. Här, i denna artificiella miljö, i denna hall full av obehagliga, extraprisjagande människor kan hon tydligen slappna av.

Hon står med ryggen mot honom, i köket vid diskbänken på Fågelbovägen 32, och plockar upp varor från fyra olika papperspåsar. Han visslar medan han hjälper henne att plocka upp. Han visslar, som om han hade något att dölja. De krockar gång på gång på den upptrampade stigen mellan kyl, frys och skafferi.

"Det tog tid?"

"Gjorde det?"

Hon arrangerar frukten på det stora fruktfatet.

"Du lämpade av henne där, eller?"

Tystnaden växer mellan dem.

"Jens?"

Han tittar frågande på henne med ett kilo köttfärs i handen.

"Vad sa du?"

"Jag frågade om du släppte av Katerina vid affären? Vad gjorde du under tiden?"

Han öppnar frysen och slänger in köttfärsen.

"Spelar det nån roll?"

"Jag frågar bara!"

Han lutar sig djupt ner i papperspåsen och kommer upp med en purjolök och en taco dinner. Han pekar på henne med purjolöken.

"Du är konstig."

"Jag är inte konstig."

"Jo."

Han slänger in taco dinner-paketet i skåpet och purjon i kylen. Så försvinner han ner i påsen igen och kommer tillbaka med några lösa äpplen. Han försöker placera dem på fatet, men de rullar bara ner. Hon tar upp dem från golvet och låter dem bada i vatten under kranen. Han iakttar henne.

"Duktig flicka."

"Jag vill ha dom sköljda."

"Man kan ju göra det innan man ska äta dom också."

"Eller så kan man göra det nu. Så är det gjort."

Han hummar. Hon arrangerar om frukten.

"Saknar du mej i Köpenhamn?"

Han stannar upp med en burk krossade tomater i varje hand och ser förvånat på henne.

"Ja, det är klart."

41

HON VISSLAR INTE en glad melodi när hon promenerar från parkeringen till den hemliga kliniken i förorten. Hon gör allt för att förtränga den deprimerande omgivningen. Husen liksom människorna hon möter på gatan är så fula att hon mår illa. Bara tanken på att träffa arbetskamraterna. Att behöva lysa upp vid anblicken av dem. Och sedan patienterna.

Det kommer in en kvinna med feber. Hon kommer från en by i ett afrikanskt land och är ensamstående med en liten tvåårig flicka. Pappan till barnet är inte hennes afrikanske make utan hennes pojkvän från samma by. När mannen fick reda på hur det låg till misshandlade han henne svårt och byrådet utdömde dödsstraff. Kvinnan flydde till Sverige men har inte fått stanna för de svenska myndigheterna.

"Dom kommer döda mej", säger hon och ser ner i knäet. "Jag kan inte åka tillbaka."

Hon kan känna kvinnans rädsla. Den skrämmer henne. Det brukar inte vara så. Hon brukar inte vara rädd för andra människors rädsla.

Hon ber kvinnan lägga sig i gynstolen och drar för skynket. Hon påbörjar undersökningen. Kvinnan spänner sig och andas häftigt. Den lilla flickan sitter passiv på en stol bredvid. Hon betraktar kvinnans plågade ansikte, och känner sin egen kallsvett, medan hon pratar. Hon hittar graviditetsrester, precis som hon trodde, och konstaterar att det är en långt gången infektion. Det är inte åsynen av kvinnans underliv som får henne att må illa, utan vad hon har försökt göra. Hon vill ropa till den allsmäktige Anders på andra sidan rummet att komma och ta över. Hon kan inte vara Anders. Inte idag. Hon kan inte ens vara Karin.

Kvinnan tar på sig och sjunker ner på stolen med flickan i knäet. Karin säger med någorlunda stadig röst att hon måste komma till sjukhus. Kvinnan börjar gråta och kvider på sin dåliga engelska att polisen kommer att skicka henne till döden. Karin säger att det hon har gjort med sig själv är farligt och berättar om sina kontakter på gynavdelningen, att hon kan komma dit och få behandling utan att behöva lämna några uppgifter om sig själv. Men kvinnan vill inte lyssna, hon blir alltmer hysterisk, hon flyger upp ur stolen, så flickan faller till golvet, och börjar prata på sitt eget språk med händer som viftar nära Karins ansikte. Och istället för att ta i kvinnan och prata lugnt med henne backar hon för att undkomma. Hon backar tills väggen tar emot. Där blir hon stående, handfallen, medan kvinnans panik accelererar framför henne.

Hon ropar på Isabel. Det är först när hon ser Isabels reaktion som hon känner att hon skakar. Isabel släpper det hon har för händer.

"Hon har gjort abort på sig själv", säger hon lågt i Isabels öra. "Hon måste skrapas och behandlas för infektionen."

"Okej. Gå ut och ta lite luft, du."

Nere på gatan trycker hon sig mot den kalla husväggen. Den råa luften känns snäll och välgörande. Hon sluter ögonen och försöker få ordning på sin andning. Efter några minuter mår hon bättre. Det är nästan som om det aldrig har hänt.

Hon återvänder till lägenheten. Hon ber om ursäkt och förklarar att hon har känt sig lite krasslig på sistone. Barnen har haft influensa och hon kan ha blivit smittad. Det finns ingen anledning för resten av personalen att ifrågasätta hennes uppgifter. De tycker synd om henne och säger att hon måste gå hem och kurera sig. Hon suckar och protesterar, tills hon erkänner att det vore dumt att smitta ner patienterna.

När hon kommit ut i trapphuset hör hon dörren öppnas bakom sig. Det är Anders. Hans blick är orolig.

"Nu tar du det lugnt ett tag, tycker jag."

"Tycker du?"

"För din egen skull. Det är bara det jag menar."

Hon svarar inte.

"Det är otroligt tufft att jobba här", fortsätter han. "Allting man ser ... Att klara av det psykiskt, det är svårt för alla."

Hon hör hans fåfänga, hans behov av att undervisa, förmana, veta bäst, hans problem med att vara i underläge. Lille Anders, vill hon säga, du är inte bättre än någon annan.

Det är telefonsvarare. Igen. Nu när hon vill trycka sig tätt intill, och ramla ner på golvet och ha våldsamt sex. Men hans röst låter torr och alldeles könslös på svararen. Hon lämnar ett meddelande om att hon måste träffa honom – nu! Den desperata tonen förvånar henne.

Hon kör mot stan i hopp om att han kommer att ringa på vägen. Kanske var han faktiskt bara på toa eller i duschen. Men hon har hunnit nästan hela vägen in till centrum utan att han har ringt tillbaka. Så hon kör in mot kanten och parkerar på lastzon. Hon slår numret igen.

Han svarar. Det låter högt av musik och sorl i bakgrunden. Hon frågar, som om de vore gifta, varför han inte har ringt tillbaka. Han säger att han spelar skivor i en bar och inte har hört meddelandet. Hon säger att hon tänker komma dit. Han protesterar och säger att han i alla fall inte har tid att snacka. Men hon struntar i vad han säger. Hon kör dit och parkerar för nära ett övergångsställe. Hon letar sig fram till den lilla baren genom att fråga folk på gatan.

Lokalen är nästan inte mer än ett hål i väggen. Hon får syn på honom vid en stereo bakom baren där han står och ser koncentrerad ut med hörlurar på. Hon tränger sig fram genom mängden av människor och lutar sig över disken så häftigt att hon nästan välter en öl. Han ser henne inte. Hon ropar hans namn. Hon viftar med händerna framför hans ansikte.

Han spricker inte upp igenkännande. Gör inte en ansats till att ta av sig lurarna. Hon vinkar honom till sig och han närmar sig motvilligt. Hon drar av honom lurarna.

"Ska vi ta en öl?" skriker hon.

Han skakar på huvudet.

Om hon ändå hade varit i balans. Då hade hon lämnat lokalen. Han är så uppenbart besvärad av hennes närvaro. Sneglar hela tiden oroligt mot stereon, som om någon skulle stjäla den.

"Jag väntar på dej", lovar hon utan att bry sig om vad han vill.

Hon beställer en öl. Hon dricker den. Hon tar inte ögonen ifrån honom. Det är rörande att se med vilket allvar han tar sig an sin uppgift, hur han uppmärksamt tittar på gästerna för att kontrollera hur musiken tas emot. Ibland kommer det fram vänner. Han skiner upp. Killarna kramar varandra. Kanske är det vanligare att män kramas i den yngre generationen.

Hon köper en öl till. När hon druckit halva kommer det in ett gäng tjejer. De har trånga jeans och stora örhängen och vissa har roliga mössor eller piercing. Gänget hälsar på Tobias. En av dem, med tatuerad axel, tränger sig in bakom baren till honom och kryper tätt intill. Deras blickar möts över flickans huvud. Ändå lägger han armen om den tatuerade.

Hon håller på att gå sönder. Men fan heller att hon tänker gå hem.

Tjejen återvänder till sina kompisar. Tjejgänget står alldeles intill Karin vid bardisken. De beställer in tre öl. Hon försöker tjuvlyssna på deras samtal.

"Vad fan var det med honom?" säger flickan med tatuerad axel.

Hon betraktar flickan. Hon är söt. Hon är ung. Hon är perfekt för honom. Men aldrig att hon tänker ge upp och går härifrån. Hon köper en öl till. Hon lyssnar på tjejerna. De pratar om en gemensam vän. "Han är bara too much, alltså!"

Hon dricker ur sin tredje öl. Ställer ner glaset och ropar på Tobias. Tjejen med tatuerad axel tittar undrande på henne. Hon kan höra hennes tankar: känner Tobias den tanten?

"Jag måste få prata med dej."

Han kommer runt baren. Hon kryper så nära som det går.

"Jag längtar efter dej", viskar hon i hans öra.

Tobias blir besvärad.

"Kan vi inte gå?" säger hon lite högre.

Han tittar på klockan. På tjejen med tatuerad axel. Och på Karin. På killen bakom baren. Och på tjejen igen.

De kysser varandra hela vägen hem, på gatan, i hissen, utanför dörren. Han fumlar med nycklar. De ramlar på golvet. Allt i en röra. Det passar henne bra. Röra. Han är ovanligt våldsam. Om det ändå gick att förlänga detta ögonblick, om man kunde ta med sig det hem.

Men det tar slut. Han häller upp vin i kaffekoppar. Varför? De sitter på golvet och dricker, i var sin del av rummet.

"Varför har du inte ringt?" frågar hon.

"Jag pluggar."

"Varför har du inte sagt det?"

"Har du frågat?"

Tystnad.

"Det är inte mycket du vill veta om mej."

Det är ett konstaterande. Han ser inte sur eller förnärmad ut. Hon plockar upp sin tröja från golvet och börjar klä på sig.

"Jag vill visst veta saker om dej."

"Vad vill du veta?"

"Allt."

Han skrattar till.

"Vad var det där?" undrar hon.

"Inget."

"Tror du att det är så lätt med nån som man måste dra orden ur?"

"Nej."

Han sitter och betraktar. Om hon inte visste bättre skulle hon tro att det var kärleksfullt. Vad det än är så tycker hon om det. Mycket. Hur han ser på henne.

Hon kryper bort till honom. Drar hans huvud till sig och kysser honom igen.

42

KATERINAS BLICKAR PÅ sig själv i spegeln har fått en ny innebörd. Det är förstås Jens hon tänker på när hon sensuellt fuktar sina läppar med saliv och drar fingrarna genom håret. Ibland betraktar hon Katerina genom fönstret när hon går iväg med soppåsen till soptunnan, hur hon blir stående, försjunken i tankar, efter att ha kastat ner påsen och stängt locket. Det kanske är Jens hon drömmer om, deras framtid tillsammans.

Genom nyckelhålet ser hon henne skriva. Hon skriver ofta och mycket. En dag står den andras billiga handväska i hallen när hon kommer hem. Ett kuvert sticker upp ur väskan. Hon hör röster från håll. Det är uppenbart att Katerina är med Julia på övervåningen. Alltså är det fritt fram. Hon drar upp kuvertet ur väskan.

"Vad gör du?"

Hon gömmer kuvertet bakom ryggen. Hon kan inte hitta en enda anledning i hela världen att behöva ta något ur Katerinas väska. Situationen är mer än pinsam.

"Man gör inte så. Man snokar inte i andras saker."

"Snälla Albin, jag skulle bara gå till brevlådan, och så såg jag att Katerina hade ett brev i väskan, och ... Jag tänkte att jag kunde ta med det."

Han ser kallt på henne.

"Hon måste väl få ha sitt eget liv?"

Det är väl kloka ord för att komma från en trettonåring. Ändå avstår hon från en syrlig kommentar. Hon nickar bara lydigt, "Du har rätt ...", och lägger tillbaka brevet i Katerinas väska. "Förlåt."

Katerina och Julia kommer ner för trappan. Dottern har en vacker blus på sig, i ett tyg som Karin känner igen.

"Titta vad Katerina har gjort! Hon har sytt den!"

Katerina ser oroligt på Karin, medveten om att hon kan ha passerat en gräns för hur mycket hon ska engagera sig i barnen.

"Jag var tvungen."

"Ja, det var du faktiskt", instämmer Julia.

Hon är så lycklig. Att få någonting hemmasytt har hon längtat efter sedan hon var liten.

Karin riktar ett stort, generöst leende mot Katerina.

"Den är helt fantastisk. Vad duktig du är."

Hon synar blusen, och kommer med ytterligare beröm. Och trots att hon vet att Albin står där och iakttar, trots att hon vet att Julia är så glad att hon vill spricka och att Katerina njuter av att ha fått ett okej från Karin, trots det eller kanske just därför måste hon förstöra.

"Hur mycket vill du ha betalt?"

Hon tar upp plånboken ur väskan. Julias ansiktsuttryck förvandlas. Hon ser osäkert på Katerina. Katerina ser osäkert på Karin.

"Jag behöver inte betalt. Jag ville göra den."

"Men det måste ha tagit flera timmar. Du ska väl ha betalt?"

"Jag gjorde den för att jag ville, när jag fick tid över."

Karin sätter på sig förvåning.

"Tid över? Jaha."

Hennes röst insinuerar saker. Den insinuerar att Katerina inte har gjort det hon ska, att hon försummat vissa sysslor för att ställa sig in hos hennes dotter. Hon lägger ner plånboken. Hon går förbi Albin som stirrar på henne som om hon vore galen. Hon går uppför trappan med bestämda steg och ropar:

"Jag ska bara ta en dusch!"

Hon stänger in sig på toa och sliter av sig kläderna. Kliver in i duschen, vrider på vattnet. Så släpper hon ut gråten. Den kommer så våldsamt och intensivt att hon blir rädd. Den där rädslan igen. Hon känner igen ljudet som kommer ur henne. Hon har hört det förut. Just det. Från sina traumatiserade patienter på den hemliga mottagningen i förorten.

43

HON ÄTER MED DEM allt oftare på helgerna, Jens vill ha det så numera: "Katerina tillhör familjen!" Hon far inte upp och ner och servar dem längre utan kan slappna av vid matbordet som de andra. Det är förstås Jens som får henne att slappna av. Han peppar henne ideligen att börja studera, han har lånat henne böcker och vill diskutera vad hon har läst sedan sist. Katerina har alltid gjort sin läxa. Hon har intelligenta saker att säga. Hon är begåvad. Det lyser om Jens när han lyssnar på henne och han instämmer reservationslöst i hennes enkla analyser. "Precis!"

Men Katerina verkar ofta orolig. Telefonen ringer mer än förut och hon har upprivna samtal med okända personer. Det skär i hjärtat att lyssna på dem. Ja, det är sant. Det skär. Hon vill att den andra ska gråta ännu mer och vara ännu mer förtvivlad, så att det ska skära ännu mer. Hon vill känna normal, sund empati, hon vill vagga, vyssja och trösta. Det räcker inte med den infertila som sätter allt sitt hopp till hennes förmåga, med våldtäktsoffret som aldrig vill släppa hennes hand, med tacksamheten från kvinnan vars livmoder hon har skurit bort en tumör från. Den bekräftelse hon vill ha kommer från ett annat håll.

En dag när Katerina pratar i telefon tycker hon sig kunna höra några ord på svenska från andra sidan. Det är första gången. Hon lägger örat mot väggen och försöker urskilja vad som sägs, men det är svårt. Hon smyger ut och kikar genom nyckelhålet. Katerina sitter i bara trosor och behå uppkrupen i sängen och pratar. Hon ser ut som en underklädesmodell i en damtidning. Håret är oborstat, de smala lemmarna har intagit en pose som känns oskyldigt sexig.

"Men jag kan inte sluta jobba. Det är klart det är skitjobb, men barnen är underbara ..."

Det blir tyst. Någon i andra luren reagerar.

"Det är inte därför. Jag vill inte säga allt. Du orkar inte höra. Du kan ändå aldrig fatta, Isabel."

Hon fryser till is. Hon fryser så att hon skakar. Skakande går hon ner för trapporna till underjorden. Skakande sätter hon på bastun. Skakande hinner hon inte vänta på att den blir uppvärmd utan kliver direkt in. Skakande, med kläderna på.

Alltmedan temperaturen stiger kastar hon av sig plaggen. Hur länge hon sitter där är oklart. Det känns som timmar. När hon stapplar ut är hon på gränsen till medvetslös. Hon möter bilden av sig själv i spegeln. Håret är vått av svett, ansiktet stort och rosa, ögonen små och glansiga. Brösten hänger ner mot den mjuka magen. Hon vänder och vrider på sig och studerar lårens fyllighet, de tunna blå och röda strecken mot det vita skinnet, den relativt stora rumpan med ett begynnande häng. Och fötterna. Inte smala och nätta och kvinnliga. Ingenting är smalt och nätt på henne. Ingenting är angenämt. Det kanske inte är så konstigt. Hon är ingen angenäm person.

Hon vill inget hellre än att ta den lille sjuke pojken med sig hem. Hans mamma från Uzbekistan sitter bredvid, passiv och tämligen ointresserad av sonen. Hon vet att kvinnan har svåra upplevelser bakom sig, både i hemlandet och här, och hon vet hur vanligt det är att föräldrarna inte orkar med sina små, men idag är det sällsynt plågsamt att bevittna hennes ointresse.

Den fine lille pojken ser allvarligt på Karin med sina stora, bruna ögon medan hon undersöker honom. "Snälla, ta mej med hem", säger hans blick. Hon tänker på hur det vore att ha honom hemma. Han skulle bo i hennes rum, ligga bredvid henne i Jens säng. Jens kunde sova i källaren på helgerna. Den lille pojken skulle visserligen vakna på nätterna av mardrömar och gråta förtvivlat, men hon skulle alltid finnas där. Det skulle bli svårt för honom att vänja sig vid sitt nya liv, men långsamt skulle han bli trygg hos dem. Han skulle komma rusande när hon hämtade honom på dagis. Hon skulle aldrig hämta senare än tre. Hon skulle gå ner i tid på jobbet, till sjuttiofem procent, minst.

"Snälla, rädda mej", ber hans blick.

Hon killar honom under hakan. Han skrattar och hon gör samma sak igen.

Mamman sitter bredvid och stirrar apatiskt framför sig. Hon känner ett plötsligt hat mot den likgiltiga kvinnan som inte verkar bry sig ett dugg om sin underbare pojke.

"Look at him!" befaller hon. "Look at the boy!"

Men hon får inte ens en slö blick tillbaka. Hon tar tag i kvinnans arm.

"The boy needs you. Do you understand?"

Kvinnan riktar blicken åt motsatt håll, som för att provocera.

"Listen to me. You have to take care of your boy, it's very important."

"Karin ..."

Isabels förmanande röst intill henne. Men den går att ignorera. Hon släpper armen och tar tag i kvinnans haka. För kvinnans ansikte mot sitt.

"I understand, your life is like hell, but you have to pull yourself together. For your son's sake. Do you understand?"

Kvinnans blick är inte längre likgiltig, den är skrämd. Hon

känner plötsligt att hon håller hårt i den andra och släpper taget. Kvinnan för handen mot hakan, det syns att det gjorde ont. Isabel försvinner iväg någonstans.

Pojken ser oroligt från Karin till sin mamma. Hon ser hans rädsla. Ändå går det inte att behärska sig. Hon spänner blicken i kvinnan.

"He is ill and you don't care! You don't even look at him. Shame on you! Do you hear me?"

Så är Isabel tillbaka hos henne tillsammans med Anders.

"Kom, Karin", säger han.

"Don't you feel bad about yourself?" fortsätter hon nära kvinnans öra. "Don't you think that his needs are more important than yours? Look at me! Shame on you!"

Anders tar tag i och drar iväg med henne. Som om hon var en brottsling. Han för henne till kontoret. Dörren slår igen med en smäll. Hon kan inte låta bli att skratta.

"Ska du spöa upp mej nu?"

"Du gick över gränsen."

"Yes, sir."

"Du vet vad jag pratar om."

"No sir."

Anders sätter sig på skrivbordskanten. Det barnsliga ansiktet och de vuxna gesterna. Hon tycker synd om honom. Att han aldrig fick vara ung.

"Man måste vara extra känslig när det gäller dom här kvinnorna."

Hon ler så nobelt hon kan.

"Jo, det var något vi pratade mycket om på konferensen i Genève. Förlåt, du kanske inte känner till …? Den handlade om kvinnohälsan i flyktingläger. Om tortyr och våldtäkt och våld i största allmänhet. Jag föreläste där också förresten, om mina erfarenheter från Burundi."

Han ser ner i golvet.

"Jag vet att du var med från början i den här verksamheten, att jag är yngre och ... Men jag har ett ansvar som läkare för att ..."

Hon reser sig upp och förvandlar sig själv till doktor Karin, den som alla lyssnar på och ser upp till, den som föreläser i Genève.

"Jag vet inte hur det är med dej men jag kan inte acceptera att hon bara struntar i sitt barn. Jag har den uppfattningen att barnen i samhället är allas ansvar och att vi måste göra vad vi kan för att peppa föräldrarna att se deras behov."

"Det var bara sättet du 'peppade' på."

Hennes blick landar på fönstret och eländesvärlden utanför.

"Du tog i henne för hårt, Karin. Du sa att hon skulle skämmas. Du måste ta ledigt härifrån. Och jag menar inte en vecka."

Hon är blixtsnabb med sitt svar.

"Kliniken behöver mej. Jag är den som håller ihop alltsammans. Och förresten, det är inte du som bestämmer om jag ska sluta eller inte."

Han sitter på kanten till skrivbordet och ser bekymrat på henne, nästan sorgset. Varför är han ledsen? Ja, vad fan har han för anledning att se på henne så där?

På kvällen ringer Kaj. De har pratat. Nej, inte bara han och Anders, flera andra också. Men han nämner inga namn. Kaj säger att hon är utarbetad. Karin säger att hon är inte mer än människa och att hon har sina dagar. "Du vet ju hur det är?"

Ja, han vet hur det är. Men när man har svackor ska man ta det lugnt och vila. Inte ta på sig för mycket. Hon kan ana besvikelse bakom den farbroderliga fasaden.

"Försöker du leva upp till nånting, Karin?"

"Gör vi inte alla det?"

Så var det bestämt. Karin ska sluta arbeta på mottagningen för illegala invandrare. Hon fick kicken.

44

HON SÄGER INGENTING hemma om att hon har slutat arbeta på kliniken. De kvällar hon i vanliga fall är där åker hon in till stan och träffar Tobias. De utforskar inte världen tillsammans, inte heller varandras själar. Hon pratar varken om jobbet, om sitt sinnestillstånd eller om Katerina. Hon kliver bara rätt in genom dörren hos honom, hinner inte ta av sig skorna ens utan letar upp honom med ytterkläderna på, och kastar sig i hans famn. Deras kroppar skiljs inte åt förrän hon lämnar lägenheten ett par, tre timmar senare.

Hon avundas honom. Hon avundas hans enkla liv, och hans lugn – ingenting verkar kunna rubba hans balans. Hon ser det som självklart att han träffar andra. Men vetskapen om att hon är utbytbar smärtar inte. Det finns så mycket annat som gör ont.

När hon ska jobba tidigt dagen efter tar hon bilen till hans lägenhet i stan. När hon har haft jour och är ledig följande dag åker hon kommunalt. Hon försöker ändå tänka på att inte dricka för mycket, men ibland vinglar hon till i hallen när hon kommer hem. Hon ser att Katerina ser. Hon ser att Katerina tänker. Men deras hushållerska är som allt bra tjänstefolk, professionell och diskret.

En torsdag kväll står hon i köket, en smula berusad, och dricker juice direkt från paketet. Albin kommer in i köket. Hon orkar inte bry sig om hans blickar och vad de betyder.

"Kan du hjälpa mej med matten?"

Hon tar paketet från munnen och ser förvånat på honom.

Han visar henne talen. Hon vet att hon stinker av alkohol när hon hänger över hans axel men så får det vara. Idag får det vara så. Det viktiga är att hon hjälper Albin med det han vill ha hjälp med. Att han frågar och hon svarar.

De pratar om matematik i en halvtimme. När de är klara går hon mot dörren.

"Tack för hjälpen", säger han och ser uppskattande på henne. Uppskattande. Som en normal människa. Hon förstår inte alls varför han ska sträcka ut en hand nu, efter alla tidigare ansträngningar. Han sitter i skrivbordsstolen och ser så liten ut. Liten och oskyldig. Som den lille pojke han är. Som den han en gång var och fortfarande är.

Jens vill älska med henne ungefär lika ofta som förr. Han föreslår nya projekt med huset och pratar om att bygga ut på landet. Med Katerina är han naturlig och avspänd. Han knackar innan han går in på hennes rum och pratar med vanlig röst. Ofta är det en ny bok han vill rekommendera. Eller så har han skickat efter kurskatalogen från universitetet. Hon hör Katerinas kommentarer: "Du är inte klok! Jag måste jobba, du vet ju, eller hur?" Men i hemlighet studerar hon katalogen, det kan man se genom nyckelhålet.

Ibland, när Karin har varit med Julia på basket eller fått en vänlig blick av Albin, får hon för sig att allt är som det ska. Hon har inte blivit avstängd från kliniken och träffar inte sin älskare regelbundet. Katerina och Jens har inget förhållande, han tycker inte att hon är bedårande och sexig och intelligent, och att betala en fattig hemhjälp från Moldavien svart är definitivt moraliskt försvarbart. Hon kan nästan inbilla sig att hon och Katerina är vänner, men det räcker att Katerina knixar lite med benen när hon tar emot sin veckolön för att hon ska falla tillbaka ner i avgrunden.

En lördag förmiddag, när Katerina och Jens gör sig i ordning för att åka och handla, får hon ett infall. Hon vänder sig mot Katerina och säger liksom i förbifarten: "Jag kan åka med och handla idag. Jag måste ändå göra några ärenden."

Katerina ser frågande på Jens.

"Gör du dina ärenden", säger han blixtsnabbt. "Så kör jag Katerina."

"Men det är väl onödigt att åka med två bilar."

Han fnyser.

"Du låter som din mamma."

"Förlåt, jag trodde att det var du som var engagerad i miljön i den här familjen."

"Jag behöver komma ut och röra på mej, det är bara det."

"Röra på dej? I bilen?"

Han har fått upp bilnycklarna ur fickan och placerat handen på dörrhandtaget. Men hon tänker inte släppa taget.

"Gå ut och spring om du vill röra på dej!"

Han stirrar stridslystet på henne.

"Vad är problemet?"

"Varför handlar du inte själv om du har så mycket tid? Ta Katerinas inköpslista så får hon vara hemma och tvätta istället."

Hon hör sin egen röst. Frun i huset med sina idéer. Frun i huset, slavdrivaren.

Jens och Katerina utbyter blickar. Sedan ser Katerina bestämt på henne.

"Vi har bestämt. Jag handlar lördagar. Annars vi får komma överens om ny schema. Tvätten är inte idag. Eller hur?"

Jens spricker upp i ett triumferande leende. "Just det."

Han kommer nära. Hon ryggar instinktivt tillbaka. Han kysser henne på kinden. Fem sekunder senare är de ute ur huset.

Hon väntar i flera timmar på att de ska komma tillbaka. Vankar fram och tillbaka, sms:ar frenetiskt till Tobias som svarar på vartenda meddelande. Sista gången frågar han om det är något som har hänt. "Jag älskar dej", skriver hon. Hon väntar, men det kommer inget svar. Lika bra det. Det kanske var lite överdrivet.

De är borta längre än någonsin förut. Kanske har de åkt iväg till havet och blivit sittande på en klippa, hand i hand. Hon sjunker ner i soffan. Julia kommer och kryper upp i hennes knä. Karin kramar henne hårt, snusar henne i håret och i nacken. Julia fnittrar, "Mamma, sluta ..." Sedan sitter de tysta. Det är som om Julia känner på sig att det är något.

När bilen svänger in på uppfarten schasar hon bort Julia, mumlar förlåt och skyndar till fönstret. De kommer ut från bilen, uppfyllda av något, det syns. Jens öppnar bakluckan och tar ut kassarna och lyser med hela ansiktet mot Katerina som lyser tillbaka. Karins blick vandrar till grannkvinnan på andra sidan gatan som står vid sin fina bil. Hon står med bilnycklarna i handen och blåstirrar på Karins man och deras unga, vackra hemhjälp. Karin ser på paret med matkassarna. Och på grannkvinnan igen. I hennes ansikte syns sanningen.

Hon försöker desperat hitta något att göra. Men överallt är det bäddat, upplockat, avtorkat och dammsuget. Skorna står snyggt uppställda på skohyllan, diskmaskinen är urplockad och Katerina hjälpte Julia att städa rummet igår. Hon tar en clementin utan att vara sugen.

Rösterna och skratten kommer in först. Det fyller hela huset med liv. Så dyker de upp framför henne, rosiga om kinderna. Bubblande. Katerina skakar på huvudet och ser menande på Karin.

"Han är inte klok, din man."

"Vad har han gjort för tokigt nu då?"

"Vi åkte till en konstnärsbutik", säger Jens ivrigt. "Du vet där dom har färg och stafflin och grejor."

Hon börjar packa upp maten.

"Katerina målar, visste du det?"

"Nej."

"Har du inte sett tavlan i hennes rum? Den är fantastisk."

Hon minns i samma ögonblick den abstrakta målningen och hur den berörde henne. Men hon skakar på huvudet.

"Jag tänkte att hon *måste* bara få lite material. Man får inte sluta när man är så begåvad."

Katerinas blick ber om tillåtelse, den bönar och ber, tigger och vädjar, den krälar på golvet och vill kyssa hennes tår. "Jag ska betala tillbaka", försäkrar hon. "Det är bara ett lån."

Jens fnyser.

"Det ska du inte alls det. Du har alldeles för mycket regler om hur saker och ting ska vara. Det är en present." Och så vänder han sig till Karin. "Och förresten, vi kan väl behöva lite ny konst på väggarna?"

Hon nickar och ler nådigt mot deras hemhjälp.

"Det är klart att du måste utveckla din talang. Det är klart."

Kanske att det skorrar lite falskt. Konstigt vore det annars.

Katerina betraktar henne allvarligt. Hon tänker saker, det syns. Allt hon tänker är sant, det är det som är det värsta.

45

DE STÅR PÅ EXPEDITIONEN. Isabel rapporterar om den äldre kvinnan vars tarm Karin har opererat bort en tumör ifrån. De har inte pratat ordentligt sedan hon slutade på kliniken i förorten. Karin har mest varit på förlossningen och mottagningen och tagit över extra operationsdagar från en kollega, allt för att slippa vara nära Isabel.

"Hon har både dropp och kateter."

"Har hon druckit nåt?"

"Lite soppa. Så fick hon stesolid i morse. Och en liter syrgas. Hon satt på sängkanten hela natten och kunde inte sova för hon mådde illa. Magnus var här i morse och lyssnade på lungorna och det såg malignt ut."

"Okej. Det är bra om hon kommer upp och rör på sig. Jag går in om en stund."

Hon vänder bort huvudet och tar fram journalen i datorn. Spänner sig medan hon läser, medveten om Isabels närvaro bakom sig.

"Ska vi äta lunch sen?"

Hon låtsas vara djupt försjunken i journalen. Säger att hon inte hinner eftersom hon har mottagning på eftermiddagen. Isabel föreslår att hon ska be Sven skriva in någon av hennes patienter på förmiddagen så kan de komma ifrån tidigare. Karin protesterar. Isabel står på sig. Hon vänder sig om. Väninnan ser verkligen angelägen ut. Kanske vill hon berätta om sig och Katerina. Kanske tycker hon att det måste vara slut på smusslandet. Ja, så måste det vara.

De tar bilen och åker till ett ställe där ingen från sjukhuset äter. Det finns bara lunch för nittio spänn och Karin vill bjuda, vilket Isabel sätter sig emot. Det blir genast irriterad stämning. Karin undrar varför inte den som har pengar kan få betala, det borde vara det mest naturliga.

"Så tänker bara den som har", säger Isabel. "Vi som inte har så mycket gillar inte att hamna i tacksamhetsskuld. Vi tycker att det känns jobbigt att inte kunna bjuda tillbaka. Har du aldrig haft dåligt med pengar?"

Hon måste tänka efter.

"När jag pluggade."

"För tjugo år sen?"

Hon ser ut genom fönstret. Utanför ligger en vacker park som är till för att bli tittad på. Hon tänker på sina rekorderliga föräldrar med sitt ekonomiska sinne.

"Mina föräldrar hade inga pengar. Jag hade blivit överlycklig om nån ville slösa pengar på mej."

Deras mat kommer. Men den fina salladen med rucola och parmesan förblir liggande orörd på Karins tallrik. Isabel kastar glupskt i sig av sin mat utan att släppa henne med blicken. Så lägger hon beslutsamt ner besticken, dricker ett halvt glas vatten och lutar sig tillbaka.

"Okej. Vad är det som har hänt? Och ...", hon sätter upp ett pekfinger i luften, "... jag vill ha ett ärligt svar."

Isabel irriterar henne med sitt pekfinger och sina insinuationer.

"Att jag vill bjuda dej på lunch? Förlåt, det var dumt."

"Det är nånting. Du är inte dej själv."

"Det sa du för två månader sen också."

"Du glömmer saker och verkar inte lika koncentrerad på patienterna som vanligt."

Hon anstränger sig för att se oberörd ut.

"Senast igår sa en AT-läkare att hon drömmer om att bli lika skicklig som jag på att operera", säger hon och ångrar sig genast. "Jag kanske är utarbetad", tillägger hon. "Det tror i alla fall Kaj. Vad sa du till honom förresten? Om mej?"

"Som det var."

"Tack."

"Du var inte bra mot den där patienten."

Hennes ord gör ont och är svåra att bemöta.

"Men jag dömer inte", fortsätter Isabel. "Det visar bara att även den bästa kan fela, vilket ger mej hopp om livet."

"Förlåt om jag inte kan vara jätteglad för din skull."

Isabel lägger pannan i djupa veck, som om hon var terapeut och försökte analysera Karins skadade psyke.

"Jag vet precis vad du tänker. Du tror att det som hänt är en katastrof, att du är bortgjord och misslyckad. Vet du vad! Det här kanske är det bästa som har hänt dej."

Hon väljer att inte svara.

"Tänk om du inte är bättre än andra, Karin. Tänk om det är så att du bara är en vanlig människa som är bra ibland och dålig ibland."

Hon reser sig utan ett ord och styr stegen mot kaffebordet. Hon häller långsamt upp i två koppar. Fyller på med mjölk. Återvänder till bordet. För koppen mot munnen och dricker utan att se på väninnan.

Isabel lutar sig fram och hugger gaffeln i Karins orörda sallad. Hon ryggar tillbaka. Isabel trycker in rucola och parmesan i munnen och tuggar ljudligt. Sköljer ner alltsammans med kaffe.

"Vet du om att Tobias pluggar?"

Hon blir överrumplad.

"Ja, det har han sagt."

"Vet du vad han läser?"

Hon ser ut på den vackra parken.

"Varför pratar vi om det här?"

"Vet du det?"

"Nej!"

"Medicin."

Det känns i magen. Men hon försöker se likgiltig ut.

"Jaha."

Isabel verkar närmast förolämpad.

"'Jaha'?"

"Vad är det här för ett ... möte? För det är fan ingen vanlig kompislunch."

Isabel spänner blicken i henne, upprörd.

"Han ser upp till dej, fattar du inte det?"

"Det gör han inte alls."

"Han har drömt om att bli läkare sen han var liten men hade inte tillräckliga betyg. Så gjorde han högskoleprovet för sjunde gången och lyckades komma in till slut."

"Men det är väl kul för honom. Jag ska faktiskt ringa och gratulera."

"Du kan göra honom illa, Karin."

Unga, snygga Tobias med alla vänner och tjejer. Coola Tobias med DJ-lurar bakom en bar.

"Jag tvivlar på det, Isabel."

Hon hoppas att samtalet är avslutat. Kanske att det faktiskt är det. Isabel sitter tyst. Men hennes blick är fortfarande fixerad vid henne.

"Du behöver tröst", säger hon. "Jag kan trösta dej, om det är så."

Det som var hårt blir omedelbart mjukt. Det som var kallt blir varmt. Å, vad hon skulle vilja klamra sig fast. Vad hon skulle vilja berätta allt. Men Isabel är lierad med Katerina. Och hon skulle aldrig förstå hennes fula tankar, hennes groteska inre.

"Tack", säger hon bara. "Det känns skönt att veta."

De sitter kvar en stund och dricker kaffe och skvallrar slentrianmässigt om arbetskamrater och andra kandidater till överläkartjänsten. Hon låtsas som om allt är som vanligt men hon vill hela tiden fråga om Katerina. Isabel nämner inte hennes namn. Bara en sådan sak. Nu har hon definitivt bytt sida.

Hon kommer hem och berättar för Julia och Albin att hon ska sluta vara borta så mycket på kvällarna. Hon säger att hon tänker sluta på kliniken för att vara hemma hos dem. Albin går till sin dator. Julia protesterar. Hon undrar hur det ska gå för alla barn som kommer till kliniken och deras mammor och pappor som är sjuka och inte kan gå till ett vanligt sjukhus. Karin försäkrar henne om att det finns andra läkare som tar över. Julia nöjer sig inte med svaret. Hon säger att hon och Albin klarar sig jättebra med Katerina, att det är viktigare att Karin tar hand om dem som verkligen behöver henne istället för om dem.

En lätt panikkänsla inträder.

"Du får inte ta på dej skuld, Julia. Det här har inte med dej att göra."

"Men vi är faktiskt inte sjuka, mamma. Vi behöver inte dej som dom gör."

Hon vet inte om hon ska skratta eller gråta.

"Ni behöver väl mej också?"

Julia skakar bestämt på huvudet. Karin drar dottern till sig.

"Jag behöver i alla fall dej."

Julia gör sig fri och ser frågande på henne. "Gör du det?"

Hon hinner bara nicka innan Julia har skakat det av sig.

"*Du får inte bara strunta i dom, mamma!* Det är du som har sagt att man måste bry sig om folk som har det jobbigt, men nu tänker inte du göra det längre!"

"Men lilla gumman, jag tar en paus bara. Jag kan göra andra saker, senare, men just nu vill jag faktiskt ..."

"Och du skulle ta hand om Katerina, sa du, men sen fick hon bara jobba!"

Hon får en klump i halsen.

"Men det var faktiskt vad hon ville."

"Det är orättvist, tycker jag. Varför ska hon jobba hela tiden och ändå inte ha tillräckligt mycket med pengar medan du och pappa ..."

"Det är orättvist här i världen, det är därför."

"Men varför ger du inte bort dina pengar till henne om du nu vill hjälpa dom fattiga?"

"Hon vill inte ha dom, Julia. Hon *vill* arbeta."

Dottern ser förundrad ut.

"Du är faktiskt ... jag fattar ingenting! Du är så himla ... konstig!"

Hon knackar på Katerinas dörr och får lov att komma in. Den andra står och målar vid sitt nya staffli. Kinderna glöder av upphetsning och hon har målarfärg i pannan som när konstnärer gestaltas på film. Karin kikar på det påbörjade. Hon kan inte se vad det föreställer och väljer att inte kommentera.

När hon framfört sitt ärende sjunker den andra kvinnan ner på sängen med penseln i handen. Små bekymrade veck framträder i pannan och ögonen rör sig oroligt: "Jag känner en som jobbar på restaurang. Jag tror dom behöver i disken."

Karin blir omedelbart orolig. Inte för hur Katerina ska kunna försörja sig själv och sin familj utan för att Julia ska få reda på att Katerina börjat diska och skuldbelägga Karin för det.

"Men du behöver väl inte börja diska för att du får lite mindre här?"

"Tro mej", säger Katerina som fortfarande jobbar extra hos smyckedesignern och städar på kontor regelbundet. "Jag behöver."

Hennes mobil piper till och hon trycker fram ett sms från Tobias. Han frågar vart hon tog vägen. Hon lämnar rummet och svarar på sms:et. Hon skriver att hon var tvungen att jobba över och sedan åka hem till barnen. Det piper till igen: "Torsdag?" Hon svarar "Kanske" och att hon ska gå och lägga sig. Så stänger hon av mobilen. När hon slår på den på morgonen ligger två nya sms och väntar på henne. "Hoppas på torsdag" och "Sover du?".

Från jobbet ringer hon Elinor. Karin säger att de måste börja umgås, att de *verkligen* måste börja umgås. Elinor säger absolut. Karin säger att det är lätt att gå upp för mycket i jobb och familj i deras ålder, och låter som i en veckotidningsspalt, särskilt på slutet:

"Man måste hinna med sina kompisar också, det är viktigt med vänner."

Elinor säger absolut igen och undrar om Jens och hon kanske vill komma hem på middag hos dem i helgen.

46

DET LIGGER INTE för henne att överraska sin man när han kommer hem efter en tung arbetsvecka. Sådant har hon och Jens aldrig hållit på med. De är kamrater och definitivt jämställda och vägrar inordna sig i ett könsrollsmönster. Att hon skulle klä upp sig eller sätta på läppstift för sin mans skull känns lika onaturligt och otänkbart som vitt vin och räkor på fredagen. Karin och Jens befattar sig inte med hur det *ska vara*, ej heller med svartsjuka. De tycker att det är barnsligt, och att det är människor utan självkänsla som ägnar sig åt sådant. Hon har aldrig haft en tanke på att det skulle kunna hända något i Köpenhamn, hon har inte ens frågat om det finns kvinnor bland hans arbetskamrater.

Vad som ligger för henne är att vara sur när han kommer hem, särskilt om hon har varit ensam hela veckan och han bara har ringt en gång. Det ligger mycket för henne att inte planera någon middag eller att redan ha ätit med barnen när han kommer, så att han måste laga mat själv. Det ligger också för henne att sprida ut saker på golvet och låta det stå disk kvar på diskbänken för att han ska se att här finns minsann att göra. För jämlikhetens skull. Han kan inte komma hem och tro att han ska bli servad det första som händer. Problemet är bara att allting är så perfekt i deras hem numera och det inte fungerar längre att få uppmärksamhet på det gamla sättet. Hon måste byta stil. Hon måste börja överraska.

Hon låg och sov på förmiddagen efter nattjouren på förlossningen. Sedan satt hon i köket och slog i kokböcker under ett par timmar utan att kunna komma på vad hon skulle laga. Det blev till att svälja stoltheten och be Katerina om hjälp. Hon hittade henne i tvättstugan där hon stod och manglade deras lakan. Det var första gången hon såg henne mangla. Den andra upptäckte henne inte. Karin blev stående i dörröppningen och studerade hur lakanen omsorgsfullt veks ihop och drogs genom mangeln. Så ofattbart många lakan. Deras lakan. Hon har aldrig tänkt på hur ofta de byts, tvättas och manglas, bara att det alltid känns fräscht i sängen.

Hon klev fram och började svamla om att hon älskade att mangla, "Det är det bästa som finns", som om det var något man gjorde för att det är roligt. Katerina tittade undrande på henne när hon tog lakanen ur hennes händer och klumpigt försökte vika ihop dem. Medan hon manglade sina dåligt vikta lakan, och hennes hushållerska stod bredvid och kontrollerade så att allting gick rätt till, bad hon om råd med fredagsmiddagen till Jens. Till slut frågade hon om Katerina skulle kunna laga maten. Det var förstås ett misslyckande, men hon insåg att riskerna skulle vara alltför stora med att laga maten själv. Det är tanken som räknas, intalade hon sig själv. Manglande. Med Katerinas kritiska blick på sig.

De har ätit fina maten och druckit fina vinet till. Karin har fina kjolen och fina sminket utan att förstå varför. Hon beter sig som en kvinna som har läst i en veckotidning hur man gör för att få sin man på gott humör, "Din man behöver också skämmas bort". Jens spelar med och låtsas som om han är precis som alla andra män, och skämtar ironiskt om att "Så här borde det vara jämt när man kommer hem". De skrattar och hon vågar bjuda på att hon känner sig utklädd. Han frågar mitt i skrattet om hon vet var

Katerina hämtat receptet på den goda maten. Då dör skrattet och hon vill gå upp och lägga sig. Att han sedan fortsätter fråga om var Katerina håller hus gör inte saken bättre. Karin svarar att hon är på sitt rum, och tillägger att det var Katerinas eget val att inte närvara vid middagen. Det är inte är sant. Det var hon själv som bad henne hålla sig undan.

Efter ett par flaskor vin är det läggdags. Det är nu hon borde låta kläderna falla och blotta det sexiga underklädessetet. Tanken roar henne. Jens skulle verkligen tro att det var ett skämt, "Vad är det här? Maskerad?" Vilken tur att hon inte är typen som någonsin skulle göra något sådant.

Hon tar av sig och kryper ner till honom i sängen. Han kväver en gäspning.

"Är du trött?" frågar hon.

"Ja, fy fan."

"Ska jag tycka synd om dej?"

"Nej. Jo förresten."

Hon lägger sig på hans arm och klappar honom på bröstet. "Stackars dej ...".

Han besvarar förvånat hennes kyss. Kanske var det länge sedan hon tog ett initiativ. Hon slingrar sina ben om hans.

Då ringer mobilen. På andra sidan väggen. Jens lyfter huvudet från kudden. På helspänn.

"Strunt i det", viskar hon.

Han ser ut som en fåne med sin sträckta hals och sina vidöppna ögon. Katerinas upprörda röst letar sig in hos dem. Så blir det tyst. Jens lägger sig till rätta igen. De försöker fortsätta där de var. Tills det ringer igen. På hemtelefonen. Katerinas dörr öppnas. Hennes tassande steg passerar utanför. Hon svarar med ett väsande, lägger på med en smäll.

Jens reser sig upp i sängen. Hon försöker hålla honom kvar.

"Det är pinsamt för henne om du lägger dej i. Fattar du inte det?"

"Man kan väl inte bara låta det vara."

Det ringer igen. Katerina slår upp dörren, tar telefonen och skriker något med sprucken röst in i luren. Hennes rop är förtvivlat.

Jens flyger upp ur sängen. Han drar på sig en morgonrock och försvinner ut. Karin kommer efter men stannar på tröskeln. Ser hur han tar telefonen ur den gråtande kvinnans hand och lägger tillbaka den på bordet. Ser hur han drar henne till sig och smeker henne över ryggen med stor ömsinthet. "Så ja, så ja … "

Till slut har gråten upphört och det är bara Katerinas kropp som skakar lätt i efterdyningarna av attacken. Nu ser hon upp på honom, söker trygghet i hans blick. Så svag hon är i detta ögonblick. Så liten och bräcklig och i allra högsta grad hjälplös.

Hon ligger med varenda muskel spänd i kroppen och väntar på att Jens ska komma tillbaka. Femtioåtta minuter senare hör hon deras steg, och viskande röster i trappan. Jens smyger in i sovrummet och stänger dörren om sig utan att det hörs. Han kryper försiktigt ner under täcket och vänder sig genast mot väggen. Innan hon vet ordet av har han somnat. Själv ligger hon vaken i flera timmar. Hon tänker att Katerina gör samma sak. Det är bara några centimeter mellan dem. Hon kan nästan höra hennes andetag, känna dem mot sin kind. Hon ryser till. Även med huvudet gömt under täcket känner hon kylan från Katerinas andedräkt.

När väckarklockan ringer vid åtta, för att hon ska köra Julia till ridningen, känns det som om hon inte har sovit alls. Jens ligger orörlig bredvid henne. Hon väcker honom och börjar ställa frågor om vad som hände på natten. Han stönar och drar täcket över huvudet och säger att han vill sova. Till slut får han ur sig att han lovat Katerina att inte sprida deras samtal vidare. Hon blir upprörd och väser att hon är hans fru och att hon måste få veta. Det enda han svarar är att hon ska vara tyst och låta honom sova.

Katerina står och gör i ordning frukosten. Hon hälsar "God morgon", när Karin kommer in i köket. Kvinnan som har hemligheter tillsammans med hennes man låtsas att allting är som vanligt. Inte med en min visar hon att något opassande hände föregående kväll.

Karin slår sig ner vid bordet. I vanliga fall skulle hon hjälpa till att duka fram. Inte idag. Katerina får ställa fram kopp och fat framför henne, och hälla upp kaffet i hennes kopp. Hon låtsas sträcka sig efter tidningen och "råkar" stöta till kaffekoppen så att den slår omkull. Kaffet rinner ut på bordet.

"Oj", säger hon.

Katerina står kvar vid diskbänken. Själv sitter hon kvar vid bordet. De betraktar kaffet som färgar duken smutsbrun och bildar en pöl på parketten.

"Parketten kan bli förstörd", säger hon.

Men det händer ingenting mer än att den bruna pölen blir större. Och större.

Katerina tar trasan med ett ryck. Hon drar av duken och torkar sammanbitet framför Karin på bordet. Hon torkar på golvet runt hennes ben med stora, häftiga rörelser. Karin betraktar den stackars fattiga kvinnan som tillbringat natten med hennes man. Just nu, i detta ögonblick, tittar kvinnan upp. Och ler. Märkligt. Hur man kan le överlägset när man befinner sig på botten.

47

DE SITTER I BILEN. Jens har klagat på allt sedan de satte sig. Han vill inte gå på middag hos Elinor och Hans. Att gå på middag hos Elinor och Hans är värre än tortyr. Elinor är förljugen och Hans osympatisk.

"Han har en iskall aura av ondska omkring sig."

Hon fnyser.

"Han har bara lite pengar och gillar prylar. Folk är såna."

Jens grinar illa när han försöker hitta ord att beskriva Hans.

"Han är en sån där ... en sån där jävla ... Han är en sån som går omkring och tror att han är god för att han tar sig an en asylsökande per år."

"Har han sagt det?"

"Kommer du inte ihåg hur mycket han skröt om att han gav anhöriga till tsunamioffren gratis advokathjälp? Hur mycket var det? Några timmar om året? Han lät som om han tyckte att han var Jesus."

Hon försöker bita ihop och hålla blicken koncentrerat på vägen, anstränger sig för att inte brusa upp och anklaga. Det är svårt. För det är mer än typiskt att Jens måste kasta skit på hennes vänner. Som om de själva var så mycket bättre. Som om de var några slags revolutionärer i sin fina villa och med sina fina jobb. De har två bilar och reser på dyra semestrar. De tittar på skitprogram på teve, de arbetar för mycket och är frånvarande hemma, både fysiskt och mentalt. De har en hushållerska från

Moldavien som de betalar svart. Vad är det Jens tror?

"Men snälla Jens, är det bättre att inte göra nåt alls än att hjälpa anhöriga till tsunamioffren?"

"Varför ska man ge folk som redan har ekonomiska möjligheter hjälp? Vem ska hjälpa alla fattiga, desperata människor som lever runt omkring oss? Du vet precis vad jag pratar om."

Hon suckar djupt.

"Han kanske hjälper dom med. Det vet väl inte du."

"Det ger inga snygga tidningsrubriker att kämpa för en fattig svart man från Somalia, that's it."

Jens förmätna, självgoda attityd står henne upp i halsen.

"Och du då? Vad fan gör du?" fräser hon. "Inte ett skit, så vitt jag vet. Betalar in nån jävla ... skitsumma till Amnesty? Eller dras den direkt på kontot så du slipper göra nånting alls? En promilles procent av din inkomst varje månad, eller vad kan det handla om? Det är så lätt att klaga på andra som inte är tillräckligt ideella, särskilt om dom har pengar och bor i en arkitektritad villa vid havet istället för i ett gammalt renoveringsobjekt, och ... och ... röstar på folkpartiet istället för sossarna? Det är jättestor skillnad, va? På dom och oss?"

Hon möter Julias oroliga blick i backspegeln.

"Det är klart det är", säger Jens. "Fattar du inte det så är du, förlåt, korkad."

"Okej. Vari ligger skillnaden?"

Han blir tyst. Har inget svar. Har inget svar. Har inget svar. En känsla av triumf växer inom henne. Så lyser han plötsligt upp. Det fattas bara en glödlampa ovanför huvudet på honom.

"Jag gör visst nåt! Jag hjälper Katerina."

Hon börjar skratta.

"Förlåt, men ... du är så jävla rolig."

"Är jag?"

"Så det kommer du att skryta om ikväll? Din duktiga moldaviska städhjälp snedstreck barnflicka som du betalar några ynka tusen i månaden? Om hur du *hjälper* henne?"

"Så är det inte", grymtar han. "Inte som du säger."

Hon vänder sig mot honom. Hans ansikte är oskyldigt. Hon kan inte annat än avundas hans naivitet.

"Hur är det då? Hur är det, Jens?"

"Om jag gäspar betyder det att jag vill gå hem. Bara så du vet."

Det är så typiskt Jens. När de väl är där är han ett under av trevlighet. Han slår sig genast i slang med hemska Hans, de hittar ett gemensamt intresse som hon knappt visste existerade: båtar – att ha segelbåt visar sig vara en gammal dröm från Jens barndom. Vad som är precis lika typiskt som Jens förvandlingsnummer är det faktum att hon hjälper Elinor i köket medan männen tar sig en drink i "salongen".

Elinor arrangerar salladsblad och plommontomater runt den ugnsbakade havsöringen och frågar hur det är. Karin svarar bra. För hon kan ju knappast berätta att hon fått kicken från kliniken, att hennes make har en affär med deras hushållerska, att hon varit otrogen med en tretton år yngre man och att hon känner sig instabil och deprimerad och ibland tror sig om att vilja döda en ung, oskyldig kvinna.

Elinor blickar ner på den vackra, vällagade fisken. Hennes händer slutar röra sig, hon bara står där. Plötsligt ser Karin hur det droppar från väninnans ansikte ner på fiskens blanka fjäll.

"Elinor?"

Väninnan vänder sitt förtvivlade ansikte mot henne.

"Han är autistisk."

"Vem?"

"Min son är autistisk. Love."

Karin drar efter andan. "När fick ni reda på det?"

Elinor rycker av en bit hushållspapper från rullen på väggen och snyter sig.

"Förra veckan. Ja, det är en lätt form av autism."

"Men ... det är väl bra, jag menar, att ni har fått en diagnos. Då kan ni ju hjälpa honom."

Men Elinor är tröstlös. Hon griper tag i Karin och trycker in sina vassa naglar i hennes handled.

"Jag tänker på alla gånger jag har skrikit på honom ... att han inte lyssnar eller, du vet, att han inte kan passa tider ... att han inte kan lära sig saker. Autistiska barn *kan* inte lära sig vissa saker. Jag tänker på all kritik han har fått, alla utskällningar, både här och i skolan, bara för att jag ... inte ville se."

Elinor släpper handleden, vilket känns som en befrielse. Sträcker sig mot hushållsrullen, river av en ny bit. Snyter sig och torkar mascara under ögonen.

"Han ska börja i en annan skola. Han hade kunnat börja där för flera år sen och fått den hjälp han behöver." Ögonen fylls återigen av tårar. "Hur kunde jag vara så jävla egoistisk?"

Karin försöker fånga Elinors blick.

"Du får inte skuldbelägga dej själv, det hjälper inte. Det är vad det är. Du kan inte göra nånting åt det som har hänt, du kan bara acceptera faktum. Om du bara slipper skulden, så har du kommit långt. För skulden ... den förlamar och ... och trasar sönder och ... den gör dej deprimerad. Och det sista du vill vara i närheten av din son är deprimerad, eller hur?"

Elinor ser intensivt på henne.

"Du måste släppa tankarna på hur det *ska* vara och släppa förväntningarna på hur det ska bli. Först då blir du fri och saker och ting kanske kan förändras."

Hon sjunker utmattad ner på en stol. Hon förstår inte varifrån orden kom och varför hon känner sig så tagen. Elinor står vid fisken och ser på henne som om hon vore en frälsare.

"Tack. Du är så klok. Som vanligt. Tack för att du är klok."

De möts i ett leende. Elinor snyter sig igen och drar en hand genom håret.

"Vilken tur att jag sa som det var. Det går inte att gå omkring och hålla upp en fasad och låtsas som om allting är bra hela tiden."

Karin nickar.

"Man måste få ur sig skiten ibland."

"Det är nog skadligare än man tror", konstaterar Elinor innan hon bär in den fantastiska fisken till det fantastiska matsalsbordet av ek. "Att hålla allt inom sig, menar jag. Det måste vara fullkomligt livsfarligt."

Maten är över all förväntan. Jens svämmar nästan över av tacksamhet och bäljar i sig det dyra, vita vinet som vore det blandsaft från Bob. Han och Hans pratar grillar och asylpolitik med samma engagemang, och de är rörande överens om det mesta. Elinor är mer dämpad. Själv är hon den som ska köra bilen hem och är så nykter att hon reflekterar över att Jens knappt ger henne ett ögonkast.

Nyss var det Bruce Springsteens konsert på Ullevi 1985 som avhandlades mellan männen. Nu är det dags för ett nytt samtalsämne. Hans tittar från Karin till Jens med nyfiken blick.

"Och så har ni svart hushållerska? Eller ... hon kanske inte är svart? Jag menar, svart till färgen?"

Hon och Jens utväxlar blickar.

"Hon ser väl ut som vi ungefär", säger Jens avvaktande.

"Men ni betalar svart förstås."

"Ja, men ..."

"Ni ser inte ut som såna som har svart städhjälp", konstaterar Hans, "om man säger så."

Kommentaren får konstigt nog Hans att växa i hennes ögon.

"Vi är inte såna heller", instämmer Jens. "Men hon har inget arbetstillstånd så det skulle inte gå på nåt annat sätt."

Jens gnider bekymrat hakan. Hans, å sin sida, nickar, som om han verkligen förstod problemet.

"Men hon har ju ingen sjukkassa eller några försäkringar", säger han. "Hon får ingen a-kassa om hon blir arbetslös, inga pensionspoäng och facket kan hon bara fantisera om?"

"Vi vet det."

"Och genom att medverka i ett sånt system så ger ni det ett okej, eller hur?"

Hans är uppenbart inte den idiot de trodde. Jens blir stressad. Karin njuter till fullo av att se honom försöka slingra sig.

"Jag förstår vad du menar, men ..."

"Tycker ni inte att det känns konstigt ...", Hans lägger pannan i djupa veck, "jag menar rent moraliskt, själva grejen att erbjuda människor från fattiga förhållanden sämre arbetsvillkor än svenskar?"

Jens nickar. "Självklart. Men så dåligt betalar vi faktiskt inte. Det ..."

"Hur mycket betalar ni henne?"

Hans har riktat in sig på attack. Jens mun är halvöppen. Han kastar en nervös blick på Karin, men hon tänker inte komma till hans undsättning. Hon tänker sitta och låtsas som om hon inte har med saken att göra.

"Jag vet inte riktigt ...", börjar han lite trevande. "Det är lite olika beroende på hur mycket hon jobbar och vilken tid på dygnet ..."

Han ser på Karin igen. Nej, hon är inte delaktig. Det var han som ville behålla Katerina. Det var hans beslut, hans fel från början som tog jobbet i Köpenhamn, nu kan han gott sitta på de anklagades bänk.

Så reser sig Elinor.

"Är det nån som vill ha kaffe? Hans, du kan väl hjälpa mej att duka fram?"

Jens ser desperat från Elinor till Hans.

"Det är inte som det ser ut ... inte som i andra familjer. Det är mer jämställt. Hon är mer som en familjemedlem."

Hans bara ler, "Okej ...", innan han följer efter Elinor ut i köket.

Hon vågar inte se på honom. Vet så väl vad han tycker. Tystnaden mellan dem är öronbedövande.

Värdparet kommer tillbaka med koppar och efterrättsfat. Den hemmagjorda schwarzwaldtårtan dukas fram, och snart finns även kaffe och fem olika sorters avec på bordet. När de pratat ett tag om de renoveringar som måste göra i huset på Fågelbovägen tystnar Jens i en mening och ser forskande på Hans.

"Det här som vi pratade om förut med Katerina ... ja, vår 'hemhjälp' eller vad man ska säga ... Ni skulle träffa henne så skulle ni förstå."

"Jag har träffat henne", säger Elinor.

Jens blir ivrig.

"Då vet du. Hon är som vem som helst av oss. Lite snyggare bara."

Hon tror inte sina öron. Jens har ett småleende på läpparna. Han har just kommenterat utseendet på deras unga, östeuropeiska barnflicka som vilken gubbsjuk, medelålders man som helst. Hon vill sjunka genom golvet.

"Ja, jag hörde det", säger Hans, "att hon är både smart och vacker."

Elinor tittar ner i bordet. Hans fyller på whisky i Jens glas.

"Du har ordnat det för dej, du", säger han med en skämtsam ton.

Jens ser nästan strängt på honom. "Det är inte som du tror. Hon är ..." Han tar en klunk av whiskyn och fixerar blicken någonstans ovanför deras huvuden.

"Hur är hon?" måste Karin fråga.

Jens ser förvånat på henne.

"Det vet du väl?"

"Jag vet väl inte vad *du* tycker."

Hon häller upp mer mineralvatten. Elinor ser lätt panikslagen ut.

"Hon är", kommer det från Jens, "en väldigt spännande människa. Hon är intelligent och humoristisk och ... både stark och sårbar samtidigt. Det är det som fascinerar mej mest, tror jag. Hennes oerhörda stolthet och ... integritet, kombinerat med nåt slags ... kvinnlig skörhet."

Alla stirrar chockade på honom. Själv är hon som paralyserad.

"Hoppsan", säger Hans, som om det gjorde saken bättre.

Elinors kinder är upprört rosa. Hon stirrar på Jens.

"Det är inte roligt för nån att höra sin man säga såna saker om en annan kvinna."

Jens rycks ur sin förtrollning.

"Karin är inte svartsjuk."

"Men ändå! Även om man tycker så, så ... säger man det inte!"

Elinor reser sig hastigt och börjar duka av efterrättstallrikarna från bordet med ryckiga rörelser. Jens skickar ett leende till Karin på andra sidan bordet och rycker på axlarna.

Det är alldeles tyst i bilen på väg hem. Julia sover i baksätet. En överförfriskad Jens har också fallit i sömn. Hon får en plötslig ingivelse, att styra bilen rakt in i skogen och låta hela familjen förintas. Men det vore synd om Albin som blev ensam kvar.

Hon bromsar in och stannar vid vägkanten i mörkret. Hon blir sittande, alldeles stilla, någon minut medan bilarna passerar bredvid henne. Julia sover djupt. Jens också, med öppen mun. Hon öppnar bildörren och kliver ut i natten. Bilens strålkastare lyser upp de närmaste omgivningarna.

Terrängen är grusig och ogästvänlig. Hon famlar som vore hon på trekking i djungeln. Kvistarna slår och river hennes ansikte. Hon snubblar till. Faller handlöst till marken och blir liggande i mörkret. Där är kallt och vått. Den fuktiga jorden mot risporna på kinden. Hon reser sig mödosamt och fortsätter gå. Hon tänker på smutsen och blodet och på hur eländigt det måste se ut. Det är något njutbart med tanken.

Hon stannar vid en liten upplyst gångväg som leder fram till en låg byggnad som liknar en högstadieskola från hennes förflutna. Hon ser upp i himlen. Den är svart. Hon fyller lungorna med luft. Så skriker hon ut i mörkret. *Primalskrik*, tänker hon. Hon försöker sig på ytterligare ett skrik. Inte visste hon att hennes röst hade sådana resurser.

Då får hon syn på dem, ungdomsgänget som står och hänger under en gatlykta intill skolan. De står som fastfrusna i marken och stirrar förbluffat på henne. Deras cigaretter glöder i natten. "Det är bara en galen kärring", hör hon en av dem säga. De andra instämmer. "Vilken jävla galning."

48

DET RINGER INTE OFTA på Katerinas telefon längre. Man kan höra henne sjunga i köket medan hon lagar mat. Karin brukar studera henne i smyg när de är hemma samtidigt, hur hon står och drömmer sig bort, inte sällan småleende. I de stunderna är hon som vackrast.

Katerina är ledig de flesta kvällar. Oftast går hon ut någonstans. Julia säger att hon arbetar med många saker och att hon har vänner som bor i en förort. Kanske pratar Katerina med sina vänner om henne. Kanske jämför de sinsemellan sina arbetsgivare. Frågan är om Katerina säger "bitch" om henne, eller till och med "fitta". Förmodligen säger hon att det är tragiskt att behöva jobba så mycket när man har barn.

Ofta sitter Julia tätt intill Katerina när hon kommer hem. De verkar titta i böcker, gå igenom läxan eller bara sitta och prata. Intimiteten mellan de två sticker i ögonen på henne. När hon upptäcker Karin är Katerina snart på benen. Julia ropar efter henne. Katerina svarar att nu får Julia vara med sin mamma.

Karin gör allt för att få dotterns uppmärksamhet, hon ställer tusen frågor, och känner sig som en parodi på en förälder som försöker kompensera frånvaro med "kvalitetstid". Men ingenting hjälper. Julia svarar pliktskyldigast på frågorna, men vill snart gå upp på sitt rum. Hon blir ensam kvar där nere. Hon söker upp soffan och teven. Någon gammal repris som faktiskt går att titta på.

Det är en vanlig vardag. Hon har kommit hem tidigare från jobbet. Hon har ljugit och sagt att det var kris hemma med sjukt barn och att hon måste rusa. Nu kliver hon ner till underjorden och in i tvättstugan. Där hittar hon Katerina som står och stryker Julias blus. Hon stegar målmedvetet fram till strykbrädet.

"Jag kan stryka den, jag kan stryka alltihop."

"Det är mitt jobb med strykning."

Karin tar resolut plagget från brädet. Men den andra kvinnans reaktionsförmåga är snabb. Katerina vägrar ge ifrån sig plagget. Karin drar. Den andra håller fast.

"Men släpp då, hopplösa människa! *Släpp!*"

Katerina släpper plötsligt. Karin faller till golvet. Det gör ont i rumpan och i axeln. På golvet. Förödmjukad.

"Oj", säger Katerina och sträcker handen mot henne. Karin tar den inte.

Tillbaka vid strykbrädet. Hon har Julias skjorta i handen.

"Det är jag som bestämmer om du ska stryka eller inte."

Är det ett småleende hon ser i mungipan på den andra kvinnan?

"Jag lovar, det blir inget avdrag på lönen, så du behöver inte oroa dej."

Katerina ser på henne som om hon vore i överläge, nästan road.

"Du kan gå", säger hon strängt. "Gå!"

Katerina lämnar tvättstugan utan ett ord. Hon kommer att hitta en annan syssla, frosta av frysen eller putsa fönster fast det inte behövs. För hon vill vara oumbärlig, annars kan hon förlora allt.

Karin stryker hela korgens tvätt. Det är inte lustfyllt utan tråkigt intill det outhärdliga. Sedan går hon upp och börjar med middagen fast det inte är dags än. När Katerina kommer ner från övervåningen är Karin nästan klar. En euforisk känsla infinner sig när hon får se Katerinas snöpliga min.

"Det blir tidig middag idag."

Karin ser i ögonvrån hur den andra närmar sig, hur hon kollar in, på jakt efter fel. Katerina öppnar kylen. Där. "Du skulle laga gratäng med denna." Hon håller upp en squash framför Karins ansikte. Hon kastar en likgiltig blick på den.

"Jag tycker inte om squash. Barnen tycker inte om squash."

"Dom tycker visst om squash! Jag har lärt dom äta mycket mer grönsaker. Squash dom tycker om."

Det är sant att Katerina har lärt barnen äta grönsaker, något hon själv har misslyckats med i alla år.

"Squash dom tycker om", härmar hon, som ett barn.

Katerina stirrar på henne som om hon verkligen har passerat en gräns.

"Förlåt, men jag trodde jag gör matlista. Det är mitt jobb."

"Det spelar ingen roll vad vi har bestämt. Saker och ting kan förändras. Vad som helst kan hända! Hela tiden. När som helst."

Katerina vänder sig mot skåpen och tar ut tallrikar för att börja duka.

"Jag dukar!"

Katerina vänder aggressivt ansiktet mot henne. Hon vill säga "Vad fan är det med dej? Vad är ditt problem? Jävla fitta!", det är klart att hon vill. Hon kan se filmen om dem framför sig. Hur de slåss med näbbar och klor på en boxningsarena framför publik. Människor skriker och viftar med papperslappar.

Hon har obehagskänslan kvar i kroppen efter att Katerina lämnat köket. Hon dukar och tänder ljus för att piffa till det. Först när hon hör ytterdörren slå igen slappnar hon av något, men klumpen blir kvar i halsen som en påminnelse om vad som hänt.

Barnen klagar visserligen på hennes mat och den jämförs som vanligt med Katerinas, men det får det vara värt. Julia frågar oroligt vart Katerina tog vägen. Karin svarar att det vet hon inte.

"Var hon inte hungrig?"

Karin ler tålmodigt.

"Hon äter väl nån annanstans. Hon har ju sina vänner. Dom där i förorten som du pratade om."

Julia ser dystert ner i tallriken.

"Men där kanske hon inte får nån mat. Ingen har några pengar där."

"Men så är det väl inte?"

"Jo, det är det", säger Albin.

Hon hade nästan glömt honom. Nu sitter han och ser allvetande ut, på ett direkt oklädsamt sätt.

"Alla hon känner är från andra länder och dom jobbar och tjänar nästan ingenting i Sverige", säger han. "Vissa tjänar bara tio eller femton kronor i timmen. På restaurang och sånt. Visste du det?"

Karin stoppar ny mat i munnen, mat som växer.

"Det är klart", säger hon. "Jag jobbade ju med såna förut. På den där kliniken, du vet. Det var ju där jag träffade Katerina."

"Och barnen som är här får inte ens nån skola om mamman och pappan inte har papper."

"Jag vet."

"Dom flesta jobbar här bara för att kunna skicka hem pengar. Och själva lever dom på nästan ingenting."

Det är egentligen rörande att se hur han engagerar sig. Ändå hör hon ett irriterat tonfall färga hennes röst.

"*Jag vet det, Albin.*"

"Men många har fått avslag på sina ansökningar om uppehållstillstånd också och är förföljda av polisen typ och vågar inte ..."

Hon kan inte minnas när hon hörde Albin prata så mycket sist. En olustig känsla smyger sig på att det är Katerinas ord hon hör i Albins mun. Själv har hon i alla år pratat med barnen om orättvisorna i världen, men aldrig riktigt känt att det fått fäste.

"Dom kan bo några veckor här, några veckor där och barnen kanske inte får gå ut och leka ..."

"Jag vet allt det där, Albin."

Hon reser sig och går till kylskåpet och tar ut ett mjölkpaket. Hon vänder sig mot barnen. "Mer mjölk nån?"

Julia tittar undrande på henne. "Det står mjölk på bordet, mamma."

Albins ansikte är upprört. Det är vänt mot henne. Det påkallar uppmärksamhet.

"Vet du vad dom gjorde mot Katerina i hennes förra familj? Vet du vad dom där jävla idioterna gjorde? Dom låste in henne i källaren. Hon fick inte gå ut på kvällen ens!"

Hon stelnar till.

"Barnen kallade henne apa", inflikar Julia.

"Hon fick gå upp på nätterna när bebisen vaknade. Mamman gjorde ingenting!"

"Pappan ville knulla med henne!"

Karin stirrar på sin dotter.

"Han tafsade och massa sånt äckligt!"

Det är så upprörande att hon vill skrika. Det är så ofattbart och orättvist och vidrigt. Men hon orkar inte tycka synd om. Orkar inte vara schysta Karin. Hon vill vara självviska, snåla, vidriga Karin som förtrycker och hämnas. Därför tänker hon inga fina tankar just nu. Därför väljer hon att tolka informationen om vad som hände i den förra familjen som en bekräftelse på att hennes misstankar gällande Jens och Katerina är sanna: Katerina sänder ut sexuella signaler. Hon är fullt medveten om att hon lägger skulden på Katerina, något som i vanliga fall skulle vara henne totalt främmande, men det är inte "i vanliga fall" nu.

"Har hon sagt det?"

"Hon har sagt det till mej", säger Albin. "Det var jag som berättade för Julia. Det var jag som frågade. Jag ville veta allt. Det är otroligt intressant faktiskt, jag menar, att få inblick i andra människors verklighet."

Egentligen borde hon omfamna honom, för att han visar empati och omtanke. Men det går bara inte att känna glädje. Det enda som går är illamående.

Dagen därpå står Katerina och torkar golvet i köket när hon kommer hem, för vilken gång i ordningen i veckan är oklart. Karin kliver in på det våta golvet och säger bestämt att det inte är lämpligt att vara så detaljerad med barnen. Katerina bekräftar Albins version: han var angelägen om att få veta, och hon poängterar att han är mogen för sin ålder och klarar av att höra sanningen. Karin säger att *hon* vet när det är dags att börja behandla honom som en vuxen. *Vet du verkligen det?* säger Katerinas blick innan hon blickar ner i skurhinken, trycker dit moppen och vrider runt.

"Han har det inte så lätt just nu."

Hon skulle vilja ignorera kommentaren. Samtidigt: hon måste ju få veta vad Katerina anspelar på.

"På vilket sätt då?"

"Fråga honom."

"Ja, men nu råkar det vara så att han kanske inte vill berätta för mej eftersom jag är hans mamma. Du vet mycket väl hur det är, att det kan vara lättare att berätta för någon utomstående. Men det betyder ju inte att den utomstående måste hålla tyst inför föräldern, eller hur? Det kan snarare vara nödvändigt att berätta."

Katerina rycker nonchalant på axlarna.

"Men jag kan inte svika."

"Snälla, lilla du, jag är hans mamma!"

"Men kanske en mamma inte alltid kan hjälpa. Det beror på vilken mamma."

Katerinas röst är stadig, hennes blick genomträngande. Som om hon hade rätt att tycka någonting alls om vad Karin är kapabel till. Hon fylls av ett våldsamt raseri.

"Vad har du för problem egentligen?"

Katerina lyfter upp hinken och går.

"Du! Jag pratar med dej!"

Den andra stannar utan att vända sig om.

"Jag undrar vad du har för problem?" säger Karin.

"Många problem."

Hon närmar sig långsamt den andra kvinnan, går runt och möter hennes blick – kanske skulle det kunna tolkas som hotfullt. Det vore bra. Hon vill se rädsla i sin motståndares blick.

"Du har nåt emot mej, eller hur?"

En lätt skakning på huvudet.

"Vad är det då?"

"Ingenting."

"Jag skulle kunna ... Jag skulle kunna kasta ut dej."

Forfarande ingen reaktion.

"Inte för att det är vad jag planerar, men ... jag skulle kunna göra det. När som helst. När jag vill."

"Det är sant", konstaterar Katerina enkelt.

Avsaknaden av rädsla hos den andra eldar på raseriet.

"Jag behöver inte dej, fattar du? Jag har dej här för att det är synd om dej, det finns ingen annan anledning. Jag gör det *bara* för att det är synd om dej."

"Om du säger så, det är så."

"Jag har dej här för att du inte ska hamna i klorna på nån äcklig gubbe som ska tafsa på dej. Jag gör det för att jag tycker att vi i västvärlden måste ställa upp på våra olycksbröder och systrar i den fattiga delen av världen. Men om jag ville så skulle jag kunna vara precis lika cynisk och rå som alla andra och bara skita i att bry mej alls."

Det enda hon vill är att den andra ska flyga på henne, så att hon kan skrika på hjälp och bli räddad av barnen, men det enda hon ser i Katerinas ansikte är förakt.

"Kan jag gå?"
"Nej."
"När kan jag gå?"
"När jag säger till."

De blir stående. Det går en minut, det går två. Katerina står blickstilla, som en staty, med blicken bortvänd. Själv känner hon sig yr och illamående. Men det gäller att härda ut. En minut till. Hon måste sätta sig. Måste sätta sig och stirra på sina fötter. Det är ett litet hål på strumpan vid stortån. Hon vågar inte se på Katerina. Vreden har runnit av henne. Hon stirrar på foten. Det är ett mycket litet hål.

49

HON MÖTER HONOM i dörren. Tar allvarligt hans väskor. Går före honom in. Hon vrider nervöst sina händer medan hon väntar på att han ska komma efter. Jens förstår att något har hänt. Han har fått av sig ytterkläderna på ett par sekunder. Orolig blick under den yviga luggen.

"Vad är det som har hänt?"

"Det är ... det är så jobbigt ..."

Han blir rädd. Hon njuter av det. Hon suckar oroligt. Vrider sina händer. Flackar med blicken. Hon kan lukta sig till hans panik.

"Vad är det som har hänt, Karin?"

"Jag kan inte ... Det känns så ..."

Han tar hennes händer. Hon ser vad han tänker, att något av barnen.

"Säg det nu! Säg det, Karin!"

Hon ser på honom med tårfyllda ögon.

"Det är ... jag känner mej ... Jag har gått omkring här sen igår och bara känt ..."

"Vadå?"

Hon vill att han ska ta henne i famn, trösta, vyssja, smeka över ryggen, *älskling*. Men det enda han vill ha är fakta.

"Jens, det fattas pengar i min plånbok. Mycket pengar."

Han släpper hennes händer. Sätter sig i soffan och börjar snöra av sig skorna.

"Jaha?"

"*Jaha?* Det fattas två tusen spänn i plånboken!"

Han ser anklagande på henne.

"Jag trodde ... Det fattar du väl vad jag trodde!"

Hon sätter sig bredvid honom. Lägger en hand på hans lår.

"Men du måste ju förstå hur det känns när man ... ja, går omkring här i huset med henne ..."

Han stirrar på henne.

"Vad är det du sitter och säger?"

Det är inte svårt att få till förtvivlan. Tårarna börjar rinna som på beställning.

"Vad jag sitter och säger? Fan! Hör du inte? Jag hade en massa pengar i plånboken på kvällen och på morgonen är alltihop borta, det är det jag sitter och säger. Vad ska jag tro då? Att det är Albin?"

Kanske blir han chockad. Hon brukar inte gråta, inte inför honom. Kan inte minnas när hon gjorde det sist. Han smeker hennes hår. Hon andas in hans lukt. Förstår inte varför den är så speciell. Det är bara något.

"Och så går man omkring ensam här hela tiden också ..."

"Jag förstår det."

"Gör du?"

"Det är klart."

Värme från hans hand mot hennes huvud.

"Vad ska vi göra?" piper hon och ser upp på honom, liten och hjälplös.

Men Jens vill inte trösta mer. Han är inne i sig själv nu.

"Att Katerina skulle gå ner mitt i natten och ta dina pengar, det verkar bara så ... helt absurt. Hon är ju inte korkad." Han vänder sig mot henne. "Är du säker på att ..."

"Tror du inte på mej?"

"Jo, men ... vi kan ju inte bara förutsätta ... Hon har varit hos oss så länge."

Karin reser sig. "Jag går och letar igenom hennes rum. Vi måste ju få veta, eller hur?"

"Vi kan ju inte bara klampa in och börja rota i hennes grejor. Vi måste väl prata med henne först, fråga?"

"Har du tagit mina pengar? Ja, frun, verkligen, alltihop."

Han följer efter henne upp för trappan. Blir stående på tröskeln med ett ängsligt uttryck i ansiktet. Det är så uppenbart att han lider, att han tycker att det de gör är omoraliskt och alldeles utomordentligt oförsvarbart. Hon håller med, av hela sitt hjärta. Men det måste bli ett slut. Alldeles strax kommer hon att finna skon under sängen i vilken tusenlapparna är instoppade. Längst inne vid tån ligger de prydligt hopvikta sedlarna som ett bevis på vem deras hemhjälp är bakom den vackra, intelligenta fasaden. Hon längtar efter att få se hans ansikte när hon håller upp skon och stoppar in handen, det ögonblick då allting rasar, när kvinnan han älskar plötsligt blir någon annan.

Men först är det byrån. Hon har hunnit till understa lådan där hon en gång hittade fotot på Katerina och hennes familj. Hon låtsasletar bland brev, böcker och foton. Längst in i lådan får hon syn på en ask med ett hjärta på. Med ens glömmer hon att letandet bara är ett spel för gallerierna. Hon öppnar långsamt lådan. Den är fylld med foton. Hon känner upphetsning, som om hon hittat en dyrbar skatt eller gjort ett ovanligt arkeologiskt fynd. Hon bläddrar igenom fotona. Alla föreställer barn, i olika åldrar och i olika miljöer. Det är samma pojke och flicka, bredvid varandra eller var och en för sig, tillsammans med vuxna eller ensamma. Som äldst är de i sex–sjuårsåldern, som yngst bara spädbarn.

Hon blir sittande med ett av korten i handen, det på Katerina med armarna om barnen. Hon ler mot kameran. Barnen ser friska och vackra ut. Pojken ser kärleksfullt på sin mamma medan flickan skrattar mot fotografen som om han nyss sagt något roligt. Hon kan inte ta ögonen från bilden.

"Vad är det?" undrar Jens från dörren "Har du hittat pengarna?"

Hon rycker till. Blinkar bort tårar.

"Några gamla kort bara."

Hon gräver försiktigt i botten av den guldfärgade asken. Där ligger teckningarna som barnen ritat och skickat till Katerina. De har alla fått datum och årtal på sig, och barnens namn: Anna och Maxim. Det ofattbara gör så ofattbart ont.

Jens tar ett par steg in i rummet. Hon slår igen locket och lägger tillbaka asken. Skjuter igen lådan. Försöker få ansiktet i ordning innan hon vänder sig om.

"Ingenting här …", konstaterar hon, och kikar under sängen, för syns skull, innan hon reser sig, "… och ingenting där."

Hon nämner inte pengarna under kvällen. Jens är dyster och introvert. Han gaskar upp sig lite med barnen, brottas med Julia på mattan i vardagsrummet och pratar med Albin på hans rum i hela fem minuter. Vid niotiden lämnar hon Jens ensam framför den tyska tevedokumentären och går upp på övervåningen. Hon smyger in på Katerinas rum och sträcker sig efter skon under sängen.

När hon kommer tillbaka stannar hon i trappan.

"Jag vet inte hur … Det här är verkligen pinsamt …"

"Va?" Hans fåraktiga blick som vänds mot henne.

Hennes kinder glöder. Hon behöver minst av allt spela generad.

"Jag kom plötsligt på att jag … jag vet inte hur jag ska säga det här …" Hon håller upp de två tusenlapparna. "Jag fattar inte hur jag kan vara så virrig, men jag hade alltså lagt undan dom till det där ridlägret, du vet. Det ska ju betalas nu i veckan och jag tänkte att jag kan ta det kontant när jag kommer dit med Julia på onsdag, så ... Jag fattar inte hur jag kunde glömma! Jag kanske håller på att bli senil, tänk om det är så?"

Hon kommer ner till honom. Han ser lättad ut.

"Fy fan, vad jag skäms. Lova att inte säga nåt om det här ..."

Hon sätter sig på soffans armstöd och ser bedjande på honom. Han sträcker fram handen och smeker henne lite tankspritt på låret.

"Det är klart jag inte gör."

De kramas. Hon lutar kinden mot hans. Hans hud mot hennes, hans lukt.

"Jag vill ge henne mer pengar", viskar hon. "Jag vill ge henne så mycket som hon vill ha, sen vill jag att hon ska sluta."

Han gör sig fri, och skrattar, som om det vore helt absurt. "Varför ..."

"Därför. Jag tycker att hon ska komma hem till sin familj. Hon ska inte vara här i det här landet och ... Jag är hemma mer på kvällarna nu, jag kan gå ner i tid på jobbet också, jag vill det. Jag tycker det är tråkigt att vara så lite med barnen, jag kan laga mat själv, jag kan göra allting som behövs här hemma ... "

Han ser undrande på henne.

"Skulle du vara nån slags hemmafru?"

"Bara lite. Ett tag."

"Du?"

"Varför inte?"

"Det kan du väl inte vara? Inte jag heller alltså."

"Det kanske skulle vara skönt."

"Jo, jo, men ... "

"Jag vill."

"Det vill du *inte*. Det är klart du inte vill." Han skakar bekymrat på huvudet. "Hon kommer inte gå med på det i alla fall. Hon kan inte ta emot pengar utan att göra rätt för sig."

"Det är väl vi som bestämmer hur vi vill ha det?"

"Snälla Karin ... vi *måste* ha henne kvar. Hon behöver oss. Vi kan inte svika henne just nu."

Hans ansikte berättar med överdriven tydlighet om hur det ligger till. *Det går inte.*

Hon instämmer. Innerligt. Senare ligger hon vaken, långt efter att Jens har somnat, och tänker på Katerinas barn. Hon tänker på hur mycket de längtar, hur mycket och ofta de gråter sig till sömns. Så hon gråter också. Hennes gråt rymmer djupaste förtvivlan. Varje gång den avstannar framkallar hon återigen Annas och Maxims ansikten framför sig, och tårarna kommer på nytt.

Hon vaknar med ett ryck. Sätter sig upp i sängen. Hon smyger upp och lystrar neråt trappan. Det är dödstyst i huset. Hon lägger handen på dörrhandtaget till Katerinas rum och trycker långsamt ner. Sängen är orörd och det är tomt i rummet. Katerina måste sova hos en kompis.

Hon kliver in. Öppnar återigen byrålådan och tar ut den vackra asken. Studerar fotona med barnen på, ett efter ett. Pojken gråter ofta, hon kan se det i hans ögon, i hans lilla allvarliga ansikte. Maxim längtar så mycket efter sin mamma på nätterna att hans mormor låter honom krypa ner till sig. Hon måste stryka honom över ryggen i flera minuter innan hon får tyst på honom. Flickan är den som uthärdar. Hon försöker att inte tänka på sin mamma, hon leker med sina vänner och låter livet vara som det är, utan att våga hoppas på förändring. Hon vet att det är ingen idé, hennes mamma kommer inte i natt, inte imorgon, inte nästa vecka, det är ingen idé att längta, ingen idé att skrika. Allting är som det är, och hon kan inget göra för att påverka saken. Men ibland, när hon hör sin brors gråt på nätterna, känner hon hur det hugger till i hjärtat, och hon måste bita sig i läppen för att det inte ska komma ett liknande ljud ur henne.

Karin söker igenom resten av rummet, utan att veta vad hon letar efter. I garderoben hittar hon plaggen. De är inte färdigsydda ännu. Kanske har det inte funnits tillräckligt med tid med tanke på allt som ska sys till Julia. Det ska bli en kjol till flickan med volanger i glänsande tyg. Åt pojken ett slags kavaj med vackra guldknappar. Hon trycker plaggen mot sitt bröst. Det känns som om hon ska sprängas i bitar.

En timme senare hör hon när Katerina kommer hem. Dörren till hennes rum stängs igen försiktigt. Karin tycker sig höra att byrålådan öppnas och den guldfärgade asken tas ut. Hon tycker sig höra blädder med bilder och droppar mot papper, hon tycker sig se tårar på de vackra barnens vackra ansikten och fingrar som stryker bort det våta.

Vid femtiden på morgonen vaknar hon till av ett ljud. Det låter som om någon ligger under sängen och knackar alldeles under hennes huvud. Hon tänder inte, för hon vet att de inte syns, Anna och Maxim. De vill bara göra sig påminda.

50

KLINIKCHEFEN RINGER en dag, på jobbet, under arbetstid. Hon låter plågad på rösten. Det gäller överläkartjänsten. Den som hon hade som i en liten ask för ett par månader sedan. Det perfekta jobbet. Hon har inte fått det. Vem vet när det kan komma upp en ny tjänst som passar henne lika bra. När hon frågar varför det blev nej blir hennes chef besvärad och börjar svamla om en kandidat med andra meriter, en som hade disputerat och hade fler år i yrket. Hon kan inte tro annat än att det är ett svepskäl och fortsätter fråga. Klinikchefen ger till slut ifrån sig en liten suck.

"Okej, Karin, du är en person som gärna gör allt själv. Vi kräver att man är teamorienterad, bara en sån sak. Jag är osäker på om det här är rätt jobb för dej."

"Jag är visst teamorienterad! Och det här är så mycket rätt jobb för mej som det kan bli. Jag har velat ha precis det här jobbet ända sen jag blev färdig läkare, det vet du."

"Vi har personalspecialister på sjukhuset. Jag kan ordna en tid till dej, om du vill det. Där kan du prata om dina ambitioner och dina utvecklingsmöjligheter ..."

"Jag vill bara veta vad problemet med mej är. Jag vill ha ett ärligt svar."

Hon blir lovad ett möte. Hon kräver att det ska ske nästa dag. På natten ligger hon och vrider sig och svettas och måste gå upp och tänka i köket med ett glas vin. Hon tänker lite till, med ytterligare ett glas vin och en cigarett. Barnen kommer att undra om rökfukten imorgon, Katerina kommer att se ogillande på henne.

På morgonen känner hon sig inte alls lika stridslysten. Hon går till klinikchefens kontor med en känsla av apati inom sig. Den andra kvinnan hälsar henne välkommen som om de vore främlingar. Efter en stunds kallprat tystnar hennes chef och tittar på sina händer. Så riktar hon beslutsamt blicken mot Karin.

"Sanningen är att det har framkommit saker ... om dej."

"Vad för saker?"

"Ja, när det gäller dina referenser, så har alla bara gott att säga."

"Men?"

Klinikchefen håller stadigt blicken på henne. Hon har bestämt sig för att inte linda in.

"Men så finns det dom som har hört av sig hit, ja, som har hört att du sökt tjänsten och ... ja, det är inte bara en person."

"Och?"

"Jag vet inte hur jag ska formulera det här, men den samstämmiga bilden är att du har förlorat lite av ditt tidigare patos." Klinikchefen sväljer och fortsätter. "Jag vet att det kan vara en tillfällig svacka, alla kan ha sina perioder, men vissa saker som sagts om dej tycker vi låter ganska allvarliga. Överläkartjänsten innebär ett stort personalansvar, som du vet ..."

"Får jag fråga exakt vad det är som har sagts?"

"Du vet att jag inte kan ..." Den äldre kvinnan suckar och ser ut genom fönstret som fylls upp av stor, grå himmel. "Att du har verkat irriterad och frånvarande, till och med arrogant. Tro inte att någon har klagat på hur du opererar eller behandlar dina patienter rent medicinskt, det är den sociala biten jag pratar om. En patient kommer att anmäla dej för ansvarsnämnden inom kort, jag vet inte om du är medveten om det?"

"Det är inget ovanligt."

"Du hade ifrågasatt varför hon kom mitt i natten med en flera dagar gammal remiss, du insinuerade att det inte var så allvarligt."

"Jag minns det där. Det var inte så allvarligt heller."

"Men man kan ju inte ..."

"Det var en otroligt stressig natt ..."

"... vilket inte ska påverka i mötet med patienterna! Du snäste åt henne! Du sa att det inte verkade akut."

Hon väljer att inte opponera sig.

"En annan patient tyckte att du inte lyssnade när ni diskuterade hennes alternativ inför en operation, det kom fram i hennes kontakt med den som sedermera opererade henne. Du drev din egen linje utan att lyssna på hennes behov, menade hon, och det kändes som att du bara ville komma därifrån."

"Det är inte sant."

"Och nere på förlossningen säger dom att du har hamnat i konflikt med barnmorskorna flera gånger på sistone."

"Alla vet väl hur barnmorskor är."

Klinikchefen suckar djupt. Och tystnar. Hon också. Det är ingen idé. Det är över. Kvinnan på andra sidan betraktar henne allvarligt och med medkänsla i blicken. Karin är tydligen en person som det är synd om.

Det sprider sig förstås till hennes arbetskamrater att det är en läkare från ett annat sjukhus som fått tjänsten. Vissa kollegor väljer att inte kommentera saken. Andra kommer fram och verkligen beklagar. Hon försöker hålla sig på behörigt avstånd från de flesta, och åker ensam iväg och äter lunch. Isabel ringer på mobilen men hon svarar inte. En dag möts de i korridoren.

Isabel trycker hennes hand och visar upp ett bekymrat ansiktsuttryck.

"Trist med tjänsten."

"Jag överlever."

"Du får en annan, bättre tjänst snart, jag lovar."

"Folk här på sjukhuset säger att jag är arrogant."

Isabel ser ner i golvet. Så lyfter hon på huvudet igen.

"Folk snackar så mycket skit."

Karin nickar kort och går. Så känner hon Isabels hand runt sin arm.

"Hur mår du egentligen?"

"Jag har en patient borta på mottagningen om …"

"… tio minuter, jag vet. Hur är det hemma?"

"Fråga Katerina."

De ser på varandra. Isabel rör inte en min. Så tar hon ett kliv fram och lägger armarna om Karin. Läkare och sköterskor som går förbi sneglar på dem. Hennes armar hänger slappt ner längs med sidorna. Hon skulle kunna lyfta dem och krama tillbaka, men det är något som gör det omöjligt. Isabels parfym i sina näsborrar, hennes strävba lockar mot höger kind.

51

HON HAR GÅTT NER fem kilo. Det borde göra henne lycklig. Men hon stirrar bara på vågen, som om det vore något fel. Vid närmare eftertanke kan hon inte påminna sig om att ha känt hunger på ett tag. Det är inte ovanligt att hon blir sittande overksam vid matbordet med en full tallrik framför sig. Ibland ser Albin från hennes ansikte till den överfulla tallriken och upp igen. Då kastar hon i sig några tuggor, för syns skull.

Hon ställer inga frågor till barnen. Men hon lyssnar artigt om de har något att säga. Hon gör det man ska göra, hon säger det man ska säga – om läxor och rena kalsonger. Julia har börjat klänga mer. "Å, mamma...", men det gläder henne inte. Särskilt inte om Katerina är i rummet. Då ber hon henne sluta. Om hon inte slutar blir hon sträng, "Sluta då! Sluta klänga!" Katerina ser frågande på henne. För det är klart att hon också undrar.

Numera är det Karin som viker med blicken när Katerina vill henne något, hon som lämnar köket när den andra kliver in. Det händer att Katerina ropar på henne. Då ligger hon bara kvar på sängen, tills det slutligen knackar på dörren. Katerina sticker in sitt huvud och frågar om hon inte vill läsa läxan med barnen eller säga god natt till dem. Oftast säger hon att hon är trött. "Kan inte du göra det, snälla Katerina?" Den andra står kvar i dörren och biter sig fundersamt i läppen innan hon slutligen nickar och försvinner. Hon måste unna den andra kvinnan barnens närhet. Någon eller några måste rimligtvis lindra Katerinas smärta.

En kväll sitter hon ensam i köket vid fönstret. Det är konstigt hur länge man kan sitta så. Man kan sitta så i en timme utan att resa på sig. De lyckliga människorna i huset på andra sidan Fågelbovägen rör sig in och ut ur rum som karaktärer i en teveserie. Nu är det bara två av familjemedlemmarna som syns, den tredje har gått till sängs, hon kramade nyss sina föräldrar godnatt. Mannen och kvinnan befinner sig i köket. Kvinnan har en diskborste i handen. Hon står vänd mot diskbänken och pratar med mannen som står alldeles bakom. Plötsligt vänder hon sig hastigt om och skvätter vatten med diskborsten rakt i ansiktet på mannen. Han ryggar tillbaka och torkar diskvattnet ur ögonen med baksidan av handen. I nästa ögonblick tar han tag i och ruskar henne hårt. Den perfekta kvinnan ser ut som en lealös docka i den perfekte mannens händer. Så släpper han med ena handen och börjar slå mot hennes huvud.

Hon sitter som paralyserad med ansiktet en millimeter från fönsterrrutan. Först trodde hon att det var en kärleksfull lek, men nu ... Hon borde kasta sig på telefonen och anmäla till polisen. Men någonting håller henne tillbaka. Någonting gör att hon låter det ske, låter den fina familjen med sin fina bil hata varandra.

Kvinnan sjunker ner mot golvet med ryggen mot en skåpslucka medan mannen försvinner ut ur köket. Några sekunder senare öppnas ytterdörren och han kommer ut på trappan. Hans rock fladdrar i vinden. Stegen fram till bilen är arga och bestämda. I köket reser sig kvinnan. Hon håller handen mot huvudet. Hon sätter sig försiktigt på en köksstol, och stirrar framför sig, utan att gråta. Hennes blick är riktad mot fönstret. Hon stirrar på Karin. De stirrar på varandra. Kvinnan och Karin. På varandra. Länge. Ingen reser sig eller vänder bort blicken.

Hon blir sittande långt efter att ljusen släckts i huset på andra sidan gatan. Hon kan inte påminna sig om att ha suttit så länge på en stol förut. Hon sluter ögonen och blir sittande i ytterligare ett antal minuter. När hon öppnar dem igen är det något som ser annorlunda ut i trädgården. Hon skärper blicken och kommer närmare glasrutan. Det står någon där. Det står någon i mörkret utanför hennes hus, halvt gömd bakom en buske, med ansiktet vänt mot henne. Men det är för mörkt för att man ska kunna se några anletsdrag.

Det kusliga i situationen väcker hennes nyfikenhet. Hon reser sig och går till dörren och kliver ut på trappan. Ropar hallå. Den skugglika gestalten står kvar som fastfrusen i marken och ser på henne med sitt tomma, svarta ansikte. Hon går med långsamma steg ner för trappan, ända fram till den mystiska gestalten.

Inte förrän hon är alldeles inpå ser hon vem det är. Hon blir förvånad, nästan chockad.

"Tobias?"

"Jag såg dej genom fönstret", säger han.

"Jag såg dej med."

Det blir tyst. Han andas korta, flämtande andetag. Ryckningarna kring munnen avslöjar att allt inte står rätt till.

"Vill du komma in?" frågar hon.

"Till din fina familj? Nej tack." Så gör han en gest som inkluderar den fina villagatan, hennes hus och trädgård. "Du har det bra här, va?"

"Inte särskilt."

Han fnyser föraktfullt.

"Det är sant, säger hon. "Jag mår inte särskilt bra just nu."

Hans ansikte blir till en föraktfull grimas.

"Lite trubbel på jobbet, eller? Problem med tjänstefolket?"

"Problem med allt. Eller inget. Med mej själv kanske."

Det är ett lustigt ljud han släpper ifrån sig. Närmast påminner det om ett skratt. Deras kärleksrelation känns plötsligt mycket avlägsen.

Han ser skärskådande på henne.

"Tänk att jag inte tänkte på hur allting hängde ihop då."

"Förlåt?"

"Hushållerska från Polen och toy boy på fritiden."

"Moldavien. Och du var ingen toy boy."

"Vad var jag då?"

Han skakar av köld. Vem vet hur länge han har stått här ute.

"Vill du låna ett par vantar?"

"Din mans?"

Hon nickar.

"Jag tror jag står över."

Detta fördömande, föraktfulla tonfall. Vad har han för rätt?

"Varför ringde du aldrig?" säger hon. "Du tror att du vet vem som utnyttjade vem, men det är inte så jävla självklart."

Han spärrar upp ögonen.

"Vad fan är det du ...? Var det inte du som dök upp när du kände för det, och krävde att jag skulle ställa upp?"

Hon känner hans fingrar runt sin arm. På ett annat sätt än Isabels. På ett helt annat sätt. Hårdare. Hon rycker armen till sig.

"Jag krävde inte!"

Han tittar ner i marken.

"Du ville knappt prata med mej. Jo, om dej själv och alla problem. Men vad *jag* kände var du inte ett dugg intresserad av. Ska jag berätta en sak för dej?" Han lyfter blicken igen. "Jag kände mej som ett fnask."

Hon får lust att skratta.

"Herregud, Tobias ... Jag såg en tjej på baren den där gången, du var väl tillsammans med henne också, eller hur?"

Hans öron är knallröda. En pojke. En liten pojke.

"Jag ville skita i dej och försöka med nån annan, för att kunna glömma, men ... vips så var du där igen och hela mitt försvar bara rasade." Han har rört sig lite och hamnat utanför ljuset, så hon kan inte längre se hans ögon. Men hans röst är annorlunda nu, inte lika anklagande, tvärtom svag och på gränsen att spricka. "Du var så stark och häftig och passionerad och allt sånt där som man går på, men ... plötsligt så var man bara dumpad. Ingen förklaring, inte ett samtal, ingenting. Bara så jävla tyst och ... ensamt. Du kunde inte ens ringa och göra slut, inte ens det var jag värd. Att känna sig så ..." Han gör en paus, en lång. "Inte ens ett samtal", viskar han. "Hur tror du det känns?"

Det finns ingen återvändo, inget försvar. Hon tar tag i Tobias och drar honom närmare sig. Nu ser hon hans ögon. Det hon ser skakar om henne, slår henne nästan till marken. En sådan smärta. Hon visste inte vad hon var kapabel till.

"Jag vill bara veta en sak", säger han, och tar hennes hand i sin iskalla, "... och jag vill att du är ärlig nu, okej?"

Hon nickar.

"Var du nånsin kär i mej?"

Hon vet vad det kommer att göra med honom, men hon är skyldig honom det.

"Nej."

Tårarna trillar ner för kinderna på honom. Han gör inget för att dölja dem. Hon måste beundra honom.

"Kommer du ihåg det där sms:et?" säger han med grötig röst. "Det där med 'Jag älskar dig'. Varför skrev du det?"

Hon tänker efter.

"I desperation. Av ... rastlöshet, eller osäkerhet. För att testa hur det kändes, för att hålla dej kvar, för att försöka eller ... *känna* om jag kände nånting. Jag vet inte. Jag vet faktiskt inte."

Hon skulle kunna dra honom till sig, de skulle kunna kyssas, hon skulle kunna säga att det var lögn, att hon visst var kär och kanske till och med älskar honom fortfarande. Men det är inte det han vill. Inte en lögn till.

Han nickar. Hon nickar. Så vänder han sig bort och börjar gå mot vem-vet-vad.

Ytterdörren står öppen och blottar hemtrevnad på andra sidan. På trappan står Katerina. Hon har följt dramat från första parkett med en cigarett i handen. Karin sveper förbi henne. "Låser du är du snäll?"

52

HAN HAR TAGIT LEDIGT en vecka över påsk. De ska åka till landet, har han bestämt. Det är mycket som behöver göras där ute. Karin säger ja till allt. Till och med när Albin säger att han vill stanna hemma ensam säger hon ja. Jens ställer henne mot väggen och undrar vad fan det är hon har lovat, "Han är för liten för att vara ensam så länge, vad tänker du?". Hon tänker inget alls. Jens går till Albin och säger att de har ändrat sig.

"Fy fan", säger Albin när de möts efter samtalet med Jens.

"Ja", instämmer hon.

Katerina ska följa med till landet. Jens tycker att hon ser blek ut och behöver frisk luft. Karin säger ja. Katerina ska inte behöva jobba, det här ska bli hennes semester. Naturligtvis. Kanske ser Jens undrande på henne när hon är sådär positiv. Hon kan inte klandra honom.

Det tar tid att packa väskan. Hon måste hela tiden stanna upp och räkna antalet dagar de ska vara borta och överväga alternativ. Valmöjligheterna är oändliga – tre, fyra eller hela fem par strumpor?

"Vad gör du för nåt?" Jens står i dörröppningen med en borrmaskin i handen. Hon hinner inte svara. "En hel del, eller?"

"Nej."

"Har du packat barnens kläder då?"

"Skulle jag det?"

Han skakar på huvudet åt henne.

"Men snälla ... Vad har du gjort senaste timmen?"

Hon nickar mot den halvfulla väskan på golvet.

Han stönar högt. "Kom igen nu! Är det nåt du vill säga med den här trögheten? Är det nåt slags signal om ... ja, vad fan då? Ska jag fråga hur det är fatt?" Han kommer närmare. "Jag kan fråga hur det är fatt, om du vill."

Hon låtsas inte höra. "Har du skrivit inköpslistan?"

"Det är klart. Jag sa ju det."

Hon vänder sig om och tar ut en tröja, vilken som helst, ur garderoben. I nästa sekund känner hon borrspetsen i ryggen.

"Akta dej så jag inte blir galna slagborrsmannen i helgen."

När de väl kommer iväg erbjuder hon sig att sitta i baksätet mellan barnen. Katerina protesterar förstås men det lonar sig inte. Hon måste ju vänja sig vid att sitta bredvid Jens.

Det är så skönt där bak, så tyst kring Albin. Han stirrar uttryckslöst ut genom fönstret och lyssnar på sin Ipod. Efter en stund har även Julia fått på sig lurarna och Karin lutar sig tillbaka och sluter ögonen. Hon hör ett hemtrevligt, avslappnat mummel från framsätet. Om hon skärper hörseln kan hon uppfatta kärvänligt småbråk om vilken kanal som ska vara på och kommentarer om hur folk kör. Säkert tror de att hon sover.

Någonting gör att hon slår upp ögonen. Hon kommer mitt in i någonting. Deras ansikten mot varandra. Katerinas vackra småleende, Jens som glittrar mot henne – ja, kanske ser kärlek ut så.

De parkerar utanför lanthandeln. Alla utom Karin väller ut ur bilen, glada över att få sträcka på benen. Jens sticker in huvudet och ser otåligt på henne.

"Kommer du?"

De fina rynkorna runt ögonen på honom har blivit alltmer framträdande med åren. Hon ser att de inte är missklädsamma, tvärtom. Kanske även en ung kvinna skulle kunna gilla dem. Kanske hon skulle kunna tycka att hennes man är sexig. Kanske är det inte bara utseendet som attraherar henne. Kanske har hennes man något annat, något oändligt mycket mer attraktivt.

Hon skyller på huvudvärk. Han skyndar ikapp Katerina och barnen. Den lilla flocken rör sig tillsammans mot det låga huset. Hon ser efter dem. Vilken fin liten familj, tänker hon.

Det är som Jens trodde. Katerina bara älskar stugan.

"Det är helt otroligt!" säger hon och kliver storögt omkring i det lilla torpet. "Vad mysigt!"

Hon slås mot sin vilja av tanken att Katerina bara gör sig till, att hon inte alls imponeras av gamla skruttiga hus utan varmvatten, att hon hellre hade velat dricka drinkar och röka cigaretter i en flott hotellbar i Paris. Men Jens visar henne distanslöst allt som finns att se, och drar med ett barns iver med henne ner till bryggan. Karin kommer efter och ser från håll hur Katerina tar av sig skon och doppar tån i vattnet, som om det vore på film. Jens låtsas skvätta och Katerina skriker gällt att han ska sluta.

En stund senare vill han gå skogspromenaden. "Hon måste få se bäcken!"

Men Katerina sätter stopp för planerna. "Vi måste packa upp, eller hur? Och barnen måste få mat."

Det finns bara två sovrum i huset. Katerina måste sova i soffan i vardagsrummet precis som alla andra gäster. Men Jens har en överraskning åt dem. "Jag sover i soffan!" deklarerar han högt. "Jag vägrar låta dej sova i den knöliga saken. Du måste sova ut ordentligt. Du behöver sömn."

Katerina stirrar chockad på honom. Men Jens har bestämt sig.

"Du får sova i dubbelsängen bredvid Karin, den är mycket skönare."

Karin ser på sin hushållerska. Katerina möter hennes blick. Motviljan förenar dem. Inte sedan Katerina klev in i deras hem för första gången har de varit så eniga.

"Jag kan inte ta din plats", säger Katerina bestört. "Jag kan inte sova i ert rum."

"Nej, det är klart hon inte kan!"

Men Jens tänker inte ge sig.

"Om ni vägrar så lägger jag mej på golvet här ute i protest."

"Men Jens ...", ber Karin. "Katerina säger ju själv att ..."

"Jag kan inte sova om hon sover i soffan. Du vet väl hur obekvämt din mamma sa att det var."

Hon vill fråga varför han inte erbjöd hennes mamma sängplats i så fall, men orkar inte dra igång något bråk.

"Katerina ska ju ha semester", säger Jens och vänder sig mot den yngre kvinnan. "När hade du semester sist?"

"Det spelar väl ingen roll", säger Katerina.

Han ser triumferande på Karin.

"Där ser du. Den här tjejen är helt utarbetad. Vi har våra fem veckor om året och all din komp. Men hon ...", han pekar på Katerina, "har inte varit ledig på ... år säkert! Tänk dej!"

Hon blir lamslagen av hans sätt att jämföra deras liv. Hon skulle vilja skrika, slåss och bråka om det, men det går inte när man är lamslagen.

Katerina bär in sin väska i deras sovrum. Karin följer motvilligt efter.

"Vi kanske ska bädda?"

Den andra kvinnan nickar.

Dubbelsängen består att två nittiosängar. Hon drar den ena sängen till sig för att skapa största möjliga avstånd. Katerina gör samma sak med den andra. De bäddar under tystnad utan att ha pratat om vem som ska ha vilken säng. När Katerina skakar ner täcket i påslakanet kommer Karin till hennes undsättning och hjälper till att få täcket på plats. Katerina nickar stumt som tack. Sedan hjälper hon Karin med samma sak.

När de kommer ut i köket står Jens och lagar till lunch. Han vänder sig mot dem.

"Är ni hungriga?"

Det konstiga är att det inte känns särskilt tungt att tänka på vad som pågår mellan Jens och Katerina. Deras relation väcker snarare nyfikenhet än något annat. Hon önskar av hela sitt hjärta att de under denna vecka ska avslöja sig, att hon ska få bevittna ett nattligt möte, eller en stulen kärleksstund i vedbon.

Julia kommer in i köket och klagar på att det är kallt. Jens säger att han ska göra en brasa och ger henne en kram.

"Din lilla filur ..."

Julia sprattlar. Men man kan se att hon tycker om det. För en kort sekund njuter Karin av att se sin man och dotter tillsammans, de som en gång i tiden var nästan som förälskade. Kanske Julia kände sig sviken när Jens började arbeta så mycket. Tänk om hon är ett av alla dessa barn med en frånvarande pappa. Karin har aldrig tänkt så förut. Hon har alltid tänkt att deras barn har närvarande och jämställda föräldrar. Men kanske har deras jämställdhet bara inneburit att de har delat på *lite* tid tillsammans med barnen, och om man delar upp den lilla mängden tid i två blir det *mycket lite* som var och en är med sina barn.

Julia gör sig fri från Jens och kommer fram till Karin för att sätta sig i hennes knä. Hon ler mot sin dotter. Men precis när Julia ska sätta sig får hon syn på dem. De står alldeles stilla på golvet i köket och ser sorgset på sin mamma. Katerina sitter i stolen och tittar ut genom fönstret med drömsk blick.

Karin skjuter Julia ifrån sig och säger att hon ska gå på toaletten. När hon kommer tillbaka sitter Julia i Katerinas knä, precis som det ska vara, och Anna och Maxim är borta.

Jens har ansträngt sig med maten. Ändå har hon ingen matlust. Medan alla andra slåss om den sista pastan har hon knappt rört sin portion. Katerina äter inte heller mycket. Jens ser oroligt på henne, "Men du äter ju ingenting ..." Katerina kastar en ängslig blick på Karin och hennes orörda mat. Hon ser det som ingen annan ser.

Efter maten är det dags för skogspromenaden. Albin stänger in sig på rummet med en bok. Själv är hon för trött för att gå, det är i alla fall vad hon säger. Jens accepterar glatt ursäkten. Katerina får låna hennes gummistövlar och en gammal militärjacka. Så lämnar de huset tillsammans med Julia. Hon lägger sig i sängen på överkastet och betraktar fuktfläckarna i taket och tapeterna som krullar sig, hör deras muntra röster utanför fönstret, röster som blir allt svagare.

Hon vaknar av att hon fryser. Hon hämtar en tröja och fårskinnstofflorna, kastar en blick på väggklockan i köket. De har varit borta i två timmar. Hon lägger på ny ved i öppna spisen och ska precis återvända till sängen när hon hör ett ljud inifrån barnens rum. Hon går dit. Albin sitter vid skrivbordet och skriver. Hon ser att hela A4-bladet, som ligger framför honom, är fyllt av bokstäver.

"Du skriver", konstaterar hon.

"Ja."

"Det är bra."

"Du borde också skriva." Han ser allvarligt på henne. "Det blir liksom lite ... jag vet inte ...", han kastar en blick ut genom fönstret, "lättare allting."

"Blir det?"

Han nickar. Det är nästan parodiskt, den där blicken, seriositeten. Men kanske har han rätt.

"Jag vet inte ...", säger hon. "Jag kanske inte ska ha det lättare."

Hon tror att han ska fråga vad hon menar, men han sitter kvar och ser på henne med oförändrat ansiktsuttryck.

"Alla ska ha det lättare. Om det går."

Hon känner att han är en fin och klok pojke, precis som Katerina sa. Hon skulle kunna sätta sig på sängen och ha ett förtroligt samtal med honom, hon skulle kunna göra det nu. För i denna stund är han öppen. Men tröttheten är alltför påträngande.

På kvällen tänder de ljus och spelar spel. Hon sitter en bit ifrån i gungstolen och betraktar och känner sig som gamla farmor som bara finns där. Det är svårt att ta blicken från den yngre kvinnan, hon är så lätt att beundra. Hennes handlag med barnen är exemplariskt. Hon är vänlig och kärleksfull mot dem – utan att någonsin gå över gränsen för det tillåtna för en barnflicka – men samtidigt bestämd: det är inte okej att fuska. Det är konstigt att hon inte stör sig på hennes perfektion. Det ligger snarare en njutning i att betrakta henne, som när man betraktar ett konstverk. Men mest av allt njuter hon av att se Albin. Han är märkbart avspänd och visar inte den minsta attityd. Hon studerar noggrant hur Katerina förhåller sig till honom. Vad är hemligheten? Det enda hon kan se är att hon går in för spelet med samma entusiasm som barnen. Hon lyssnar uppmärksamt på dem och blir aldrig irriterad. Det smärtar att tänka på hur hon själv skulle ha varit vid spelbordet: stressad över att det tog så mycket tid i anspråk, och/eller till hundra procent fokuserad på att vinna.

Hon drar sig tillbaka tidigt. De andra säger frågande god natt. Julia kommer efter och kramar henne bakifrån. Karin kommer undan kramen och ber henne skynda tillbaka till spelet. Några sekunder senare slås dörren till sovrummet upp och Jens blir synlig i dörröppningen. Han stänger noga innan han riktar sin kritiska blick mot henne.

"Varför är du så tyst? Är du sur för det där med rummen?"

"Nej", säger hon sanningsenligt.

Men han verkar inte tro henne.

"Man måste väl kunna göra uppoffringar ibland?"

"Jag skulle vilja göra mer uppoffringar."

Det kommer från hjärtat.

"Jaha?"

"Det är sant, Jens. Jag skulle vilja uppoffra mig mycket mer."

Han suckar trött.

"Alltså ... Vad pratar du om? Du säger ganska konstiga saker just nu."

Hon fokuserar på väggen, en gammal blommig tapet från sjuttiotalet. Den är nästan vacker i sin färgglada smaklöshet. Jens sjunker ner på golvet framför Karin. Det känns konstruerat, särskilt när han lägger armarna runt henne. Hon gör sig fri. Tar ett ordentligt tag om hans axlar och ser honom djupt in i ögonen.

"Lyssna nu, Jens. *Du* kan sova här inne med Katerina, om du vill."

Hans ansikte förvandlas. Blicken flackar. Färgen stiger på kinderna. Han prövar att le, för att i nästa sekund bli allvarlig igen.

"Det går bra", säger hon. "Jag kan sova där ute."

Hon tar tag i hans lealösa ansikte och håller det mellan sina händer.

"Det är sant, Jens! Du måste tro på mej. Det är okej. Verkligen!"

Han skjuter henne bryskt ifrån sig, och reser sig. Vänder sig om vid dörren med ett äcklat ansiktsuttryck innan han går.

Hon ligger vaken och tänker på Anna och Maxim. Hon tänker

på hur det ska bli när de kommer hit, hur Jens kommer att tycka att det är för mycket med fyra barn, men bara i början. Hon tänker på vad barnen kommer att tycka om Sverige. Anna kommer att älska det, hon kommer snabbt att få nya vänner. Men Maxim kommer att vara orolig. Katerina kommer att följa med till skolan och kanske till och med sitta med under lektionerna. När han lärt sig språket blir allt lättare. Allting kommer att ordna sig för Maxim. Men det kommer att ta tid.

Efter något som känns som en timme öppnas dörren. Karin lyssnar till Katerinas andetag, hennes fumlande med kläder och med täcke. Om den andra visste att hon var vaken, skulle hon säga något då? Skulle hon vädra något outsagt mellan dem? Det enda hon vill är att fråga ut Katerina om Anna och Maxim, hur de mår, och hur länge sedan det var som de sågs. Men hon ligger kvar och konstruerar djupsömn. Det gör hon tills Katerina somnat in. Först då kan hon slappna av.

53

HON VAKNAR AV ATT den andra kvinnan står och klär sig i den råa morgonkylan. Hon kikar fram bakom täcket, och ser Katerinas nakna ungflickskropp framför sig, hennes smala, men kraftfulla lemmar, hennes bröst som är små, men inte hängiga. Katerina har knäppt byxorna och drar på sig tröjan, hon kastar en snabb blick mot Karin innan hon lämnar rummet.

Hemtrevligt slammer från köket letar sig in till henne. Jens och Katerinas röster blandar sig med varandra. Hon föreställer sig hur Katerina gör i ordning kaffe medan Jens plockar fram maten ur kylen, hur de på ett självklart sätt är varandra behjälpliga i köket. Efter en stund slutar det slamra och det enda som hörs är småprat. Hon blir nyfiken på vad som sägs. Berättar Jens om Karins förslag? Nej, det måste de ha avhandlat, viskande, redan igår kväll.

Så ansluter sig barnen till sällskapet, först Julia och några minuter senare Albin. Efter något som känns som en evighet – de andra måste för länge sedan ha avslutat sin frukost – hör hon steg som närmar sig. Hon vänder näsan mot väggen. Någon öppnar dörren och blir stående i dörröppningen. Samma någon kliver in i rummet, går runt sängen, lyfter på täcket och kryper ner till henne.

"Mamma? Är du sjuk?"

Julias ansikte är fyllt av oro. Karin skakar på huvudet och gäspar.

"Varför kommer du inte upp och äter frukost då?"
"Jag ville sova lite bara."
"Kom nu, mamma."

Hon kliver mödosamt ur sängen, och klär sig långsamt medan Julia kontrollerar att det blir gjort. Hon måste till köket, det är oundvikligt. Måste möta Jens föraktfulla blick, efter samtalet igår.

"Vad kallt det är", säger hon.
"Ja, man måste ha raggsockor."
"Det är bra det. Det är bra."

När hon kommer in står Jens och diskar med ryggen mot. Katerina sitter ner med en kaffekopp framför sig. Hon säger godmorgon. Jens svarar inte. Katerina mumlar något tillbaka innan hon reser sig från bordet och skjuter in stolen. "Förlåt."

"För vadå?"

Katerina öppnar munnen och stänger. Hon ställer sin kopp på diskbänken och slinker ut genom köksdörren. Frågan hänger kvar i luften obesvarad.

Han vänder sig om mot henne.

"Varför låg du så länge? Kunde du inte sova inatt?"
"Nej."

Hans läppar är krökta i en spänd grimas.

"Varför inte det?"
"Jag vet inte."
"Du kanske är utarbetad? Överansträngd? Du kanske har nåt symptom?"
"Tror du?"

Han släpper henne med blicken. Återvänder till disken.

"Det kan vara så med sömnproblem. Det kan tyda på nåt."
"Vilket symptom?"

Hon är verkligen intresserad.

"Det vet du väl bättre än jag."

Han fortsätter diska. Metodiskt diskar han först glasen, sedan tallrikarna och besticken. Han sköljer i en balja och travar mer och mer disk i diskstället och har till slut gjort ett imponerande högt berg som verkar stabilt. Själv äter hon en halv smörgås. Sedan går hon fram till diskbänken och lägger sin kopp i diskvattnet.

"Det är smutsigt", säger han.

"Va?"

"Diskvattnet är smutsigt."

Hon tar upp koppen ur den bruna sörjan och ställer den på diskbänken. Hon ställer in smör, ost och mjölk i kylen medan Jens torkar av bordet.

"Jag tänkte att jag skulle ta en promenad", säger hon.

Iklädd den gröna militärjackan och gummistövlarna beger hon sig iväg. Hon smusslar med sig bananer och vatten och några kex. Hon tänker vara borta länge. Jens och Katerina måste få vara ensamma.

Det är rått och fuktigt i skogen, snårigt och mörkt. Hon har varit ute många gånger i trakterna runt huset, men aldrig gått särskilt långt, och definitivt inte ensam. Det dröjer inte länge förrän hon slutar att känna igen sig. Ändå fortsätter hon att gå. Efter att ha varit ute en timme inser hon att hon är vilse. Hon tar upp mobilen för att ringa ett SOS-samtal till Jens, men ångrar sig. Tanken med promenaden var varken att gå vilse eller något annat som skulle kunna väcka någons medlidande. Det hon minst av allt vill är att göra sig själv till en martyr.

Hon försöker lyssna efter ljud, men uppfattar varken motorljud eller något annat som skulle kunna vägleda henne. Den jämngrå himlen döljer effektivt solen. Hon drar sig till minnes vad Julia berättade efter att ha haft överlevnadskurs i skolan. Att om man blev ensam i skogen skulle man krama ett träd. På så sätt höll man värmen och slapp känna sig så ensam. Dessutom var det bra att hålla sig på en och samma plats. Helst skulle man binda något som tillhör en själv runt en gren. Hon förmår inte anamma råden. Ännu är hon inte vilse och desperat, bara vilse.

Hon sjunker ner på en sten och äter en banan. Hon tänker att hon *ser tiden an*, hon tänker att det är sällan som man använder det uttrycket. Hon tänker att det är sällan som hon sitter på en sten mitt i skogen och äter en banan. Det går en kvart. Hon förbereder sig för ett nytt försök. Faktum är att skogen inte är utan slut. Om hon bara fortsätter gå kommer hon så småningom fram till en väg eller ett hus. Hon reser sig upp och ropar hallå. Hon upprepar ropet. Hon prövar ett nytt slags hallå med extra långt "å". Det känns fånigt, men ännu är hon inte rädd. Hon beger sig. Snart tappar hon bort det som liknade en lerig stig. Hon försöker manövrera sig fram i vildare terräng och råkar trampa rakt ner i en myr. Stöveln tar in vatten. Konstigt nog skrattar hon till. Sedan äter hon ett kex.

Efter ytterligare en timme vet hon att hon är seriöst vilse. Inte en människa har synts till i skogen och hon har inte siktat något som påminner om civilisation. Benen värker, hon är våt om fötterna och fryser. Dessutom blåser det och ser ut att kunna börja regna. Ändå växer ingen panik inom henne. Förvånande. Hon slår armarna om ett träd och blir stående med den kalla, våta trädstammen i famnen. När hon står där med kinden vilande mot den skrovliga ytan inser hon att det stämmer det som Julia sa, att det känns tryggt. Men hon tröttnar på trädet och sjunker ner på en sten igen. Runt omkring henne finns bara träd och åter träd. När hon tittar upp ser hon trädkronorna röra sig i vinden. Hon äter en banan till och två kex.

Hon börjar känna sig trött och prövar att lägga sig ner. Hon sträcker ut sig emellan två stora träd. Marken är våt och kall men det är som det är. Inte direkt obekvämt. Med slutna ögon ligger hon och lyssnar på skogen. Hon tänker att det vore ett okej sätt att dö på, att långsamt tappa medvetandet till det där suset. Hon är så fascinerad av det romantiska i tanken att hon inte genast uppfattar ljudet.

Motvilligt får hon upp mobilen ur innerfickan.

"Var fan är du nånstans?"

Han låter inte glad, tvärtom.

"Jag har gått vilse."

"Vilse …? Vadå? I pannkakan?"

"I skogen. Jag har kramat ett träd och allt det där."

"Varför har du inte ringt? Du har varit borta i flera timmar?"

"*Jag har gått vilse, sa jag!* Och det var ingen täckning förut."

Hon reser sig till sittande. Känner hur löv och jord har fastnat i håret. Hon torde se ut som en galen fältbiolog. I luren hörs bara suck och stön och jävlar.

"Men för helvete, var är du nånstans då?"

"Jag vet inte. *För helvete.* Fattar du inte? Jag sitter mitt i skogen, alldeles våt och jävligt kall, och har ingen jävla aning om var jag är."

Martyr.

"Du har täckning. Så långt bort kan du inte vara."

Han har förstås rätt. Efter att hon förklarat hur det ser ut runt omkring blir han ivrig som ett barn, för han vet precis. Jens kan skogen utan och innan. *Jävla skogsmulle*, ekar det inom henne. Hon sätter sig på marken och lutar sig mot en trädstam. Efter ett tag ringer han igen och hon släpper likgiltigt ur sig några hallå. Hon vill inte alls bli hittad, särskilt inte av honom.

Men efter några minuter står han där och ser ut som om han

har vunnit en tävling, och inte som om han har hittat sin borttappade fru.

"Jag visste det!" utbrister han triumferande. "Jag visste att det var här nånstans!"

Hon säger aj när hon reser sig. Han frågar inte om hon har gjort sig illa, vilket är tur eftersom hon inte har ont alls och bara sa aj för att ha något att säga. Det enda han gör är att mala på om vilken tur det är att han har varit så mycket i skogen – till skillnad från henne. När han är klar blir det tyst. Hon fryser så hon skakar och måste be om hans jacka. Han tar motvilligt av den. Det tar en kvart att gå tillbaka hem. Hon har gått runt, runt, så som det brukar vara när folk går vilse. Hon är inte annorlunda än någon annan, inte det minsta mer raffinerad.

54

KATERINA FÅR INTE hjälpa Karin med middagen. Hon ska lära sig att koppla av, slår Jens fast. Det verkar vara svårt för henne. Hon kommer in i köket, gång på gång, och frågar om hon verkligen inte ska hjälpa till. "Sluta nu", säger Karin, men inte på ett otrevligt sätt. Efter en stund hör hon någon lämna huset. Några sekunder senare syns Katerina genom fönstret där hon kommer gående i trädgården. Hennes steg avstannar och hon står alldeles stilla och ser sig villrådigt omkring, som om hon verkligen inte visste vad man kan göra med ledig tid. Men så kommer hon i rörelse och styr stegen ner mot sjön. Försvinner bort mellan träden.

Karin lagar färdigt maten. Hela tiden tänker hon på vad Katerina kan tänkas göra nere vid sjön. Hon tycker att det dröjer. Kanske kan den andra inte simma. I sitt inre ser hon bilden av Katerinas döda kropp som ligger och flyter vid strandkanten. Ändå står hon kvar och steker köttet, skär grönsakerna, gör dressingen, kokar, torkar av och dukar.

Maten puttrar på spisen och är snart färdig. Katerina har inte kommit tillbaka. Karin står som klistrad vid fönstret med blicken riktad mot skogsdungen. Hon har svettningar fast det egentligen är kyligt. Anna och Maxim sluter upp vid hennes sida. De är panikslagna. Deras händer söker hennes och håller så hårt att det gör ont. Hon hör musik från sina barns rum och ljudet från en hammare som slår på baksidan av huset. Men i köket har allting stannat upp. Kanske går det en evighet. Men till slut rör det sig bland grenarna och någon kommer ut ur mörkret. Katerina. Levande. Spänningarna släpper. Det är skönt att kunna känna lättnad.

Den andra kommer in och verkar ha gråtit. Hon har suttit vid vattnet och sörjt sina barn. Ingenting kunde vara mer begripligt. Hur man kan stänga in sin saknad och låtsas som ingenting hela tiden är omöjligt att förstå. Det är svårt att stå några centimeter från Katerina och hennes rödgråtna ögon. Att stå där och veta.

Alla äter Karins mat och det är gott för en gångs skull. Hon är lika förvånad själv, förstår inte varför. Hon som inte ens ansträngde sig och lagade maten utan att tänka. Katerina nickar uppmuntrande mot henne med maten i munnen, som om hon vore ett barn som behövde feedback.

Jens har lovat Albin och Julia att de ska gå ner till bryggan och fiska. Han frågar Katerina om hon vill följa med. Själv blir hon inte tillfrågad. Det är inte konstigt. Hon har aldrig följt med och fiskat så länge de har känt varandra. Nu ler han spjuveraktigt mot den yngre kvinnan.

"Varför inte? Kom igen nu!"

Men Katerina är bestämd. "Imorgon kanske."

Efter att Jens och barnen har lämnat huset blir de ensamma kvar. En spänd tystnad uppstår. Katerina erbjuder sig att hjälpa henne med disken. Hon avfärdar henne först men ångrar sig när hon inser hur mycket disk det faktiskt är – hon kan verkligen behöva torkhjälp. Och så står de då där, tätt intill varandra, som två gamla väninnor i sommarstugans kök. Transistorn står på i bakgrunden och förstärker känslan av trivsel. Det har bildats imma på fönstret och man kan se märken av Julias fingrar som varit framme och kladdat "Love" på rutan.

Samma tanke slår henne som så många gånger förut: Vad skulle folk tro om de såg dem tillsammans? Den något fylliga, medelålders kvinnan, tillsammans med den unga, spröda skönheten? Att de var vänner? Arbetskamrater? Mor och dotter? Det senare väcker obehag och måste avfärdas direkt.

Katerina torkar glas efter glas, staplar dem på varandra och ställer dem på köksbordet. Karin diskar en salladsskål och ger den vidare till Katerina.

"Tack."

"Varsågod."

Den överdrivna artigheten lockar henne till skratt. Hon kastar en blick på Katerina och ser att den andra också är road. De ser leende på varandra. Och brister ut i skratt. En ventil har öppnats. Skrattet mellan dem är en förlösning. Men vad ska hända när skrattet tagit slut?

Katerina tystnar tvärt.

"Du ..." Hon gnider allvarligt glasskålen med diskhandduken. "Det är en sak jag tänkte på ... Jag vill inte du tar på fel sätt?"

"Det är okej."

Anna och Maxim vaknar varje morgon utan att ha sin mamma i närheten. I jämförelse med det är vad som helst okej.

"Jag tänkte säga detta förut, men man vet aldrig vad som är bra ..."

Karin nickar förstående. Hon sänder samtidigt en tanke till sin fege man som låter Katerina vara den som berättar hur det ligger till. Hon slås av hur hela situationen var planerad i detalj, Jens drog iväg med barnen och Katerina låtsades vilja vara kvar. Allt för att de skulle bli lämnade ensamma.

"Han mår inte bra. Kanske jag sa det?"

Hon skakar på huvudet.

"Han har mått skit länge. Men han vill du ska veta. Jag vet han vill."

"Varför berättar han inte själv då?"

"Vem pratar med sin mamma när man är tretton år?"

Hon sjunker ner på en stol. Diskborsten sitter fast i handen. Det droppar diskvatten ner på jeansen.

"Det var i fotbollen det började", fortsätter Katerina.

"Han har slutat spela fotboll", säger hon tonlöst.

"Jag vet, men det var länge sen."

Katerina ställer ner skålen på bordet, och ser allvarligt på Karin.

"Många i laget var elaka mot en kille. Dom sa saker, och dom gjorde ... jättetaskigt, nästan hela tiden. Albin sa inget. Han ville inte bråka ..."

"Men han har ju sina kompisar i det där laget", säger hon och tänker på pojkar som hon visserligen inte sett i huset på länge: Max, Edvin, Björn ...

"Jag vet, det var hans kompisar som gjorde så. Alla var hans kompisar. Men Albin ville inte, han kände hela tiden det var fel. Ändå sa han inget."

Katerina sätter sig ner och stirrar ut genom den immiga fönsterrutan.

"Han stod ut ganska länge. Han sa många månader. Och kände sig som skit. Men en dag killarna gjorde nånting i duschen. Dom jagade denna pojke och slog honom med handduk och ... dom sa han skulle ... du vet, göra saker med sig själv. Äckliga saker. Och Albin kände bara att det får vara slut. Han sa till dom sluta. Han sa att dom var idioter och man gör inte så."

"Och?"

Katerina ser sammanbitet på henne.

"Det blev skit för Albin förstås. Ända sen den dagen dom har gett honom bara skit." Hennes ögon fylls av vrede. "Han har inte fått vara med dom. Dom blev taskiga när han spelade fotboll, precis som med andra killen. Så han slutade. Ingen i klassen är schysta, alla gör som dom där killarna."

Karin känner sig förvirrad.

"Men han ... herregud, han har väl varit hos kompisar efter det." Hon tänker febrilt. "Han var hos en kompis den där kvällen när jag hade middag till exempel! Kommer du inte ihåg det?"

Katerina ler ironiskt.

"Jag pratade med honom nästa dag. Tvingade honom säga sanningen. Han var ute och gick. I flera timmar. Fy fan, vilken stolt pojke."

Det har bildats en liten pöl ovanpå ena jeansbenet. Hon stirrar på den. Låter Katerinas ord sjunka in. Innebörden i dem går upp för henne. Det är outhärdligt att tänka på hur hennes son har haft det. Men det är inte bara det. Hela historien är en bekräftelse på hennes eget stora misslyckande. Medan hon har avfärdat honom som "sur" har han gått omkring och lidit för att han har gjort precis det som hon alltid försökt lära honom: stå upp för sig själv och andra.

Hon borde kasta sig om halsen på Katerina, denna starka, häftiga människa som funnits vid Albins sida. Hon som förmodligen lovat att inget säga och inte heller svikit förtroendet förrän nu, i förtvivlan över att ingenting händer. Det gäller att försöka stå över att Albin har anförtrott sig åt någon annan. Och hon måste tänka att Katerina har behövt Albin, lika mycket som han har behövt henne.

Ändå. Hon vågar inte se på Katerina. Hon är så rädd för vad hennes blick kan tänkas uttrycka. Är så rädd för sitt eget hat.

"Jag sa till honom att han ska skriva", säger Katerina.

"Det är bra."

"Jag märkte det en gång. Efter det där, du vet med Oleg, han som slog. Efteråt jag började måla saker. Jag hade aldrig målat, men det kändes bara skönt. Jag målade bort allt det svarta, du vet. Till slut han var borta i mardrömmen på natten och jag var frisk."

Karin reser sig långsamt. Det rinner vatten nerför byxbenet på henne. Hon går till diskbänken och stoppar handen i diskvattnet och gräver i botten efter något att diska.

"Vad tänker du göra?" frågar Katerina.

"Jag vet inte."

Hon får upp en gaffel som hon bearbetar med borsten.

"Du måste prata med honom. Det är du som är hans mamma, inte jag!"

"Tror du inte jag vet det?"

Katerinas ögon skjuter blixtar mot henne.

"Bryr du dej inte? Va? Är det som han säger att du skiter i vem han är?"

Hon känner sig med ens illamående.

"Jag skiter inte i Albin", viskar hon.

"Visa det då! Han tror att du bara bryr dej om jobb och människor som det är synd om på ditt jobb. Det är sant! Han säger att du är kall och som en robot och att du har en ... vad heter det, yta, skalet, som ingen kommer igenom."

Karin drar ur ploppen ur diskhon och släpper ut vattnet. Sedan går hon.

"Jag måste faktiskt ..."

Hon vet inte vad hon måste. Men det visar sig att skor och jacka behöver sättas på.

Ute är det kyligt. Hon går med raska steg över gräsmattan. Hon vet att hennes dåliga samvete iakttar henne från fönstret. Hon tar stigen ner till sjön. Efter ett tag hör hon röster och minns plötsligt att de andra skulle fiska. Hon får syn på dem mellan träden. Två ganska små och en stor. Jens försöker lära

Julia att kasta, men Julia är inte mottaglig. Albin står en bit ifrån de andra. Hans tunna kropp ger ett bräckligt intryck. Jens svär för sig själv och Julia tjuter att han är en idiot och kastar ifrån sig spöet. Hon vänder och går med arga, frustrerade steg i riktning mot huset medan Jens ropar efter henne.

Karin gömmer sig bakom ett träd. Julia närmar sig. Hennes ansikte är argt och förebrående. När dottern har passerat kliver hon ut på stigen igen. Då ser hon Jens komma gående efter Julia med två spön. Hon gömmer sig igen, och väntar tills han har kommit upp till huset.

Albin sitter hopsjunken på bryggan och metar. Hon vet inte vad hon ska göra eller säga. Bara att gå hit är ett stort steg, bara att sätta sig bredvid honom på bryggan. Bara att sitta kvar i tystnad, bara det.

Hon tänker på hur ett förtroligt samtal låter. Hon skulle kunna skriva ner dialogen och det skulle bli fint och känslosamt. Men ute i den råa vårluften saknas repliker. Hon stirrar på flötet, precis som han. Det blir nästan meditativt.

Han reser sig.

"Vart ska du?"

"Det nappar inte." Fäster kroken i linan.

"Kan du inte sätta dej?"

Hon är beredd på ett nej. Men han stannar upp i en rörelse och ser på henne. Så lägger han ner metspöt på bryggan och kommer tillbaka till sittande.

De sitter bredvid varandra. Det är tyst igen.

"Nä …", säger han till slut och signalerar att nu är det verkligen dags att gå.

Då tar hon hans hand. Bara det. Hon omsluter den, som om den var ett litet ömtåligt djur. Hon vågar inte se på honom, skulle aldrig våga. Men de sitter på bryggan hand i hand. Hon lutar sitt huvud mot hans axel och sluter sina ögon, orkar inte tänka om någonting är rätt. Så småningom känner hon hans huvud mot sitt. Då, i det ögonblicket, vet hon att han godtar hennes ursäkt.

55

HON ÄR MED och spelar kort, för Albins skull. Då och då under spelets gång möts deras blickar. Hon ger honom ett leende. Han tar emot. Det är ett under. Han är kommunikativ. Egentligen är hon så glad att hon vill spricka. Men så upptäcker hon att Katerina sitter och betraktar deras tysta kommunikation, som en familjeterapeut som beskådar sitt verk, så uppenbart nöjd. Den gamla känslan från förr sköljer över henne, och innan hon vet ordet av har hon snäst åt den yngre kvinnan. Albin ser förebrående på henne och kontakten är bruten. I nästa sekund dyker Anna och Maxim upp framför hennes ögon och det blir alltför outhärdligt för att hon ska kunna sitta kvar vid bordet.

Jens ser anklagande på henne.

"Ska du lägga av mitt i spelet?"

"Jag känner att jag ..."

"... är på väg att förlora?"

Plötsligt finns det skratt i hans ögon.

"Kanske det."

"Hon erkänner i alla fall", säger han till de andra.

"Ni vet ju hur jag är. Det går inte att spela med mej."

När hon väl har lagt sig ligger hon vaken och smider planer inför framtiden. Det bästa vore att få en panikångestattack. Hon skulle kunna tala ut med kollegorna om överansträngning och omänskliga krav. Alla skulle förstå, kanske till och med bli glada över att präktiga Karin visar sig vara sårbar. En sjukskrivning är vad hon behöver. Hon häpnar över sina tankar. De skulle ha varit omöjliga för ett halvår sedan. Kanske är hon verkligen psykiskt sjuk. Hon försöker suggerera fram panikångest, men får inte till det.

När Katerina har somnat lyfter Karin på täcket och kliver upp i mörkret. Hon smyger ut på det kalla sommarstugegolvet och passerar Jens som ligger i soffan och ger ifrån sig lätta snarkningar. Hon öppnar dörren till barnens rum. Smyger fram till Albins säng och sätter sig på sängkanten. Lägger en hand på hans bröst.

"Albin?"

Han reser sig upp med ett ryck.

"Förlåt ...", viskar hon, "det är bara jag."

Hans ögon är uppspärrade. "Vad är det?"

"Jag vill prata med dej."

"Nu?"

"Ja."

Han frågar inte varför vilket är skönt. Hon lägger täcket över hans axlar. Sedan går de ut i köket. Han sätter sig. Det stora täcket får honom att se liten ut.

"Det här är konstigt", börjar hon, "jag förstår att du tycker det. Men jag kände bara förut ... på bryggan ... att det fanns saker som jag ville säga men att jag inte visste hur och ..." Hon avbryter sig. Han ser nyfiket på henne. "Jag vet att du vet att jag har haft svårt för Katerina."

Någonting i hans blick visar att det är ett samtalsämne som intresserar honom.

"Jag tror att det är för att ... för att jag har varit avundsjuk på henne, på att ..."

"På vadå?"

"På att hon har fått så bra kontakt med er till exempel. Det har känts som om hon känner er mer än jag och att ni hellre ... är med henne kanske, och samtidigt får man inte känna sig avundsjuk för att hon har haft det så tufft i sitt liv. Förstår du?"

Hon känner sig duktig som bekänner sina svagheter, modig som vågar blotta sitt innersta. Men han ser oförstående på henne.

"Du ville tycka synd om henne, men det ville inte hon."

"Förlåt?"

"Du *tror* att det är för att vi gillar henne men det är för att du inte kan hjälpa henne som du känner dej sån där. Om du inte får hjälpa folk blir du galen."

Hon blir överrumplad. "Men snälla Albin ... jag ... så är det inte."

"Hon är inte som du vill att hon ska vara, det fattar ju vem som helst."

"Snälla Albin, jag måste väl få känna själv vad jag känner, eller?"

Hans blick ner i bordet. Sur. Som förr. Tyst. Som förr. I vilket ögonblick som helst kommer han att resa sig och gå. De som skulle försonas. En bekännelse och ett "I love you" brukar räcka i filmerna. Men hon borde ha kunnat räkna ut att det skulle bli mer komplicerat än så.

"Du", säger plötsligt den trettonårige pojken framför henne, "jag vet faktiskt också ett och annat om livet."

Hon vill skratta och ironisera, men nickar allvarligt.

"Det är klart. Vad jag ville säga i alla fall ... jag menar varför jag väckte dej mitt i natten var för att berätta att jag skäms för mitt beteende mot Katerina. Jag ville säga att jag har varit en idiot och ..."

Det stockar sig i halsen på henne, hon ser att han märker det.

"Allvarlig talat ... Jag mår nog inte så bra just nu, Albin. Och jag hoppas att ... jag hoppas att du förstår att ..."

Hon sätter händerna framför ögonen. Han får inte se hennes tårar. Hon försöker andas. Djupt. Koncentrerar sig på att få ur sig det sista. Hon tar bort händerna.

"Det är mej det är fel på och inte Katerina.

Det blir tyst.

"Jag har det väl inte heller så skoj kanske."

Hon ser på honom. Han tittar ner i knäet. Så kommer berättelsen, långsamt och trevande till en början, men snart desto mer intensiv och fylld av detaljer.

När han är klar sitter de tysta.

"Vad vill du att jag ska göra?" säger hon till sist.

"Jag måste stå ut."

"Du ska inte stå ut."

"Inte byta skola", säger han hetsigt. "Inte fly som nån jävla tönt. Inte fan att dom ska få mej till det."

Hon ler.

"Vad är det?" frågar han.

"Du är lik mej."

De kommer överens om att prata om det igen. De ska diskutera alternativ och bjuda in Jens till samtal.

"Han bryr sig inte", säger Albin, som en helt vanlig tonåring.

Hon kan höra honom säga samma sak om henne, till Katerina. Och hon vet att hennes svar måste vara identiskt med Katerinas.

"Det gör han visst. Jag vet att han gör det. Han älskar dej, Albin."

Albin ser tvivlande på henne. Hon känner hur blodet rusar till ansiktet.

"Och det gör jag med."

56

DE SKA SÄTTA BÅTEN i sjön. Den har legat uppe på land på en vagn hela vintern med ett täcke över sig. Jens klär av den vinterkostymen, Karin och Katerina hjälper till. Av det som pågår mellan Jens och Katerina märks intet. Men Katerina verkar munter och pratar på. Hon ler mot Karin, som om de var väninnor. Hon skulle gärna smila upp sig tillbaka, men det går inte. Säkert har Albin berättat i detalj om hennes tafatta försök till försoning.

När båten ligger i vattnet övertalar hon Jens att hon ska få ta första turen tillsammans med Albin. Hon småspringer upp till huset och hittar honom där han sitter vid bordet i sitt rum. Motvilligt går han efter henne ner till bryggan. Han är lika lite naturmänniska som hon, och frågar oroligt om hon verkligen kan manövrera båten.

"Ibland måste man utmana sig själv", säger hon.

Hon kan inte minnas att hon någonsin varit ute i båten ensam. Nu kliver hon i från bryggan som om hon aldrig har gjort annat. Det är märkligt vad som får henne att tro att hon kan få igång motorn, det måste vara hennes instabila psyke. Jens kliver slutligen ner i båten och ger henne en snabblektion.

Albin får på sig en flytväst och kliver i. Han sätter sig längst bak och lyckas se både frusen och obekväm ut. Hon backar ut och ska precis ropa något triumferande till Jens, som står intill Katerina på bryggan, när hon inser att hon är på väg att backa rakt in i vassen. Albin hinner få ner en åra i vattnet i tid och lyckas peta sig ut på djupare vatten. Tyvärr hinner hon uppfatta Jens roade min.

Hon gasar på ordentligt. Vinden är kall och rå men kylan känns uppiggande. Hon ökar farten och börjar göra tvära svängar. Det är roligt att köra motorbåt. Plötsligt inser hon att hon alldeles har glömt Albin. När hon vänder sig om ser hon honom sitta hopkurad och huttrande i iskylan, med bleka läppar och rädd blick. Hon sänker farten och ropar genom vinden att de ska åka tillbaka.

Hon har hunnit komma alldeles för nära bryggan när hon inser att det är dags att stänga av motorn. Jens håller händerna för ögonen och Julia skriker "Mamma!" med sin allra gällaste röst. Katerina kastar sig fram och tar emot båten med foten. Hon faller omkull, men lyckas genom sitt rådiga ingripande dämpa farten tillräckligt för att undvika en katastrof. Märket på båten blir inte stort.

Jens skriker "Galning!" och "Vad fan håller du på med?". Hon lovar att betala skadan med arvet efter pappa och försäkrar sig om att allt är okej med Katerina. Sedan säger hon att hon måste ut igen. Hon riktar sig mot Katerina. "Ska du med ut på en tur?"

Den andra blir ställd.

"Jo, men följ med ut. Det är kul."

"Vi åker ut alla tre i så fall", säger Jens.

"Du är väl inte rädd?" säger Karin och naglar fast Katerina med blicken.

"Det är så kallt bara."

"Ta Jens dunjacka."

Jens skakar bestämt på huvudet som om han var Katerinas förmyndare.

"Alltså, nu får du ta och ge dej", säger han. "Du har kört omkring som en jävla dåre där ute och du skulle ha kvaddat båten totalt om det inte hade varit för Katerina. Varför skulle hon vilja åka båt med dej?"

Hon inser att han har rätt. Är precis på väg att resa sig ur båten när Katerina vänder sig mot Jens.

"Kan jag låna din jacka?"

Det tar ett tag att komma igenom viken och ut på öppet hav. Katerina sitter där bak och tittar ut över vattnet med allvarlig min. Karin ökar farten så att fören reser sig, men vågorna är alltför höga och hon tvingas sänka farten. Hon känner en hand på sin axel. Katerinas långa hår lever sitt eget liv i vinden med himlens mörka fond i bakgrunden.

"Får jag pröva?"

Karin lämnar över ratten. Den andra verkar bli upplivad av att köra. Hon ler roat för sig själv när hon ökar farten. Motorljudet förvandlas till ett öronbedövande dån. Det skvätter friskt och båten slår så att Karin får ont där bak. Först nu blir hon riktigt medveten om kylan. Himlen är ovanligt mörk och när hon ser sig omkring inser hon att mynningen in till viken inte syns till någonstans.

"Ska vi åka tillbaka?" skriker hon till Katerina.

Den andra hör inte. Plötsligt kommer en kaskad med vatten forsande över dem. Karin ger ifrån sig ett skrik. Katerina blir också våt men hon ser inte rädd ut.

Det börjar bli uppenbart att båten är för liten för att vara ute till havs i den här väderleken. Vågorna är hela tiden farligt nära kanten. Karin griper tag i Katerinas arm och skriker: "Vi måste hem! Vi får köra tillbaka!" Men den andra ser bara på henne, som om hon inte förstod. Karin inser att hon handgripligen måste visa vad hon menar. Så hon tar tag i ratten och försöker svänga åt det håll hon tror att de kom ifrån. Katerina stirrar hätskt på henne och skriker något, medan hon håller fast ratten med ett järngrepp.

"Vad gör du?" skriker Karin, "Vi måste vända och köra tillbaka hem!", men hennes ord drunknar i det allmänna bruset.

Karin måste ta tag i Katerina med båda händerna och dra bort henne från ratten. Den tunna flickkroppen hamnar på durken. Hon hinner inte se efter hur det gick, måste orientera sig först. Men det ser likadant ut överallt, lika mycket hav. Hon går på sin intuition och styr båten åt det håll hon tror är rätt. Katerina tittar argt på henne från andra änden av båten. Hon liknar mest av allt en mordisk kvinnogestalt i en film med det våta håret fastklibbat på kinderna. I vilken sekund som helst kan denna obehagliga karaktär komma flygande rakt mot henne. Det gäller att vara på sin vakt.

Hon kör på ett bra tag utan att börja känna igen sig. Hon sänker farten, tar upp sjökortet och gör ett fåfängt försök att tyda det. Katerina sitter hopkrupen och stirrar ut över vågorna.

"Vart fan ska vi?" skriker hon i vinden.

Katerina pekar åt ett av alla håll. Karin stänger av motorn.

"Varför just där?" frågar hon.

"För att det är där!"

"Hur vet du det?"

"Vi kom från där. Jag skulle köra dit!"

Det kan inte stämma. Ändå vågar hon inte chansa. Så hon sväljer stoltheten, startar motorn och styr åt det håll som Katerina pekade åt. Efter något som känns som en kvart siktar hon mycket riktigt öppningen in mot den välbekanta viken.

Hennes beteende är oacceptabelt. Men Katerina ser inte ut som en vinnare, hon sitter bara där med blicken mot horisonten. Själv känner hon hur vattnet och kylan har krupit under kläderna, tätt inpå kroppen. Och det enda hon kan tänka är att hon måste hinna med bussen tillbaka in till stan innan kvällen är slut.

Hon ser inte den mycket större båten förrän den är alldeles inpå. Hon förstår att något måste göras, men det finns ingen tid att diskutera vad. Båten är på väg mot henne i full fart. Hon försöker skapa reda i sina tankar. Högerregeln! Högerregeln borde gälla även på sjön. Det är således den andra båten som ska väja för henne. Katerina ropar genom bruset och viftar med handen för att visa att hon måste köra åt sidan, men hon fortsätter framåt i samma riktning

Det oundvikliga sker. Brutalt. Hon kastas omkull på durken. Känner en kraftig smäll i huvudet med en intensiv smärta som följd. Hela båten är på väg att kantra. Det gungar häftigt och vattnet sköljer in över henne där hon ligger. Mot alla odds lyckas hon resa sig och gripa tag i ratten. "Fan också! Fan! Fan! Fan!"

Hon försöker starta motorn, men den är död. Hon vänder sig om för att diskutera saken med Katerina. Hon stirrar framför sig. Inte en människa, förutom hon själv, finns i båten. Hon känner sig svimfärdig. Måste skärpa sig. Måste fokusera. Hon riktar blicken ner i vågorna. Katerina syns inte till någonstans. Detta är straffet som hon måste sona för resten av livet. Hon har dödat Katerina. Anna och Maxim kommer att hata henne så länge de lever.

Hon skriker. Hon skriker lungorna ur kroppen. Det enda hon vill är att kasta sig i havet och låta sig dras ner till botten, men så ser hon, huvudet, Katerinas huvud som sticker upp en bit bort bland vågorna, hennes hand i luften.

Karin tar en åra och paddlar iväg mot henne. Den andras ansikte är kritvitt, hennes ögon fyllda av panik. Hon försöker uppenbarligen hålla sig ovanför vattenytan med sina sista krafter.

Katerinas hand griper tag om relingen. Den andra handen

sträcks mot Karin i en desperat vädjan om hjälp. Ett kort ögonblick tvekar hon, en mikrodels sekund. Men ändå. Bara att överväga att låta bli att gripa tag i den där handen. Hon måste vara satan själv.

57

DET ÄR EN TYSTARE tystnad än hon har upplevt förut. Katerina ligger nerpackad och nerkyld under duntäcken tillsammans med värmeflaskor och håller på att tina upp. Själv är hon läkaren som övervakar patienten. Och det är alldeles, alldeles tyst.

Jens har pratat färdigt. Hur många gånger han har sagt att hon är en idiot går inte att minnas. Det var tydligen en självklarhet att en mindre båt väjer för en större. Hon bedyrade gång på gång att detta har hon aldrig hört förr, vilket är sant. Icke desto mindre har hon förstört hans båt. Hans älskade båt. Att allt, inklusive den mötande båtens skador, går på försäkringen är det ingen som tar upp som en förmildrande omständighet.

Det var pinsamt att bli bogserad hem, och att komma hem med svansen mellan benen tillsammans med deras nerkylda hushållerska.

Julia bara grät efter att den första chocken lagt sig.

"Mamma, vad har du gjort? Hon kunde ha dött!"

"Nej då ..."

"Ni krockade och hon hamnade i vattnet!"

"Jo, men jag var ju där."

"Hur kunde du, mamma?"

Då kom Albin fram.

"Tror du hon gjorde det med vilje, eller?"

Julia slog ner blicken i golvet. Karin drog henne till sig.

"Förlåt. Jag fattar inte hur jag kunde vara så korkad ..."

"Du kunde också ha dött", snyftade Julia mot hennes axel.

Hon såg tacksamt på Albin. Men i hans ögon fanns oro. Som om han var osäker på om det var med flit eller inte som Karin styrde rätt in i den andra båten.

Barnen har suttit vid Katerinas sjuksäng. Jens har lagat mat. Nu samlas alla utom Katerina runt bordet. De äter under tystnad. Karin öppnar en flaska vin, och häller upp till brädden i ett glas. Maten smakar inte. Hon skjuter ifrån sig tallriken när hon har mer än hälften kvar.

Albin smiter snabbt iväg efter maten. Julia sitter demonstrativt kvar och tittar från den ena till den andra. Karin orkar inte spela teater. Hon vill inte se på Jens och han inte på henne, det är den brutala sanningen. Julia ger ifrån sig en suck, innan hon tar sin tallrik och slänger ner den på diskbänken med en smäll. Hon ger dem en sista anklagande blick innan hon lämnar köket.

De blir sittande och dricker vin medan minuterna passerar.

"Jag kanske skulle ha sagt det tidigare men jag har lånat ut en massa pengar till Katerina."

Hans ord överrumplar henne.

"Jag tänkte att du inte behövde veta", fortsätter han. "Att det var en grej mellan oss."

"Hur mycket pengar?"

"Det spelar ingen roll. Det viktiga är att hon är kvitt den där idioten." Han ser forskande på henne. "Tänkte du inte på dom där samtalen? Hörde du inte hur hon grät? Jo, det är klart." Blicken blir frånvarande. Käkarna arbetar under huden. "Fy fan, vilken jävel."

"Vilken jävel?"

"Hur kommer det sig att du aldrig frågade henne om dom där samtalen? Jag menar, han måste ha ringt tusen gånger när jag var i Köpenhamn?"

"Det verkade inte som om hon ville bli frågad."

"Du kanske ville gå omkring och vara svartsjuk?"

"Hon vill inte ha min hjälp!"

Ett skrik. Ett trotsigt-barn-skrik. Aldrig bra. Aldrig bra med trotsigt barn.

"Stackars Karin."

Hon låtsas inte ha hört. Häller i sig det sista av vinet. Reser sig och hämtar en ny flaska. Korkar upp den. Serverar sig själv.

"Jag frågade henne den där natten, du vet. När vi gick ner i köket och pratade."

"Jaha", säger hon i lätt ton. "Och så rann hela historien ur henne medan du strök henne över håret och sa att allting skulle ordna sig?"

Han ser neutralt på henne.

"Nej, Karin. Jag frågade henne och hon svarade att hon har en galen man efter sig som pressar henne på en massa pengar som hon lånade av honom för att kunna ta sig till Sverige och få ett jobb. Han har nåt slags agentur där han 'hjälper' fattiga kvinnor med resor och visum och arbete." Han skakar indignerat på huvudet. "Och så la han på en massa ränta på dom lånade pengarna så att det blev omöjligt för henne att betala. Han har hotat både henne och hennes familj i Moldavien och ... ja ... jag tänkte helt enkelt att dom där pengarna gör så mycket mer skillnad i hennes liv än i mitt."

Hon kan tydligt minnas Katerinas förtvivlade röst i natten. Och hur telefonsamtalen plötsligt upphörde. Jens har gjort det enda rätta. Hon kan sympatisera till hundra procent med honom, ändå är det något som skaver.

Hon reser sig från bordet.

"Jag diskar sen."

Är på väg ut genom dörren med vinglaset i handen när han

reser sig upp. I nästa sekund känner hon ett hårt grepp om armen.

"*Jag diskar sen*", härmar han.

"Snälla Jens, du håller väldigt hårt om min arm just nu."

Han släpper. Hon grimaserar fast det inte gör ont längre.

"Det gjorde ganska ont faktiskt."

Han ser intensivt på henne.

"När fan blev du så kall?"

"Kan jag få gå och dricka mitt vin ifred? Jag mår inte så bra efter min båttur nämligen. Jag fryser fortfarande och har ont i huvudet, om du vill veta."

Hon går in i vardagsrummet. Som tur är syns varken Albin eller Julia till. Hans steg kommer efter. Hon sjunker ner i soffan och slår på teven. Det bara brusar på skärmen.

"Jävla antenn."

Hon går fram och ruckar på den tills hon får in ettan. Känner hans närvaro bakom sig.

"Hon har barn."

Hon vänder sig mot honom.

"Har hon?"

"Hon har två små barn, en pojke och en flicka, i Moldavien. Vet du det, att hon älskar sina barn lika mycket som vi älskar våra?"

Karin sjunker ner i soffan.

"Vad hemskt."

"Men hon kan inte försörja dom i Moldavien, hon är ensamstående och familjen har inga pengar. Hennes föräldrar är sjuka, småsyskonen arbetslösa ... Hon *måste* vara här och arbeta. Fattar du?"

"Jag hör vad du säger, Jens."

Han sätter sig på soffans armstöd och väntar in hennes reaktion. Men hon kan inte förmå sig att reagera. Han tänker att hon är känslomässigt störd som inte gråter förtvivlat och ställer tusen följdfrågor. Han tänker att hennes tidigare engagemang för utsatta människor var ett spel för gallerierna. Stackars Karin.

"Vet du en sak, Karin? Jag har blivt engagerad i en annan människa, i hennes situation. På riktigt. Fattar du?" Han ser forskande på henne. "Hon har väckt saker till liv inom mej som jag …", han sväljer, uppenbart berörd av sina egna ord, "… inte trodde fanns, på nåt sätt … Jag är så jävla tacksam mot henne för det. Jag kommer inte att släppa henne … släppa iväg henne hur som helst, menar jag. Bara så du vet."

"Det är bra, Jens."

Hon tar fjärrkontrollen och höjer volymen. Sansade speakerröster från naturprogrammet på teve.

"Vem är du, Karin?"

När hon slutligen förmår att se på honom är han borta.

Hon kramar sina barn god natt. Sedan går hon ut i köket och öppnar en flaska vin till. Hon plockar undan och diskar. När hon tittar in i vardagsrummet håller Jens på att lägga sig till rätta i soffan. Hon säger godnatt. Han med. Som om ingenting har hänt.

Hon tömmer vinflaskan vid köksbordet. Tar ett par whisky, whisky som hon hatar.

Vinden viner utanför fönstret, som om det vore höst. Alla sover. Hon och whiskyn vid bordet. Hon kräks på toa innan hon smyger in i sovrummet och slår emot en stol.

"Hur gick det?" hör hon Katerinas röst i mörkret.

58

DET ÄR BARA att konstatera att Katerina har klarat sig efter omständigheterna väl. Det är en lättnad så länge hon inte utvecklar lunginflammation. Frågan är om det skulle gå att leva med. Att det var hon den här gången som orsakade sjukdomen. Deras blickar möts inte när hon gör sina sjukbesök i rummet. Inte när hon ställer sina frågor. Inte när hon lägger det kalla stetoskopet mot hennes bara hud. Ingen av dem har kommenterat vad som hände ute på sjön. Förlåtet bränner på tungan. Bränner.

Katerina har fått en rejäl förkylning och måste ligga i sängen. Karin hittar på att de behöver mat, massor av mat, och lovar barnen godis och tidningar och lockar dem att följa med och handla. Albin sätter sig intill henne i framsätet och Julia där bak. På vägen hem ska Julia få sitta fram, för rättvisans skull. Dottern har CD-skivor med sig som de lyssnar på i bilen, även om Albin tycker att de är töntiga. Baksmällan behåller sitt grepp om henne. I vanliga fall skulle hon aldrig sätta sig bakom ratten.

Först efter några mil börjar hon kunna slappna av. Hon kör förbi den närmaste affären och barnen undrar varför. Hon säger att de måste åka ända till stormarknaden om de ska få tag på allt som behövs till middagen. När de frågar vad de ska få säger hon att det blir en överraskning.

Landskapet utanför bilfönstren är vackert. Hon är nästan helt ensam på vägarna och huvudvärken börjar avta. Julia lutar sig fram och berättar om en film hon sett. I vanliga fall skulle hon bli irriterad på hennes omständliga sätt att berätta på, men idag ser hon på dottern i backspegeln och nickar uppmärksamt, utan att det känns som en ansträngning. Vad som helst går bra som inte är att vara med Jens och Katerina i sommarstugan.

Albins blick vilar på vägen. Efter en stund hör hon en liten röst bredvid sig. Hon vänder på huvudet och ser sin son sitta och sjunga med i den töntiga popsången på Julias skiva. Hans allvarliga ansikte. Det är så rörande att hon vill gråta. Men istället hakar hon på i refrängen och de sjunger sig igenom hela låten tillsammans.

"Du sjunger bra", säger han och ser uppskattande på henne.

Hon småstrosar i den gigantiska matvaruaffären som om de hade hela dagen på sig. Problemet är att det är så stort att man inte hittar någonting och dessutom känner hon sig märkbart ofokuserad. Barnen undrar verkligen vad det är frågan om, det syns. Att hon inte strukturerade upp handlingen i bilen var redan det en överraskning. Nu kommer det fram att hon inte ens har gjort någon lista. När Julia inser att hon inte har bestämt vad det ska bli till middag himlar hon lillgammalt med ögonen och tar Karin under armen, "Men mamma, vad du är konstig", men det syns att hon gillar det. Ännu mer gillar hon att de ska få bestämma vad det ska bli för mat. Hon och Albin får handla precis vad de vill, bara de tar alla beslut själva. Karin väntar, trött, sittande på en lastpall vid konserverna, medan Albin hämtar oxfilé och bearnaisesås på påse och Julia plättar och sylt. Bägge är nästan euforiska av lycka. "Ni får handla allting idag. Kan vi inte bara bestämma det?" utbrister hon som en tokrolig mamma i en film. Julia reagerar precis som hon ska, med obligatoriskt klapp i händer och upp-och-nerstuds. Sedan tar barnen var sin vagn och fyller den med allt man kan tänkas behöva för en tremånadersvistelse på landet. Men hon nickar bara uppskattande när de kommer rusande med sina varor. Hon trivs så bra på sin lastpall. Hon skulle kunna sitta där i timmar, hon skulle kunna tillbringa natten på den. Mobilen ringer, men hon bryr sig inte om den. Hon tittar upp i taket istället. Där uppe flyger fåglar omkring. De skulle kunna övernatta tillsammans, hon och fåglarna, göra ett rede på golvet bredvid frukten.

Julia får dåligt samvete i kön till kassan för att hon har tagit för mycket kakor och godis. Karin försäkrar henne om att det inte alls är för mycket. Hon märker hur den präktiga familjen som står framför dem i kön hajar till, särskilt när Julia utbrister:

"Å, mamma, kan jag inte få vad jag vill nästa gång vi handlar också!"

De präktiga föräldrarnas barn stirrar avundsjukt ner i deras vagnar fyllda med onödigheter och Karin får en blick från kvinnan som är minst sagt fördömande.

De stannar och äter korv på vägen hem. Och glass. Hon köper barnen varsin CD-skiva på en bensinmack även om Albin försäkrar henne om att han kan ladda ner den på datorn hemma.

"Men du vill väl ha med omslag? Är inte det kul?"

Hon kör i sjuttio på nittiovägen och möter Albins blick i backspegeln. Det är som om han ser rakt igenom henne, och förstår varför hon kör så långsamt. Julia pratar på om vad pappa och Katerina kan tänkas tro när de är borta så länge. Uttrycket stannar kvar hos henne, hon upprepar det inom sig, gång på gång: "pappa och Katerina". När hon kör in på den lilla grusvägen kommer huvudvärken tillbaka. Samtidigt kommer en låt på radion som både Julia och Albin vill lyssna på och de blir kvar i bilen medan Karin lyfter ut kassarna ur bakluckan. Framme vid dörren hejdar hon sig. Hon blir stående några sekunder innan hon försiktigt ställer ner påsarna med mat och lägger handen på dörrhandtaget.

Hon smyger genom köket. Tassar vidare till vardagsrummet. Hör ett svagt mummel och inser varifrån rösterna kommer. Hon gömmer sig bakom den halvöppna dörren in till sovrummet. På andra sidan finns hennes man och hans älskarinna. Hon behöver bara luta sig fram.

Katerina halvligger i sängen. Jens sitter på sängkanten och håller hennes hand. Hon kan inte se hans ansikte, däremot hennes. Det utstrålar tillgivenhet.

"Sluta", säger Katerina med ett mjukt leende.

Hon smyger tillbaka till ytterdörren, till verandan och kassarna. Albin och Julia kommer från bilen och hon slår följe med dem in i huset. "Ho, ho!" ropar hon.

"Är det nån hemma?"

Så står han framför henne, utan ett spår av skuld i blicken. Hon drar sig till minnes vad hon alltid sagt till folk, att Jens inte är den otrogne typen. Inte kan man tro annat än att det är sant när man ser ett så oskyldigt ansikte.

"Mobilen laddade ur", säger hon och ställer ner matkassarna. Han stirrar på dem.

"Var det allt?"

"Nej. Det finns mer i bilen."

"Det var ett skämt, Karin. Hur mycket har du handlat egentligen?"

Han går ut för att hämta resten, kommer tillbaka in, med stånk och stön och två överfyllda papperspåsar.

"Blev det nåt kvar i affären? Jag menar, efter att ni hade handlat?"

Han tar upp en påse chips och en låda glass ur en påse och ser förebrående på henne. "Vi åker hem i övermorgon, du vet det, va?" Han lutar sig ner igen och tar fram en burk jordnötssmör och en frusen pizza ur påsen. Himlar med ögonen.

Då kommer hon in i köket, spröd som en fågel i fårskinnstofflor och stickad tröja över slitna jeans. Som hämtad ur ett modemagasin med tema "naturligt och jordnära".

"Ska jag hjälpa?"

"Nej, du ska ligga. I sängen."

Katerina får inte se. Får verkligen inte. Men det är för sent. Hennes blick har redan fastnat på de överfyllda matkassarna. På överflödet. Och i nästa sekund kommer Julia in och strålar.

"Vi fick ta vad som helst! Vi fick handla upp hela affären om vi ville."

Katerina ser förvånat på Karin som vänder bort blicken.

"Riktigt så var det väl inte."

Hon befaller Katerina att återvända till sängen, men den andra kvinnan har redan börjat plocka upp.

"Var ska dom här stå?" Katerina håller oskyldigt upp två choklad- och kolasåstuber framför henne. "Kyl eller skafferi?"

Karin tar förpackningarna ifrån henne. I samma sekund dyker Anna och Maxim upp framför hennes ögon. De ser hungriga ut. Inte bara hungriga, utsvultna. De har magrat sedan sist och är nästan bara skinn och ben. Kanske har de inte fått mat på flera dagar. Kanske har de aldrig någonsin ätit sig mätta.

Hon smiter in på toaletten. Det är så mycket: det faktum att hennes man och hennes hushållerska har ett förhållande, det faktum att hon ska känna sig sviken, lurad och hämndlysten. För hon är faktiskt bedragen. En yngre kvinna har kommit och tagit hennes man ifrån henne, en kvinna som egentligen borde vara tacksam över vad de har gjort för henne. Men hur mycket hon än försöker kan hon inte uppbringa någon hämndgirighet. Det enda hon kan tänka på är Anna och Maxim, och vad de ska få till middag idag. Och på sig själv. Sitt eget överflöd. Sina egna äckliga privilegier.

59

DE HAR SPELAT spel och druckit te och ätit kakor från stormarknaden. Barnen har varit glada. De fick sin önskemiddag. Till och med Jens ändrade inställning när han såg Albin stå och steka kött, visslande vid spisen. Han tog henne åt sidan och strök lite stelt hennes arm, och såg liksom generad ut. "Jag har inte sett honom så glad på länge. Det är din förtjänst."

Kanske var det faktiskt sant. För Albin frågade henne saker hela tiden: "Tror du det är klart nu, mamma?", "Vilken kastrull ska jag ta till såsen?", "Vadå 'vispa'? Med vadå?". Hon tänkte att det var ett lätt sätt att vinna någons tillgivenhet på. Samtidigt var det hjärtknipande att se honom vid middagsbordet. Oxfilén var perfekt stekt och han pös nästan över av stolthet.

Nu sitter de här, alla tre, Karin och Karins man och Karins mans älskarinna. Nyss var rummet fyllt av liv, men barnen har gått och borstat tänderna, som duktiga, väluppfostrade barn. Stämningen är tryckt. Jens lägger in spelplanen i sin låda och Katerina samlar ihop spelpjäser. Själv sitter hon och klämmer på stearinljuset. Det heta stearinet väller över kanten och bränner henne på handen.

Julia kommer in och kramar dem godnatt, en efter en. Hon kryper så nära. Den välbekanta doften av hennes hår framkallar känslan av hemtrevnad.

"Jag älskar dej", viskar hon i dotterns öra. "Vad som än händer."

Så står Albin där i sin pyjamas och höjer handen tafatt till hälsning. När han går tillbaka till sitt rum reser hon sig och följer efter. Ställer sig bredvid sängen medan han kryper ner. Böjer sig över honom och viskar: "Vi ska reda ut allting. Vi ska prata mer, vi ska försöka göra det bästa av det som hänt. Jag vet inte hur just nu, men ... Jag glömmer det inte. Jag lovar."

Han nickar och hon sätter ett finger på hans näsa.

"Vad är det där? Har du börjat få finnar, Albin?"

Hon får en klump i halsen. Det är något med den där finnen som berör henne, något som inte går att förklara för ett barn. Så hon trycker ner klumpen och smeker honom över kinden.

"Godnatt, min vän."

Hon är på väg att säga att de ses imorgon men hejdar sig, för så kommer det ju inte att bli.

Jens och Katerina sitter kvar i soffan där hon lämnade dem, stelt uppställda, som inför en fotografering. Katerina reser sig när hon kommer in, "Nu måste jag ..."

"Jag som tänkte öppna en flaska vin. Vill du inte ha?"

Katerina ser villrådig på Jens.

"Vet han det?" säger Karin. "Om du vill ha."

"Jag kan ta ett glas."

Katerina sjunker tillbaka ner i soffan. Karin hämtar en flaska och tre glas. Häller upp framför allvarliga ansikten. Det knäpper under plankorna i golvet, precis som hemma. Jens är besvärad. Lite artigt prat om väder och vind och sedan god natt, det är hans förhoppning.

"Jag vill prata om Albin."

Jens höjer intresserat ett ögonbryn, "Jaha?".

Hon drar Albins historia från början till slut. Jens ögon blir stora och fyllda av förtvivlan. Till slut vänder han sig mot Katerina.

"Visste du?"

Hon nickar.

"Men varför har du inget sagt?"

"Jag sa till Karin. Igår."

"Men jag då? Varför sa du inget till mej?"

Katerina spänner ögonen i Jens, som man gör i en älskare, inte en husbonde. "Jag fick, vad heter det, förtroende från Albin. Jag kunde inte svika. Men sen ingenting blev bättre. Så jag berättade för Karin. Kanske för att hon är mamma och jag kan liksom känna …"

Hon avbryter sig och sätter handen framför ögonen, som ett skydd för insyn.

Karin lägger fram olika alternativ när det gäller vad de kan göra för att hjälpa Albin. Det är allt ifrån att ordna ett möte med rektorn och/eller föräldrarna till att utrusta pojken med basebollträ eller helt enkelt byta skola. Jens tittar dystert ner i sitt vinglas. Häller i sig halva i ett svep och ställer ner glaset på bordet.

"Fy fan, vilken kass farsa jag har varit. Fy fan."

"Ja", instämmer hon. "Du är kass. Och jag är kass. Så vi måste ta tag i det här. Naturligtvis ihop med Albin. Men anledningen till att jag ville berätta för dej ikväll, Jens, och …", hon vänder sig mot den andra kvinnan, "… även för dej, Katerina, är att det kanske kan lösa sig av sig självt. Det är nämligen så att vi måste sälja huset, och om vi ändå ska flytta kan vi bosätta oss i ett annat område där det finns andra skolor."

Jens ser förbluffad på henne.

"Förlåt? Varför måste vi sälja huset? Du glömde säga det."

"För att vi ska skiljas."

Hans leende stelnar. Katerina reser sig. "Jag ska inte …"

"Jo. Du ska också höra."

"Vad intressant", säger Jens syrligt, och ser sig omkring som om det fanns publik. "Varför ska vi skiljas?"

"För att jag har varit otrogen."

Det var inte det han hade väntat sig. Ett uns av osäkerhet letar sig in i den självsäkra blicken.

"Jaha. När har du hunnit vara otrogen?"

"Han heter Tobias. Han är 28 år. Han läser till läkare och jag träffade honom på krogen. Vi har träffats under flera månader, ganska ofta faktiskt. Särskilt nu när du har varit borta har vi träffats. Det har varit väldigt praktiskt."

Katerina sitter blickstilla och stirrar framför sig. Jens reser sig. Vandrar runt i rummet. Han vänder sig häftigt mot henne. "Du försöker bara provocera, eller hur? Det är för att jag ska bli svartsjuk och ... Jag tror dej inte. Varför skulle jag göra det?"

Hon söker upp Katerina med blicken.

"Kan du berätta för Jens, är du snäll?"

Katerina blir besvärad.

"Vad ska jag berätta?"

"Allt. Jag var ute mycket, eller hur? Jag kom hem berusad fast jag hade sagt att jag skulle jobba."

"Jag trodde du jobbade."

"När jag kom hem och luktade sprit?"

Katerina ser irriterat på henne. "Det är inte mitt jobb att tänka om dej."

"Men du tänker ändå, eller hur? Du är smart och känslig och ... Du fattade att jag hade nån, kan du inte bara erkänna det?" I nästa sekund minns hon. "Du såg honom! Kommer du inte ihåg? Han kom till huset, och du stod på trappan och rökte. Han grät. Och jag tröstade. Du hörde hela samtalet. Säg som det är bara."

Det blir tyst. Katerinas mun öppnas långsamt.

"Jag hörde inte allt ni sa, men ..." Hon suckar och söker Jens blick. "Okej. Jag förstod att dom hade ... haft nåt."

Karin ser triumferande på Jens.

Det ofattbara håller på att sjunka in hos honom. Hon skulle kunna tolka hans chock som en förolämpning, men väljer att glädja sig åt den starka effekten.

"Var gjorde ni det?" säger han dovt.

"Hos honom. Det var väldigt ... vad ska man säga, sexuellt. Jag menar, vårt förhållande byggde mycket på sex."

Han vänder henne ryggen.

"Skulle du kunna gå härifrån?"

Hon reser sig lydigt och hämtar den färdigpackade väskan från golvet i sovrummet. Hon klär på sig ytterkläder och skor. Inte ett ljud hörs inifrån vardagsrummet. När hon kommer tillbaka står Jens kvar i samma pose.

"Jag ordnar så att bilen kommer hit imorgon. Jag skickar nån som kör hit den. Och du behöver inte oroa dej för mej, Jens. Jag ordnar nånstans att bo."

Med beslutsamma steg går hon mot bilen. I en annan värld skulle bilen inte gå igång och hon skulle slå frustrerat mot ratten och väsa "skit!". Han skulle komma springande och be henne att komma tillbaka. Hon skulle få igång bilen och köra iväg, förblindad av tårar. Han skulle springa efter och skrika: "Jag älskar dej! Fattar du inte det?" Hon skulle se honom i backspegeln, hur han blev mindre och mindre, "Snälla Karin, stanna!", tills han bara var en liten prick. Men det är i en annan värld.

60

MAN BEHÖVER INTE GRÅTA när man berättar. Man kan vara samlad. Man kan avbryta sig mitt i en mening, det är effektfullt. Liksom långa tystnader. De skapar nerv. Hon talar med klinikchefen och säger att hon har känt sig utarbetad länge, men att hon kommit till en gräns där hon känner sig "inkapabel att arbeta", hon ska besöka en kollega i veckan och låta sjukskriva sig. Det här är allvarliga saker, säger hon, nu är det dags att ta sig själv på allvar. Hon pratar om skyhöga krav i ett prestationsinriktat samhälle. Och om att glömma bort vad som är viktigt. Hon förstår om klinikchefen blir imponerad. Hon håller med om allt, och verkar bli glad över att höra talas om sjukskrivning:

"Jag ska ju inte säga sånt här, men ta nu riktigt lång tid på dej. Inte skynda tillbaka direkt när du känner dej lite bättre, utan *låt det ta tid*, lova mej det."

Hon går omkring i det stora huset på Fågelbovägen 32. De andra kommer hem imorgon och innan dess måste hon ha gett sig av. Hon lyfter beslutsamt ut hälften av kläderna ur garderoben, med galgar och allt, och släpper ner i en av väskorna. Resterande hälften häller hon över i väska nummer två. Hon hämtar ytterligare två resväskor som hon fyller med kläder. Sedan sätter hon sig i soffan med det fina vinet som Jens köpte när han var på konferens i Marseille. Hon ler för sig själv när hon tänker på vilken snobb han är under de ostrukna skjortorna.

Det märkliga är att hon känner sig upprymd. Hon skriver en

lapp till Jens där det står att han kan ta allt. Hon skriver att hon inte vill äga något, att hon ska börja leva ett enkelt liv, att hon ska försöka bottna som människa och skala bort det som känns förljuget och onödigt. Hon bekänner att hon har varit egoistisk och att det mesta hon har gjort i sitt liv har varit för att tillfredsställa sina egna och inte andras behov. Hon har gömt sig bakom en fasad av godhet, och genom det byggt en mur av oantastlighet omkring sig. Men nu, äntligen, är hon redo för förändring.

Hon läser igenom det hon skrivit och ser att det låter som en bekännelse ur en amerikansk film, hon vet inte ens om det är sant. Så hon river sönder brevet och slänger bitarna i papperskorgen. När hon är halvvägs inne på den andra flaskan dyrt, franskt vin börjar hon oväntat att gråta. Hulkande tar hon sig upp för trappan och slår upp dörren till Katerinas rum. Hon drar ut lådor i byrån och gräver i garderoben. Hon tar fram allt som ligger gömt och lägger ut tingen på golvet. Katerinas personliga saker täcker hela golvytan och själv sätter hon sig i mitten. Hon börjar studera vartenda foto, varenda målning, vartenda brev som Katerina har i sin ägo. Hennes bilder är ofta abstrakta men ibland berättar de om ett annat liv i en annan del av Europa, om människor som lever på torftig landsbygd eller i förfallna hus i stadsmiljö. Och så familjen. Anna och Maxim, hand i hand på en landsväg, den gamla pappan som dricker kaffe eller mamman som rensar grönsaker.

I samlingen finns brev sparade som är upp till tre år gamla. I början skriver Maxim inte själv utan skickar teckningar tillsammans med sin syster. Men de senaste två åren har han börjat författa sina egna brev, handstilen har blivit riktigt prydlig. Hon studerar hans ansikte på ett av de färskare fotona och ser honom framför sig där han sitter i köket i morföräldrarnas förfallna hus på landsbygden och gör sina läxor. Hon tar upp ett porträtt på en okänd man och jämför med fotot på Maxim. De har uppenbara gemensamma drag. Längst ner i den guldfärgade asken hittar hon ett kort på Katerina där hon står intill samme man. Hennes arm ligger runt midjan på honom medan hans vilar tryggt över hennes axlar. Mannen är förstås barnens far. Det konstiga är att han inte syns på några nya foton och inte heller verkar ha skickat brev. Det mest troliga är att han är död. Kanske dog han i en tragisk sjukdom. Katerina blev ensam försörjare till barnen. Tanken är så sorglig att hon börjar gråta igen.

Karin tar ett av Katerinas papper från skrivbordet. Hon sätter sig på Katerinas stol och tar Katerinas penna och känner sig som Guldlock i *Guldlock och de tre björnarna*.

Kära Katerina. Jag förstår om du tycker illa om mig och blir arg för att jag har gått in i ditt rum utan att fråga, men jag kunde inte låta bli. Jag har snokat bland dina brev och foton, jag erkänner. Jag har hittat bilder på dina barn och din familj, jag har gråtit för deras skull och för din. Jag vet att du inte vill att jag ska veta, jag vet också att tanken på att jag gråter för din skull är äcklig och motbjudande, jag förstår om du inte vill ha mitt medlidande. Men det jag vill säga är bara förlåt. Jag har varit ett svin och en idiot. Förlåt för att jag inte kunde säga förlåt efter det där som hände ute på sjön (jag vet, jag är galen!), men du ska bara veta hur jag har hatat dej, Katerina. Och ännu mera mig själv för att jag har hatat. Jag vill att du ska veta att jag inte blir arg om du väljer att leva med Jens. Kanske är det din enda utväg. Jag kan lova dej att Jens är en underbar människa som aldrig kommer att göra dig illa och att mina barn älskar dig vet du redan. Det jag skriver här och nu är vad jag känner. Jag är inte arg, bara glad för att det kanske kan finnas en utväg för dig och din familj. Karin.

Taxichauffören ser förvånat på henne där hon står med alla sina resväskor. Han tittar upp mot huset, som om han väntade sig att någon skulle komma efter. När ingen kommer lyfter han in väskorna i bagageutrymmet och frågar vart hon ska.

"Till stan."

Hon njuter av vägen och mörkret omkring dem och av den kommersiella musiken från bilstereon. Hon somnar i det mjuka och vaknar av att han tilltalar henne. Hans blick i backspegeln är misstänksam. Som om hon var en galen tant, inte en människa som liksom andra är värd respekt och vänligt bemötande.

"Vart ska vi?" frågar han.

"In till stan bara. Vart som helst."

"Stan är stor, vet du."

Hon blir irriterad på honom. Han ska fan inte ifrågasätta.

"Kan du inte bara göra som jag säger?"

Han kör mot de centrala delarna. Hon tänker intensivt på vart hon ska ta vägen.

Det är skönt med människor som inte gör en så stor affär av allting. Det är sen kväll, nästan natt. En berusad kvinna ringer på dörren hos en annan kvinna. Den berusade har en massa väskor med sig. Hon har tidigare varit oförskämd mot kvinnan i lägenheten och de har inte hörts av på länge. Den berusade säger "Kan jag bo här?" Den andra tittar sömndrucket på henne och svarar "Ja".

Isabel bär in väskorna i vardagsrummet. Hon drar i en soffa som förvandlas till en säng. Hon hämtar lakan och bäddar. Karin sitter i en snurrfåtölj med ytterkläderna på. Hon snurrar fram och tillbaka. Blir plötsligt åksjuk och slutar. Isabel placerar kudden vid huvudänden, stoppar täcket i påslakanet, skakar. Karin reser sig mödosamt och hjälper till att dra ner lakanet så att det omsluter täcket. Isabel lägger det på madrassen. Sedan lämnar hon rummet. Ljudet av hett tevatten som hälls upp i en kanna. Så dyker hon upp med brickan.

"Ska du inte ta av dig?"

"Jo."

Hon kränger av sig jackan och släpper den på golvet. Isabel tar upp den och försvinner ut i hallen. Ljudet av en galge som klingar till.

"Du hängde upp min jacka?" säger Karin.

"Ja."

Så dricker de te. Karin spiller på bordet och torkar upp med sin ärm. Isabel ler och tar hennes hand.

"Vad glad jag är att du kom."

Det var vad hon behövde. Den där beröringen.

Hon stupar i säng, utan att borsta tänderna först, vilket är något helt nytt. Hon sover i elva timmar. När hon vaknar är Isabel borta. Det ligger en lapp på köksbordet tillsammans med extranycklar, "Ta vad du vill i kylskåpet. Puss." Då minns hon: Isabel lovade att köra tillbaka bilen till landet.

Efter frukost går hon ut. Vid ett övergångsställe hejar hon på en gammal kurskamrat, men stannar inte och pratar. Hon går och går, utan mål. Till slut slinker hon in på ett kafé och äter lunch utan att känna sig utanför. Hon smyglyssnar på några tjejer i tjugoårsåldern som pratar om rysk litteratur. Det är ett intressant samtal som hon lyssnar färdigt på. Sedan går hon ut igen. Vid fyratiden kommer något tungt över henne och hon måste sätta sig på en parkbänk.

En illaluktande man slår sig ner på bänken. Hon brukar aldrig vara otrevlig mot den typen av män. Mannen tar fram en kvarting ur rockfickan och bjuder henne. Hon gör en avvärjande gest mot flaskan. Mannen blir provocerad. I vanliga fall skulle hon sitta kvar och försöka vara diplomatisk, men nu reser hon sig bara och går. Mannen ropar efter henne att hon är en fitta. Hon vänder sig häftigt om och frågar varför han stinker så jävla illa och om han har pissat på sig och vad fan har han för problem egentligen. Sedan fortsätter hon. Förvånande nog ropar han inget efter henne. Hon hade nästan önskat det.

61

EFTER ATT HA STÄNGT dörren om sig sjunker hon utmattad ner på huk. Hon kan inte minnas att hon har gått så långt i sitt liv förut. Det luktar mat i lägenheten, det luktar god mat. Musiken som hörs inifrån köket är lugn och mjuk och välgörande. Isabel är god. Isabel är hennes vän, vad som än händer. Så uppfattar hon röster och i nästa sekund står väninnan framför henne.

"Vilar du?"

Karin nickar.

"Vem är här?"

"Du får se."

Isabel drar upp henne från golvet. Karin följer oroligt efter in i köket. Hon stannar i dörröppningen. Inte det här. Bara inte det här. Katerina sitter uppkrupen på en stol och ser på henne med den stora tröjan dragen över benen. De hejar avvaktande. Isabel tar grytan från spisen och ställer den på bordet. Hon gör en gest med huvudet mot den lediga stolen. Karin sätter sig motvilligt. Hon känner de andras nöjdhet omkring sig. Nu ska det förstås talas ut. Nu ska Karin och Katerina mötas som civiliserade människor, kanske som jämlikar rentutav, över en gryta hos kontaktförmedlaren Isabel. Hon vägrar konsekvent att se på dem, men smygtittar vid ett tillfälle. Isabel och Katerina ger varandra långa, menande blickar som säger att Karin verkar okontaktbar. *Hur ska det här gå?* frågar Katerinas blick. *Det ordnar sig*, säger

Isabels. *Ge henne bara lite tid. Hon har det inte så lätt just nu, det måste man förstå.*

Isabel ger Katerina en slev. Ett kycklingben med en liten pöl av röd sås hamnar på den vita tallriken. Så skjuter hon över grytan till Karin. Hennes näsborrar fylls av den underbara doften. Hon är så hungrig så att magen skriker och tanken på att inte få stoppa i sig av det goda är outhärdlig. Men hon måste löpa linan ut. Måste förstöra.

Hon rör runt med sleven i grytan.

"Är det mandel i?"

Isabel ser nervöst på henne.

"Är du allergisk mot mandel?"

"Ja."

"Fan också. Varför har du aldrig sagt det?"

Det har blivit dålig stämning. Det som skulle bli så trevligt. Katerina ger henne en konfunderad blick. Det är klart att de har ätit mandel tillsammans på Fågelbovägen. Isabel hittar en låda med linssoppa i frysen som hon slänger in i mikron. Karin är inte förtjust i vare sig linser eller curry, men äter nöjt den currykryddade linssoppan. De äter under tystnad.

"Nu kanske du vill veta hur det gick idag?" Isabel ser på henne från andra sidan bordet. "Har du glömt att jag faktiskt körde din bil tolv mil?"

Just det. Isabel har varit ute på landet. Förmodligen har de haft sällskap tillbaka till stan i bilen allihop. Säkert har de diskuterat henne. Oavbrutet.

"Ursäkta mej", säger Karin till Isabel, "men kan inte du bara berätta varför jag och ... *hon* sitter här. Jag fattar inte."

Hon lyckas inte dölja sin frustration. Isabel och Katerina utväxlar blickar. Det blir för mycket.

"Sitt ni där och ha sån fin gemenskap! Men bara så ni vet,

jag vill inte vara med i den."

Hon lämnar köket med gråten i halsen. Smäller igen dörren efter sig. Isabel kommer efter. "Men snälla Karin ... Kan vi inte bara ..."

"Nej, det kan vi inte."

Hon ser i ögonvrån hur Isabel river efter något i sin handväska. Plötsligt har hon fått upp sina dörrnycklar och låst skjuttillhållarlåset. Ögonblicket efter är hon borta. Karin sätter efter henne, men när hon kommer ikapp har hon redan hunnit gömma nycklarna.

"Lås upp dörren, Isabel."

Isabel skakar bestämt på huvudet. "Ni måste prata först. Du och Katerina måste prata."

"Nej, det måste vi inte."

"Det måste ni visst."

"Hur kommer det sig att du vet vad jag måste?"

"Hur kommer det sig att du har försökt bli vän med Katerina så länge och plötsligt inte är ett dugg intresserad? För att det inte är på dina villkor?"

62

DE SITTER PÅ var sin sida om bordet. Det förpliktigande i situationen förlamar. Om de ändå hade haft någon som fördelade ordet. Isabel såg till att ha ett viktigt teveprogram att titta på. Kranen står och droppar. Hon borde gå och skruva åt den, men det enda hon förmår är att sträcka sig över bordet för att ta mer vin.

"Tack för brevet."

Hon förstår först inte vad Katerina syftar på. Så slår det henne: brevet, som hon skrev i fyllan och lade på skrivbordet, det känslosamma, tårdrypande brevet där hon tiggde om förlåtelse. Hon tittar skamset ner i den färgglada vaxduken.

"Jag hade druckit."

"Jag förstod det."

"Vad jag gjorde i ditt rum, det ... så gör man inte. Det är oförlåtligt."

Katerina skakar ivrigt på huvudet.

"Nu vet du. Det är lika bra."

Katerina får upp ett paket cigaretter ur handväskan. Hon bjuder. De tänder sina cigaretter på de levande ljusen. Katerina reser sig och hämtar ett askfat. Hon vet precis vilken skåpslucka som ska öppnas. Det smärtar.

"Jag vill inte vara en medlem i din familj", säger Katerina lugnt. "Jag har egen familj, egna barn ... Jag är här för att jobba, inget annat. Men du ville vi skulle bli vänner och ..." Hon skakar bekymrat på huvudet. "Hur kan man vara så naiv?"

"Jag ville bara hjälpa", säger hon surt. "Förlåt."

Katerina gör en häftig rörelse med glaset mot henne så att det skvimpar ut rödvin på bordet.

"Du kan inte hjälpa! Fattar du inte? Okej, om du kunde ändra mitt land och göra det rikt så att jag inte behöver vara här, men ...", hon rycker på axlarna, "inte ens du kan, Karin. Inte ens du."

"Ska jag bara acceptera alla orättvisor då eller vad tycker du?"

Hennes röst är ironisk, men Katerina låter sig inte påverkas av det.

"Jag kommer från skitland och du kommer från lyxland. Det går inte att ändra på."

Karin reser sig och går till diskbänken och river av en bit hushållspapper. Katerina betraktar henne bekymrat.

"Du tycker synd om mej, Karin. Det är inte bra. Det hjälper inte."

"Men snälla du, är det så konstigt? Du städar hos mej, du får inte träffa dina egna barn ...", hon gnider bort rödvinet från vaxduken med pappret, "det är klart man känner skuld."

"Lyssna! Jag gråter när jag längtar efter mina barn, men nu ... livet är sånt. Ingenting hjälper med skuld. Skuld förstör allting."

Karin slutar tvärt gnida.

"Förlåt, men vad är det du vill säga? Att man ska sköta sig själv? Är det inte en människas skyldighet att kämpa för rättvisa, och faktiskt tro på att det går att göra skillnad?"

"Det beror på."

"På vadå? Om jag slutar bry mej är jag ingen människa längre!"

Katerina ser allvarligt på henne.

"Jag undrar bara varför du bryr dej. För vems skull? Kanske för din? För att du ska vara värd något i dina ögon?"

Karin slår ner blicken.

"Jag tror att du är mycket sträng mot dej själv, Karin. Men du har rätt. Man ska inte sluta drömma. Om man slutar drömma man blir kall." Katerina fimpar effektivt cigaretten. "Jag är nog ganska mycket kall."

"Ja."

"Du måste förstå. Det är lätt att bli hård."

Det är ett grått moln av cigarettrök mellan dem. Bilderna från Fågelbovägen kommer tillbaka till henne. Hon ser sig själv lyfta på fötterna när den andra närmar sig med dammsugaren, hon hör sin egen röst snäsa och befalla, och fylls återigen av skam.

"Jag menar det jag skrev i brevet", säger hon uppriktigt. "Jag hoppas att allting ordnar sig för dej nu."

Hon var inte beredd på ett skratt.

"Förlåt, men ... du är konstig ...", säger Katerina och torkar skrattande bort tårarna från ögonen med handen.

"Är jag konstig?"

"Snälla Karin, jag är inte kär i din man." Hon blir allvarlig igen. Tittar fundersamt ner i bordet. Och upp igen. "Jag har redan en man. Jag har en man från mitt land som jag älskar. Andrej."

Katerina fiskar upp en ny cigarett ur paketet och tänder den.

"Han och jag träffades när vi var nitton. Efter han den äckliga Oleg som slog. Vi fick ett barn, men ...", hon fokuserar på en fläck bakom Karins huvud, "Andrej fick inte jobba. Alla som är unga och kan jobba måste jobba nån annanstans. Han fick åka till Italien. Han jobbade med att bygga hus och sånt, du vet?"

Hon kan inte annat än nicka.

"Han träffade inte Maxim mycket. Han kunde komma hem en gång på ett halvår. Och jag fick ett barn till, Anna. Varje månad vi fick pengar från min man." Hon ler ett litet, nästan omärkligt leende. "Det var inte så dåligt. Det var bättre än många andra hade. Men det är klart jag längtade efter Andrej, hela tiden. Och så en dag han ramlade ner från en sån där, du vet, som dom står på?"

"Byggnadsställning?"

"På sitt jobb. Och han skadade ryggen, och ... det blev bara skit allting. Han kunde inte jobba mer, pappa blev sjuk och min syster och bror var bara barn." Hon stirrar upprört på Karin som om det var hennes fel. "Det fanns inga pengar! Min man kom hem, men han bara låg och hade ont, kunde inte ens ta hand om barnen, ingenting ... Och vet du? Han skämdes så mycket, fast det var inte hans fel. Han kunde inte titta på mej fast jag visste vi älskade varann. Varje gång barnen grät för att dom var hungriga han grät själv för han kände skuld. Och till slut, han kunde inte längre ligga där och känna sig som skit." Hon smätter iväg askan på cigaretten så att den flyger över bordet. "Så han reste bort."

"Vart?"

Katerina rycker på axlarna.

"Kom han inte tillbaka?"

Hon skakar på huvudet.

Karin försöker, men det är svårt att ta in Katerinas berättelse. Omfattningen av hennes elände.

"Du trodde att jag och Jens hade förhållande", säger Katerina.

"Ja."

"Jag visste du trodde det, men ... kanske jag ville du skulle tro det. Jag kände ibland att du var ... förlåt ... jävla fitta." Karin ler, utan glädje. "Jag tänkte ibland du var värre än hon jag var hos förut. För man fattade vem hon var, man visste."

Katerina betraktar henne och skakar bekymrat på huvudet. Hon känner färgen stiga på kinderna. Huvudskakningen säger så mycket.

"Jag tänkte att du skulle ha straff för att du behandlade mej som skit", fortsätter Katerina, som om det inte var nog. "Jag var trevlig mot Jens för att han skulle gilla mej. Jag blev lite som ett barn, du vet, som vill hämnas. Man vill inte alltid vara förlorare." Hon ler lite. "Jens är fin. Men ingenting allvarligt hände. Inte ens en kyss. När han gav mej pengar för att betala mannen, det var svårt. Det var ju inte därför som jag flirtade ... för att han skulle ge mej pengar. Men jag var tvungen att ta emot dom." Katerina ser intensivt på henne. "En dag kommer min man tillbaka, vet du."

"Tror du verkligen det?"

Den andra nickar övertygande. Karin lutar sig fram över bordet.

"Hur kan du veta att du fortfarande är kär i honom? Jag menar, ni har ju inte träffats på länge?"

Den andra ser oförstående på henne.

"Man vet. Man vet om man älskar."

Karin reser sig och går och skruvar åt den droppande kranen.

"Jag skulle vilja känna som du", säger hon bortvänd, "men det går inte. Jag kommer aldrig kunna känna så. Jag vet ingenting. Jag vet inte vad jag känner."

Hon återvänder till bordet. En odefinierbar känsla av sorg fyller henne. Hon börjar pilla med ljuset, rullar meditativt en kula stearin mellan tumme och pekfinger. Kämpar mot gråten. Så känner hon en hand mot sin kind. Den andra kvinnan ser på henne. Medkännande. Det skulle kunna vara provocerande. Men konstigt nog är det tvärtom. Någon tycker gränslöst synd om henne. Någon vill trösta.

"Vad ska jag göra?" viskar hon till Katerina. "Vad fan ska jag göra?"

"Om du inte vet då är det så. Eller hur? Det finns inget du kan ändra. Bara acceptera. Inte tänka hela tiden hur det ska vara, hur andra gör. Du är som du är och om du slutar tänka på hur du *ska* vara kanske någonting kan hända."

Karin börjar gråta. Katerina reser sig och kommer över till hennes sida av bordet och lägger en arm om hennes axlar. Karin skulle kunna rygga tillbaka eller spjärna emot, men hon orkar eller vill inte längre. Hon kryper nära, tätt intill och låter sig omslutas. Hon lägger kinden mot Katerinas bröst, mot tröjans stickiga ullgarn, hon klamrar sig hulkande fast som ett barn.

"Hjälp mej ... Snälla, hjälp ..."

Hon vet inte vad hon menar själv, så hur skulle den andra kunna svara? Men Katerina stryker henne över ryggen och upprepar sitt mantra: "Så ja ... det blir bra, jag lovar ... det blir bra ...", tills spänningarna i kroppen släpper och andetagen blir lugnare.

Så småningom kommer hon ur Katerinas famn. Katerina ler lite och tar en cigarett ur paketet på bordet. Hon som skulle kunna förväxlas med en ängel. Om man inte visste bättre. Om man inte visste att änglar inte finns.

63

HON STÅR PÅ FLYGPLATSEN bland alla skyndande människor och känner sig nervös. Osäkerheten känns ovan, men hon tycker om sin nyfunna nervositet, och sin rädsla. Hon får en flashback och ser sig själv framför Christina Falck på *Falck rekrytering*. Hon ser hur den andra kvinnan ser rakt igenom, hon hör sina egna motsägelser. Christina Falck skulle ha varit med för några veckor sedan när hon var trött och handlingsförlamad och ingenting kunde göra själv. Då delegerade hon av glatta livet, och lät sig till och med omhändertas.

Katerina har bott hos dem på Fågelbovägen, medan Jens har varit i Köpenhamn, och hjälpt till så mycket hon har hunnit. Men det mesta har barnen gjort. De har fått känna sig oumbärliga. Karin har otåligt väntat på att de ska komma hem från skolan på eftermiddagarna. Julia har kommit springande och krupit ner hos henne. De har legat i timmar med sängen full av pennor och block och böcker och läst och ritat och pratat. Karin har sagt att de måste berätta saker för henne, annars dör hon av uttråkning, och hon har frågat så mycket att Albin har flytt in på sitt rum och Julia gnällt: "Det kan inte vara intressant att veta vad vi har gjort på gymnastiken, mamma!" De har klagat på att hon är tråkig, konstig, knäpp och lat – hon orkar inte ens laga mat och har frysen full av onyttig pizza! Hon har svarat att man kan inte vara så himla perfekt jämt. Albin har lett mot henne i samförstånd.

Snart började de tröttna. Julia försvann iväg till kompisar på eftermiddagarna. När hon kom tillbaka var hon skuldmedveten och sur. Karin låtsades som ingenting. Hon sa att det var skönt att vara ensam med sina tankar, att hon behövde tiden med sig själv. Det sista hon önskar sin dotter är att hon ska känna skuld.

Albin har börjat i en ny skola. En dag bestämde han sig själv för att han ville "in till stan där det finns normala människor". Och nu. Han kan fortfarande sitta i timmar på rummet och skriva, men han ser henne i ögonen när han kommer upp på morgonen och det händer att han berättar saker självmant, vad som händer i skolan eller sådant som han läst och reagerar på. Det är inga långa haranger som med Julia – Albin kommer aldrig att bli de långa harangernas man – men bara att han söker upp henne är glädjande.

Efter att ha varit hemma några veckor fick hon ett telefonsamtal från Kaj som undrade om hon kunde hoppa in akut för en annan läkare på förortskliniken. Hon stålsatte sig och åkte dit. Men det kändes svårt att möta verkligheten igen. Alla dessa människor med desperationen utanpå huden, det var som om de trängde sig in i henne och blev kvar i flera dagar efteråt. Hon låg vaken på nätterna och tänkte på sin egen otillräcklighet. Hon grät. Men efter ytterligare ett par veckor kom ett nytt samtal från kliniken och hon tvingade sig själv att tacka ja. Den gången försökte hon slappna av och inte till varje pris värja sig mot känslan av hopplöshet. Efteråt kände hon sig lättad och glad. För hon vill fortsätta arbeta ideellt, för sin egen och för andras skull. Katerina säger att det är bra, "Bara man erkänner för sig själv, eller hur?".

Det kändes som att någon drog en propp ur henne vid Isabels köksbord. Samtalet mellan dem har aldrig avstannat. Hon har blottat sina mörkaste och fulaste tankar för Katerina och den andra har hejat på: "Mera! Bravo!" och varit lika ocensurerad tillbaka. Katerina har spytt galla över Sverige, uttryckt hat, förakt och förtvivlan, anklagat Karin för att vara skenhelig och förljugen för att i nästa sekund ta tillbaka: "Men inte nu längre. Det var då. Eller hur?" Katerina har visat fotona på sina barn och gråtit medan Karin har suttit bredvid. Hon har gett Karin insikter, som hon aldrig skulle vilja leva utan, om hur det är att bo i ett land där nittio procent lever under existensminimum. Hon har tagit med Karin till lägenheten i förorten och träffat de sju kvinnor som bor där just nu. Hon har ätit middag med dem och känt sig plågsamt utanför. De har pratat på sina obegripliga språk och bemött henne med skepsis, förstås. Hon har lidit, längtat bort, hem. *Aldrig mer*, tänkte hon efteråt, men följde med igen veckan därpå, *offrade sig*. Den gången hamnade hon i en diskussion, bara om en tevesåpa som de sett, men ändå. De pratade i alla fall.

Kanske är faktiskt förutsättningen för det som kallas vänskap att ingen är beroende av den andra. De bestämde att Katerina skulle sluta jobba hos dem. Hon har fått nya städjobb och fler timmar hos smyckedesignern som har en uppgång för tillfället. Karin följde med henne dit en dag. Den eleganta, svartklädda kvinnan stirrade förvånat på henne när hon presenterade sig som Katerinas vän, uppenbart chockad över att hennes utländska arbetskraft kände svenskar. När Katerina slank in i verkstaden för att arbeta tog hon designern åt sidan och sa: "Jag vet inte, men tycker inte du att fyrtio kronor i timmen är en skamlig ersättning för vilket arbete som helst? Är det inte så att du egentligen skäms över att du erbjuder vuxna människor så lite i lön?" Designern tittade nervöst på henne. De stora örhängena dinglade i otakt. "Det är inte så lukrativt som folk tror att göra egna smycken. Jag skulle inte kunna erbjuda folk nåt jobb alls om jag var tvungen att betala mer." Föraktet för den svartklädda steg inom henne.

"Om du inte börjar betala tjejerna mer så anmäler jag dej", väste hon i hennes öra, "och om du sparkar Katerina för det här så kommer jag sprida badwill om ditt företag. Via media."

Samma eftermiddag kom Katerina hem och hade fått påökt. Karin nickade bara. Katerina tittade på henne på ett sätt som gjorde att Karin förstod att hon begrep. De slöt i det ögonblicket en tyst överenskommelse om att hennes hjälp var accepterad.

Hon står på flygplatsen bland alla skyndande människor och tänker på Jens. Hon trodde aldrig att han skulle be på sina bara knän. Hon trodde aldrig att hon skulle se förtvivlan i hans blick, att han skulle säga att han älskar henne, bara henne, ingen annan, med innerlighet, "det är omöjligt att älska någon annan". Han förvånade henne. För det fanns en uppriktighet bakom orden, ett allvar som berörde.

Hon hade tagit bussen från Isabel den där dagen och gått sista biten genom området, förbi alla grannarna på Fågelbovägen. Flera av dem var ute med sina bilar eller barn. De hejade överraskat, som om de faktiskt undrade var hon hade varit. Senare stod hon framför honom i köket och lyssnade på hans försvarstal.

"Jag var inte kär i Katerina. Jag var ... förhäxad."

Hon kunde inte låta bli att grimasera. *"Förhäxad? Vad är det för sätt att uttrycka sig på? Det är som om du skyller på nån annan."*

"Okej. Fascinerad då?"

Hennes blick letade sig ut genom fönstret och fastnade på villan på andra sidan gatan. Lyckliga familjen höll på med middagen. Deras unga dotter stod i fönstret. Kanske var det bara i hennes fantasi som flickans ögon bad om hjälp, "Snälla, hjälp mej härifrån!", sa dom. Hon vände sig hastigt mot Jens och sa att allting måste bli annorlunda nu. Hon sa att hon måste vara sjuk ett tag och att de får se hur deras liv kommer att se ut efter det. De kramades hårt. Dagen efter kom hon tillbaka med sina väskor.

Hon står på flygplatsen bland alla skyndande människor. Katerina är en av dem. Hon kommer småspringande från Pressbyrån med en påse. De går till incheckningsdisken tillsammans, Katerina med alla sina ägodelar framför sig på en bagagevagn. Igår kväll satt hon i Karins soffa och nästan grät av nervositet. "Tänk om dom inte vill ha mej som mamma längre. Kan dom nånsin förlåta, tror du?" Karin nickade: "Det är klart. Dom älskar dej, glöm inte det." Men hon vet ju inte. Hon vet inte mer än Katerina om hur mycket ett barn kan förstå och förlåta. Hon vet inte heller om det går att ta igen tre förlorade år. Det är sådant som de får se.

Det är mycket som de får se. De får se om Katerina kan stanna i Moldavien, och om Karin kan vara gäst i Katerinas familj utan att skämmas. Om hon kan resa som en vän, och uppleva som en vän. Om hon orkar se hur barnen har det, om hon kan bo i en lägenhet utan ordentlig värme, om hon kan med att ta in på hotell medan de andra tränger ihop sig i fukten. Vad skulle Katerina säga om hon valde hotell? Kanske skulle hon säga att hon är bortskämd och jävla överklass. Kanske skulle hon bara rycka på axlarna.

LÄS MER

Extramaterial om boken och författaren

Intervju med Sara Kadefors	2
Pressröster	12
Piratförlagets författare i pocket	18

Intervju med Sara Kadefors
AV EVALIZ ROSELL

Sara Kadefors har precis avslutat arbetet med novellfilmen *Sluta stöna eller dö* när jag pratar med henne över telefon en tisdagsmorgon i januari. Den har nu haft premiär på filmfestivalen i Göteborg och det är första gången hon regisserar en längre film. Vad hon ska göra härnäst har hon inte riktigt bestämt sig för. De närmaste planerna är att ge sig själv tid för att sätta igång tankar och funderingar om vad nästa projekt ska bli. Hon säger att det är svårt eftersom det finns så mycket hon vill göra. I väntan på det ägnar jag intervjun åt att prata om vad hon har gjort och framförallt vad hon har skrivit.

Jag har nyligen sträckläst hennes senaste bok *Fågelbovägen 32* som har fångat mig, som ideellt engagerad, med sina frågor om godhet och vad vi egentligen kan göra för andra människor och varför vi gör det. Om jag till viss del kan känna igen mig i Karin, en välbeställd gynekolog som har en dröm om att göra gott i världen, så får bokens andra huvudperson, Katerina, mig att känna att det som behövs är inte hjälp utan krav på en rättvisare fördelning av möjligheter i livet. Katerina är en ung kvinna från Moldavien som har kommit till Sverige för att kunna försörja sig och sin familj. Här blir hon utnyttjad som svart hemhjälp i en överklassfamilj där hon får sova i husets källare.

Sara berättar om hur det fanns många olika anledningar till att hon fick idén till *Fågelbovägen 32*. En av dem var att hon såg en dokumentär på TV om en klinik där de tog emot papperslösa invandrare och gömda flyktingar. I boken får vi följa Karins ideella arbete på en sådan klinik där hon möter många människor vars tillvaro präglas av desperation och osäkerhet. En av dem är Suzan som vi möter i första kapitlet. Hon är från Jordanien där hon flytt mordhot från släkten men får inte stanna i Sverige. Även Katerina möter Karin på kliniken och i boken får vi följa hennes väg från en hårt pressad ekonomisk tillvaro i Moldavien till en kamp för att få arbeta under schyssta villkor. Trots dessa gripande skildringar om hur svårt livet kan vara när man saknar ett svenskt personnummer så är det inte Sveriges invandrings- och flyktingpolitik Sara vill belysa med boken.

– Genom dokumentärfilmen såg jag en möjlighet för den fattiga och rika världen att mötas i Sverige. För om man vill beskriva förhållandet mellan de som har makt och de som inte har makt kan det vara svårt att hitta en trovärdig konflikt eller mötesplats. Men just här tyckte jag mig kunna hitta en spelplats för dramat mellan de som har allt och de som har

FAKTA

Sara Kadefors har tidigare bland annat skrivit ungdomsromanen *Sandor slash Ida*, som belönades med Augustpriset 2001, samt dramatik för film, teater och tv. *Fågelbovägen 32* är hennes första vuxenroman.

inget. Där finns en komplicerad och intressant konflikt. Kanske är det så att den som befinner sig på botten inte vill underordna sig ... Och vad händer med "hjälparen" när föremålet för godheten inte vill vara ett tacksamt offer? I boken väcks en massa nya känslor till liv inom Karin som hon får svårt att hantera.

Temat godhet och vad vi egentligen kan göra för andra människor behandlas både explicit och implicit i boken. På ett ställe när Karin och Katerina diskuterar människors skyldighet och personliga ansvar frågar Karin om det inte är en människas skyldighet att kämpa för rättvisa och faktiskt tro på att det går att göra skillnad. Katerina svarar då att det beror på.

Sara berättar om hur skrivandet ofta får en att inse hur komplicerade sådana här frågor är genom att man får möjlighet att vrida och vända på dem. Att det får en att inse att det inte finns något rätt eller fel. Hon vill inte säga att det finns några skyldigheter att handla på ett visst sätt men tycker att vi bör reflektera över klasskillnader, lika mycket som vi bör fråga oss för vems skull vi gör goda handlingar, finns det ens något som är "godhet"?

– För mig är det väldigt viktigt att skriva om sådant som känns meningsfullt, jag skulle inte kunna ägna mig åt ren och skär underhållningslitteratur. Och med det menar jag inte att jag ser ner på underhållningslitteratur för jag tycker absolut att det har en plats och ett berättigande. Det handlar mer om att jag vill väcka åtminstone någon ny tanke och genom det påverka samhället i någon mån och att jag inte vill känna att mitt liv är meningslöst. Kanske är det bara rent egoistiskt.

Fågelbovägen 32 berör också strävan efter perfektion och den stress och det illabefinnande som kan följa med att låta det bli en ledstjärna för ens liv. Sara menar att det är en strävan som finns närvarande i samhället idag, att vi har ett slags förmåga att tro att det är viktigt att det ska vara perfekt. Hon tycker också att det är något som drabbar kvinnor i ännu högre grad än män.

– Det som är skillnaden mellan män och kvinnor är att män bara eftersträvar perfektion i yrkeslivet medan kvinnor eftersträvar perfektion både på det privata planet och inom sitt arbete. Så där har man dubbelt så mycket att leva upp till. En man går ofta inte och reflekterar över om han är världens bästa pappa eller inte, det är inte lika viktigt för honom eller att han sköter sitt hem eller att han bakar bullarna till kalaset. Män är oftare karriärister än kvinnor, vilket ju inte bara är positivt för dem. De förlorar ganska mycket under vägen.

Denna dubbelhet återfinns även i boken där Karin, trots att hon är så mån om att ha en jämställd relation, faller tillbaka i könsstereotyper där det blir viktigt att vara den där bullbakande mamman. Sara menar att fast vi ofta är intellektuellt medvetna så blir det en helt annan sak känslomässigt när vi ska driva igenom jämställdhetsprojektet och att det är stor skillnad mellan tanke och handling hos hennes generation. När det kommer till kritan beter sig många par fortfarande som hennes föräldrar, när det gäller jämställdheten.

– Hur politiskt korrekta min generations medelklassbarn är beskriver min bok även på ett annat plan. Många tycker att dom är bättre än andra när de läser komplicerade politiska artiklar, köper de hemlösas tidning, sopsorterar och betalar in till Röda korset, men dessa handlingar gör det bara möjligt för dem att ägna sig ännu mer åt att inreda badrummet och buda på nya sommarhus. Status och makt är viktigare än någonsin i samhället idag, vilket gör att människors moral luckras upp.

Sara Kadefors har skrivit böcker för både barn, ungdomar och vuxna. Mest känd är förmodligen *Sandor slash Ida* som vann Augustpriset 2001. Jag frågar henne om sättet att skriva skiljer sig åt beroende på i vilken ålder ens läsare befinner sig.

– Nej, särskilt inte om man jämför ungdomsromaner med böcker för vuxna. Lika många ord ska skrivas och det ska vara sammanhållande berättelser med trovärdiga karaktärer. Det är lika svårt och lika jobbigt.

Hon säger att hon inte tänker så mycket på målgrupp när hon väljer sina projekt utan att det mer handlar om vilken historia hon vill berätta för tillfället. Utgångspunkten är att människor är ganska lika varandra och det viktiga är att ta sina karaktärer på allra största allvar oavsett för vem man skriver. Det är inte heller så att Sara skrivit en "vuxenbok" bara för att "hon ska" utan hon menar att efter att ha jobbat ett tag med texter som behandlar uppväxt och identitet, var det naturligt att ta sig an andra frågor.

Jag berättar för Sara att när jag lyssnade på *Sandor slash Ida* som ljudbok i höstas så funderade jag över om det blir så att man skriver "lyckligare" för unga människor. Jag tänker mig att det måste vara svårt att göra olyckliga slut, just för att man vet hur jobbigt det är att vara ung ibland och då skulle jag känna att man vill inge något slags hopp.

– Absolut, man kanske måste reflektera lite mer över sådana saker, att man inte förmedlar ett budskap som är alltför svart eller destruktivt ... jag vet inte, men det känns ganska naturligt att man försöker inge hopp. På ett sätt kanske det är tråkigt för att det blir lite "pedagogiskt", men för mig är inte det något stort problem för jag tillhör inte de författare som är rädda för att det ska sluta bra, jag tycker om den slags slut.

Sara berättar att slutet i *Sandor slash Ida* också präglades av ambitionen för hela bokens berättarstil. Hon ville skriva en bok som var en kombination av en problemorienterad socialrealistisk ungdomsskildring och en romantisk historia, vars uppbyggnad hon menar nästan kan jämföras med en amerikansk Hollywoodfilm, för så känns livet under de där åren, fruktansvärt och hemskt när det är dåligt och superunderbart när det är bra.

Inför skildringen av Ida och Sandor och deras omgivningar gjorde inte Sara någon research överhuvudtaget. Det viktigaste för henne var istället att hitta en känsla inom sig själv, hur det kändes att vara 16 år. Hon menar att hennes liv som ung och dagens unga människors liv inte är så olika, men att samhället idag har blivit hårdare med mer påtryckningar och krav än förr. Att skriva trovärdig dialog tycker hon inte är så svårt och ger sin bakgrund som radiojournalist som en förklaring till det, hon har alltid arbetat med talspråk. Hon menar också att det kan bli krystat om författare anstränger sig för mycket för att vara "ungdomliga" när de skriver ungdomsdialoger.

– Man ska helst undvika att använda sig av för mycket slang eller extrema modeord, likaväl som att man ska akta sig för att skriva för mycket om mode eller musik, då känns boken töntig efter fem år. Jag tror att det var bra att jag inte åkte ut till förorten och intervjuade ungdomar om hur det känns att vara ungdom och lyssnade på hur de pratar, för då hade jag först och främst kommit dit med ett vuxenperspektiv där förutsättningen var att de var annorlunda än jag. Sedan kan det bli så att man känner redovisningsskyldighet gentemot dom man träffar, "jaha, men dom sa ju att det var så" och då kan det låsa sig.

Även om en känsla för talspråket har kommit med Saras erfarenheter från radio menar hon att det viktigaste journalistkåren gav var att hon fick ett självförtroende att börja skriva.

– Jag hade aldrig vågat skriva när jag var 20 eller 25. Jag tror att jag mellan 23 och 30 byggde upp något slags självförtroende genom andra jobb som gjorde att jag vågade ta mig själv på allvar. Det var en naturlig väg för mig att gå vidare med att börja skriva.

Även om Sara började skriva böcker sent i livet hade hon drömmar om att vilja berätta tidigare. Hon skrev en del fram till mellanstadiet då hon tror att prestationskrav stoppade hennes kreativitet. Senare blev det också en del dikter på gymnasiet.

– När jag var liten så skrev jag ganska präktiga små böcker, som handlade om att man ska vara snäll och inte taskig mot dom som är annorlunda. Väldigt socialrealistiska, mycket invandrarproblematik, jag var nog verkligen ett barn av sjuttiotalet. Mina föräldrar var också ideellt engagerade, så jag påverkades väl av det kanske. Men på mellanstadiet slutade jag skriva och det tror jag handlade om att man började få prestationskrav på sig, att man inte bara går på lust och känsla längre utan man började tänka att det måste vara bra. Då började också rödpennorna komma in i uppsatserna och man började bli medveten om att det viktigaste kanske inte var att ha fantasi ändå utan att få det korrekt.

Ett intryck jag har fått när jag följt Saras krönikor i Göteborgs-Posten är att det oftast är äldre medelålders män som skriver in efteråt och är upprörda. Hon säger att det är något hon själv inte tänkt på eftersom hon helst undviker att läsa kommentarer.

– Jag försöker att inte påverkas så mycket av vad folk tycker för då blir man helt självmedveten och det man skriver kanske förändras och blir ängsligt. Alla tycker alltid olika och det går inte att tänka att man ska göra si eller så för att tillfredsställa fler. Man är ju den man är.

Hon tror att hennes feministiska förhållningssätt genomsyrar hennes texter och menar att det därför inte är så konstigt att det är äldre inskränkta medelålders män som upprörs. När hon får brev med beröm så är avsändaren för det mesta en kvinna.

Trots att en gatuadress har fått ge namn åt Saras senaste bok så tror hon inte att platser har så stor betydelse i hennes böcker.

– För mig är det karaktärerna och berättelsen som står i centrum och inte miljön. Jag är inte heller den slags författare som kan åstadkomma fantastiska miljöbeskrivningar, jag har inte det språket. Jag är också rädd för att om jag skriver om en specifik plats så kommer folk omedvetet läsa in det ena eller andra och börja haka upp sig på saker som inte stämmer. Det kan göra att de förlorar koncentrationen på det som verkligen är viktigt.

Tidigare publicerad i den litterära tidskriften Ordinär nr 1 2007.

Pressröster om Fågelbovägen 32

"… ett slags modern sedeskildring, så vass och skärpt att jag inte läst bättre på år och dag.

Jag har försökt bestämma på vilka sätt den är en bra roman. Den är exakt avlyssnad och har driv i språket. Den förvandlar ett intellektuellt ställningstagande till en moralisk smärtpunkt. Den är modigt obarmhärtig.

Allt det där är viktigt och det är det här också: Kadefors visar att det går att skriva en spännande roman med social tematik utan en brottsutredande polis i sikte.

Jag sträckläser med en obehaglig klump i halsen, om Karin, läkare och målmedvetet idealistisk. … *Fågelbovägen 32* problematiserar vikten av och plikten att hjälpa där man kan. Sara Kadefors har skrivit en modern moralitet, provocerande, emotionell och rolig."
Marie Peterson, DN

"Det är en rysare – här finns en farlighet, och en osäkerhet om vem som egentligen är farlig: är det Katerina? Karin? Eller själva medelklasstillvaron? … Visst kunde man vänta sig något storstilat efter den underbara ungdomsromanen *Sandor slash Ida* (som lika gärna kunde läsas av vuxna). Och Sara Kadefors nya roman är en skarpsynt nutidsutgrävning."
Aftonbladet

"Sara Kadefors första vuxenroman är ett skarpt inlägg i en het debatt. Det handlar om makt och relationer. Om den som står i beroende och den som bestämmer. Läs, och världen blir något mer komplicerad."
SKTF-Tidningen, Tora Gran

"Insiktsfullt, allvarligt men också roligt!"
Laura

"Det här är en av de bästa böcker jag hittills läst om relationer, makt och kulturer. ... Rekommenderas!"
Hennes

"Kadefors är en vass berättare och skriver roligt, medryckande och drivet: periodvis kan jag inte släppa boken. Dialogen är både rolig och trovärdig, och iakttagelserna av vardagen är ofta på pricken. Det blir absurt och drabbande när Karins trevliga förortstillvaro krockar med de illegala flyktingarnas liv. Krig och tortyr blandas med funderingar kring huruvida mandeltårta eller hallonpaj passar bäst på helgens tjejmiddag. ... En omtumlande och engagerande berättelse om att tappa bort sig själv. Om att skuld, beroende, självishet och godhet kan gå hand i hand. Om att lyxvilla inte är någon garanti för lycka. Ämnen som Kadefors lyckas förnya, vrida på och levandegöra."
Johanna Westlund, Norrbottens-Kuriren

"Samhällskritik i bestsellerförpackning. Sara Kadefors har skrivit en av höstens mest läsvärda romaner, med viktiga frågor om makt och förtryck, om godhetens väsen och om över- och underordning."
Plaza

"Kadefors drar sig inte för att skapa komplicerade karaktärer som möts i problematiska situationer, och det gör att boken blir intressant, spännande, lärorik och långt ifrån ytlig."
Margareta Multan, Folket

"En historia som är så fängslande att man verkligen grämer sig för att lägga den ifrån sig på nattduksbordet. ... Sara Kadefors förmedlar ett vemod som berör, och en känsla av trovärdighet som väcker intresset från första kapitlet och som sedan håller i sig genom hela romanen."
Oscar Sundell, Ystads Allehanda

"Här ställs frågor på sin spets om skenhelighet, godhet, medlidande, prioriteringar, prestationsångest och skyhöga krav. Var går gränsen mellan att hjälpa och att vara nedlåtande?

Det här är skitig läsning som väver in etiska frågor om rätt och fel i vardagen – och om balansen mellan familj och jobb. Vad är lycka och hur lever man sitt liv på ett bra sätt? Vilken plikt har vi att hjälpa andra?

Sara Kadefors nya bok kan säkert bli föremål för debattinlägg, studiecirklar eller diskussioner på fikaraster.

Väldigt brännande, intressant och välskrivet! Som vanligt."
Malin Sund, Länstidningen Södertälje

"Svensk bestseller à la Kajsa Ingemarsson möter svart rättviseproblematik i välpolerad Desperate Housewivesmiljö. ... Hennes första vuxenroman *Fågelbovägen 32* är omöjlig att lägga ifrån sig."
Lena Kvist, Borås Tidning

"Det var länge sedan jag läste en sådan här roman! Skönlitteratur när den är som bäst. Gammal hederlig fiktion. Någon som kan konsten att berätta en historia. ... Det här är en roman att sugas in i. En roman att gå runt och tänka på och längta efter att läsa i, trots att jag blir så berörd att jag mår riktigt illa av att läsa den. Det var så här litteratur kändes när man var i slukaråldern. ... Jag skulle dessutom bli förvånad om inte också *Fågelbovägen 32* blir film så småningom. Men vänta inte på det, läs boken redan i höst!"
Lina Samuelsson, Östran

"*Fågelbovägen 32* är en roman att sträckläsa samtidigt som den innehåller viktiga frågor som dröjer sig kvar. Den är ett tvärsnitt rakt in i samtiden som blottar allt det onda, goda och fula som gömmer sig i dagens svenska folkhem."
Karin Janson, Falu Kuriren

"Sara Kadefors beskriver träffsäkert vad som kan hända med en människa när godheten egentligen handlar om en önskan att bli bekräftad och vad som kan ske när bekräftelsen uteblir."
Journalisten

"Sara Kadefors lyckas få läsaren att pendla mellan känslan av att Karin är en fullständigt vidrig människa som man avskyr för hennes vämjefulla manipulativa sätt – och i nästa stund tycka om henne. För det går inte att värja sig mot en människa som är så lätt att identifiera sig med. Det bor egentligen ingen genuint elak människa i Karin, och mot slutet tycker man till och med synd om henne; vill ruska tag i henne och skrika 'slappna av!' och 'du duger'!"
Johanna Hillgren, Smålandsposten

"Fantastiskt att en bok kan bli så spännande utan tillstymmelse till poliser eller mordgåtor!"
Chili

"*Fågelbovägen 32* är en sidvändare. För själva grundkonflikten är intressant. Hur hjälper man någon som inte vill bli hjälpt? Hur förhindrar man välvilja att slå över i maktmissbruk?"
Oline Stig, Sydsvenskan

"Angelägen satir för alla vidsynta ... Sara Kadefors lyckas dessutom teckna ett levande och psykologiskt trovärdigt porträtt av en människa som tvingas revidera hela sin uppfattning om sig själv.

Kadefors är en mycket driven berättare, boken sträckläser man som en thriller ..."
Annina Rabe, Svenska Dagbladet

"Hos Kadefors kommer man nära."
Michaèla Marmgren, Göteborgs-Posten

"Sara Kadefors roman kan jag inte sluta läsa. Här finns det rättframma, okomplicerade språket från *Sandor slash Ida* och tempot från hennes tv-produktioner. Stegvis blir också boken mer lik en film, en thriller man inte kan sluta titta på, men hon låter det aldrig gå för långt, det blir inte overkligt. ... Lugnt och säkert tar Kadefors med oss ner och hem till vardagliga Sverige igen."
Kulturnytt i P1, Negar Josephi

"... rappt, bitskt, underhållande – det flyter på och inbjuder till sträckläsning, men blir aldrig ytligt och slarvigt. *Fågelbovägen 32* är en liten tegelsten på 350 sidor och en stor guldklimp – jag är både imponerad och frustrerad efteråt."
Marie Pettersson, Helsingborgs Dagblad

"Den är välskriven, lättläst och underhållande."
Inger Dahlman, Västerbottens-Kuriren

"Framförallt är det en väldigt engagerande roman, en sån där som man vill diskutera när man har läst den. Och så här i valtider är det också uppiggande med någon som lyckas göra ett rafflande moraliskt drama av något som är så betonggrått som flyktingfrågan och hushållsnära tjänster."
Eva Beckman, Kulturnyheterna SVT

"Ett drama kring ett överklassliv som pricksäkert fångar sin tidsanda."
Oscar Magnusson, Värnamo Nyheter

"En brinnande och engagerad roman om 'vi och dom', om fattiga och rika, om hur det kan gå när man skrapar lite på den 'schyssta' ytan i radhusområdet fyllt av präktig medelklass ... en angelägen historia ... en av höstens bästa romaner."
Inger Alestig, Dagen

"Hur har vi det med vår godhet – är den bara en mask, om vi skrapar på ytan? Hur har vi det med ondska – vågar vi se att vi alla bär på den? Det är frågor att ställa sig när man läser *Fågelbovägen 32* av Sara Kadefors."
Tidningen Ångermanland, Anne-Sofie Sundholm

Piratförlagets författare i pocket

Dahlgren, Eva: Hur man närmar sig ett träd
Edling, Stig: Vingbrännare
Edling, Stig: Det mekaniska hjärtat
Forssberg, Lars Ragnar: Fint folk
Fredriksson, Marianne: Älskade barn
Fredriksson, Marianne: Skilda verkligheter
Guillou, Jan: Det stora avslöjandet
Guillou, Jan: Ondskan
Guillou, Jan: Coq Rouge
Guillou, Jan: Den demokratiske terroristen
Guillou, Jan: I nationens intresse
Guillou, Jan: Fiendens fiende
Guillou, Jan: Den hedervärde mördaren
Guillou, Jan: Vendetta
Guillou, Jan: Ingen mans land
Guillou, Jan: Den enda segern
Guillou, Jan: I Hennes Majestäts tjänst
Guillou, Jan: En medborgare höjd över varje misstanke
Guillou, Jan: Vägen till Jerusalem
Guillou, Jan: Tempelriddaren
Guillou, Jan: Riket vid vägens slut
Guillou, Jan: Arvet efter Arn
Guillou, Jan: Häxornas försvarare – ett historiskt reportage
Guillou, Jan: Tjuvarnas marknad
Guillou, Jan: Kolumnisten
Haag, Martina: Hemma hos Martina
Haag, Martina: Underbar och älskad av alla (och på jobbet går det också jättebra)
Haag, Martina: Martina-koden
Hergel, Olav: Flyktingen
Herrström, Christina: Glappet
Herrström, Christina: Leontines längtan
Herrström, Christina: Den hungriga prinsessan
Holm, Gretelise: Paranoia
Holm, Gretelise: Ö-morden
Holm, Gretelise: Krigsbarn
Holt, Anne: Död joker
Holt, Anne & Berit Reiss-Andersen: Utan eko
Holt, Anne: Det som tillhör mig
Holt, Anne: Bortom sanningen
Holt, Anne: Det som aldrig sker
Janouch, Katerina: Anhörig
Janouch, Katerina: Dotter önskas
Kadefors, Sara: Fågelbovägen 32
Lagercrantz, David: Stjärnfall
Lagercrantz, David: Där gräset aldrig växer mer
Lagercrantz, David: Underbarnets gåta
Lagercrantz, David: Himmel över Everest
Lagercrantz, David: Ett svenskt geni – berättelsen om Håkan Lans och kriget han startade
Lindell, Unni: Ormbäraren
Lindell, Unni: Drömfångaren
Lindell, Unni: Sorgmantel
Lindell, Unni: Nattsystern
Lindell, Unni: Rödluvan
Lindell, Unni: Orkestergraven
Lindqvist, Elin: tokyo natt
Lindqvist, Elin: Tre röda näckrosor
Marklund, Liza: Gömda
Marklund, Liza: Sprängaren
Marklund, Liza: Studio sex
Marklund, Liza: Paradiset
Marklund, Liza: Prime time
Marklund, Liza: Den röda vargen
Marklund, Liza: Asyl
Mattsson, Britt-Marie: Bländad av makten
Mattsson, Britt-Marie: Snöleoparden
Persson, Leif GW: Grisfesten
Persson, Leif GW: Profitörerna

Persson, Leif GW: Samhällsbärarna
Persson, Leif GW: Mellan sommarens längtan och vinterns köld
Persson, Leif GW: En annan tid, ett annat liv
Persson, Leif GW: Linda – som i Lindamordet
Roslund/Hellström: Odjuret
Roslund/Hellström: Box 21
Roslund/Hellström: Edward Finnigans upprättelse
Skugge, Linda: Akta er killar här kommer gud och hon är jävligt förbannad
Skugge, Linda: Men mest av allt vill jag hångla med nån
Skugge, Linda: Ett tal till min systers bröllop
Wahlöö, Per: Hövdingen
Wahlöö, Per: Det växer inga rosor på Odenplan
Wahlöö, Per: Mord på 31:a våningen
Wahlöö, Per: Stålsprånget
Wahlöö, Per: Lastbilen
Wahlöö, Per: Uppdraget
Wahlöö, Per: Generalerna
Wahlöö, Per: Vinden och regnet
Wattin, Danny: Stockholmssägner
Öberg, Hans-Olov: En jagad man
Öberg, Hans-Olov: Mord i snö
Öberg, Hans-Olov: Dödens planhalva